刀锋

The Razor's Edge

William Somerset Maugham

[英] 毛姆◎著

李海燕◎译

中国出版集团 现代出版社

叩问生命的终极意义是困难的，

犹如行在刀锋。

第一章

1

我写这篇小说时出现了前所未有的顾虑。我之所以把它称为小说，是因为我不知道还能叫它什么。我小说里面的故事不多。我曾想把结局写得完美一些。关于结局，其实我可以按照惯例，或者用惯用的死亡收场，就像舞台上的一场大戏，大幕一拉，一了百了，所有人都放下了；或者用婚娶结束，其间两个人往往会经历很多的坎坷曲折，最后有情人终成眷属，还有后代的延续，更是皆大欢喜。这两种结局都是好的，灵魂、肉体、功德，都圆满了，很多人都愿意接受。只有那些老于世故的读者会不屑一顾，甚至认为欠妥当，那毕竟是少数人。这篇小说集录的是我对一个人的回忆。我们的关系很不一般，可以说非常密切，却很少见面，这似乎有些矛盾，但的确如此。我对他的生活，那些不曾共处的时间段里，他都经历些什么，于我而言是一片空白。其实我完全可以用虚构把那些空白填补上，从而使我的故事更趋向完善。虚构是一个作家最擅长的事了，可是，我就是不想那样做，只想真实地把他写出来。

多年前我写过一部小说名为《月亮与六便士》。用法国的著名画家保罗·高更作为主人公，对于保罗·高更，与我这部小说里面的主人公一样，有很多我不知的空白之处，于是我根据掌握的少量资料，杜撰了那里面的故事。虚构保罗·高更的时候，我感到顺其自然，毫无顾虑，而对这本书里的他，我却没有一丁点想虚构他的想法。然而我说明一点，这里的名字都不是真实的，原因是书中一些人物尚活在世间，这样做只是为了避免一些尴尬。为了使他们更好地隐于其间不被认出来，我是下了一番功夫的。我写的这位是一个非常普通的人，既不是社会名流，也不是英雄，没有任何名气。但是他异常坚强而温和的性格及选择的生活方式，会对你产生经久不衰的影响，我绝不是夸大其词。在他的生命结束以后，你甚至会把他当作当代的非凡人物去崇拜。也许到那时候，我究竟写的是谁，也就一目了然了。

我不敢保证我的书能达到所谓的完美，或者说对那个时代曾经发生过的没有丝毫的偏差，但我会尽最大的所能，还原故事的真面目。我这个人优点不多，但记忆力还是相当不错的，跟我有关的谈话，我都能记得很清楚。尽管书中一些描述采用了我自己的方式，但我保证，不会偏离对话者的原话意思。为了让书中的故事情节更加生动、逼真，更加显现出艺术效果，我采用的是自希罗多德（约公元前484—约公元前425，古希腊历史学家，被誉为“历史之父”。所著《希腊波斯战争史》为西方第一部历史著作）那个年代历史学家们所采用的方法，增添了一些谈话让书中的人物去说。这些谈话我没有听到，或者也不可能听到，但是一定是符合当时的故事情形的。我之所以这样做，只是跟那些历史学家一样，为了让情节更加生动而逼真。假如只是把原话加以转述，那艺术效果肯定会很差。我这样做，完全是为了可爱的读者们的阅读愉快。

如果有聪明的读者发现了这个问题，请不要大惊小怪，继续就好了。

我在开篇就说过，对于这本书我有疑虑，另一个原因就是，这本书里所涉及的人物多数是美国人。一个人对外国人的了解，总是有局限性的，单凭一些表象，或者道听途说，那并不算真正的了解。除非你生活在他们中间，或者变成他们中间的一分子，你才能充分地了解他们，理解他们。他们不仅仅是自身，还有他们的出生地，他们蹒跚学步的城市、学知识的学校、喜欢的体育运动、信仰，他们成长中所经历的一切，这些恐怕只有亲身经历过，或者变成他们才可以。之所以你无法了解外国人，只能靠观察，要想在纸张上把他们描述得惟妙惟肖，能达到以假乱真的程度实属不容易，就连观察家亨利·詹姆斯，在英国居住了四十年，以他的聪明与细心，完全可以创作出一个百分百的英国人，但答案是否定的。我在几个短篇小说里，曾经写过英国人以外的外国人，我不是胆大妄为，我是觉得短篇小说的人物描绘完全可以粗线条，你可以给读者提示更多的空间，让他们自己去填写其中的细节。要是有人让我把这部书的人物也像保罗·高更那样，当作英国人来写，我明确地答复你，不可以。因为如果那样，他们就不是原来的他们了。我不能假装说他们是真正的美国人，犹如美国人看自己一样；他们只是英国人眼里的美国人。我没有试图去复制他们语言的特性。很多英国作家就曾因为模仿、复制，而造成脱离实质的混乱。恐怕只有美国作家能够复制英国人的英语。俚语可以说是个陷阱。亨利·詹姆斯的英国小说中，常常使用俚语，却怎么也达不到英国人的水平，因此自始至终也没能达到他所寻求的口语化效果，反而让英国读者颇为失望。

2

一九一九年，去远东的路上，我在芝加哥落脚。但出于与本书无关的因素，我在那儿待了两三个星期。因为我的一部小说被成功推出，故此我刚一到芝加哥就被约了访谈。第二天早晨我接到了一个电话。

“我是埃利奥特·坦普尔顿。”

“埃利奥特？我以为你在巴黎呢。”

“不，我来芝加哥看望我的姐姐。我们想请你共进午餐。”

“我很愿意。”

他把时间和地址告诉了我。

我跟埃利奥特·坦普尔顿认识十五年了。如今他快到六十岁了。他个头很高，长着端正的五官，卷发浓密，黑中夹着几许花白，斯斯文文的样子，显得相貌出众。他在服饰购买上非常讲究，只在夏维特（法国一家高级衬衣制作商、零售商，第一家衬衣店建于 1838 年）购买零星服饰用品，衣服和鞋子都在伦敦置办。他在巴黎塞纳河南岸时髦的圣纪尧姆街上有套公寓。那些不喜欢他的人把他说成做投机买卖的商人，这是他最为恼火的一件事情。他是一个有鉴赏力又很博学多才的人。他并不介意他刚到巴黎那些年，就曾经给那些有钱的收藏家们买画出谋划策。再有，他会为美国博物馆的理事，买到一幅或英国的或法国的贫困潦倒的贵族们要出手的顶级画作。那时候法国和英国有很多古老的家族，因为境况不佳，逼迫着他们卖掉某件有布尔（安德烈·布尔，1642—1732，法国著名细木工）签名的家具或者奇彭代尔（托马斯·奇彭代尔，1718—1779，英国著名家具木工）亲手制作的书桌。这些古老的贵族们是相当顾及脸面和自尊的，做这些事的时候，越隐蔽越好，千万不能弄出动静来。所以他们很乐意认识一个无可挑剔的博才多学且举止文雅能把他们的交易做得尽如人意之人。难免有人猜测埃利奥特会从中捞取某些好处，但那些有教养的人自然不会提及这些。没有教养的会四处宣扬埃利奥特公寓里的所有摆设都待价而沽。曾有人说他一顿奢华的美酒大餐宴请了某个美国人之后，他的两幅名贵的画就会不见踪迹，或者是一个低档的上漆柜子取代了一件精工镶嵌的柜子的位置。当有人问起那些东西时，埃利奥特总能非常巧妙地解释，要么说换了一件符合他现在品位的优等物件。要么说，那件东西看得久了，生厌了。

“我们这些美国人，”他说，“我们美国人喜欢这样变来变去。这既是我们的弱点，又是我们的长处。”

定居巴黎的那些美国女士，自认为很了解埃利奥特的家底，说他家底很薄，他能这么风光，完全是取决于他的聪明与精打细算。我不能确定他有多少钱，他的房东是一位拥有公爵爵位的人，他的那套公寓的租金肯定不会便宜。他屋子里的陈设，都非常值钱。墙壁上，挂的均为法国绘画大师的价值不菲的名品。镶木地板上，铺着的萨伏纳里和奥比松地毯，豪华漂亮。家具是路易十五时期的十字纹雕花的，花纹精美典雅，使客厅显得非常富丽堂皇。他宣称以前是蓬巴杜夫人（1724—1764，法国国王路易十五的情妇，以生活奢侈为名）的。他也不否认自己的奢华生活，他认为自己是一位绅士，就该过这样体面的生活。至于他是用了什么手段才有了如此的生活，如果你是个聪明人，就不要提这样愚蠢的问题，除非你想跟他绝交。衣食无忧的他，便热情地投身到酷爱的社交事业。他与英法两国穷酸贵族的商业上的往来巩固了他初来欧洲时的社会地位，也成了他走进上层社会的介绍信。当他去结交那些美国的贵妇们时，他的身世颇有一些分量。他来自弗吉尼亚一个古老的家族，顺着他的母亲的支系可以追溯到他的那位曾在《独立宣言》上签名的祖先。他广受青睐，无论跳舞、枪法、打网球，都是佼佼者。在各种宴会上，他都是一个很有用而又特别受欢迎的人。他从不吝啬鲜花和昂贵的盒装巧克力。他非常有情趣，在很多的宴请宾客中，总能别出心裁地制造出别具一格，深受赞誉，那些贵妇们都会满意而归。贵妇们被他带到奢豪的波希米亚风格餐厅或者拉丁区的小酒吧都觉得特别开心。他是一个热心的人，只要有求于他，无论事情多么麻烦，他都会乐意帮你。为了取悦那些老妇人，他用尽心思讨她们开心，为此他是诸多豪门大院里的座上客。他为人和气，如果有人在情急之中要他去救急，他从来不计较，他会把安排在他身边的一个难缠的令人生厌的老妇人，哄得眉开眼笑，因为他精通此道。

他在伦敦和巴黎打开了局面，是在两三年以后，他结识了一位美国年轻人，并认识了这位美国青年所能认识的所有人物。他定居巴黎，每年巴黎社交季的后期，他都要赶到伦敦，初秋时节对乡下的大户人家一一拜访。他的社交圈子越来越广，让那些把他领进社交界的女士们很是惊讶与感慨。他曾经栖身于她们的羽翼下，如今已取得了很大的成功。她们欣慰，又不免恼火，某些与她们绝无深交的人，都成了他的朋友。尽管他还如从前一样愿意为她们付出热情，愿意为她们做事，她们却不安地意识到自己做了他结识更多重要人物的垫脚石。她们担心他是个势利之徒。其实，他的确很势利，势利得不折不扣，势利得鲜廉寡耻。为了达到某种目的他会不择手段，比如，为了去参加一个渴望的宴会，或者高攀一个名气大却蛮横矫情的老年贵妇，他能忍辱负重，能承受任何屈辱与责难，很有百折不挠的精神。一旦有了可以攀结的权贵，他会不惜一切，一追到底。就像植物学家，为了寻找某种异常罕见的兰花，会不惜一切代价，可以不顾洪水、地震、热病和充满敌意的土著人的危害。一九一四年那场战争给了他最好的机会，当时他加入了一支野战卫生队，他先在佛兰德斯，而后在阿尔贡服役。一年后回来时，他凭借扣眼里插着的一条红色的勋章，在巴黎红十字会谋取一个职位。此时已经富有的他，不仅慷慨捐助那些重要人物的慈善事业，在引起公众广泛关注的慈善活动中也会大显身手。为此，巴黎两家最排外的俱乐部，吸收他为会员，法国最高贵的女士们称呼他是“好埃利奥特”。他终于达到目的了。

3

刚与埃利奥特认识时，我还是个没有名气的年轻作家，他从没有真正地留意过我。但他能记住所有见过的面孔，当我们碰巧见到时，他也会很热情地握住我的手，但没有与我深交的意愿。假如我们在剧院相遇，而他正好与某位大人物在一起，他会对我视而不见的。当我成了成功的戏剧家以后，我很快就意识到他对我的热情。有一天，我收到他的一封短信，邀我去参加他下榻的克拉里奇酒店午餐会，那是他在伦敦的住处。午餐会上人很少，饭菜也很普通。我感觉他是在试探我的能量。后来，由于我的一些著作先后问世，有了一些轰动，我的身边很快有了一些朋友，与他的交往也频繁起来。不久以后，也就是那年的秋季，我去了巴黎，在那儿住了几周的时间，又凑巧在一个熟人的家里碰到他。他热情地询问我的住址。没过两天又邀请我参加午餐会，地址在他的寓所。到那儿我吃惊地发现，这次宴会与上次截然不同，完全可以称得上是名流荟萃。我暗自一笑。我清楚他对社会关系有着精确的把握度。一个作家在英国是人微言轻的，而在法国就不一样了，足以得到各方面的重视与尊重，我正是如此。在以后的年月中，我们的关系越来越密切，但一直没有成为真正意义上的朋友。我非常怀疑跟埃利奥特做朋友的可能性。他感兴趣的是一个人的社会地位，而不是那个人。但是，但凡以后我们在巴黎，或者在伦敦碰面，他总要宴请一些美国客人，每次的宴会上我作为他需要的陪客或者作为弥补缺少人数的客人，他总会邀请我。这些美国客人，我猜想有的是他过去的那些老主顾，还有的是拿着介绍信来找他的他并不熟悉的人。这些人成了他不得不忍受的烦恼。他或者招待他们吃一顿饭，或者请他们看一场戏，就是这样打发他们，他也是很不容易的，往往三周的时间都被排得满满的，他隐约感到即使如此他们也勉强满意。于他而言，我的身份人微言轻，完全可以让他毫不顾忌地倾诉这些烦恼。

“美国人在写介绍信这件事上从来不考虑别人的感受。不是我不愿意帮助介绍来的朋友，而让我不明白的是为什么要去烦扰我的那些朋友呢？”

作为对他们礼待不周的补偿，他会送他们大篮鲜花和大盒装的巧克力。有时候他做得比这些还要多，尽管他是不得已而为之。巧逢这样的宴会，他还会邀请我参加。尤其是跟我发牢骚以后，便是显得有些的可笑了。

“来吧，我的作家朋友，她们很想认识你，”他这样说，“很有修养的某某太太，对你的小说视为珍宝，她读了你写的每一个字。”

接下来，那个饱读我文字的某某太太，会告诉我，她非常喜欢我写的《柏林先生与特雷尔先生》，对剧作《软体动物》大加赞赏。前一部是休沃尔浦尔所著，后一部则是休伯特·亨利·戴维斯所写。

4

如果我的书写让读者误会埃利奥特·坦普尔顿是个卑鄙的势利小人，那便是我的错了。

首先他是一个热心助人、乐于为人效劳的人。他为人热情大方，虽然过去因为某种原因，或者说是某种动机，他曾给人送鲜花巧克力等礼物，可无须再那样做时，他仍然继续做着。喜欢在适当的场合慷慨解囊，馈赠使他快乐。他仍然那么好客，他的厨师技艺颇佳，绝不比巴黎任何一位厨师逊色。你尽可能地品尝到他餐桌上的美味佳肴，他的红酒也充分印证了他不凡的判断力。确实，他宴请客人时还是注重他们的身份地位，而不是喝酒吃饭的伴儿。不过他也会宴请一两位擅长搞笑逗乐的，这样他的宴会几乎都很有情趣。人们暗地里嘲笑他，指责他是一个俗不可耐的势利小人，可还是欣然接受他的邀请。他说一口流利的法语，口音无可挑剔。他羡慕英国人说话时的神态，为此他下了很大的功夫学习。如果你想听到他的美国腔调，那得需要点耐心了。和他聊天是一件非常愉快的事情，前提是别让他说到那些达官贵人私生活之类的话题。他的地位早已牢不可破，即使不经意说了出来，那些谈资倒是有趣得很，尤其是两个人谈论这些的时候，他的嘴很毒，却不令人生厌。那些王公贵族的丑闻，他几乎全都知晓。从他口中你会知道某某公爵夫人的小儿子的父亲是谁，某某公爵的情妇是哪一位。我觉得即使是那些上流社会的人士也不见得比他知道得多。

我在巴黎时，我们经常一起聚餐，也许是他的寓所，也许是馆子。我喜好逛古玩店，但多为欣赏，偶尔也会买下几件。埃利奥特不仅兴致勃勃地奉陪我，他知识渊博，并且对那些精美的东西尤其喜欢。看到他与那些老板的熟络程度，让我感觉他对巴黎这类的店铺无所不知。他热衷于讨价还价。每当我俩前往时他总会说："看中了什么，你自己先别买，只要给我使个眼色，其余的交给我就好了。"

当他以报价的一半帮我买下我喜欢的东西时，他会喜不自胜。

我享受于他与那些店主讨价还价的过程，他争辩、发脾气、劝诱，吹捧完店家的德行又冷嘲热讽、挑三拣四，又是叹息又是耸肩，甚至威胁再也不会进这家店门，手段用尽，达到目的后又装成认输的样子，然后跟我耳语："买吧，就是再翻一倍的价钱，也值。"埃利奥特是个热情的天主教徒。他定居巴黎后不久，有幸与一位神父相遇。这位神父以循循善诱、规劝异教者迷途知返而著名。这位神父聪明有才华，应酬颇多，他只为那些有钱人和贵族阶层做传教服务。埃利奥特免不了受到此人的吸引：尽管出身寒微，却混迹于王公贵族之中。于是他对新近改投神父门下的一个美国阔太太诉说心愿，自己尽管生于圣公会教徒之家，却一向仰慕天主教会。她便在一次只有他们三人的晚宴上给他们做了引荐。女主人引出天主教义的话题，神父果然谈吐不凡，滔滔不绝，神乎其神，却绝没有卖弄之嫌。虽然贵为神父，不仅通达天主教义，还通晓世故，为此与埃利奥特这个深谙世故之人聊得颇为投机。埃利奥特发现神父对他的了解甚为透彻，这让他感到特别荣幸。

"旺多姆公爵夫人那天跟我说起你，她说你很有才华。"

埃利奥特激动得脸色通红。当初有人为他引荐尊贵的夫人，他做梦也没想到夫人还会记得他。神父谈到天主教时，真可谓智慧与仁善并存。他有着开阔的心胸，容人的气度，贴近现实的新潮观点，让埃利奥特感到教会犹如一家高级的俱乐部，一个有教养的人不加入其中便是遗憾。半年后，天主教会接纳了他。他改换了信仰，尤其他对天主教慈善会捐赠的慷慨大度，几扇曾经对他关闭的大门为他敞开了。

他摈弃父辈的信仰，可能动机不纯，但他皈依天主教是毫无疑义的。每个礼拜他都会去上流社会光顾的教堂真诚地做弥撒、定期忏悔，甚至赶到罗马去朝拜。他的虔诚使他获得了教皇侍从的称号及用勤勉赢得的圣墓勋章。他作为天主教徒所获得的成就，并不比做俗人时少。

我不时暗暗问自己，究竟是什么心态促使这样一个睿智、亲善而有教养的人变得这般痴迷。他并不是暴发户，他的父亲曾是南方某大学的校长，祖父是很有知名度的牧师。而他本人如此聪明，难道看不出那些接受了他邀请的人之中，只为来混吃混喝，还有碌碌无为之辈，他们虽然有着显赫的身份，却高傲自大，目无一切。我只能推测，他热衷于与那些古老家族的绅士们交好，侍奉他们的女眷于鞍前马后，在这个过程中，他享受着永不厌倦的成就感；我觉得那些背后充满激情的浪漫情怀。使他在弱智的法国公爵身后看到了追随圣路易斯征战圣地的十字军。英国伯爵喜好猎狐，可身上流淌的是追随亨利八世去“金缕地”（英王亨利八世和法王弗朗索瓦一世两位“文艺复兴王子”1520 年举行增进友谊会议的会场，位于今法国巴兰盖姆镇海滨城市加来附近，场面极为华贵奢侈）先祖的血液。与这些人为伍，他觉得仿佛置身于过去的纵横驰骋之中。我觉得他在翻阅那本《欧洲王族家谱年鉴》时，让他激情澎湃。那里面记录着一个又一个的名字，让他想起过去那些关于古战场、有着历史意义的围城战役、让人心血沸腾的决斗场面，还有诡谲的外交纷争与香艳的宫廷秘闻。无论怎样，这就是埃利奥特·坦普尔顿。

5

我正在梳洗，而后出门准备去赴埃利奥特的宴请，这时旅馆前台的电话打来，他已经在楼下候着我了。这让我颇为意外。我赶紧把自己收拾停当，下楼了。

“我觉得我来接你能安全些，”我们握着手，他说道，“我不是很清楚你对芝加哥了解多少。”

他有着那些侨居国外的美国人都有的看法：他们认为自己的国土上处处存在着危险，欧洲人在此独行，会存在安全隐患。

“还有一些时间，我们走走吧。”

天气有一点点的寒意，但万里无云，散步活动腿脚，是一件舒服与惬意的事。

“我想在你见到我姐姐之前，先跟你介绍一下她的情况，”我们边走他边说，“她在巴黎跟我住过一两次，但我想那时候你没在。今天吃饭的人不多，你明白的，只有我姐姐，她的女儿伊莎贝尔和格雷戈里·布拉巴宗。”

“那位室内装潢师吗？”

“正是他。我姐姐的房子糟糕透顶了，我和伊莎贝尔打算装修一下，赶巧听说格雷戈里正好在芝加哥，伊莎贝尔把他邀请过来吃午饭了。虽然他这个人不够绅士，缺少一些教养，但他的品位不错，有一定的鉴赏力。他曾经给玛丽·奥利凡特装修过拉尼堡，为圣厄尔斯装修过圣克莱门特·泰尔伯特。那位公爵夫人大加赞赏。一会儿你会看见路易莎的房子，我真的不知道这么多年她是怎么住在里面的。也完全搞不懂她怎么住在芝加哥的。”

原来布拉德利夫人孀居在芝加哥，她有三个孩子，两男一女。两个儿子都已成家立业。一个在菲律宾政府部门做事，另一个与他父亲一样，在布宜诺斯艾利斯做了一名外交官。她的丈夫生前在世界很多国家供过职，在罗马做第一秘书很多年，后来被委派到南美洲西岸一个共和国做公使，并在那里去世了。

“他去世之后，我想让她卖掉芝加哥的房子，”埃利奥特继续说道，“可她居然舍不得。布拉德利家族在这久居多年，也是伊利诺伊州最古老的望族之一。他们是在一八三九年从弗吉尼亚迁过来的，买下了如今属于芝加哥区域的60英里的土地，至今仍属于他们。”埃利奥特略作停顿，想看看我对此的反应。“我觉得你会把在这居住的布拉德利先辈们称为农民，我不确定你是否知道，20世纪中期中西部刚开发的时候，有相当一大部分弗吉尼亚人，因为受到这里未知因素的影响，而放弃了这里富足的生活，远走他乡，说起来都是体面人家的孩子。我姐夫的父亲切斯特·布拉德利很看好芝加哥的前景，进了当地一家律师事务所。他赚了很多钱，足够他的子孙后代衣食无忧了。”

埃利奥特说话的用意——不是说话的内容，他似乎在暗示，已故的切斯特·布拉德利当初虽然抛开祖传的高屋大厦和大片的土地，进了律师事务所，这或许不是很明智的选择，但起码是赚到了钱，至少抵消了当初失去的部分财产损失。后来有一次，布拉德利夫人给我看了几张在乡下拍的照片，那个被她称为他们的

“地方”的地方，有一栋并不算高大的木房子，一座漂亮的小花园，不远处有谷仓、牛棚和猪圈，周边是一片荒芜平整的土地。看到这样的景象，我不由得想起当初切斯特·布拉德利放弃祖传的房屋和土地而进城另谋人生，绝不是一时的莽撞而为。

我们很快叫了一辆出租车。车停在一栋又窄又高的褐色石砌的房子前。门前有几级很陡的台阶。这栋房子坐落在一排房子中间，对着一条通向湖滨路的街上。看其外貌，即使在明媚的秋天，也了无生气。我不禁在想：能有谁对这样一座房子情有独钟呢？来开门的是黑人管家，他体格健壮，有一头白发。他引领我们走进客厅。我们进去时，布拉德利夫人从椅子上站了起来，埃利奥特为我做了引荐。她年轻时应该很有些姿色。她的脸蛋虽不小巧，五官却很姣好，尤其那双眼睛很有神韵。而她现在不施粉黛的灰黄色脸庞皮肤已经松弛，一看便知她是在与中年发胖的斗争中败下阵来的。但从她的穿戴及做派上，还能看出她输得不甘心。她拔着腰板坐在椅子上，她有一头梳得一丝不乱的大波浪的头发。她的胸衣又紧又硬，铠甲一般。她穿着一条蓝色的缀了很多饰带的长裙子。撑着鲸骨的领口高而硬挺。另一位客人还没到，我们闲聊着。

“埃利奥特告诉我你走的是南线，”布拉德利夫人说，“你在罗马停留了吗？”

“是的，我在那儿待了一个星期。”

“亲爱的玛格丽塔皇后还好吗？”

我说我不清楚，她的问题或多或少地让我有些意外。

“你没去拜访她？她是一个和蔼可亲的人。我们在罗马的时候，她很关照我们。那时候布拉德利先生是一等秘书，你怎么能不去看望她呢？你跟埃利奥特可不一样，他去意大利的奎里纳尔宫（建于奎里纳尔山上，1870 至 1946 年间为意大利皇宫，后改为总统府），你不能去？”

“不是的，”我笑着说，“我只是不认识她。”

“是吗？”布拉德利夫人好像不相信自己的耳朵似的，“这怎么可能？”

“说实话，一般作家不会跟国王王后走得过于亲密。”

“她真是一个很好的人。”布拉德利夫人改为劝告的口吻，她认为我是因为清高，才不肯去认识那些王室女人，“我敢肯定，她见了你，一定会喜欢。”

这时另外一位客人格雷戈里·布拉巴宗在管家的带领下，走了进来。

格雷戈里·布拉巴宗名字尽显浪漫，他人却不是浪漫派人物。他个子矮小，身上坠着很多赘肉，脑袋上除了耳朵周围和脖子后面有一圈黑发外，其他的部位秃如禽蛋。一张通红的脸膛，油乎乎的，随时都会汗流满面的样子。他的嘴唇丰厚，下巴宽而厚，一双敏锐的灰眼睛。他是英国人。我曾在伦敦的放荡不羁的聚会上，几次与他相遇。他热情快活，爽朗的笑声不断。他是一个非常精明的生意人，他那些闹腾的表象，只是他生意人的外在表现罢了。多年来，他是伦敦最成功的室内装潢师。他声音响亮，一双肥胖小手，最善于表达感情，凭着那些达意的手势及能言善辩的语言，就足以激起那些犹豫不决的客户的丰富想象力，故此抗拒他的可能性几乎不可能。更何况他会让你觉得捡了一个大便宜。

管家走进来，手里托着一盘鸡尾酒。

“我们不等伊莎贝尔了。”布拉德利夫人说完拿起一杯鸡尾酒。

“她干吗去了？”埃利奥特问。

“和拉里去打高尔夫了。她说会晚些回来。”

埃利奥特转向我。

“拉里·达雷尔是伊莎贝尔的未婚夫。”

“我原以为你不喝鸡尾酒，埃利奥特。”我看见埃利奥特端起了一杯鸡尾酒，感到有点意外。

“我的确不喝，”他啜了一口，似乎有些不高兴地说，“可是，在这个禁酒的野蛮地方，我又能喝什么？”他又叹了一口气，“就连巴黎有些场所都开始卖了。不良的东西败坏了传统的礼法。”

“不要胡说，埃利奥特。”布拉德利夫人说。

这句话她说得很和善，但语气中却透着一种不容侵犯的果断。我觉得她是个很有主见的女人。我从她看埃利奥特的既愉悦又犀利的目光中看出，她对这个弟弟并不指望什么。

我特别想知道她会怎么对待格雷戈里·布拉巴宗。自从走进这间屋子，我已经看到了他打量这间屋子时那惯用的职业性的眼光及其不时上扬的眉毛。确切地说，这是一间非常有特点的屋子，从壁纸到窗帘以及家具上的软垫，所有的图案都是相同的。壁挂油画有拉斐尔风格的圣母像、基多·雷尼风格的圣母像、祖卡雷利风格的风景画、帕尼尼画风格的废墟，都收在厚重的镶金画框里。很显然这些都是他们夫妇在罗马时购买的。在北京期间他们的收获也显而易见，精雕细刻的红木桌，巨型景泰蓝花瓶。还有用硬石雕刻的肥胖的人体雕像及陶制花瓶，这是智利和秘鲁的物件。还有一张齐彭代尔的书桌和一个镶花的玻璃柜子，白丝绸灯罩上，不知哪个没有脑子的画家，竟然在上面画了几个身着华托式服装的牧羊少男和少女。很显然屋子里的摆设设置，渗透着主人的品位，但不得不说显得有些杂乱无章。然而，我不知道为什么，又令人有种说不出的喜欢。或许是久居的原因，透出家的温馨亲切的氛围，让这些堆积一起的东西有了某种意义。它已构成布拉德利夫人生活中不可或缺的组成部分。

我们刚把鸡尾酒喝完，一个姑娘领着一个小伙子闯进门来。

“我们迟到了吗？”她问道，“我把拉里带回来了，有他吃的吗？”

“当然。”布拉德利夫人面带微笑，“打铃让尤金再加一个位子。”

“刚才他给我们开门的时候，我已经告诉他了。”

“这是我女儿伊莎贝尔，”布拉德利夫人转向我，“这位是劳伦斯·达雷尔。”

伊莎贝尔很匆忙地握了一下我的手，就把脸转向了格雷戈里·布拉巴宗。

“您是布拉巴宗先生吧？很高兴认识您。我特别喜欢你给克莱门蒂娜·多默做的装潢。你看这屋子太糟糕了，不是吗？我一直跟妈妈说重新改一下，如今您到了芝加哥，终于有机会了。您怎么看这屋子？”

我知道布拉巴宗是不会这样做的。他飞快地扫了一眼布拉德利夫人，见她面无表情，他明白了这事是伊莎贝尔做主，不禁哈哈大笑起来。

“这房子，住起来肯定很舒服的，”他话头一转，“可要是让我实话实说，它确实很糟糕。”

伊莎贝尔个头高挑，鹅蛋形的脸型，鼻梁挺直，眼睛漂亮，饱满的嘴唇有着家族的特色。她称得上漂亮，尽管有些丰满，但这应该与她的年龄有关，等年长几岁会苗条一些。她的手有些偏胖，但有力而好看，超短裙下的两条腿，也显丰满。由于刚刚运动和坐敞篷汽车的缘故，她的肤色更加的红润。她的青春活力光彩夺目。她容颜散发着健康的色泽，她活泼可爱，她对生活的美好享受，脸上洋溢的幸福感，无不透着令人喜欢的元素。在她的清雅纯净的对比下，埃利奥特显俗了，布拉德利夫人更显出老态来。

我们去楼下的餐厅吃饭，格雷戈里·布拉巴宗走进餐厅便眨了眨眼睛。暗红色的仿呢绒的墙壁上，挂着技法很差的男女肖像画。画中人面色阴愠，都是已故的布拉德利先生的直系先祖。他自己也在其列。他唇须浓重，穿着双排扣长礼服，配着上浆白色衣领，整个人显得很僵硬。悬于壁炉架上方的是布拉德利夫人的画像，是十九世纪的一位法国画家所作。她身着缎质浅蓝色礼服，脖子上佩戴着珍珠项链，发间的星钻闪闪发光。一条绘制极为精细的头巾被一只珠光宝气的手拈着，那头巾的针脚似乎都能看得清楚。另一只手里则随意地握着鸵羽扇。房间里摆着黑橡木家具，显得森然可畏。

“您觉得这套家具怎样？”伊莎贝尔问布拉巴宗。

“一定花了大价钱。”他答道。

“的确是这样，”布拉德利夫人说，“是布拉德利先生的父亲送给我们的结婚礼物。我们带着它去过里斯本、北京、罗马。亲爱的玛格丽特皇后非常喜欢它。”

“如果是您的，您如何处理？”伊莎贝尔问布拉巴宗。

埃利奥特抢先回答：“烧了。”

他们三个开始谈论着这个话题，埃利奥特倾向于路易十五的风格，而伊莎贝尔则对长餐桌和意大利式的椅子情有独钟，布拉巴宗觉得布拉德利夫人的个性更适合齐彭代尔式的家具。

“我向来很看重，”他说，“个性很重要，”他转向埃利奥特，“奥利方公爵夫人，你肯定认得。”

“玛丽？我们是最亲密的朋友。”

“她请我为她装饰餐厅，我们见面的那一刻，我就断定乔治二世风格与她最合拍。”

“你说得太正确了，上次去她家用餐我看到那些摆设了，与她的品位很匹配。”

他们继续谈着，而布拉德利夫人一直听着。谁也猜不透她想着什么。我的话也很少，而伊莎贝尔的那位男朋友拉里，我忘了他姓什么，更是一个绝好的听众。他坐在布拉巴宗与埃利奥特两人中间。我不时看他一眼。他很年轻，身高与埃利奥特一般，几近六英尺，偏瘦，颀长而柔韧。他长得不算俊美，但耐看，显得不平庸，有些羞涩但很稳重。令我感兴趣的是，自从进来他很少说话，一副神闲气定的样子，他没参与他们的谈话，奇怪的是让人觉得他在以一种奇特的方式参与着。我注意到了他的手，修长，与他的身材来说也算匹配，且形状优美而有力，这是画家钟情的手。他晒得古铜色的脸沉静而严肃，透着一点苍白。他五官端正，但并不引人注目。他颧骨很高，太阳穴低陷。头发是深棕色的，稍带鬈曲。他的眼眸要比实际大一些，可能是眼眶深陷睫毛长而密的缘故。他的眼睛有别于伊莎贝尔和她母亲及她舅舅，是深棕色的，而是深得虹膜和瞳孔都成了一个颜色，显出很特别的热烈光泽。他有一种得天独厚的优雅。伊莎贝尔能被他迷住，一点也不奇怪。她的目光时而瞟过来落在他身上。我看得出她不仅爱他，还对他特别痴情。他们俩的目光相遇时，里面流动着一种很美的柔情。还有什么能比年轻人恋爱的情景更动人呢。人到中年的我，是那么羡慕他们，同时又为他们感到惋惜。这个想法很蠢，因为据我所知他们的幸福并没有丝毫的阻挠，一切都在顺利地进行着，他们没有理由不结婚而幸福地生活在一起。

伊莎贝尔他们三个还在谈着房子装修的事，他们很想让布拉德利太太参与进来，至少应该认可，让他们能做点什么，可她只是愉快地笑着。

“你们不要逼我。我需要时间考虑。”她终于说话了，她转向那个小伙子，“拉里，你的想法呢？”

他看了一圈餐厅，然后微笑了。

“我觉得无所谓动不动。”

“你讨厌！拉里。”伊莎贝尔嚷道，“我拉你来是为了让你支持我们。”

“要是路易莎阿姨满意现在这个样子，那改动的目的是什么？”

他的问题一语切中关键，我忍不住笑了。他看着我，也笑了。

“别因为一句蠢话，就笑得那样。”

他笑得更欢了。我留意到他洁白整齐而小巧的牙齿。他用有着某种意义的眼神看着伊莎贝尔。伊莎贝尔的脸腾地红了，屏住呼吸。这似乎不用猜，就能知道她爱他爱得多么疯狂。我却在那神情里意识到了一种母爱的成分。这有点出乎我的意料之外，她还那么年轻。她的唇上带着柔软的微笑，把注意力又转向布拉巴宗。

“不要受他的影响，除了飞，他什么都不懂，没有文化的愚蠢家伙。”

“飞？”我问。

“他在战争期间是个飞行员。”

“原来以为他还小，不会参战的。”我赞叹。

“他是太小。他很坏，他逃学逃到加拿大，他用撒谎骗取人家相信他有十八岁，混进了空军。停战协议签订的时候，他正在法国服役。”

“你要让你母亲的客人生气了，伊莎贝尔。”拉里说。

“我们是发小。他回来的时候，你不知道他有多帅。穿着一身军装，上衣别着那么多的漂亮勋带。我就坐在他家门口，这样告诉你吧，一直等到他答应娶我，才让他安静下来，那一场竞争异常激烈。”

“的确是这样，伊莎贝尔。”她母亲说。

拉里把身子倾向我。

“我希望她说的话你一个字都别信。伊莎贝尔的确不是个坏女孩，却很会撒谎。”

午餐结束后，我和埃利奥特很快就告辞了。我事先说好去美术馆看画展，埃利奥特执意陪我去。我本意是想一个人去的，可是又不好意思说想独自前往，只好由他陪着。路上我们谈到了伊莎贝尔和拉里。

“他们很相爱，让人感到愉悦。”我说。

“他们太年轻，结婚还不行。”埃利奥特说。

“为什么不行？结婚是恋爱的结果。”

“她十九岁，他才二十岁。关键是他还没有工作。他收入微薄，路易莎说一年也就三四千吧。而路易莎无论如何也不能算有钱人，她的收入只够自己生活的。”

“他找份工作，就可以了。”

“这是关键，他不打算找。对于无所事事的生活他好像很满意。”

“他不过是想休整一下，因为我敢说他在战争中一定吃尽了苦头。”

“他已经休整一年了，足够长了。”

“我看是个很不错的小伙子。”

“我没有贬低他的意思。他出身不错。父亲从前是巴尔的摩人，曾在耶鲁大学拉丁语系当过助教，母亲来自费城一个古老的家族。”

“你用了从前的字眼，他们都去世了？”

“是的。他母亲死于分娩，他父亲去世的时间大约是十二年前。他是他父亲在大学里的一位老友养大的，这人在马文当医生。路易莎和伊莎贝尔就是在那儿认识他的。”

“马文在哪儿？”

“布拉德利庄园所在地。路易莎常去那儿避暑。纳尔逊医生是个单身汉，对养孩子的事一窍不通。路易莎很可怜那孩子，在她的提议下，纳尔逊医生把孩子送到了圣保罗教堂。后来她总把他带出来过圣诞假期。”埃利奥特像法国人那样耸了耸肩，“她那么聪明，却没有预见后来的事。”

美术馆在我们的交谈中到了，我们把注意力转到画展。我再次为埃利奥特的学识、品位及鉴赏力而折服。他领着我游走在各个展厅，像领着游客一般，而他则像艺术教授一样侃侃而谈。我打定主意再独自来一趟，随意而安静地逛逛。过了一会儿，他看看腕子上的手表。

“我们得走了。”他说，“我看画展绝不超过一个小时，这是艺术鉴赏力的极限时间。余下的改日再看。”

分别时，我照样说了很多感谢的话，但心里不是很痛快。

与布拉德利夫人道别时，她告诉我，明天晚上伊莎贝尔要宴请她的小朋友来吃晚饭，然后还要去跳舞。如果我能来，他们跳舞走后，埃利奥特就能和我聊天了。

“这对他来说是好事。他在海外待得太久了，跟这里陌生得好像脱节了一样，似乎找不到有共同语言的人了。”

我接受了夫人的邀请。我们在博物馆分手时，埃利奥特说我能答应邀请，他很快慰。

“我在这里像个无处可安身的幽灵一样，”他说，“我答应要陪路易莎六个星期，自一九一二年后我们就没团聚过。可是在这儿我感觉度日如年。巴黎是这个世界上文明人唯一能住的地方。我亲爱的朋友，你知道在这儿他们是怎么定论我的吗？他们说我是个怪物。这群野蛮人。”

我只是笑笑，便与他分手了。

6

第二天的傍晚，埃利奥特要用车来接我，我婉拒了，我安然抵达布拉德利夫人的宅邸。在这之前有人来拜访我耽误了一些时间。我在楼梯上就听到了喧哗的声音，感觉晚宴规模不小。等我进去，发现连我在内才十二个人，这让我颇感意外。布拉德利夫人身着镶珠硬领的绿缎晚礼服，显得雍容华贵。而埃利奥特的服饰裁剪得当，再加上那股阿拉伯香水味，显得他越发优雅与绅士。我们握手时，他把我介绍给一位高大偏胖的男子。那人红脸膛，身上的晚礼服给人别扭的感觉。他就是纳尔逊医生。但当时对我没有什么意义可言。其余的都是伊莎贝尔的朋友，他们的名字我过耳不存。那些姑娘漂亮，小伙子俊朗。不过对一个小伙子却印象深刻，是因为那个小伙子长得过于高大了。他肩膀宽阔，个头足有六英尺三四英寸，是个十足的大块头。伊莎贝尔的样子美丽动人，一袭白色丝质窄底长裙，遮住了两条丰满的腿，这使她发育良好的胸部特别性感；胖乎乎的胳膊裸露着，衬托着好看的脖颈。她兴高采烈，眼睛顾盼生辉。她是一个漂亮的讨人喜欢的姑娘。不过，也能看出如果她稍加不注意，她的体态就会因为臃肿而显得不那么优雅了。

晚餐时我被安排在布拉德利夫人和一个年龄偏小有些害羞的姑娘中间。善解人意的布拉德利夫人解释说她的父母住在马文，以前是伊莎贝尔的同学。我只听到他们叫她索菲。餐桌上很热闹，每个人都在用足气力说话，不时爆发一阵笑声。在我不需要与女主人交流的时候，我试着和身旁的姑娘交流。我几乎没有收获，因为她比在座的都安静。她长相一般，脸部却很有趣。翘鼻子小巧，嘴巴却很宽，眼睛碧蓝色，浅棕色的头发简单地束着。她发育得很不好，瘦瘦的胸脯跟男孩子一样扁平。她似乎在极力配合着大家，别人笑她也笑，装出善解人意又情非得已的样子，给人的感觉她并没有装出来的那么好笑。我无法确定她是蠢还是过于腼腆，总之我试图跟她聊各种话题都以失败告终。最后我只好让她给我介绍来参加晚餐的人。

“纳尔逊医生你已经知道了，”她指指坐在布拉德利夫人对面的中年男子，“他是拉里的监护人，是马文的医生。他很聪明，发明了很多飞机上的小东西，只是说都用不上。他不做事的时候就喝酒。”

说着这些的时候，她浅色的眼睛里放射着光泽。我有些怀疑我开始对她的结论也许是错误的，她并不是我想的那么简单。接下来她继续给我介绍那些年轻人，介绍他们的名字及其父母。介绍那些小伙子时，他们上过哪所大学，做了怎样的工作都会顺便交代一下。可于我并没有太大的收获。

“她很可爱。”或者，“他的高尔夫打得棒极了。”

“那个浓眉的大个子是谁？”我想起给我印象最深的大块头的男孩子来。

“那个吗？噢，那是格雷·马图林。他们家在马文河边有一座大房子。他教我们打球。他是我们的骄傲。马图林、霍布斯、雷纳，还有史密斯他们都是富人。他是芝加哥顶级富豪的独生子。”

她是带着一种揶揄的口吻列数这些名字的。我好奇地看了她一眼。正巧被她看到了，她的脸红了。

“对那个马图林先生说得仔细一些。”

“没什么好说的，他很有钱，受人尊重。我们马文的新教堂，是他出钱建的，还把一百万美元捐赠给了芝加哥大学。”

“他的儿子长得很英俊。”

“他人很不错的，可是他根本就不会想到他祖父是住棚屋的爱尔兰人，而祖母是饭馆里的瑞典服务员。”

与其说格雷·马图林英俊，不如说他高大得有些让人震撼。他的美有种粗糙感，就像未经雕饰的玉石：短而钝的鼻子，一张肉感十足的嘴巴，爱尔兰人的红润皮肤，浓密的黑亮头发，还有同样浓密眉毛下一双清澈蔚蓝的眼睛。他虽然块头很大，却比例匀称。是个非常强壮的有着健美感的男子。很显然他力大无比。他颇有男人气魄，给人印象至深。拉里正好与他为邻，尽管个头只相差三四英寸，拉里却显得很瘦弱。

“他的崇拜者特别多，”我的芳邻说，“那些女孩子为了得到他，让她们杀人放火都愿意。可是，她们没有机会了。”

“为什么呢？”

“你真的什么都不知道？”

“是的。”

“他爱着伊莎贝尔，爱得痴迷了。可伊莎贝尔爱拉里。”

“他可以争取，把拉里挤掉。”

“他和拉里是最好的朋友。”

“这很麻烦。”

“如果你和格雷同样高尚的话。”

我揣摩着她说这番话的真正心思，是真情实意的，还是带着嘲讽的意味。她的举止中丝毫没有失礼之处，更没有唐突和莽撞之感。却让我感觉要不就是缺点儿幽默感，要不就是不够机灵。她身上有一种羞怯和内敛还是打动了我。我想看清楚她的内心，是不大可能的。她是缺少自信的，她应该是个生活封闭的孩子，形单影只地生活在不同龄的大人们中间。她以一个孩子的眼光默默地观察着她周边的大朋友们，并给那些成年人盖棺论定。我又看了一眼她那双碧蓝的眼睛。

“你多大了？”我问。

“十七岁。”

“你看书多吗？”我又随意问了句。

没等她回答，热情的布拉德利夫人恪守女主人的职责，与我聊起来。等我脱身时，我的芳邻和那些年轻人都走了，去了他们该去的地方。晚餐已告结束，剩下我们四个人来到客厅。

对于这回受邀，我是有点意外的，因为在随便说了几句之后，他们转入正题，谈起了一件我原以为他们可以私下里讨论的事情。我拿不定主意，是该起身告辞，还是做个不偏不倚的听众呢？商议的话题是拉里很奇怪地不愿意去工作。引发此事的是晚宴上那个格雷的父亲，他想让拉里到他的公司去工作。这是个千载难逢的好机会，拉里有才干也勤勉，前途和收入都是指日可待的。他的好朋友格雷也希望他们能一起工作。

那些原话我记不得了，大概意思是这样的：拉里从法国回来后，纳尔逊医生，也就是他的监护人，建议他去大学读书，他拒绝了。他想好好地休整一下，这是无可非议的事情。在那场战争中，拉里两度受伤，不过无大碍。纳尔逊医生想让他彻底调节一下战争留给他的恐惧感，也不失为明智之举。就这样一周又一月地过去了，现如今他复员已经一年有余。战争中，他是一个很英勇的飞行员，复员后也颇有名气，好多公司都希望他加盟。他感谢之后都婉拒了。他没有很好的理由解释这件事，只说还没有打算好。他和伊莎贝尔两人私订终身，布拉德利夫人也不意外，她知道他们很相爱，拉里能给女儿快乐。她说：

“伊莎贝尔的性格比他要强势一些，他们正好互补。”

虽然两个孩子还年轻，布拉德利夫人也不反对他们结婚，但前提是拉里必须出去工作。他有一笔小收入，但她认为即使他的收入是现在的十倍，作为男人也必须出去工作。布拉德利夫人和埃利奥特想在纳尔逊医生口里知道拉里的打算，他们希望他用自己的影响让拉里接受马图林先生提供的职位。

“我在拉里面前从来没有权威，这个你得清楚，”纳尔逊医生说，“他从小就这样，从不考虑别人的意见而行事。”

“都是你把他带坏的，他能这么出色已经算是个奇迹了。”

还在饮酒的纳尔逊医生不满地看了布拉德利夫人一眼，脸膛更红了。

“我忙得很，有很多事要料理。我之所以当初收留他，是因为他无处可去。何况我和他爸是好朋友，他很难养。”

“你怎么能这么说他呢？”布拉德利夫人尖刻地说，“那孩子的脾气很柔和。”

“这孩子不会跟你吵，你就是冲他发火，他只会说声抱歉，但一直是我行我素。你怎么办？他要是我亲儿子，我早就揍他了。可是我不能打他，他是一个可怜的孩子，他父亲把他托付给我，知道我会善待他。”

“扯远了，”埃利奥特有些不满意地说，“现在的问题是，他浪荡得太久了，这个好机会他必须抓住，他要是想娶伊莎贝尔，就必须接受这份工作。”

“他应该明白，在这个世界上，”布拉德利夫人插话道，“男人是要工作的。他现在身体已经复原。不要像那些退伍的军人，成为家庭和社会的负担。”

“他拒绝工作的理由是什么？”这时我加了一句。

“他说不感兴趣。”

"那他想做什么？"

"显然没有想法。"

纳尔逊医生又给自己倒了一杯威士忌，喝了一大口，然后看着他的两个朋友。

"我可以说说我的感觉吗？我尽管不是判定人性的专家，但我从医三十年了，对人性我还是有些了解的。我觉得战争改变了拉里，他与原来不同了。不是年长几岁那么简单，一定发生了什么使他改变了性情。"

"什么样的事？"我问。

"我不清楚，只是觉得他忌讳谈那场战争，"纳尔逊医生扭头问布拉德利夫人，"他跟你讲过吗，路易莎？"

她摇摇头。

"没有。刚回来时，我们让他讲讲他的冒险经历，他总是打着哈哈，什么都不肯说。他对伊莎贝尔都不愿多说一个字，伊莎贝尔试探过他多次，没有任何收获。"

不尽如人意的谈话在纳尔逊医生要告辞时，结束了。我想我也该走了。埃利奥特强行将我留下了。纳尔逊医生走后，因为无意当中把我拉进他们家庭的事端中，布拉德利夫人向我表示歉意。

"可是你看这件事我费尽了心思。"她最后说。

"毛姆先生做事慎重，路易莎，有什么你尽管放心地说。我感觉鲍勃·纳尔逊和拉里的关系并不是那么亲近，我认为有些话还是少和他说为好。"

"埃利奥特。"

“话已至此，对毛姆也不必再隐瞒了。你吃饭的时候注意到那个格雷·马图林了吗？”

“当然，他的个子太高了。”

“他非常喜欢伊莎贝尔，她也喜欢他。要是拉里再晚回来一段时间，她也许嫁给他了。他向伊莎贝尔求过婚，她没答应，但也没拒绝。路易莎是想等拉里回来再最后定夺。”

“那个小伙子怎么没参军？”

“他的心脏受过损伤，踢足球踢的。没有大问题，但部队不要他。拉里一回来，他就彻底没有机会了，伊莎贝尔彻底回绝他了。”

我不知道对这件事该怎么发言，于是只好沉默着。埃利奥特继续用一口牛津口音讲着，加上他不俗的外表，我觉得他很像一位外交部的高级官员。

“当然拉里也是一个不错的小伙子，就凭他偷着跑去参军这件事，就很了不起。可是我对性格的判断是很在行的，”他会心地一笑，说了一句暗示自己人生的话，“不然我也不会拥有这么一笔相当可观的优质金边证券了。我的断言是拉里不会有什么大出息，既没钱也没有社会地位。而格雷·马图林就不一样了，他有个受人尊重的古老家族出身，家族里曾出过一位主教，一位戏剧家，还有出名的军人和学者。”

“你是如何知道这些的？”我问道。

“这种事自然会知道，”他貌似不经意地说，“有一天，我偶然翻阅《英国名人辞典》，碰巧看到了这个姓氏。”

我想起晚餐时我的邻座对我说起的格雷的祖父是个爱尔兰伐木工，祖母是个瑞典女招待这件事来。埃利奥特继续说着。

“我们和亨利·马图林是老相识，他不但有钱有势，还是个大好人。格雷已经跻身芝加哥的顶级经纪行，等于站在世界的顶峰了。他与伊莎贝尔非常般配，我非常赞同，路易莎也不会反对。”

“你离开美国太久了，埃利奥特，”布拉德利夫人苦笑道，“你忘了这个国家的女孩子的婚姻，不会因为她妈妈和舅舅而改变自己的决定的。”

“这是不值得骄傲的事，路易莎，”埃利奥特语气有些尖刻，“凭我三十年的经验，我可以告诉你，那些以地位、财产、门第结合的，远比那些恋爱结婚的靠谱。伊莎贝尔要是在文明的法国，她会毫不犹豫地嫁给格雷。以后的事谁能说得清楚呢，她要是愿意拉里可以做他的情人，格雷也可以找个女演员金屋藏娇，这样岂不两全其美了？”

聪明的布拉德利夫人带着狡黠与戏弄的神情看着她弟弟。

“我没法苟同你这个想法，埃利奥特。纽约的剧团来这儿演出的时间很有限，格雷豪宅的娇娘能住多久，是个不确定的问题，这会让大家都不舒服的。”

埃利奥特笑了笑。

“格雷在纽约证交所可以买个席位。他要是在美国居住，纽约应该是首选。”他说完这句话，我告辞离开。就在我走之前，我弄不清楚，埃利奥特问我可否愿意与他一起吃个午饭，和马图林父子会会面。

“亨利是美国商界的杰出人物，”他说，“我觉得你该认识认识他。我们的投资生意一直由他打理。”

虽然我不是很愿意，但也没理由拒绝，只好答应了。

7

我还需要在芝加哥逗留一段时间，所以我住在一家会所里，那儿有很不错的图书馆。第二天一早，我就去了图书馆，打算看一两种不是订户很难看到的大学杂志。由于时间还早，图书馆里只有一个人，他坐在一张宽大的皮椅里，特别专注地看着一本书。让我感到意外的那人居然是拉里。我走过去的时候，拉里也认出了我。他想站起来。

“不用起来，”我忙说，“看的什么书？”

“一本书。”他微笑着。那笑容让人觉得很舒服，虽然没有回答我的问题，也不觉得他失礼。

他合上书，然后用他那特有的朦胧眼神看着我。而后把书拿在手里，我无法看到书名。

“昨天晚上玩得愉快吧？”我问。

“非常好。五点才回家。”

“这么早就来图书馆，你很勤奋。”

“我常来，这个时间通常就我一个人。”

“你看吧，我不打扰你了。”

“没有打扰我。”他又微笑了。那微笑不是灿烂飞扬的那种，而是发自内心的能把面容点亮的笑。他坐在书架围成的小阁子里，旁边还有一把椅子，他把手放在扶手上。

“你能坐一会儿吗？”

“当然可以。”

他把拿在手里的书递给我。

“我在读这本书。”

我看了一眼，是威廉·詹姆斯的《心理学原理》。这是一本典范著作，在该科学领域上有着很重要的位置，很有可读性。让我感到意外的是一个飞行员，一个跳舞跳到凌晨五点钟的年轻人，居然读这类书籍。

“你喜欢这类读物？”我又问道。

“我太缺乏知识了。”

“你还这么年轻。”我微笑着说道。

他沉默了很久。这沉默令我感到尴尬，我想我该起身去寻找我的读物了。但我感觉他好像有话要说。他面色凝重而专注，眼睛失神地看着前面，好像在思索着什么。我静静地等待着他开口。他究竟想说什么呢？他继续说话时，他仿佛并没有意识到刚才的一段静默。

“我退役以后，他们都希望我再去大学读书。但我知道在经历了那些之后，我说服不了自己和那些大学新生们在一起生活。在预科学校里我就没学到什么。我觉得他们不会喜欢我，我也不会有感觉。而我认为我想学的东西，那些老师们教不了。”

“这事当然与我无关，”我说，“但我很难信服你的说法。

你的意思我能理解，清楚经过两年的战争，再去做个一二年级的大学生，确实令人讨厌。我想他们不会讨厌你。对于美国的大学状况我不甚了解，但我觉得与英国的也不会有太大的差别，只不过他们也许更调皮一些，更喜欢作弄人，但总体来说，他们都是通情达理的正派孩子。我觉得如果你想要自己想要的生活，完全可以用你的聪明才智来解决，我想他们也不会反对的。我的几个兄弟都上过剑桥，而我把机会推掉了，那时候想着去闯荡世界。我一直为我的此举后悔。在有经验的教师指导下，你的学习会很快，也不至于犯错。没人指路，靠自己摸索，会浪费很多的时光。"

"也许你说得有道理，但我不在乎犯错误。说不定在哪条死胡同里就有我一直苦苦追寻的东西。"

"你究竟在追求什么东西？"

他踌躇片刻。

"我也不清楚那是什么东西，反正它是存在的。"

我沉默了。因为他的话让我无以应对。我从小到大无论做什么都有很明确的目的。他的话，让我有些不耐烦。可是很快我就责备起自己来。我有一种只能称作直觉的东西告诉我，这个小伙子正处于某种心灵困惑的挣扎中，或者是某个不成熟的想法，或者是某种无法确定的情感纠结。我虽然不能确定是哪一种，使他的心处于骚动不安的状态。不可思议的是他居然激发了我的同情心。此前我并没有听他说过几句话，但此时这声音婉约动听，宛如芬芳的膏油一样。再加上那温馨的微笑、散发着迷茫而真诚的眸子，他的确是一个让人着迷的男孩子，我完全理解了伊莎贝尔对他的痴迷。他转过头来看我，目光中带着审视的意味，但不忸怩，也不无愉悦。

“昨天晚上我们跳舞走后，你们谈到我了，对吗？”

“谈了一会儿。”

“鲍勃叔叔一向不喜欢外出，我想他昨天是迫不得已才去的。”

“你好像得到了一个好的工作机会？”

“确实如此。”

“那你接受吗？”

“不。”

“为什么呢？”

“我就是不想去。”

我想我介入了一个与我毫不相干的事情里去了，转念又想，正因为我是一个陌生的外国人，拉里才愿意敞开心扉和我谈这些。

“哦。知道吗，一个人别无长处，可以去当作家。”我笑着说。

“我没有天赋。”

“那你想做什么？”

他又把那迷人的微笑给了我。

“闲逛。”

我不由得笑了起来。

“我想那样的话，世界上有更好的地方，而不是芝加哥，”我说，“你看书吧，不打扰你了，我去找一下《耶鲁季刊》。”

我站起身来。我离开图书馆的时候，拉里还在全神贯注地读着那本书。我在外面用了午餐。鉴于图书馆是个僻静的地方，我也有一两个小时需要打发，又折回去打算抽雪茄，读读书写写字。让我意外的是拉里仍然坐在那个位置上聚精会神地读着那本书，看来他一直未曾动过地方。我再次离开图书馆已是下午四点钟的光景了，他还在。我的来与去，很显然他没有留意。等我把一些杂事处理完毕，回到布莱克斯通时，已经是更衣赴晚餐的时间了。我走在赴约的路上，突发一种好奇心。我又去了图书馆。看书读报的人不少，拉里仍然坐在那个位置上，专注于同一本书。真是一个奇人。

8

第二天我应埃利奥特邀请，到“帕尔默之家”去见马图林父子，只有我们四个人。亨利·马图林长得高大魁梧，与他的儿子如出一辙。长相也很相似，面色红润，厚实的大下巴，短钝的鼻子，不同的是比格雷多了一层咄咄逼人。他的眼睛比他儿子小，缺少的是格雷那样的湛蓝，而多的是犀利。他只有五十一二岁，却显得比实际年龄要老十岁，白发苍苍却稀疏。他给我的第一印象是精明有才干，也不乏冷酷，那应该是多年来在生意场上留下的痕迹。午宴开始的时候，他基本上没说几句话。我想他是在掂量我。我也看出他非常地轻视埃利奥特，把他当傻瓜一样。格雷温和不失礼貌。要不是埃利奥特擅长社交，一直说个不停，那场面可就尴尬了。我猜他一定是早年间在中西部与那些商人打交道时，用自己的三寸不烂之舌忽悠那些商人们，才使他们愿意花大价钱买早期那些绘画大师的作品的。马图林慢慢地放松下来，开始说一些话来。三言两语之中透出他的精明睿智，也不乏少许干涩的幽默感。我们的话题很快转入股市上，让我折服的是埃利奥特竟也深谙此道，虽然又是夸夸其谈，可的确是精通得很。这时候马图林先生说道：

“今天早晨我收到格雷的朋友拉里·达雷尔的一封信。”

“你没告诉我，爸爸。”格雷说。

马图林先生转向我。

“你认识拉里，对吧？”

我点头表示认同。

“格雷劝我让他入我的公司。他们是好朋友。格雷对他推崇有加。”

“他在信里说什么了，爸爸？”

“他首先对我表示谢意。说他知道这的确是一个很好的机会，尤其对年轻人来说尤为重要。他经过仔细考虑，得出的结论让我失望了。他拒绝了。”

“他真是蠢透了。”埃利奥特说。

“可以这样说。”马图林先生说。

“我感到非常的遗憾，爸爸，”格雷说，“我们能一起共事多好。”

“你可以牵马到河边，可你不能逼着马饮水。”

马图林先生说这番话时，看着儿子，锐利的目光变得温柔起来。让我认识到了这个冷酷的生意人也有另外的一面，他非常宠爱他的大块头儿子。他又转向我。

“知道不，就在上个星期天，这孩子在我们的高尔夫球场上，两次以低于标准的杆数打完全局，分别以六杆和七杆战胜了我。我恨不得用我的九号铁头杆敲碎他的脑袋。想想高尔夫球可是我教会他的。”作为父亲的自豪感溢于言表。我开始对他有好感了。

“那是我的运气好，爸爸。”

“可不是那么回事，你把球打出沙坑落在离球洞六英寸的地方，这是运气吗？打偏了一英尺就会误差三十五码。我想让他参加明年的高尔夫业余锦标赛。”

“我可没有时间。”

“我是你老板，对吧？”

“我会不知道！我上班迟到一分钟，你都会大发雷霆。”

马图林先生笑出了声音。

“他就是想说我是暴君，”马图林先生对我说，“别信他的。我的那些合伙人实在是不怎么样，但我对我的产业非常的看好。我让我的儿子从最基层做起，我要他像我雇用的年轻人一样努力进取，要一步一步地走上去。这样他将来接班的时候，就会成竹于胸。我这种生意，责任重大。有些客户在我这儿投资已有三十年之久了，他们都非常信任我。说句实话，我宁愿自己赔钱，也不让他们受到损失。”

格雷笑了。

“不久以前，有个老姑娘过来要投资一千美元，做她的牧师推荐的一个冒险投资项目。他拒绝照办，她坚持要做。最后他把人家骂跑了，她是哭着走的，接着他又在电话里把那个牧师一顿臭骂。”

“人们对于我们经纪人通常会说三道四。但经纪人也不尽相同，我不能让信任我的人做亏本买卖。可是有些人的做法，就是让你觉得他们人生的目标就是赔光每一分钱。”

“哎，你觉得这个人怎样？”埃利奥特问我。午宴后马图林父子回了公司。

“我向来喜欢接触不同类型的新人群。他们的父子感情令我感动，我知道这在英国并不多见。”

“他宠爱他的儿子。他的性格复杂而古怪。他说的关于客户的事儿都是真的。他手上掌控着好几百个老妇人、退伍军人和牧师的积蓄。我想他们的那些麻烦远比价值要多，可是他们的信赖让他感到骄傲。但如果你见识了他与对手竞争时的样子，没有人会比他更心狠更无情。他想要的别想少一丝一毫，谁也别想阻止他，那样，他不仅会毁了你，还要在毁掉你的时候笑得淋漓尽致。”

埃利奥特回家的第一件事，就是把拉里回绝亨利·马图林聘用的事告诉了布拉德利夫人。伊莎贝尔和她的朋友们出去吃午饭了，她回来的时候，他们还在议论这件事。他们只好对她说了。我根据埃利奥特的描述猜测出，埃利奥特用自己善于雄辩的口才阐明了他的观点，尽管他自己十年来无所事事，他自己从前那些敛财的营生也谈不上辛苦，但他极力主张，人类的成功，勤勉工作是根本。尤其是拉里，一个普通人家的孩子，没有显赫的社会地位和门第，他没有理由不去遵循一个国家的优良传统。埃利奥特是有远见卓识的人，他清楚地看到美国正进入空前的盛世。拉里有了奋起的机会。如果他肯努力，说不定到四十岁的时候，就是一个百万富翁，千万富翁了。到了退休的时候，他可以过着那种体面的绅士生活。比方说，他可以拥有一座巴黎杜波依斯大街的公寓，还可以在都兰拥有一座庄园，他（埃利奥特）对此就无可厚非了。然而，路易莎·布拉德利夫人说得更直接，没有可争辩的余地。

“如果他爱你，为了你，他也应该去工作。”

至于伊莎贝尔当时是怎么应付的，我不得而知。但我想，伊莎贝尔是个明智的姑娘，她不能不知道长辈们的一番苦心。身边的年轻人，都在为未来做着各种准备，有的在为即将要涉入的领域学习着，有的已经在职场的基层做起。拉里不能躺在空军时代的功劳簿上过一辈子。讨厌的战争结束了，人们巴不得立刻忘掉。最终讨论的结果是：伊莎贝尔同意找拉里彻底谈一次。布拉德利夫人为客厅订购了新窗帘，但她把尺寸量错了。她建议伊莎贝尔让他开车送她去马文，再去量一次。

“鲍勃·纳尔逊会请你们吃午饭的。”她说。

“我有个更好的主意，”埃利奥特说，“给他们准备个餐篮，就在门廊吃，吃完了正好谈事情。”

“这个主意不错。”伊莎贝尔说。

“没有什么比坐在门廊里吃野餐更舒服更惬意的事了，”埃利奥特用说教的口吻补充道，“于泽思公爵夫人曾经对我说，再顽固的男人也禁不住这样的诱惑。你打算给他们准备些什么做午餐？”

“包蛋鸡肉三明治。”

“不靠谱。野餐必须有鹅肝酱。得先用咖喱大虾作为开胃菜，佐以鸡胸脯肉，还有生菜心沙拉，这个我可以亲自来调味。吃过鹅肝酱后，作为对美国习俗的让步，还可以再来个苹果馅饼。”

“我就准备夹馅煎鸡蛋和包蛋鸡肉三明治，埃利奥特。”布拉德利夫人态度不容争辩。

“不过你要记住我的话，事情搞砸了，到时候只能怪你自己。”

“拉里吃得很少，”伊莎贝尔说，“而且他会不注意吃的是什么。”

“你不会觉得这是他的优点吧，我可怜的丫头。”埃利奥特说。

结果他们吃的只能是布拉德利夫人说的，因为没有人可以改变她的决定。事后埃利奥特跟我说这次马文之行的结果时，他很法式地耸耸肩膀。

“我就说会把事情搞砸的，路易莎还不相信。我让路易莎把那瓶战前我寄给她的‘蒙夏锡’带给他们，可她不肯听我的，只带了一瓶热咖啡。还有什么指望可言？”

事情大概是这样的，路易莎·布拉德利和埃利奥特坐在客厅里，他们听见汽车停在门口的声音。伊莎贝尔走了进来。那时候天色刚暗下来，窗帘已拉上。埃利奥特懒洋洋地靠在炉边的扶手椅上读小说，布拉德利夫人正在织一张挂毯准备作为炉档。他们看见伊莎贝尔直接上楼去了自己的房间而没有进客厅。埃利奥特从眼镜上方看了看姐姐。

“我想她是去楼上放帽子，一会儿会下来的。”她说。

好几分钟过去了。伊莎贝尔没有下来。

“或许她是累了，她可能躺下了。”

“你难道不希望进来的是他们两个人吗？”

“别惹我生气，埃利奥特。”

“好吧，你的事，跟我无关。”

他继续看书。布拉德利夫人继续干她的针线活儿。半个小时后她突然站起来。

“我想我还是应该上楼看看她，她要是躺下睡了，我就不打扰了。”

只一会儿工夫，她就下楼回来了。

“她在哭呢。拉里要去巴黎，要去两年。她说她等他。”

“他去巴黎做什么？”

“我不知道，埃利奥特。她什么都不肯跟我说，只说她理解拉里，不会阻拦他的这个决定。我对她说，‘如果他真的爱你，就不会离开你两年。’她说，‘关键是我太爱他了，我也没有办法。’我问，‘甚至今天发生了这样的事情之后，你还爱他？’她说，‘今天的事让我更加地爱他了。他也爱我，妈妈，请你相信我。’”

埃利奥特沉思了一会儿。

“两年之后呢？”

“我说了我什么都不知道，埃利奥特。”

“你不觉得这很糟糕吗？”

“确实糟透了。”

“可以说的是他俩都还很年轻。等两年也不是问题，关键是谁知道这期间会发生什么事呢？”

他们决定不再去打扰伊莎贝尔，让她自己静一静。他们准备晚上去外面吃饭。

“我不想让她难过，”布拉德利夫人说，“别人会怀疑她的眼睛怎么肿了。”

第二天午饭后，家里只有她俩。布拉德利夫人又老话重提。但她没有得到她想知道的答案。

“该告诉你的，我都告诉你了，妈妈。”她说。

“他去巴黎到底想干什么？”

伊莎贝尔忍不住笑了，因为她知道她接下来的回答，在母亲看来是何等的荒唐滑稽。

“闲逛。”

“闲逛？你这是什么意思？”

“他就是这样说的。”

“你快把我的耐心磨没了。如果你神志还清醒的话，就该当机立断，解除婚约。他这是在戏弄你。”

伊莎贝尔看了看左手上的戒指，轻轻地叹了一口气。

“我该怎么做呀？我爱他。”

随后埃利奥特加入了这场谈话，他对我说，“亲爱的朋友，我不是以她舅舅的身份去跟她谈的，而是作为精通世故的过来人，跟一个不谙世事的丫头谈。”可是他和她的母亲一样也没好到哪去。我从中得出的印象是，伊莎贝尔委婉但明确无误地告诉他，别管闲事。这些是埃利奥特在我住的布莱克斯通的小屋里告诉我的。

“这事正如路易莎所说的太糟了，”他又补充道，“可是遇到这种事一点都不奇怪。年轻人嘛，总是以为互相爱慕，就是最美满的婚配。我对路易莎说了，没啥好担心的，我想事情也许会有转机。拉里远在天边，格雷·马图林却近在眼前。假如我对我这些同胞还算了解的话，那么结局就很明显了。十八岁的爱情，是冲动的产物，生命力不会长久。”

“你太精于人情世故了，埃利奥特。”我微笑道。

“我可是读过拉罗什福科的书的。你知道芝加哥这个地方，他们会时常见面的。一个姑娘有一个死心塌地爱自己的人，那是姑娘脸上的光彩。等她知道了她的那些闺密都想嫁给他的时候——我来问你，人的本性，不是要将所有人都排挤掉吗？我打个比方，这就好比你被邀请参加一个酒会，这个酒会很糟糕，只有柠檬水和饼干。你之所以还要去，是因为你最好的朋友们都非常想去，却得不到邀请。”

“拉里什么时候动身？”

“我不清楚。我想还没定准吧。”

埃利奥特从衣袋里取出一只狭长的金质镶铂烟盒，夹了一支埃及香烟。法蒂玛、切斯特菲尔德、骆驼或是好彩这些牌子，他是看不上的。他笑容可掬地看着我，那笑容里隐藏着某种暗示的成分。“我当然不便跟路易莎说，但我可以跟你说。说心里话，我是很同情那个年轻人的。我知道在战争期间他对巴黎有了印象，他如果迷恋上那座世上唯一可供体面人居住的文明城市，我也不会怪他。他还年轻，他想过一段自由自在的浪漫生活，也无可厚非。我会很好地关注他，给他引见那些对他有帮助的人。他举止优雅，加上我的指点，我想他很快就会脱颖而出。我敢说，他将来在法国的生活，是没有几个美国人可以尝试过的。请相信我，我亲爱的伙伴，普通的美国人去一次圣日耳曼大街比上天堂都难。二十岁的他，风华正茂，魅力十足。我想我应该帮他牵线一位比他年长的女子，来帮助他打造形象。我认为，年轻人要想尽快成熟，应该找个成熟的女人交往。当然她首先得是我看上眼的那种女人，还得是上流社会的女人。那么他就会在巴黎拥有一片自己的天地。”

“这些话，你和布拉德利夫人说过吗？”我笑问。

埃利奥特也轻声笑起来。

“我亲爱的朋友，我最引以为自豪的，就是我的处世之道了。告诉她，她不会理解的。我一直都弄不明白我那可怜的姐姐的这一点，她在外交界待了半辈子，全世界的首都差不多住过一半了，可是骨子里还是一个无可救药的美国女人。”

9

那一天我去湖岸路参加一个晚会，地址是一座高大的石砌房屋里，看上去可能当初那个建筑师想把它造成世纪式样的城堡，半路上改了初衷建成了瑞士小屋。宴会人很多，我走进设置很奢华的大厅里，各类雕像、棕榈树、枝形吊灯、大师级画作，各类应时家具，应有尽有。我遇见了几个熟面孔，这让我很高兴。亨利·马图林先生给我介绍了他的瘦弱、脸上的粉脂涂得很厚的夫人。我问候布拉德利夫人和伊莎贝尔。伊莎贝尔瞧上去特别漂亮，穿着一件红色丝质长裙，乌黑的秀发及顾盼生辉的淡褐色眸子，真是相辅相成。她兴致勃勃，很难看出刚经历过痛苦或者烦恼的样子。她正在与围绕着自己的三个小伙子快乐地聊着，格雷是其中的一员。她在另外的桌子上，我没法与她见面。男人们无止无休地享用着他们的酒水、咖啡和雪茄，然后才慢吞吞地返回客厅，我才算找到一个和她说话的机会。鉴于我们之间不是很熟，我自然不能直接问她埃利奥特跟我说的那些话，然而我想我说出的某些话，觉得她还是爱听的。

“有一天我在会馆看见你的男朋友了。”我很随意地说道。

“哦，是吗？”

她也很随意地回了我一句，但我捕捉到了她眼睛里的警觉与留意，或者还有一份疑惑。

“他在图书馆里阅读一本书，我真佩服他的专注力。我去的时候是十点钟，他正在读，午饭过后我回去，他还在读，我去参加晚会的路上过去看了，他仍然坐在那个位置上读着，我敢肯定有十个小时他都没动地方。”

“他读什么呢？”

“威廉·詹姆斯的《心理学原理》。”

她低下头，我无法看到这件事对她产生怎样的影响，但我感到她很困惑，又有些安心。这时候我应主人之邀去打桥牌，等散场回到餐厅，伊莎贝尔和她母亲已经离开了。

10

两天之后，我去跟布拉德利夫人和埃利奥特道别。他们正坐在那儿喝茶。我坐了一会儿，伊莎贝尔回来了。我们聊着我以下的行程，我对在芝加哥期间他们对我的热情招待表示了感谢，到了合适之时我起身告辞。

“我送你到那家杂货店，”伊莎贝尔说，“我想起正好要买点东西。”

布拉德利夫人临别时的交代却是：“你下次再见到玛格丽特王后，代我向她问好，好吗？”

我没再作不认识她的解释，便随口答应了她。

我们走在街上，伊莎贝尔微笑着看了我一眼。

“想喝一杯冰激凌汽水吗？”她问我。

“可以试试。”我谨慎地回答道。

然后这一路上她不再说话，我也无语着。

我们进店后，找了张桌子坐了下来。椅子的靠背和腿均为铁丝拧成，靠在上面有点不舒服。我要了两杯冰激凌汽水。杂货店里有三五个人在柜台旁买东西。其他的三个桌子旁坐着几个人，都低头忙着。事实上只有我们是属于独处的。我点燃一支烟，伊莎贝尔用吸管表情满足地喝着汽水，可我还是捕捉到了她内心的紧张。

“其实我是想和你谈谈。”她忽然说。

“我已经猜到了。”我微笑着说。

她好像思索着什么，看了看我。

“前天晚上，你为什么跟我说拉里在图书馆读书的事？”

“我觉得你会感兴趣。我突然想起也许你并不理解拉里所谓‘闲逛’的意思。”

“我就知道埃利奥特舅舅会把一切都告诉你的。他太令人讨厌了。”

“我们是老相识了。你知道他从谈论别人的私事中获得快乐的满足。”

“确实如此。”她笑笑，但笑容一闪即逝，她看着我，神情严肃，“你对拉里怎么看？”

“我们只见过三次，看上去是个不错的小伙子。”

“就这些？”

她的语气里透着忧愁。

“也不完全是这样，我毕竟对他了解不深，他自然很有魅力，他友善、文雅、温和，他很有吸引力，还有他的少年稳重，是这儿其他的年轻人所不具备的。”

对一个不甚了解的意象的表达，让我颇费口舌。伊莎贝尔专注地看着我，像得到了某种释然似的，轻吐一口气，而后对我粲然一笑，带着些许的调皮意味。

“埃利奥特舅舅说他感到吃惊的是你的观察力，没有东西可以躲过你的法眼，但对常识的认知才是你做作家的财富。”

“我还能想到更为珍贵的品质，”我有些冷淡地说，“比如天分。”

“你很清楚的，我找不到与我谈这件事的人，妈妈只站在母亲的立场上考虑这些事，她希望我以后的生活有保障。”

“这很正常。”

“埃利奥特舅舅只在社会的角度思考问题。我的那些朋友们，是我的同龄人，他们说拉里废了。这话很伤人。”

“的确如此。”

“也不是说他们对他不好，任何人都情不自禁地对拉里好。然而他们把他当笑话看待，不时地嘲笑他。他们气恼的是拉里的满不在乎。他只会笑。你对现在知道多少？”

“仅限你舅舅说的那些。”

“你想知道那天在马文发生的事吗？”

“当然，如果你愿意。”

我把伊莎贝尔陈述的加以重新整理，一部分是她原话的记录，另一部分是我的想象。她跟拉里谈的比这些要多很多，我想在那样的谈话情形里，无疑要有很多重复或者不相关的内容。

伊莎贝尔醒来后发现是个好天气，她给拉里打了电话，说她母亲让她去马文一趟，要他开车送她去。除了母亲让黑人管家拿的那壶咖啡外，她还预备了一壶马丁尼。这辆双人敞篷跑车是拉里新买的，他是带着一种自豪感驾驶的。一路上车轮飞奔伴着欢声笑语，很快就到达了目的地。伊莎贝尔给窗帘量尺寸，拉里负责记数字。接下来他们在门廊里摆好午餐。这儿背风，沐浴着晚秋的阳光，非常的惬意。这座旧式木屋建在土路旁，全然没有了英格兰旧式木屋的典雅，顶多只能说它宽敞舒适。不过门廊的视野很好，不远处有红色的谷仓，谷仓上覆盖着黑屋瓦。旁边不远处有一片老树林。放眼望去是无边无际的棕褐色田野。景致虽然不够情趣，但阳光及深秋的绚烂给那日涂上了亲切的美好。这里冬天寒冷凄寂，夏天闷热潮湿，这个季节却令人心绪振奋，仿佛那些遥远的旷野招呼着灵魂去探险。

两个年轻人胃口大开，尽情地享受着午餐，也因为在一起而愉悦。伊莎贝尔把咖啡倒满，拉里点燃了烟斗。

“可以直说了，亲爱的。”他说，眼睛里满是笑意。

“什么直说？”她装出不懂的样子。

他笑了。

“你真觉得我是一个大傻瓜，宝贝儿？如果你妈妈真把窗帘的尺寸忘记了，我就把这顶帽子吃了。你让我开车到这儿来，绝对不是为了这件事。”

她恢复了常态，冲他迷人地一笑。

“她也许就是让我们高兴地独处一天呢。”

“也许是吧，可我觉得不是，我猜测是我拒绝了亨利·马图林聘用的事吧？”

他说得很轻松。她也觉得这是最好的谈话方式。

“格雷一定太失望了，他以为可以跟你一起共事非常开心。你早晚都要工作的，还是越早越好些。”

他抽了一口烟斗，温柔地笑看着她。为此她不知道他是认真的，还是随便的。

“你知道吗，我这一辈子不只是买卖证券了事，我想做更多有意义的事。”

“哦，那你可以去做律师，学医也行。”

“不，我都不喜欢。”

“那你喜欢干什么？”

“闲逛。”他平静地答道。

“哦，拉里，别闹了，这不是儿戏。”她马上要哭出来的样子。

“别哭，亲爱的，我不想让你流眼泪。”

他走过来，把她搂住，他带着柔情的声音，让伊莎贝尔的眼泪滚落下来，她擦掉，硬挤出一个笑脸来。

“你说不想让我伤心，那好啊。可是你现在就让我伤心难过。你应该知道拉里，我爱你。”

“我也爱你，伊莎贝尔。”

“可是你到底还是让我难过了。”

她长长地叹了一口气，然后挣脱他的臂弯。

“理智一些吧。一个男人必须工作，那是被尊重的前提条件。这是个年轻的国家，参与国家的建设是一个男人的职责。那天亨利·马图林先生说，我们的国家正在开创一个新时代，过去的那些荣耀将成为过去。他说我们国家的发展没有止境，他坚信到一九五〇年，我们的国家将成为世界上最发达的国家，你不觉得这是一个令人兴奋的事吗？”

“确实令人兴奋。”

“这是我们年轻人千载难逢的机遇，我以为你会为能投身进去而自豪呢，这是多么有意义的美妙经历啊！”

他轻笑一声。

“你说得很对。我们的餐桌上会有阿莫斯和斯威夫特的生产商生产出的更多更好的肉罐头，大地里会有麦考米克这样的公司生产出更多更好的收割机，路上会奔跑着更多的亨利·福特生产的汽车，每个人都会越来越富有。”

“这样不好吗？”

“就如你所说的，这样不好吗？我恰恰对钱不感兴趣。”

伊莎贝尔咯咯地笑了起来。

“亲爱的，别像个傻瓜一样说话，没有钱是不能生活的。”

“我有一些钱，可以给我机会做我喜欢做的事。”

“闲逛？”

“是的。”他笑着答道。

“你给我出了一个很大的难题，拉里。”她叹着气说。

“对不起，如果有办法，我是不会让你为难的。”

“你可以有办法的。”

他摇摇头，又沉默不语。当他终于开口说话时，让她很惊恐。

“人死了，真能一了百了。”

“你到底想说什么？”她不无恐惧地问道。

“就是那样，”他的笑容里有了哀伤，“独自一个人在空中飞翔的时候，思考问题的空间很多，就会有很多的奇思怪想产生。”

“怎样的想法？”

“含混不清，破碎支离，很困惑。”

“如果有一份安定的工作，你就不会为这些想法所困惑了，你不觉得应该试试吗？”

“我曾经想过，我可以去做木匠，或者去做汽车修理工。”

“每个人都会觉得你疯了。”

“有什么不同吗？”

“当然有。”

谈话像一台卡壳的机器，停止了，沉默笼上来。过了一会儿，她深深地叹了口气，打破沉默。

“你变得与去巴黎前判若两人。”

“这不足为奇，你知道的，我经历了很多事。”

“例如呢？”

“哦，举个通常的例子，我在空军时，我最好的朋友为了救我牺牲了，我一直无法释怀。”

“跟我说说，拉里。”

他看着她的眼睛里带着满满的忧伤。

“我还是不说为好，毕竟没什么了不得的。”

先天易动感情的伊莎贝尔眼里又涌满了泪水。

“你伤心吗，亲爱的？”

“不，”他笑着答道，“能让我伤心的事，是我让你伤心了。”

她又一次依偎在他的怀里，一只手抚摩着他的脸。

“我不想你不开心，亲爱的拉里。”

他把她的手抓住，用自己有力的手掌贴紧她，有一种热烈而柔软的感觉涌上她的眼睛，她咬紧嘴唇才没让自己哭出声音来。“我一直犹豫不决，这让我很不安生。”他用凝重的语气说道，“让语言把它表达出来很难，如果想表达出来会觉得很尴尬。我问自己：‘我是哪一个，居然会为这样的、那样的，或者其他的事来自寻烦恼？我或许就是一个自视过高的人罢了。跟寻常人一样安稳的生活，难道不好吗？’随后你就想起他，前一刻还活蹦乱跳的一个人，转眼就死了，那种残酷让我扪心自问，人为什么活着，活着的意义又是什么，这种无常可否是活着的生命的一种悲哀。”

拉里迟缓的话语委婉动听，犹如是强迫自己不情愿地述说而带着痛楚的真挚，此刻想不被他所动都难。伊莎贝尔良久说出的一句话连她自己都吓了一跳。

“你离开这里一段时间，你会好些吗？”

她问这句话的时候，心开始往下沉。

“我想过。你试着不去理会那些人所谓的对你的看法，这个是很难的。当众人一致对你产生敌意，也会激发你的敌意，因此你会心神不安。”

“你为什么不走呢？”

“哦，因为你。”

“我们开诚相见地说，亲爱的，你现在的生活里还没有我的位置。”

“你的意思是说，你要把婚约解除吗？”

她勉强地在颤抖的嘴唇里挤出一个微笑来。

“不，傻瓜，我的意思是我选择等待。”

“也许一年，也许两年。”

“也许会很短呢。你想去哪？”

他凝视着她，像是想看透她的内心世界。她微微地笑着，极力掩饰着忧伤。

“嗯，我想到巴黎去。我于那里而言是个陌生人，没有人打搅。过去休假时，我曾到过那里几次，那是个很好玩的地方。也不知因为什么，我冥冥之中觉得那是我可以开始的地方。我觉得那里会理清我所有的思绪，会澄澈我混沌的思想，会让我知道怎么走好以后的路。”

“假如它不能够让你看清自己呢？”

他笑了。

“那我就按照美国人的常识行事，回芝加哥，随便找一份工作做。”

那时刻的情景，深深地触动了伊莎贝尔，当他再次述说的时候，仍然为之所动。她讲完后，用那种令人可怜的目光看着我。

“我那样做，你觉得对吗？”

“我觉得你做了你唯一能做的事。我还感到了你的善良大度及善解人意。”

“我爱他，希望他开心。从某种意义上讲，我并无太多的遗憾。放他走，是为了他，也是为了我自己，他现在的处境很尴尬，虽然我很反感别人对他的诋毁，但我很怕那会成为事实。我很无力替他辩解。别说我善解人意，到现在为止，我并不理解他所追求的东西。”

“有时候心灵相通的力量，能打败理智，”我说，“只是，怎么没想过和他结婚一起走呢？”

有一抹很淡薄的笑意闪过她的眼睛。

“我当然想了，但我不能那样。虽然我不想承认，但我确实觉得我不在他会更好些。纳尔逊医生说他还没有从那场残酷的战争中走出来，如果真是那样，走进一个新的环境，接触一些新的兴趣，他心灵上的创伤会被治愈的。等他找回迷失的自己，回到芝加哥安居乐业。我可不愿意嫁给一个无所事事的人。”

伊莎贝尔从小受到的教养方式，成为她日后行事的准则。她生长在一个富裕的家庭，她几乎没有钱的概念，因为她从不为钱操心，但她本能地懂得其重要性。那是权力、影响及社会后果的象征。很明显，男人出去工作是理所应当的事。挣钱则是男人通常要做的事。

“对于拉里，你不懂他一点也不奇怪，”我说，“我敢肯定，连他都不清楚自己。他不肯说出自己的追求所在，或许他对那些也很茫然。说实话，我对他并不了解，我只是猜测，他在追寻一种自己也不甚明白的东西，或者说究竟存在不存在都难以确定。或许是战争中的某些经历，让他无法安生。你不觉得他是在追寻一个藏在未知云彩里的理想吗？就像某个天文学家在找一颗星一样，他只是通过数学计算推断了它的存在。”

“他一直被什么东西困扰着。”

“他的灵魂？或许是他对自己产生了惶恐，或许是心灵之眼对看到的景象存有疑虑。”

“他给我的感觉很奇怪，像一个梦游者，突然清醒在一个完全陌生的地方，而失去了方向感和存在感。战争前他很正常。最大的优点是对生活充满热情。他很少有烦恼，与他在一起，感到很开心，他的可爱还有那么一点小调皮。他究竟经历了什么，才让他变得如此这般？”

“我不知道。有的时候一件微乎其微的小事会对人的心灵产生巨大影响，这应该看事发当时的情形与个人情绪。有一次我去参加一个万圣节的弥撒，地点在一个村子。德国入侵时村子里的教堂遭受了劫难。教堂里挤满了士兵和穿黑衣的女人。教堂墓地有很多带着小木十字架的墓碑。那些男人和女人在悲痛而庄严的仪式中哭得悲悲戚戚，当时对我的心灵触动特别大，我甚至认为，躺在十字架下的人都比这些活着的人还要好过些。我把自己的感受说给一个朋友，他问我是什么意思。我解释不清，而我从他的表情中看得出他把我当成一个傻瓜。还有一次战斗之后，那些阵亡的法国士兵的尸体被摞在一起，那感觉就像木偶剧团里没用的提线木偶一样，横七竖八地堆放在一个落满灰尘的角落里，我当时的想法和拉里说的一样，人死了，真的就一了百了。”

关于拉里究竟在战时怎样的遭遇让他性情改变，请读者相信我绝不是故弄玄虚，我会适时将这个玄虚解开。我以为他从未跟别人提及过，但多年以后他把这段经历说与一个叫苏珊娜·鲁维耶的女子，恰巧我与苏珊娜·鲁维耶也很熟悉。他说自己一个要好的朋友，在一次战斗中为了救他牺牲了。她复述与我，我从她的法语中翻译过来，叙述便是二手的了。拉里跟苏珊娜说起的时候，带着幽默感地使用了这个人的绰号。

“他是个爱尔兰人，红头发，矮小的个子。我们那会儿都叫他‘馅饼’。”拉里说，“他干劲十足，是我认识的所有人所不及的。我的天啊，他简直是活力充沛。他的面孔像个喜剧演员，笑容很滑稽，看着他就想发笑。他是一个十足的冒失鬼，时常做出些疯狂的事。他常常惹得上司发火。他从来不懂得什么叫害怕，每次战斗中遇险而虎口脱险时，他照样嘻嘻哈哈，好像在玩最有意思的游戏。但不得不说他天生就是干飞行员的料，遨游于蓝天上，是那么潇洒与沉着冷静。他只比我大一点点，不仅教会了我很多招数，还时常保护我。这是很滑稽的事，我比他整整高出六英寸，如果要是对打，他肯定不是我的对手。有一次我们在巴黎喝酒，他喝多了耍酒疯，我就把他撂倒了，那是非常轻易做到的事。

“刚入中队的时候，我对飞行没有信心，而他通常用嬉闹的方式给我打气，帮我树立信心。他把打仗视为打架，他不仇恨德国人，每每上阵他都兴奋得发疯。每打下一架德国人的飞机，他就像搞了一次恶作剧一样。他鲁莽，近乎野蛮，还缺少责任心，可是在他身上你会发现一种本真的东西，让你不由得喜欢他。哪怕他口袋里最后一分钱他都会毫不犹豫地掏出来给你，就如同他花你的一样随意。倘若你想家了，感到孤单了，我就有这样的时候，他要是知道了，那张丑陋的小脸上就会堆满笑容，那些宽慰的话会让你重新高兴。”

拉里抽了一口烟斗，苏珊娜等着他继续讲下去。

“我们时常想些点子一起出勤。在巴黎他玩得特疯，那是我在空军时期过得最快乐的时光。一九一八年三月初，是我和他休假的时间，我们提前制订了假期出行计划，准备出去好好玩一场。就在前一天，我们接到了任务，飞越敌军阵地搞侦察。就在返回时遭遇了敌军飞机群。这种情况确实很糟糕，没有准备的一场混战，令人措手不及。更加糟糕的是我被一架敌机紧紧地咬住了，我先下手为强。我想看一眼他是否一头栽下去了，我发现了另外一架敌机尾随过来，我俯冲直下想躲开，可它如一道闪光一样追了过来，我心想这下我完了。就在这关键时刻，‘馅饼’闪电般俯冲而下，一阵电光闪过，那架敌机被他干掉了。敌机群望风而逃。我们得以返航。我的飞机因受了伤，勉强返航着陆。等我着陆，‘馅饼’在我之前着陆了。我钻出飞机，他们正把他拖出机舱。他躺在地上，大家一起等着救护车，他一看见我就笑了。”

“‘我把咬住你的那个蠢货揍了下来。’”

“‘你怎么了，“馅饼”？’我急切地问。”

“‘他跑到机翼一侧偷袭了我，我的手臂受伤了。’”

“他的脸色苍白得如同死人一般，突然一种怪异的神情掠过他惨白的脸颊。他这时候才意识到了什么，他还从没有想过有一天他会死。没等别人上前阻止，他猛地坐起来发出一声令人心悸的大笑。”

“‘哈！我要完蛋了。’”

“接着他就倒了下去，死了。他只有二十二岁。爱尔兰的一个姑娘还等着战争结束后跟他结婚呢。”

就在与伊莎贝尔谈话的第二天，我离开了芝加哥，赶赴旧金山，在那儿坐船赴远东。

第二章

1

直到第二年的六月末，埃利奥特来伦敦我们才再次见面。我迫不及待地问拉里是否去了巴黎。他说去了。提到拉里，埃利奥特的火气大得令人感到很好笑。

“我是非常同情这个年轻人的，他想来巴黎玩上一两年，我也不怪他。我告诉他一到巴黎就告诉我，我打算推举他，一直到路易莎来信我才知道他已经来巴黎了。我用路易莎给我的地址通过‘美国运通’转给他一封信，我邀请他吃晚餐。我想让他见几个对他有帮助的人，我打算先从美裔法国人开始：埃米莉·德·蒙塔多尔、格雷西·德·夏多–加亚尔等。你猜他怎么说，他说很抱歉，他没带晚礼服来。”

埃利奥特打住，想看看我对这件在他看来很不可思议的事的看法，当他看到我并不为所动的时候，他的眉头倨傲地挑了起来。

“他回信的纸张脏兮兮的，名头上是一家小旅馆的名字，我在回信中让他把他的详细地址告诉我。我想我得做点事，这完全是为了伊莎贝尔。我当时认为他是因为害羞——我无法相信一个神志清醒的年轻人来巴黎会不带礼服，再说巴黎也是有裁缝的。我一再声明一起进餐的人不多。他还是没买我的账，回绝的理由荒唐可笑，他说自己从来不吃午餐。这样的人活该落魄。”

“他独自一个人在做什么？”

“不晓得。我跟你说实话，我不关心。他就是一个不讨人喜欢的年轻人。如果伊莎贝尔真的嫁给了他，那是一个大错误。他要是当真混得好，在丽兹、富凯或是别的酒店早就有他的身影了。”

那些时髦的场所我有时候也光顾，但我也会去别的地方转悠转悠。那年的初秋，我在巴黎逗留了几天，然后想借道去马赛，搭乘法国邮轮去新加坡。一个晚上，我与几个朋友在蒙帕纳斯（巴黎塞纳河左岸的一个区）吃饭，晚餐后到圣心大教堂喝啤酒。我一个无意间的环视，意外地看到了拉里。他正坐在拥挤的阳台上一张大理石台面上，很悠闲的目光看着那些经过闷热的白天来此享受夜晚清凉的人们。我向他走了过去。他看见我的同时，眼睛一亮，露出那迷人的笑容。他请我坐下，我告诉他我只是过来打个招呼，我有朋友。

“我只是过来给你问声好。”我说。

“你住在这儿吗？”他问。

“暂时逗留。”

“明天愿意一起吃个午饭吗？”

“我觉得你从来不吃午餐的。”

他轻声笑起来。

“你见过埃利奥特了。我通常不吃。我很忙，浪费不起那些时间，一杯牛奶一块奶油蛋卷就可以了，可我非常乐意我们一起吃顿饭。”

“我也是。”

我们约定第二天在圣心大教堂碰面，先喝杯开胃酒，然后找个地方吃饭。我回到朋友那儿，聊着天。一会儿再去看拉里，他已经不见了。

2

第二天我度过了一个上午的快乐时光。在卢森堡公园看了一个小时的画。之后在花园里散步，一切仿佛还是从前的模样，鹅卵石铺就的路，一群学生，热烈讨论着他们喜爱的作家；铁环上滚着孩子们愉悦的笑声和保姆们警惕的目光；阳光之下，坐着捧着晨报的老人；那些永远有抱怨的家庭主妇坐在长凳子上，七嘴八舌地议论着那些让她们恼火的食品价格和仆人的过错。接着我去了奥德翁剧院，看到仍然有来这儿看免费书的少年，如我当年一样，在那些穿着罩袍的服务员乖戾的目光下，心中忐忑地读着那些买不起的新书。然后我向蒙帕纳斯的圣心大教堂走去。我漫步在那些肮脏却充满了亲切感的街道上，通过蒙帕纳斯，到了圣心大教堂，拉里已在等我。我们喝了一杯，然后找到一家可以露天用午餐的饭馆。

拉里除了比以前更苍白以外，炯炯有神的眼眸，迷人的笑容，淡定的神态，依然如故。点餐的时候，我发现他的法语说得很流利，口音纯正。我对他表示祝贺。

“我学过法语，你知道的，”他解释道，“路易莎阿姨她们住在马文的时候，曾经给伊莎贝尔请过一个法语女家教，她总是让我跟她们用法语交流。”

我问他对巴黎的感受。

“我非常喜欢。”

“你住蒙帕纳斯吗？”

“是的。”他犹豫了片刻，才说出这两个字。我感觉他是不想让别人知道他的详细位置。

“你给了埃利奥特‘美国运通’的地址，他一直不太痛快呢。”

拉里只是笑笑。

“每天干些什么？”

“闲逛。”

“读书吗？”

“还读的。”

“和伊莎贝尔通信联系？”

“我俩写信都不太勤快，偶尔吧。她在芝加哥过得挺好的。明年她们要来这边和埃利奥特住。”

“这是好事啊，对你而言。”

“伊莎贝尔头一次来巴黎，我可以给她做向导确实挺好的。”

他对我去中国的经历表示好奇，我讲的时候，他饶有兴致地聆听着。可对于我的一些询问，他总是避开不谈。他让我知道，他请我吃饭，只是一个吃饭的伴儿而已。我有些高兴，也不免困惑。我们的咖啡刚喝完，他很快买单。

“嗯，我得走了。”

随后与我告辞而去，我对他还是一无所知。这一别，我再也没见到他。

3

次年的春季，布拉德利夫人和伊莎贝尔来到了巴黎，比预期的早了一些时日。那时候我不在巴黎，我不清楚我不在的那几周时间都发生了什么，那段空白只能凭着我的想象填补上。她们在瑟堡（法国西北部港口城市）登岸，埃利奥特热情而贴心地亲自去接她们。她们过了海关上了火车。埃利奥特迫不及待地把自己的一些打算告诉了她们，他为她们订了一位特别靠谱的侍女。布拉德利夫人说她们不需要，也没有这个必要。他听了很不客气地说了她。

“到了这儿就不要给我添堵，路易莎。没有侍女，怎么出门？我与安托日内特签约，不单单是为了你和伊莎贝尔，也为我自己。你们穿戴不体面，等于丢我的脸。”

他带着蔑视的目光看了一眼她们的穿戴。

“你们需要置办一些衣服。我考虑了一下，最为合适的还是香奈儿。”

“我从前经常去沃斯。”

她这句话等于没说，因为他根本没加理会。

“我与香奈儿已经亲自为你们约好了时间，明天三点会面。还有帽子，瑞邦（卡罗琳·瑞邦，1837—1927，法国著名设计师，她在 1908 年发明的钟形帽成了二十世纪最时尚的单品），那是首选店铺。”

“那会花很多钱的，埃利奥特。”

“我知道。既然是我建议的，费用由我来出。我已经想好了，要你们给我挣足面子。噢，还有，路易莎，要举办几场宴会，我也都替你安排好了。我和法国朋友说迈伦做过大使，如果他的寿命能长一些，肯定会做到的。我想这样会有更好的效果。这事一般不会有人提起，可我觉得有必要先给你提个醒。”

“这很荒唐，埃利奥特。”

“不，我一点都不荒唐。我很了解人情世故，要论声望，大使的遗孀比部长要尊贵得多。”

喷着蒸汽的火车驶进了北站，始终站在窗口的伊莎贝尔兴奋地大叫道：

“拉里在那儿。”

火车还没有停稳，她就奔了出去。他抱住了她。

“你们来这儿，他怎么知道的？”埃利奥特非常不悦地问。

“伊莎贝尔在船上给他拍的电报。”

布拉德利夫人亲昵地吻了拉里。而埃利奥特则面无表情地和他握了握手。此时已是晚上十点钟了。

“埃利奥特舅舅，明天的午饭拉里可以来吗？”伊莎贝尔大声地说。她的胳膊与小伙子挽在了一起，快乐的光泽溢满了脸颊和那双闪亮的眼睛。

“我倒是愿意，可拉里告诉过我，他是不吃午饭的。”

“明天他会吃的，是吧，拉里？”

“是的。”他笑道。

“那就明天一点见吧。”

他又把手伸出来，很明显他想把拉里打发掉。可拉里嬉皮笑脸地对他笑着。

“我帮忙拿行李吧，再去叫辆车。”

“我的车就在外面，我的随从会来拿行李的。”埃利奥特傲慢十足的样子。

“太棒了。那没什么事我们可以走了。我送你们到家门口吧，要是座位够用的话。”

“当然够用，来吧，拉里。”伊莎贝尔说。

他们牵着手走下站台，布拉德利夫人和埃利奥特跟在后面。冷淡与不悦挂在埃利奥特脸上。

“Quelles manures（法语，像什么样子）。”他自言自语地说。他觉得这句法语最能表达此刻的情形。

第二天上午十一点，一向晚起的埃利奥特把自己收拾整齐，让随从约瑟夫和侍女安托瓦内特给他姐姐送去了字条，约路易莎到图书馆，他要跟她好好谈谈。她到后他便关紧了房门，他取一支烟插在一只超长的玛瑙烟斗上点燃后坐了下来。

“就是说伊莎贝尔和拉里还有婚约关系？”他问。

“是这样的，据我所知。”

“我恐怕对这个小伙子不会有什么好话可说。”接下来他把自己如何想在社交圈里推举拉里，如何想为他树立个人形象一一说给了布拉德利夫人。“我甚至想为他租下一套勒泰勒侯爵的住房，他的房子要转租，因为他要出任马德里大使。”

可拉里把这些都拒绝了，分明是不需要他帮忙。

“如果不去利用巴黎的优势，那我真不明白他来巴黎干什么。他似乎谁都不认识。他的住处你知道吗？”

“我们只知道‘美国运通’这个地址。”

“神秘得好像旅行推销员和度假的教师似的，假如说他跟蒙马特区（巴黎的一个区，也是穷画家聚居地）的什么小婊子住在一起，我都不足为奇。”

“哦，埃利奥特。”

“那么他这么保密自己的住处，不与同等阶层的人往来，除了上面原因，又如何解释？”

“拉里不像你说的那样。昨天晚上你也看到了，他们见面的情形，他对伊莎贝尔一往情深。那不像是装出来的。”

埃利奥特对她耸耸肩，意在男人的口是心非是没有什么界限的。

“格雷怎么样了？他没灰心吧？”

“当然没有，假如伊莎贝尔答应嫁给他，他会立马娶她。”

接下来布拉德利夫人告诉埃利奥特提前来这儿的原因，是因为她的健康出了问题，她得了糖尿病。虽然病情不算严重，如果适当地用药治疗，不会影响她的寿命。但这毕竟是不愈之症，她必须看到伊莎贝尔有个好的归宿。母女俩有过深谈，伊莎贝尔体谅母亲的良苦用心，她表示等拉里两年，两年期满后，拉里履行承诺，回芝加哥安稳地找份工作，否则，选择只有一个，与他分手。但是必须履行约定的时间，再把他带回美国。她不能像押囚犯一样强行让拉里回去，布拉德利夫人觉得那有损于她的身份，对伊莎贝尔也是一种屈辱。可来欧洲度假却很自然，伊莎贝尔还是童年时来过的。巴黎观光结束以后，先去有助于她治疗的温泉胜地，再赴奥地利境内的提洛尔山区，最后南下意大利。布拉德利夫人意在让拉里陪着一同去，验证一下他们久别后他对伊莎贝尔的感情可否如初，也好看看他可否浪子回头，愿意去承担一个男人的责任。

“亨利·马图林对他的辜负很是不快。好在格雷为他打圆场，他已不计前嫌，拉里一回到芝加哥，就可以去亨利的公司工作。”

“格雷真是个优秀的小伙子。”

“的确是，”布拉德利夫人微叹道，“我很清楚他会给伊莎贝尔幸福的。”

接着埃利奥特详细地介绍了他为她们安排的社交活动。明天有一场大型午餐会，周末那场晚会更具规模。亚尔堡有一次招待会，他要带着她们亮相那些名流之中，他还搞到了罗斯柴尔德家族的舞会门票。

“你会邀请拉里吧？”

“他自己说没有晚礼服。”埃利奥特不无藐视地哼了一声。

“还是邀请吧，毕竟是个不错的小伙子，还是别冷落的好。不然伊莎贝尔会难堪的。”

“如果你希望他去的话，我可以邀请。”

拉里如约而至。向来礼数周全的埃利奥特尤其对他热情有加。这其实很容易做到，因为拉里神采奕奕，谈笑风生，恐怕只有比埃利奥特脾气坏上很多的人才不会为之所动。他们谈论着芝加哥那些共同的朋友们，对埃利奥特而言，只能装出一副感兴趣的样子，再无话可说，因为他们所谈的那些人，他觉得无关紧要。但听听他倒也不介意：这对情侣订婚了，那对情侣结婚了，另一对情侣分手了。谁知道他们都是谁呢？他只知道漂亮的克兰尚侯爵小姐曾试图服毒自尽，因为她亲爱的科隆贝亲王抛弃了她，迎娶了南美百万富翁的女儿。这才称得上是最好的谈资。他看着拉里，不得不承认他确实是有着某种特别的魅力：深陷的眼眸黑而亮，颧骨高高，皮肤白皙及谈吐的优雅，让他想起了波提切利（1445—1510，文艺复兴早期的著名意大利画家）的一幅肖像画。他突发奇想，要是拉里穿着那个时代的服饰，肯定会风度翩翩。他想起当初打算把他介绍给一位法国名媛，一想到周末玛丽·路易斯·德·弗洛里蒙要来参加晚宴，一抹不易察觉的狡猾的笑容在他翘起的嘴角上一闪而过。玛丽·路易斯·德·弗洛里蒙，虽然谈不上有地位，却是集交际与伤风败俗于一身的女人，四十岁的她，看着要比实际年龄年轻十岁；她纤美风雅，像奈希尔给她的一位女先祖画的肖像一样，而这张肖像如今受埃利奥特所赐正挂在美国某收藏馆里；再有她尤其贪恋床笫之欢，他决定把她和拉里安排坐在一起，他完全可以放心她在显露自己的欲望时是不会浪费时间的。他还邀请了一位英国使馆的很富有的年轻专员，伊莎贝尔或许会喜欢他。伊莎贝尔年轻漂亮，而他是个很富有的英国人，她即使没钱也不是问题。

午餐会以优质的蒙特拉白葡萄酒作为润口，接下来有上乘的波尔多红葡萄酒，埃利奥特有些沉醉了。他的脑海里想象着一切皆有可能的梦想成真，那样亲爱的路易莎的那些焦虑就不复存在了。虽然她看不惯他的一些做派，但他爱她，借助他的处世之道帮她解决掉这个大难题，他就满足了。

为了节省时间，埃利奥特决定午饭后就带着她们去选衣服，在他们起身之时，他运用他娴熟的辞令技巧暗示拉里不能前往，同时以极大的热情邀请他参加两次盛宴。其实他多虑了，因为拉里对这两件事都没有异议，他彬彬有礼地告辞了。

可是埃利奥特的计划泡汤了。那天，当拉里穿着漂亮的晚礼服出席晚餐时，他当真松了口气，他真怕他还穿着前天午餐时令人尴尬的那套蓝衣服；晚餐后他把玛丽·路易斯·德·弗洛里蒙引到一个角落里，问她对那个年轻的美国朋友印象如何。

“他的眼睛和牙齿让我着迷。”

“就这些？我有意把你们安排到一起，是因为我觉得他很对你的胃口。”

她狐疑地看着他。

“他很明确地告诉我，他已经和你的外甥女有了婚约。”

“亲爱的，就算男人已经心有所属，但只要你喜欢，你可以横刀夺爱，谁也阻止不了你。”

“你想让我干这个？这缺德的勾当我可不想帮你做的，我可怜的埃利奥特。”

埃利奥特笑了。

“我猜想你对他已经使了手段，只是没有得手而已。”

“埃利奥特，我之所以喜欢你，是你那副老鸨的德行。为什么要阻止你的外甥女？他有风度有教养，只是他太纯净了，我敢说，对于我的企图他一点都没有察觉。”

“你应该表现得更直白一些，亲爱的朋友。”

“我有足够的经验，我很明白这是在浪费时间。实际上他的眼里只有小伊莎贝尔，咱俩暗地里说，她有年轻二十年的优势，况且她又那么甜美。”

“她的衣服你喜欢吗？我亲自为她挑选的。”

“漂亮而合身，只是衣服不够别致。”

埃利奥特觉得她这话有影射自己之意，为此要反省一下。他不甘心就这样放过玛丽·路易斯·德·弗洛里蒙，他有必要嘲讽她一下。他笑容可掬。

“要想跟你一样别致，那得到你这个年龄，我亲爱的朋友。”

德·弗洛里蒙夫人的回敬是大棒子而非短剑，把身为弗吉尼亚人的埃利奥特气得够呛。

“我敢肯定，在你那美丽的流氓之国，像这样无可比拟的尤物，肯定不会被人放过的。”

尽管有德·弗洛里蒙夫人的挑剔与抱怨，埃利奥特的朋友们对伊莎贝尔和拉里赞誉有加。他们喜欢她的青春靓丽；喜欢他优雅的举止，再加上适时的幽默感。他们的法语流利准确，就连在外交官的圈子里待了半辈子的布拉德利夫人也望尘莫及。埃利奥特对宾朋们的招待慷慨大方，伊莎贝尔满意自己的新衣服新帽子，满意埃利奥特舅舅所馈赠的一切，能与拉里在一起，她感到从未有过的开心享受。

4

埃利奥特的早餐观念很特别，他认为除非不得已陪同陌生的客人，早餐应该是一个人享用，这样布拉德利夫人母女俩只能在各自的房间用早餐。伊莎贝尔倒没觉得有什么不好，而她母亲对此却颇不以为然。好在伊莎贝尔醒来后，会让埃利奥特为她们请来的侍女安托瓦内特把她的咖啡送到母亲的房里，以便喝咖啡的时候和母亲聊聊天。她每天是忙碌的，母女俩的独处只有这个时间。就在巴黎已近一个月的一天早晨，伊莎贝尔跟母亲说着前一夜晚她和拉里及他的朋友们逛夜总会的经过，等她说完了，布拉德利夫人终于有机会提出了那个自从来巴黎第一天就想的问题。

“他对芝加哥的事怎么说？”

“他没有提，妈妈。”

“你也没问？”

“没有。”

“你是不敢问吗？”

“当然不是的。”

布拉德利夫人穿着一件埃利奥特执意要买给她的时尚睡衣，她靠在长椅上抹着指甲油。

“你们独处的时候都聊些什么？”

“我们说得不多，在一起的感觉就很好。拉里一向有点沉闷，几乎都是我在说话。”

“他独自在巴黎干什么？”

“我不怎么清楚，我想得不多，只觉得他过得挺开心的。”

“你知道他住的地方吗？”

“我也不清楚。”

“他好像有所保留，是不是？”

伊莎贝尔拿出一支烟点燃抽了一口，一团烟雾从她鼻孔喷了出来，她不高兴地看着母亲。

“你什么意思啊，妈妈？”

“你埃利奥特舅舅认为拉里与别的女人厮混。”

伊莎贝尔忍不住笑出了声音。

“你不会也相信吧？”

“我是不相信的，老实说。”布拉德利夫人盯着自己指甲的目光若有所思，“你没跟他说起芝加哥的事吗？”

“说了很多。”

“他表露出要回去的意思了吗？”

“他好像没有回去的意思。”

“到十一月就满两年了。”

“我知道。”

“这是你自己的事，亲爱的，我相信你会选择正确的做法，但是要清楚拖延并不能解决问题。”她看了女儿一眼，可是伊莎贝尔躲开了。她充满柔情地笑着，“你如果想按时去吃午饭，我想你该去洗澡了。”

“我和拉里准备去拉丁区吃午饭。”

“祝你玩得愉快。”

一个小时后拉里来接她。他们叫了出租车来到圣米歇尔桥，在熙熙攘攘的大街上漫步，在一家两人都中意的咖啡馆的露台上喝杜博尼开胃酒，然后叫了一辆车去餐馆。伊莎贝尔的胃口极佳，她喜欢拉里为她点的最爱吃的食物。餐馆里人满为患，人们的吃相袒露无遗，让伊莎贝尔乐不可支。但她最快乐的是和拉里独坐一张小桌，她喜欢拉里听她说话时眼睛里闪动的快乐神情，她迷恋与拉里在一起的分分秒秒，那是她最安心的时刻。然而她的内心却藏着隐约可感的忧虑。虽然拉里表象安然自在，但她觉得那不是她给予他的，而是身处的环境所致。她又想起母亲所言带给她的困惑来，心里漫上来一片阴影。这次再见到拉里，她还是隐隐地感觉到了他的变化。她虽天真自由地与他说东聊西，却留意着他的每一个表情，觉得他与离开芝加哥时有了一种她说不上来的变化，他的容颜、坦诚，还是过去的样子，不同的是他的神情有了变化。不是比以前更严肃了，而是一种平静，这种平静仿佛解决了他从前某个让他困惑的问题，而让他有了前所未有的淡定自若。

午饭后拉里建议去卢森堡公园走走。

“我不想去看画了。”

“那我们就去花园里坐坐。”

“不，我也不想去花园。我想去你住的地方看看。”

“我住在一家挺寒碜的旅店小屋，你不会感兴趣的。”

“埃利奥特舅舅说你金屋藏娇。”

“那你自己去看吧，”他笑着说道，“就几步远，我们步行吧。”

他引领着她走过那条狭窄曲折的街道，抬头可见高大的楼宇间露出的一条条湛蓝的天空，但路面昏黑。很快一家门面很造作的小旅店出现在他们的眼前。

“就是这儿。”

过道很窄，一张桌子的后面坐着一个围着一条脏兮兮围裙的男人。他正在看报纸。拉里向他要房门钥匙，他从架子上取下来递给他。他瞥了伊莎贝尔一眼，那种眼神令她很不舒服，很显然他觉得她是到拉里的房里做那种事的。

拉里住在二楼，他们走过楼梯上破损不堪的红地毯。拉里打开房门，伊莎贝尔走了进去。这间屋子很小，通过两扇窗户可以看到对面那栋灰色的公寓楼，最底层是个文具店。房间里家具简陋，一张单人床，旁边倚着一只小小的床头柜；有一个笨重的衣柜，上面带着一面大镜子；一把软垫的直背扶手椅子；窗子之间放着一张小桌子，上面放着打字机、纸张和几本书，壁炉架上也堆满了平装书。

“扶手椅给你坐，虽然不算太舒服，可是我这儿最好的了。”

“你就住这儿？”伊莎贝尔问道。

“自从到了巴黎我就一直住这儿。”

“为什么呢？”

“方便。国家图书馆和巴黎大学都在附近。”他用手指着一扇她并没有注意到的门，“带盥洗室呢。很方便我弄早饭。午晚和晚饭通常在我们刚才吃中饭的地方解决。”

“这里太糟糕了。”

“不，真的很好，很合我意。”

“这里都住些什么人？”

“这个我不是很清楚，只知道有几个学生住在阁楼上。有在政府部门工作的几个单身汉，还有一位是奥德翁剧院的退休女演员。另一间带盥洗室的房子住着个被包养的女人，那个男人隔周星期四来看她，还有就是些临时住户了。这里很安静，也不失体面。”

伊莎贝尔以为拉里听懂了她话里蕴含的东西，却装着糊涂，还是那么开心的样子，而她感到有些窘迫，甚至气恼。

“那是本什么大书？”

“那个？哦，我的希腊语字典。”

“你的什么？”她嚷道。

“别这样大惊小怪的，它又不会咬你。”

“你在学希腊语吗？”

“是的。”

“为什么？”

“我觉得我想学。”

他眼里含笑看着她，她也跟着笑了。

“你不觉得应该跟我说说你在巴黎这么长时间在做什么吗？”

“我在读书，读很多的书，每天八到十小时。去巴黎大学听课，去图书馆通读所有重要的法国文学著作，我还能读拉丁文，起码读拉丁语散文能像我的法语一样容易了。但希腊语相对来说要难一些。但我的希腊语老师非常棒。你来之前，我每周要去他那儿三个晚上。”

“为了什么学这些？”

“增加知识。”他微笑道。

“感觉有点虚无。”

“也许是，也许不是。但是其乐无穷。你无法想象我读《奥德赛》的原文是怎样的震撼。给你的感觉是踮起脚尖就能够摘星辰。”

他离开椅子站起来，似乎被一种莫名的兴奋攫住了，迫使他在小小的空间里不停地走动着。

“在前一两个月里我读了斯宾诺莎，虽然理解得有些肤浅，却让我感到心花怒放。那感觉就像从天上飞落到群山间的一片广阔的高原，纯粹的纯净气息像美酒一样让你迷醉，那种遗世独立的感觉空前绝后。”

“你计划什么时候回芝加哥？”

“芝加哥？我不知道，我还没有思考过。”

“是你说的，两年后如果找不到你想要的，就不再浪费时间。”

“我现在回去等于是半途而废，我正站在它的边缘，我看到了那片广阔的精神原野正在向我招手，它在呼唤我，而我多么渴望到那里去旅行。”

“在那里你想找到什么？”

“我问题的答案。”他用近乎戏谑的眼神里看了她一眼。她虽然了解他，但还是觉得他像是在开玩笑。“我想弄明白到底有没有上帝。我想弄清楚邪恶为什么会存在。我想知道我的灵魂可否能不朽，还是死了就一切都结束了。”

伊莎贝尔轻轻地喘了一口气。对于拉里说的这些，心里尽管有些不舒服，但他清风细雨似的语气还是令她所动，这种如拉家常一样的口气，让她克制住了自己的不良情绪。

“可是拉里，”她微笑道，“这些问题，人们追寻了几千年，如果能找到答案，那还需要找吗？”

拉里笑起来。

“是不是觉得我很蠢？”她尖声说。

“不，反而是你说到问题的关键了。可是也可以这样想，既然有些人一直在追问，那足以证明他们是情不自禁的，并且还将执着下去。再者，也不是没人找到答案。问题有时候会有更多的解，有很多人给出了自认为完美的答案。老斯布鲁克（佛兰德神秘主义哲学家，约 1294—1381）就是其中的一个。

“老斯布鲁克，是谁？”

“哦，我上大学时没能认识的一个人。”拉里不痛不痒地回答道。

伊莎贝尔不清楚他想表达什么。她继续说道。

“这些我觉得是不切实际的想法。大二的学生才会感兴趣，等毕业后就会忘到脑后了，因为他们得赚钱谋生。”

“我不怪他们。幸运的是我还有钱足够生活，不然的话也得跟他们一样辛苦赚钱去。”

“钱于你而言，就不那么重要吗？”

“不重要。”他咧嘴笑道。

“你想在这些问题上花费多长时间？”

“我不清楚，也许五年，也许十年。”

“然后呢？你准备用这些智慧做什么？”

“如真能得到智慧，我就会知道该干什么了。”

伊莎贝尔双手紧握在一起，她激动得跳下了椅子。

“拉里，你这是大错而特错，你是美国人，而不是法国人，你属于美国。”

“我准备好了当然会回去的。”

“而你会错过自己国家的伟大的探险机会，难道你想坐在欧洲这潭死水里等着吗？我们的国家正在与日俱增地快速发展，不久的将来，我们将是世界上最强大的民族。祖国的建设，你有责任和义务参与。你已经忘了现在美国人的生活是多么的让人激动，你确定你不肯去做这些，不是因为你缺少面对如今摆在美国人面前工作的勇气吗？哦，我知道你也在以你的方式工作着，可你这是逃避责任，你知道吗？顶多是一种并不轻松的懒惰。假如大家都像你这样不思进取，那我们的国家会变成什么样子？”

“你过于严肃了，亲爱的。”他微笑着说，“我回答的意思并非所有人都跟我一样的想法。很多人还是愿意过那种墨守成规的生活的，那或许是他们的幸运；然而你忘了，我有很强的求知欲望——就像格雷——想赚大钱的欲望一样。我用几年的时间自学知识，就等同于我背叛了祖国？也许有一天我学成归来，我给予人们的正是他们所需要的东西。当然，假如我失败了，也与那些生意人在生意场上失败没什么两样。”

“我怎么办？我对你来说就那么不重要吗？”

“非常重要，我要你嫁给我。”

“什么时候，十年以后吗？”

“不是，就现在，当然越快越好。”

“你以为可以吗？我妈妈什么都不会给我们的。别说她没有，即使有，她觉得支持你这样游手好闲的生活，也是一种错误。”

“我不会向你妈妈要任何东西，”拉里说，“我每年三千元的收入，在巴黎可以有一套小小的公寓房，还能雇得起女佣，我们一样过得快乐。亲爱的。”

“可是，拉里，三千块钱是不够维持一年的生活的。”

“一定能的。有许多人还不足这个数，照样生活呢。”

“但我不乐意过一年三千块钱的日子，你没有理由让我过这样的生活。”

“我的生活只用三千块钱的一半。”

“看你过的这是什么日子。”

她看了看昏暗的小屋，由于厌恶，不由得打了个冷战。

“我还存了点钱。我们就去卡普里岛（在意大利南部）度蜜月，之后秋天去希腊。那儿一直是我最向往的地方。你没忘记吧，以前我们还说过一起周游世界呢。”

“我当然没有忘记，我也在时刻向往着，可是穷游我宁可不去，我不想坐轮船二等舱，我不想住连盥洗室都没有的三流酒店，我不想去廉价的小饭馆吃饭。”

“去年我就这样游遍了意大利，玩得同样开心。就算只是三千块钱，我们也同样可以周游世界。”

“但是我想要孩子，拉里。”

“我们带着孩子周游世界，更有情趣。”

“你想得太简单了，拉里，”她笑道，“你清楚要一个孩子要多少开销吗？维奥莱特·汤姆林森去年生了孩子，她最大限度地减少开销，还花去了一千二百五十元。你清楚请个保姆多少钱吗？”随着接二连三的问题涌入她的脑海，她的情绪越发地激烈起来。“拉里，你太不切实际了，你没有理由要求我过那种生活。我还这么年轻，我想快乐地生活。我要去参加酒会、跳舞、打高尔夫。我要有漂亮的衣服。真不敢想象，一个女人穿戴不如人，那意味着什么？买你的朋友不穿的旧衣服，或者接受她们出于同情与怜悯送你一件新的衣服，而你要感恩戴德，你知道这意味着什么吗？我不要去高级理发店做一次头发都是奢侈。我不要因为没钱而出门坐公交或者有轨电车，我想有自己的车。再有，你每天泡图书馆，那我做什么？逛街？看橱窗里的东西？还是独自一个人在卢森堡公园看着孩子不要淘气？那样，我们不会有任何朋友。”

“哦，伊莎贝尔。”他试图打断她的话。

“是的，我们就算有新的朋友，也不是我所交往的那种。哦，对了，埃利奥特舅舅的那些朋友，看在他的面子上，会不时地邀请我们，但我们没法去，因为我们没有合适的衣服，我们也还不起那份人情。我不想与那些穷酸的泥腿子做朋友；我跟他们不可能有共同的语言。我要生活，拉里。”她突然发现他眼神的柔情里多了让她感到意外的东西。“你是不是觉得我很世俗，很俗不可耐？”

“当然不是，我觉得非常合情理。”

他与壁炉相背而立，她走过去便与他对面站着了。

“拉里，假如你现在没有一分钱，而出去找一份年薪只有三千的工作，我二话不说，马上嫁给你，我会为你做饭铺床，我不会在意穿什么，我真的会奋不顾身，我会觉得那是一种快乐的享受，因为我知道迟早有一天你会成功。可是现在这样子将意味着那是一种永无希望的贫穷生活，意味着我一直到死都要做着苦力。这是为什么？就为了你终年去追求那些连你自己都不清楚的问题的答案。错了，都错了，一个男人只有出去工作，才有他存在的意义。只要去工作，才能造福社会。”

“总之，我有义务安顿于芝加哥，进亨利·马图林的公司。鼓动我的朋友购买亨利·马图林感兴趣的证券，我就造福社会了，对吗？”

“经纪人是有的，也是体面而受人尊重的一种谋生手段。”

“你把巴黎的中等生活，想象得过于糟糕了。不是只有香奈儿才是唯一让人漂亮的服饰。有情趣的人并不住在凯旋门和福熙大街。有情趣往往没有那么多钱。我认识的这些人，有作家、画家和学生，他们来自不同的国度，你会发现他们比埃利奥特那些破落侯爵和鼻子长长的公爵夫人要有趣得多。你思维灵敏，幽默感十足。你与他们在餐桌上的交流，会让你感到那是一种精神上的享受，哪怕喝的只是廉价的葡萄酒，哪怕没有管家与仆役的侍候。”

“别那么愚蠢了，拉里。我当然会喜欢，我并不势利，我喜欢结识有趣的人。”

“是的，如果穿着香奈儿衣服，你觉得他们不会理解成你是带着优越感去访问贫民窟吗？他们会感觉不自在，你会有同样的感觉。你肯定也得不到什么乐趣。除了事后告诉艾米莉·德·蒙塔多尔以及格雷西·德·夏多加亚尔你在拉丁区看到过很多很有意思的各色的吊儿郎当的人。”

伊莎贝尔略微地耸耸肩。

“你说得很对，我与他们有着不同的教养，我跟他们没有共同语言。”

“这该从哪说起呢？”

“从我们开始生活的地方。我从记事起就生活在芝加哥，我的兴趣、我的亲人、我的朋友都在那里。只有在那儿我才是安心的。那是我生命的根，也是你的。况且，我妈妈得了不治之症，我不可能在这个时候离开她。”

“如果我不回去，你就会解除婚约。我这样理解对吗？”

伊莎贝尔踌躇着。她爱拉里。她竭尽全力地想成为他的妻子。她知道他也爱她。她无法相信到了这样关键的时刻，他仍不肯向她低头。尽管她很害怕，但她必须冒险。

“是这样的，拉里，你理解得很对。”

他就着壁炉的火点着了烟斗，那种老式法国硫黄火柴散发着刺鼻的味道。然后他在她身边绕过去，站在一扇窗前。他望着外面沉默着，似乎想永无休止地沉默下去。她还是原来的姿态站着，她看向壁炉台上的镜子，但没有看到她自己。她心跳如鼓，过度的忧虑让她觉得恶心。他终于回过头来。

“但愿我能让你知道，我为你准备的生活，比任何你想象的都要富有色彩。但愿我能让你知道，精神层面的生活是多么令人激动。那种体验是快乐的，是无限的，其乐无穷。只有一种感觉可以与它相比，那就是你自驾飞机，翱翔在浩瀚无比的蓝天上，你陶醉于那种无限的浩瀚包围中，你不会因为权力和富裕去交换。前段时间我读了笛卡尔，那种从容淡定、典雅古朴、明晰澄澈，我的天呀！”

“但是拉里，”她绝望地打断他，“你难道还不明白给我的生活是一种不适合我、我不感兴趣、我也不打算感兴趣的吗？我跟你说过无数次，我只是一个普通的姑娘。我二十岁了，再过十年，我的青春已不再，我想趁着还年轻的时候，我要尽情享受生活。哦，拉里，我是多么爱你。你所做的一切真是无聊极了，它不会给你带来什么前途。为了你自己，我恳求你放弃。做个真正的男人，拉里，找份工作，承担你应该承担的责任与义务。别人都在大干，你别再浪费青春了。拉里，倘若你爱我，就不会因为所谓的梦想而放弃我。你玩也玩了，跟我们回美国吧。”

“我不能，亲爱的。那对我无疑是一条死路，那样我是在背叛自己的灵魂。”

“哦，拉里，这样的话你也能说出口？那是自命清高、歇斯底里的女人才会说的话。没有任何意义，没有，没有！”

“这刚好是我心中的感受。”他答道，眼里闪着光。

“你居然还能笑得出来。我们已经到了十字路口，何去何从，需要严肃地对待。”

“我明白，请相信我是正经的。”

她叹了口气。

“倘如你听不进去我的这些道理，那就没什么好说的了。”

“你觉得那是道理，可我觉得那是最糟糕的乱语胡言。”

“我？”假如她现在不是如此的悲伤，她准会大声笑起来。“我可怜的拉里，你就是一个不可理喻的糊涂虫。”

她缓缓地将订婚戒指退下来，放在掌心里仔细端详着。纤细的铂金底座上镶嵌着切割成四方形的红宝石，她是那么钟爱这枚戒指。

“拉里，如果你真爱我，不会让我如此伤心的。”

“不要质疑我对你的爱，不幸的是，一个人有时候在自认为做正确的事情时，无法不让别人难过。”

她伸出拿着红宝石钻戒的手，颤抖的嘴唇勉强挤出一个微笑。

“这个还给你，拉里。”

“它于我毫无用处。留作我们的友情纪念，可以吗？你可以戴在小手指，我们的友谊无须结束，对吗？”

“我会永远记挂你的，拉里。”

“那就留下吧。我希望你戴着。”

她踌躇了一下，之后戴在了右手的小拇指上。

“太大了。”

“你请人改一下。我们去丽兹酒店喝一杯吧。”

“好吧。”

伊莎贝尔有些吃惊，他们结束得太容易了，没有哭闹。什么变化也没有，只是她不能嫁给拉里了。一切结束的令她不能相信，他们冷静地像在讨论租一套房子似的，她甚至后悔没跟他大吵一场。她有些沮丧，同时又为他们的理性而体现的文明而感到满意。但她很想知道拉里此时的心理感受。但她知道这不是一件容易的事，他的面孔就像一具永远也看不透的面具，她充分意识到了即使自己与他熟识了这么多年也同样看不透。她拿起进来时放在床上的帽子，站在镜子前又仔细地戴好。

“我完全是出于感兴趣，”她边整理着头发边说，“你是不是早就想解除婚约了？”

“不是。”

“我还以为那是对你的最好解脱呢。”他没有答话。她扭过身，眼含微笑，“我已经好了。”

拉里把门锁好。他把钥匙递给那个男人的时候，他用狡黠与会意的目光打量着两个人。伊莎贝尔猜出他眼神里包含的意思。

“我想那老头儿是不会给我的贞操押赌注的。”她笑着说。

他们乘坐出租车去丽兹用餐。他们说着一些无关痛痒的话，彼此间没有拘束，就像两个老朋友会面一样。拉里依旧少言寡语，伊莎贝尔可是健谈的人。此时她更加卖力地说着话，她不想他们之间滋生沉默，一旦形成就很难打破了。她不能让拉里感觉到她有任何的怨恨。她的骄傲也不能让拉里感觉到她受了伤，她不高兴了。吃完后，她让他送她回家。他们在门前分手时，她愉快地提醒他：“别忘了明天的午餐。”

“当然不会忘记的。”

她伸出脸颊让他亲吻，然后走进酒店的门廊。

5

伊莎贝尔进客厅时，发现家里有客人在喝茶。是两个旅居巴黎的美国女人，她们穿戴考究，佩戴着珍珠项链、钻石手镯和华贵的戒指。虽然其中一位头发染成了黑褐色，另一位是不自然的黄色，但两个女人无论是长相、神态都是那么相像。她们的睫毛都涂得很重，嘴唇色彩鲜艳，脸上的胭脂色彩相同，有着同样的苗条身段，从她们饥渴焦躁的眼神里，分明让人感觉到她们是经历了一场企图挽回容颜衰退的殊死斗争，才保持下来那样的苗条身段。她们用响亮的声音，喋喋不休地说着那些无关痛痒的话，仿佛一旦停止了，她们苦心经营的东西就会土崩瓦解。还有一位美国使馆来的秘书，安静地坐在一边，插不上一句话，但一看就知道是个历经世故的人。另一位是个身材矮小肤色较深的罗马尼亚王子，一副献媚相。黝黑的脸刮得很干净，黑色的眼睛乱转着。他一直忙着端茶点烟，传递装有蛋糕的盒子，同时不忘把那些阿谀奉承的话送给在座的各位,他在恬不知耻地用献媚换取晚餐的机会。

布拉德利夫人身穿盛装端坐于茶桌前，履行着女主之道，还如往常一样的恭敬友好，且透着几分淡漠。她这样穿着打扮也是顺从埃利奥特之意，而于她而言盛装与场合倒是不相符。关于她对弟弟请来的客人持怎样的看法，我不得而知，只能靠想象，我对她始终了解不多，因为她是个稳重之人。她不是个蠢笨的女人。

她在多个国家的首都居住过，见多识广，再加上那个弗吉尼亚州小镇给她的教养标准，她会准确地给这些人归纳分类。我想她在他们近乎滑稽的表演中获得了一些快乐，但我觉得她绝不会为那些装腔作势所动，就像不能为一本小说里的人物的痛苦所动一样，因为她知道肯定会有一个圆满的大结局（不然她就不会读了）。巴黎、罗马、北京，都没能改变她的美国脾性，正如埃利奥特虔诚信奉的天主教,同样动摇不了他那坚定而不无灵活的长老会信仰。

漂亮而青春活力十足的伊莎贝尔的到来，恰是一股春风，荡进这俗不可耐的氛围里。她像一位年轻的世间女神一般飘然而至。那位罗马尼亚王子几乎跳了起来，为她搬来一把椅子，并用极为夸张的殷勤举止请她坐下。两个美国女人带着亲切的惊呼仔细打量着她，眼光留在她衣裙的细节之处，许是因为她青春的朝气蓬勃使她们的心里有了沮丧之感。那个美国外交官看到她靓丽的容光将他们比得如此虚伪如此猥琐，不禁暗自一笑。可伊莎贝尔倒觉得她们奢华而尊贵。她喜欢她们的华丽衣着、昂贵的珠宝首饰，并羡慕她们老练的雍容华贵的优雅之态。她不知道自己可否也能达到那种高高在上的雍容华贵。至于那个罗马尼亚王子，虽然做作得有些可笑，但挺可爱的，尽管知道他的恭维之言并非发自内心，可听着还是蛮舒服的。因伊莎贝尔而打断的聊天又拉开了序幕。她们聊得兴致满满，且自认为很有价值，令你差不多也感到这些话题确实都是值得谈的正经事。他们说着过去的和即将到来的宴会。他们谈新近发生的丑闻。他们把自己的朋友贬低得一文不值。他们好像谁都认识，那些大人物的名字随随便便地就能说出一串来。没有什么秘密是他们所不知道的。他们可以罗列新出炉的剧目，某某新潮画家的名字，就连最近上任的总理新找的情人都能说出个所以然来。你会觉得她们无所不知。伊莎贝尔入迷地听着，她认为这是最好教养的体现，这才是生活，她置身其中，感到亢奋与快乐。这一切才是完美的，宽敞的房间，铺着名贵的萨沃纳罗拉地毯，富丽堂皇的镶木墙上挂着漂亮的油画，身下的椅子松软而配有斜针绣花的装饰，价值不菲的镶嵌细工的抽斗柜以及茶几。这间屋子一定是花费了大价钱，里面的每一件东西都值得博物馆收藏。它的华美与品位深深地打动了她，她的脑海里适时地浮现出那间旅店小屋来，阴暗的光线、铁床、硬邦邦的椅子。拉里对小屋感觉尤佳的话语，其实很空泛。使她一经想起都会不寒而栗。

晚宴散场了，只剩下伊莎贝尔与母亲和埃利奥特舅舅。

“真是魅力女人！”埃利奥特送完那两位涂抹得不堪入目的妇人回来时大加赞赏道。“她们刚来巴黎定居时我就认识。我连做梦都没想到她们竟出落得如此魅力十足，我们美国女人的适应能力真是不可思议，如今哪里还看得出她们是美国人，更不用说是中西部的了。”

布拉德利夫人眉毛高挑地看了他一眼，虽然没有说话，聪明的他立刻就懂了那眼神的含义。

“不会有人敢这么说你的，我可怜的路易莎，”他亲昵的话语里，夹杂着刻薄，“虽然天知道，你有过很多的机会。”

布拉德利夫人抿紧了嘴。

“只怕对我很失望吧，埃利奥特。但我实话告诉你，我对我现在的样子很满意。”

“天性所致，爱好各异。”埃利奥特不满地嘟囔道。

“我想我应该告诉你们，我和拉里的婚约解除了。”伊莎贝尔说。

“啧啧，”埃利奥特叫道，“那我明天的午餐桌上麻烦可大了。时间太仓促了，我到哪儿找人去？”

“哦，他照常来参加午宴。”

“在你们婚姻解除以后吗？这似乎有点不合乎常理。”

伊莎贝尔呵呵地笑了，她看着埃利奥特。她看他是为了躲开母亲盯着她的目光。

“我们谈得很好，没有争吵。谈了一下午，最后认定我们都犯了一个错误。他不想回美国，他想继续留在巴黎，他还说要去希腊。”

“究竟怎么回事？雅典那地方没有社交。实话说我个人觉得希腊只有一些古希腊的艺术颓废美能吸引人。但菲狄亚斯（古希腊雕刻家）的东西，不行。”

“看着我，伊莎贝尔。”布拉德利夫人说。

伊莎贝尔转过来，面对母亲。她的唇边带着疏淡的微笑。布拉德利夫人审视着她，但只“嗯”了一声。女儿看起来镇定而沉着，没有哭过的痕迹。

“我觉得你这样解脱了也不错，伊莎贝尔，”埃利奥特说，“我已经做好了尽量成全你们的准备，尽管我不看好你们这桩婚姻。说真话，他配不上你。他在巴黎的表现已经很说明问题，我敢肯定他不会有所作为。凭你的相貌和出身，你完全可以选择更好的。

我觉得你这样做很明智。”

布拉德利夫人瞥了女儿一眼，不无忧虑。

“你不会是因为我的缘故吧，伊莎贝尔？”

“不是，亲爱的妈妈。我是为我自己。”

6

我从东方回来后，在伦敦逗留了一些时日。大概就在我刚刚叙述以上事情的两周后，早晨我接到了埃利奥特打来的电话。他的声音传过来，我一点都没感到意外，因为我知道每年的社交季末之时，他都会来伦敦放松一下的。他告诉我布拉德利夫人母女俩也来了，倘若我晚上六点能过去小酌一杯，他们会很高兴的。他们下榻的克拉里奇酒店，离我住的地方很近，于是我步行穿过梅菲尔区（伦敦的上流住宅区）僻静而庄重的街道，抵达酒店。这是埃利奥特常住的酒店，套间的墙上镶嵌着类似雪茄盒子那种质料的棕色木板，看似简朴，却颇显奢华。我去的时候，布拉德利夫人和伊莎贝尔逛街还没回来，她们随时可能会回来。埃利奥特告诉我伊莎贝尔和拉里的婚姻解除了。

对于在特定环境下，人们该如何表现，埃利奥特有着浪漫且传统的看法，那两个年轻人的一些做法让他相当不理解。第二天拉里不但如常来参加午宴，而且还表现得好像身份不曾改变似的。还如从前一样从容愉悦沉静，依然与伊莎贝尔柔情相待，没有丝毫的不快或者因解除婚约而造成的烦愁。而伊莎贝尔的情绪也没有任何的低落与沮丧。看上去她特别开心，兴高采烈地说笑着，仿佛不曾经历过人生最大的重要事情。埃利奥特被搞得不明就里。他在他们的一些只言片语里分析得出，他们还将继续保持原有的交往，连一些约会都将如常进行。他有了机会和他姐姐讨论了一番。

“有失体统，”他说，“既然已经不存在婚姻关系了，就不能这样了。尤其是拉里，更应该知道检点，这会破坏伊莎贝尔的机会的。年轻的福林汉姆，就是英国使馆的那个小伙子，他很有钱，出身也好，他迷上了伊莎贝尔，要是他知道伊莎贝尔是名花待主，说不定就要向她求婚了。我想你得跟她好好谈谈。”

“亲爱的，伊莎贝尔是个大姑娘了，她很有办法，既不触犯你又不让你插手她的事。她这一手可不好对付。”

“这只能说明你的教育太糟糕了，路易莎，再说这可是你的事。”

“在这点上，你们两个的看法肯定不同。”

“请你不要考验我的耐心，路易莎。”

“我可怜的埃利奥特，假如你也有个这么大的女儿，你就会知道相对比之下，一头莽撞的小公牛更好管理些。想知道她的心思——嗯，还是装成一个老糊涂最好，她基本上也是如此看你的。”

“你究竟和她谈过这件事没有？”

“只做过一次尝试，就被她哈哈一笑挡回来了。她告诉我没有可谈的。”

“她还在痛苦中？”

“她像个吃得香睡得好的小孩子，我看不出什么。”

“嗯，记住我说过的话，假如你这样放任他们自由发展下去，说不定哪天他们会远走高飞，私下里结婚，都说不定。”

“这个国家，风流韵事不足为奇，但结婚是非常正规的事，它需要严谨的程序。你尽管放心好了。”

“是这个理儿。婚姻是件非常严肃的事，事关家庭和社会的稳定与安危。可是婚姻对婚外出轨不仅能够容忍，甚至是被认可的。还有卖淫呢？我可怜的路易莎。”

“打住吧，埃利奥特！”布拉德利夫人打断他的话，“对你那些乱伦出轨的所谓社会价值及道德价值，我不感兴趣。”

就在此刻，他马上就想出割断他们继续交往的办法来。他非常不看好他们的行为举止，甚至觉得厌恶。巴黎的社交季已近尾声，那些上层名流纷纷离开巴黎，或者去矿泉疗养地，或是去多维尔（法国北部海滨城市），之后再到都兰、昂儒或是布列塔尼等地的先祖的府邸去度暑假。每年这个时候他都要去伦敦，因为那里的社交季正是方兴未艾之时。今年由于路易莎母女在此的缘故，源于他对姐姐和伊莎贝尔的深厚感情，他很愿意牺牲自己，只要她们愿意，尽管已经没有什么大人物在巴黎了，他也甘愿在巴黎陪伴她们。现在他发现有了这样一个既能帮助别人，又不让自己吃亏的两全其美的好事，何乐而不为呢？他向布拉德利夫人提议，他们三人应立即动身去伦敦，那里的社交正当旺季，在新的环境、兴趣、朋友中会使伊莎贝尔忘掉烦恼，忘掉拉里。据报上所言，医治布拉德利夫人疾病的权威专家也在伦敦。这也是他们出行伦敦的最好借口，免得伊莎贝尔有其他的顾虑。布拉德利夫人同意了，她对伊莎贝尔感到困惑，她看不透女儿是真的放下了与拉里的感情，还是把伤痛装在了心里，那份无所谓是否是强行装出来的。走进一个新环境，结识一些新朋友，或许对伊莎贝尔有益处。她只在这一点上认可埃利奥特的计划。

埃利奥特开始忙着打电话，等伊莎贝尔在凡尔赛和拉里玩了一天回来时，在他的安排下一切已经就绪。他告诉伊莎贝尔，他为她母亲预约了三天后去伦敦见那位名医。他们后天就动身。埃利奥特兴致勃勃地跟伊莎贝尔宣布这条消息时，布拉德利夫人担心地看着女儿，伊莎贝尔的表情很正常。

“亲爱的，我是多么高兴你终于要去看那位医生了。”她无比欣慰地嚷起来，那股热烈的劲头非常地感染人，“你当然不能错过这次机会，我们还可以去伦敦，真是好极了，我们要去多长时间？”

“不会再回巴黎了，”埃利奥特说，“一周过后，这里不会有人了。你们会和我一起待在克拉里奇。七月会有很多一流的舞会，当然还有温布尔登（指一年一度的温布尔登网球锦标赛，简称“温网”，“温网”赛事，历史悠久、声望显赫，是四大满贯之一），之后是古德伍德和考兹。我敢保证，埃林厄姆夫妇肯定会热情地邀请我们坐上他家的游艇去看船赛的，而班托克一家在古德伍德赛马周，还会有一场大型的晚会。”

伊莎贝尔一脸的喜悦，布拉德利放下心来，看上去她并没怎么为拉里着想。

埃利奥特话音刚落，母女俩便走了进来。算起来，我有十八个月没见她们了。布拉德利夫人瘦了一些，更加苍白的脸上露出疲倦之态。而伊莎贝尔却神采飞扬。淡褐色眸子闪动着澄澈的光，棕色的秀发披于圆润的肩上，整个人散发着青春气息，让人觉得仅是活着就那么美好，不禁想笑起来。她让我有种很好笑的感觉，觉得她就是一只色泽金黄、气味芳香的成熟的梨，等待你去品尝。她周身散发着温和的气息，带给人一种伸手可触的舒适感。她比上次见面时显得高挑一些，或许是鞋跟的原因，或许是聪明的裁缝用外衣遮住了其青春期的丰满，我不知所以。她的体态依然是那种保持户外锻炼的灵活与优雅。总之她是性感的美丽的尤物一般的年轻女子。如果我是她的母亲，我首先的想法，她该出嫁了。

想起在芝加哥布拉德利夫人对我的热情款待，我高兴有了回报的机会，便邀请三人哪天晚上方便时去看戏，一起吃午饭。

“你捷足先登，这是明智的选择，我的朋友，”埃利奥特说，“我断定过不了两天，我们的请柬就要排到季末了，因为我把我们来这儿的消息告诉了我的朋友们。”我听明白埃利奥特的意思了，等他们忙起来就无暇顾及我这等小人物了。我笑出了声音。在他瞥向我的一眼中，我察觉到了某种倨傲。

“然而，六点钟你总会在这儿找到我们的。我们同样高兴见到你。”他貌似大度之语言，明显把我这个爬格子的放入一种卑微的地位。

欺人太甚，必得反击。

“我想你应该与圣奥尔福德家取得联系，”我说，“听说他们想转让那幅《索尔兹伯里大教堂治安官》。”

“眼下我没有买画的想法。”

“我知道，我还以为你会像从前一样为他们打理呢。”

埃利奥特眼里闪过不悦的寒光。

“我亲爱的朋友。英国人很伟大，但他们不擅长画画，我想将来也不会。我对英国画派不感兴趣。”

7

而后的四周时间，我基本上没见到埃利奥特和布拉德利夫人母女俩。他对她们关心备至，带她们到苏赛克斯的一个大户人家度周末，下个周末又去了威尔特郡豪华的宅邸。他带着她们去歌剧院看戏，而且能以温莎王室的一位旁支公主的贵客，体面地坐在王室包厢里。带着她们流转于各色大人物的午餐桌上。伊莎贝尔参加了几次舞会。他还在他的公寓里招待了一连串的客人，而在第二天那些客人的名字会见诸报端。他还几度在西罗俱乐部及大使馆举办了晚宴。事实上每件事他都做得相当得体，跟以往做社交时一样。伊莎贝尔毕竟经历有限，在他给予的这种富贵多彩的生活中眼花缭乱。而埃利奥特却自夸地说，他这样劳心费力，目的只有一个，让伊莎贝尔早日从那场失败的婚恋阴影中走出来。但我知道，他这样做还有其另一层含义，是让他的姐姐在他与那些达官贵人熟稔交往中，获取自我的满足感。他是一位出色而令人钦佩的男主人，他同时也在享受着展示自己的品位与能力。

我自己参加过他的几次酒会，也在六点钟以后去过克拉里奇看望他们。我发现伊莎贝尔的身边总有一些身着华服的来自近卫军的威猛小伙儿，或者是衣着朴素、举止优雅的外交部年轻人。有一次伊莎贝尔在这样的场合中，把我拉到一个角落里。

“有件事我问你，”她说，“你还记得有天晚上，我们在一家日杂店喝冰激凌汽水的事吗？”

“没忘记。”

“那时你对我很和善，帮了我很多忙。我想让你再帮我一次，愿意吗？”

“我竭尽全力。”

“你有时间和我一起吃个午饭吗？我有事想跟你谈。”

“可以。你定时间。”

“找个僻静的地方。”

“乘车去汉普顿宫吃午饭如何？那儿的公园风景秀丽，你还能看到伊丽莎白女王的床。”

她很中意这地方，我们便敲下日期。到了约定的日子，天不遂人意，天空灰暗，小雨淋漓。我只好打电话问她是否改换就近的城里吃午饭。

“这天气糟透了，我们去不了公园，自然什么也看不到了。”

“公园已经逛得够多了，也看腻了那些绘画大师的画作。还是去吧。”

我开车接上她，直奔我知道的一个很不错的小酒馆。一路上，伊莎贝尔还和从前一样善谈，她跟我说着那些酒会，说着那些她新认识的人。这段时间她玩得不亦乐乎，但她对结识的各色人等，很有自己的评判，我觉得她头脑精明，眼光犀利，对那些荒唐的人和事有着很敏锐的洞察力。因为天气的缘故，我们成了小酒店仅有的食客。这顿午餐安静而富有英国地方特色，那份配有嫩豌豆及新土豆的精制烤羊羔腿，深盘烘烤的苹果馅饼，德文郡奶油，淡淡的啤酒，我们吃得很尽兴。饭后我们去了空无一人的咖啡厅里，坐在舒服的扶手椅子上。房间里很清冷，但壁炉里材料齐全，于是我用火柴点燃了，火苗燃了起来，阴暗的屋子变得温馨起来。

“一切都好了，”我说，“你可以说了。”

“还是上次谈的话题，”她笑着说，“拉里。”

“我已经猜到了。”

“我们解除了婚约，你知道吧？”

“埃利奥特告诉我了。”

“妈妈放心了。他高兴了。”

她犹豫了一会儿，开始跟我讲述我已经极尽忠实地跟读者讲过的她跟拉里的那场谈话。或许读者会感到意外，她会跟一个并不熟悉的人袒露心声。我跟她不过见过十余次面，而且在杂货店是唯一一次的独处。可我并不觉得意外，有很多人的确愿意跟我们作家吐露秘而不宣的事。我不明就里，可能是他们读过你的几本书，从而产生了可亲近的信赖感；也可能是他们把自己戏剧化了，成了书中某个你创作的人物。我认为伊莎贝尔感觉到了我对拉里与她的喜欢，我钟情于他们的青春气息，对他们的不幸结局充满同情与惋惜。她对她舅舅是非常了解的，他不可能是个友善的听众，尤其他对拉里很有成见，拉里拒绝他为其提供的跻身社交圈的最佳机会，令他非常反感。而她母亲有超强的原则性、常识及丰富的社会阅历，她深信，每个人都不可违背社会准则行于世，否则一辈子将一事无成。那些社会阅历让她懂得了，一个男人要想出人头地，使家庭稳定，给儿子良好的教育，使其将来更好地立足于世，那么他就应该置身职场，努力工作，争取向上，拥有社会地位，有相当的财富，给妻儿富足的生活，哪怕离开这个世界，也要保证妻子衣食无忧。

伊莎贝尔有很好的记忆力，关于这件事前因后果的千回百转都铭刻在脑海中。我一直都没有插话，直到她讲完为止。其中她停下来一次，问我一个名字。

“勒伊斯达尔是谁？”

“勒伊斯达尔？荷兰的风景画家。怎么问起他呢？”

她说拉里提过他。他说那个人至少找到了他那些问题的答案。她还想起了拉里当时回答她的语气，是轻描淡写的。

“你能明白他的意思吗？”

我心里突然一动。

“你肯定他说的不是斯布鲁克？”

“兴许是吧。他是谁？”

“他是生活在十四世纪的佛兰德的一位神秘主义哲学家。”

“噢。”她有些失望。

这于她而言毫无意义，对我却很有启发。拉里思想转变的根源露出了端倪。她继续说着，我虽然表现出聆听，而我的思想却时时地开小差，我在琢磨拉里话中所蕴含的意思。我并不想过多地去解释，他用了那位神秘大师的名字，或许只是为了强调其重要性；或许还有更为深刻的用意，而伊莎贝尔并没有体会出来。他把斯布鲁克说成是他大学时代不曾认识的人，分明是在让她转移话题。

“你如何看待这所有的一切？”末了她问我。

我迟疑了片刻才作答。

“你还记得他跟你说只想去闲逛吗？如果他没有说假话，那么他的闲逛就另有其意，他是在从事某种艰难辛苦的工作。”

“我敢肯定确实如此。可你不觉得他如果用这样的努力来从事任何一种生产劳动，会创作出更多的经济价值吗？”

“有些人的思维就是这样不可思议。就像一些犯罪分子，处心积虑地制订犯罪计划，可是却把自己的自由赔了进去。等他获得自由后，依然如故。如果他能把他的智慧与勤奋及其耐心用在一份工作上，他同样会拥有一个美好的人生。这就是人性的差别，他就喜欢这样。”

“可怜的拉里，”她咯咯地笑了，“你不会说他如饥似渴地学习希腊语，是在谋划一起银行抢劫吧？”

我被她逗笑了。

“不，我不是那个意思。我想说的是，有一种人追求着某种违背常规的事情，那种不同寻常诱惑着他，让他有奋不顾身的冲动与执着，为了得到满足，他宁愿牺牲一切。”

“连他最爱的人也能舍弃？”

“哦，是的。”

“这与彻头彻尾的自私自利有何分别？就是个伪君子！”

“我不知道。”我笑着说。

“拉里学那些该死的希腊语，有什么用处？”

“有些人的求知欲不侧重自己的利益，这也无可非议。”

“要是不打算用，那学它有什么意义？”

“也许他想用。也许仅是学习而成就的满足感，就像艺术家们创作一幅艺术作品一样的满足感。也许那是他朝着那个深远目标迈进的第一步。”

“他有这么强的求知欲，为什么不能接受上大学的建议呢？当时纳尔逊医生和妈妈都希望他去。”

“我们在芝加哥曾经谈过这事，他不在乎学位。我依稀感到他很清楚自己想要什么，他认为大学里学不到那些东西。要知道，在学习这件事上，有喜欢群体的，也有喜欢独自钻研的，拉里属于后者。”

“我曾经以为他对写作感兴趣，他笑着说没什么好写的。”

“这是我听过的最让人觉得不可信的理由。”我微笑着说。

伊莎贝尔烦躁地摆摆手，哪怕最微小的玩笑话她都没有心情听。

“我搞不懂的是他怎么能变成这样子。战前他一切正常。你不知道他的网球和高尔夫都是那么棒。他同我们做着相同的事，是个不折不扣的男孩子，没有理由不成为一个正常的男人。你终归是写文章的作家，你应该能够解释这是怎么回事。”

“我怎么就能够解释这么无限复杂的人性呢？”

“这就是我今天找你谈话的根本所在。”她没有理会我刚才的话，而补充道。

“你很伤心吗？”

“不，也不是伤心。拉里不在时，我感觉挺好，我们在一起时，我总能感到软弱。现在就是一种疼痛而已。就好比你几个月没有骑马，再骑一段路之后的那种不舒适感。这不是痛苦，也不是不能忍受的，而你还能感觉到它。我能克服。但我实在是不能容忍拉里把自己的生活弄得如此糟糕。”

“也许不是糟糕。也许他已经开始了那条艰辛之旅，没准儿旅程结束后，他真会找到自己苦苦追寻的东西。”

“他在寻找什么？”

“你真的没有想过？我觉得他当时跟你说的话已经有很明显的指向了。上帝。”

“上帝啊！”她发出难以置信的一声惊叫。我们对同一个词理解上的反差产生了喜剧效果，不约而同地大笑起来。可是伊莎贝尔很快就收起笑容，重现凝重神色。以她整体的态度看，我觉得那是一种恐惧。

“你怎么会这么想？”

“我只是猜想。是你让我谈谈作为小说家的看法的。遗憾的是，你并不知道对他产生这么深刻影响的战争经历是什么，我想那一定是在他完全措手不及的情况下发生的。我想对你说的是，那种突如其来的打击，让他的身心备受罪孽、悲哀与无常的痛苦折磨。他深信世间总有弥补这种罪孽悲哀及世事无常的办法。”

我感觉到了伊莎贝尔并不喜欢我的这种有着转变性质的谈话，这给了她心神不定之感。

“这难道不是一种不合常识的病态吗？人活在世就应该遵循通常的生活之道，很好地享受生活。”

“你说的应该是对的。”

“我不想装得清高，我只是一个正常的普通女孩子，我只想快乐地生活。”

“听起来你俩性格差异很大，有很多无法兼容的东西，这在婚前发现是一件好事。”

“我要结婚生子，还要……”

“还要过上仁慈的主本来恩赐给你的幸福生活。”

“嗯，这有什么不对吗？愉快地生活，我就会满足。”

“你俩好比一对行旅，愿意一起去出游，你喜欢攀爬格陵兰的冰天雪地，而拉里想去印度的珊瑚礁钓鱼，很明显无法走到一起。”

“无论如何，在格陵兰冰天雪地里我或许还能得到一块海豹皮，而印度的珊瑚礁有没有鱼很值得我怀疑。”

“等着瞧吧。”

“你为什么要这样说？”她眉头轻蹙，“你的内心似乎一直有所保留。我当然清楚自己太过平庸，拉里才是理想主义者，是个有梦想的人。哪怕他追梦不成，只是做做梦也足以让人感动和震惊的了。我所扮演的角色是冷漠、贪财和现实。常理不会博得同情心，对吗？但你别忘了，要付出代价的是我。他可以云里雾里地潇洒走一回，去追逐他的彩云飘飘，而我只能追随。我想实实在在地生活。”

“我不会忘记的。记得我年轻的时候，认识过一个医生，他有妻室儿女，他的医术也说得过去。但他不去行医，而是长年累月泡在大英博物馆的图书室里，写一部根本没有人看的伪科学、伪哲学巨著。因为没有出版社给他出版，他只好自费出版。一直到离世，他写了四五部这样的垃圾著作。他儿子想入军职，因为没钱去桑德赫斯特，只好应征入伍，结果死在战场上。她女儿很漂亮，我曾经迷恋过她。她做了演员。因为没有天赋，只能跟随一个二流剧团到处奔波，拿着微薄的薪水。他的妻子多年辛劳成疾，女儿只好回家照顾母亲，并担负母亲干不了的脏活累活。几个人的一生就这样毫无价值地完了。非平坦之路，成功与失败各占一半。被上帝招呼的人不在少数，可被选中的却屈指可数。”

“妈妈和埃利奥特舅舅都认为我这个做法是非常对的，你赞同吗？”

“亲爱的，我的态度对你重要吗？我觉得我们的关系并没有那么亲密。”

“我把你看成一个公正者，”她带着喜人的微笑说，“我想得到你的认可。你觉得我做得是对的，是这样吗？”

“我觉得你为了自己，你做得没错。”我很肯定她没有分辨出我答话里的细小隐微的意思。

“可我为什么会心有愧疚呢？”

“真是如此吗？”

她点点头，微笑的脸上添进去些许忧伤。

“我知道我这是按常规而行事的。我知道每个人都觉得我做了唯一可做的事。如果从务实的角度上考虑，从人情世故考虑，从世俗礼法考虑，从对与错的角度考虑，我都没有做错。可在我的内心深处，总有不安在纠结，假如我再好一些，再无私一些，再善良一些，再公正一些，再高贵一些，我就会义无反顾地嫁给拉里，与他牵手共济。如果我足够爱他，那么失去全世界又如何。”

“你转换一下角度来看这个事情，假如他足够爱你，他也应该毫不犹豫地为你放弃一切。”

“我也这么安慰过自己，但没有用。或许是女人天性应该比男人更富有牺牲精神吧。”她轻笑起来。“路得还有异乡麦穗之类的（典出《圣经旧约路得记》，寡妇拿俄米打发两个失去丈夫的儿媳回娘家再嫁。一个儿媳与婆母挥泪而别，另一个叫路得的儿媳则决意留下赡养婆婆，并常在麦收时节去别人家田里捡拾落下的麦穗。众人知其孝顺也不阻止，反倒多留些与她。‘异乡’则语出济慈的《夜莺歌》，后者用圣经典故但与之略有出入）。”

“既然如此，为什么不冒险试试呢？”

我们的谈话一直像聊家常一样轻松随意，就像聊着我们同为认识的一个人，而对这个人又不是那么关心，就是伊莎贝尔说到拉里，也不无愉悦，时常会捎带着几句幽默，似乎在营造一种不让我当真的氛围，可此时她的脸色变得苍白。

“我害怕。”

我们陷入沉默之中。一股凉意顺着我的脊柱而下。每当我需要面对人的深沉而真挚的情感时，我就会产生这种奇怪的反应。我感觉到这种东西让我心生惶恐与敬畏。我终于问她：“你到底有多爱他？”

“我不知道。我对他没有耐心，我对他恼火，我一直那么渴望着他。”

我不知道说什么。我们再次沉默了。

这间咖啡厅很小，窗子上挂着的古朴色调的花边窗帘挡住了外面的阳光。暗黄色的大理石纹壁纸，贴着几张体育老照片，红木家具，破旧的皮椅及其霉味，奇特地让我联想到狄更斯小说中的咖啡厅场景。我拨了拨火，添了一些煤进去。伊莎贝尔突然说道：

“我本以为，到了那个摊牌的关键时刻，他会服软。我知道他很软弱。”

“软弱？”我叫道，“你不觉得你错了吗？一年的时间，他排除众议，只因为他想坚决不移要走自己选择的路。”

“他可是从来都以我为圆心的，我们一起玩的时候，他从来不主张什么，是那种随大溜儿的人。”

我把烟点着，注视着自己吐出的烟圈，一点点变大，最后消散在空气中。

“我们分手以后，我还与他保持着来往，妈妈和舅舅可是觉得那是完全错误的做法，而我却一意孤行。我想到最后他会让步的。我觉得他那一根筋的脑袋会突然间想明白顺从了我意。”说到这儿，她停顿了一下，随后冲我恶作剧般地笑了，“我有一个秘密的事情要对你说，你会觉得很吃惊吗？”

“我想应该不会吧。”

“就在离开巴黎之前，我给拉里打电话，问他可否愿意在一起吃最后一顿晚餐。当我把这个想法告诉妈妈和埃利奥特舅舅的时候，埃利奥特舅舅说，这做法欠妥，妈妈说觉得没有必要。妈妈所说的没有必要，是完全不赞成的意思。埃利奥特舅舅问我，我们都准备做些什么。我说我们先找个地方吃饭，接下来去逛夜总会。他对妈妈说，应该阻止我去。妈妈说：‘要是我不准你去，你会听吗？’‘不，亲爱的，’我说，‘我不会听的。’之后她说：‘我想也是，那我再做阻拦，也毫无意义。’”

“你母亲挺善解人意的。”

“拉里来接我的时候我去妈妈的房间跟她道别，我是化了妆的，而且穿得有些性感，她看我的眼神带着一种审视。我相信我的某个企图没有逃过她的法眼。但她只是亲吻了我，祝我玩得开心。”

“该从何说起呢？”

她突然又迟疑起来，似乎是在考虑该不该与我坦言下面的话。

“我自我感觉良好，这可是我最后的机会了。拉里已在马克里姆订了座位。那段晚餐我们吃得特别开心，拉里点的都是我爱吃的食物，还喝了香槟酒。我们谈得很尽兴，起码我是那样的。我欣慰我依然能让拉里开心地笑。我们还跳了舞。后来玩得差不多了，我们去了‘马德里堡’，巧的是竟然遇见了几个熟人，大家一起又喝了香槟。接着我们再赴‘金合欢’。拉里的舞跳得特别好，我们在舞池里配合默契。舞厅的热力，迷人的音乐，美酒令我陶醉，让我放得很开。我把脸贴在他的脸上，我感觉到他想要我。老天知道，我是多么渴望他。我那个企图占了上风，我想把他带回家，一旦回到家中，就会发生我们都无法控制的事了。”

“我的上帝，你计划得太出色了。”

“我的房间与妈妈和埃利奥特舅舅的房间隔着一段很远的距

离，我知道不会出问题的。等我们回到美国，我会写信告诉他我怀了他的孩子，到时候他想不娶我都不行，我就能顺理成章地把他留下来，况且我妈妈还生着病。‘我好愚蠢啊，以前怎么就没想到这么做呢，’我在心里跟自己说，‘这回好了，一切问题都迎刃而解了。’舞曲结束的时候我还偎在他的怀里，我喃喃地说，我们回去吧，明天中午我们还要赶火车。坐在出租车里，拉里搂着我，热烈地亲吻我，那感觉我们似在天堂里。好像眨眼的工夫车就停在了门口。下了车，拉里付了车费。

“‘我走着回去。’出租车开走了，我用胳膊圈住他的脖子。”

“‘你愿意上来和我喝最后一杯吗？’我说。”

“‘可以，只要你愿意的话。’他说。”

“他按了门铃，门开了，我们走进我的房间，打开灯的那一刻，我看到了他那双诚实、值得信赖的眼睛，那里面清澈得透明，很显然他绝不会想到我会设下圈套。我突然醒悟过来，我不能对他做那种龌龊的事。就好比把一块糖在一个孩子的手里骗走一样。你知道下面我是怎么做的吗？我说，‘哦，好了，你最好还是走吧，我母亲今天不舒服。如果她睡了，我可不想把她吵醒了。晚安。’我让他吻了我，之后把他推出门外。于是都结束了。”

“事后你感到后悔了吗？”我问。

“不后悔，但也不高兴。我只是不甘心，还想赌一把。把他推出去的，不是我的心，是一种身不由己的理智在行事。”她咧嘴笑起来。“我觉得你一定会说关键时刻是我的善良占了上风。”

“的确如此。”

“可是我这善良的一面，必须要承担后果，我相信以后它会步步为营的。”

我们这场聊天基本上已经结束了。伊莎贝尔跟一个完全不亲密的人放松地聊一场，于她是一种释放与慰藉。而我呢，能做到也只能是这些。可我觉得做得并不到位，便想再说点什么给她一些安慰。

“你要清楚，当一个人爱得很深的时候，”我说，“当失意来临时，你会觉得迈不过那个坎了。如果你懂得了大海的作用，你会震惊的。”

“你这是什么意思啊？”她微笑道。

“嗯，爱情可算不上好水手，它在远航之中耗得精疲力竭。当你发现你和拉里之间隔在大西洋两岸，你会惊奇地发现，原来航海之前你所有的承受之痛，实在是微不足道的。”

“这是你的经验之谈吗？”

“来自那些曲折的经历。每当我饱受失恋之苦的时候，我就会跳上一艘远洋的轮船。”

雨还下着，伊莎贝尔对于没有观光到花园里的一些景致，也无所谓了。于是我们驱车回伦敦。之后我又见过她一两次，但没有再独处过。在伦敦待够了之后，我又踏上另一段旅途——提洛尔。

第三章

1

十年过去了，在此期间我没见过伊莎贝尔，也没遇到拉里。而埃利奥特我能时常见到。实际上也是为了我对以后某个故事的叙述缘故，见面的次数更加多了。伊莎贝尔的情况我总能在他那儿知晓，而对拉里，他是不愿意与我多说的。

“据我所知，他一直在巴黎，只是我不可能与他碰见，我们的交际圈不相同。”他不无得意地补充道，“他就这样彻底颓废了，令人感到遗憾啊！他有那么好的出身，如果他听从我的安排，他会成为一个人物的。无论如何，伊莎贝尔离开他是幸运的事。”

我的交际圈子的门槛没有埃利奥特那么高，我结交的有些人他是瞧不上眼的。我在巴黎停留的时间不是很长，但常来常往。我便在上述的有些人当中询问可否遇见过拉里，或者可否知道一些他的消息。有几个人与他有过交往，但都是泛泛之交，没有人为我提供他的任何情况。我去他经常去的餐馆，却被告知他已经很久不来了，那里的人都认为他已经离开了。蒙帕纳斯大街上的餐馆没有一家有他的踪迹，居住在附近的人都会去那儿用餐的。

伊莎贝尔离开巴黎以后，他打算去希腊，后来他放弃了这个出行计划，一直待在巴黎。至于期间他做过什么，多年以后他告诉了我。为了能让故事按照时间的顺序进行，我愿意现在就说出来。在巴黎的日子，他在整个夏季每日勤读不辍。直到秋季来了。

“我想，我该放下书本，去放松一下自己了。”他说，“这两年，我每天读书学习八到十个小时，我决定去煤矿做矿工。”

“你决定做什么？”

他看到我惊愕的样子禁不住大笑起来。

“我觉得干上几个月的体力活对我没有坏处，我想在那样的环境下来清理我的思路，也许那是自我审视的最好办法。”

我沉默了。我不知道真如他所说的那样，还是和他与伊莎贝尔的分手有关系。其实我并不清楚他爱伊莎贝尔有多深。很多人尽管身处恋爱之中，也会找到所谓的各种理由来说服自己那是唯一的明智的选择。我想那也是很多不幸婚姻的原因。这就像一个人把自己交给一个明知是骗子之人的手里一样，而这骗子偏偏是自己的密友，他不肯相信一个人是骗子在先而后才是朋友，而确信他能去骗别人而绝不会对自己下手。拉里的内心坚强，他不会为了爱情而放弃自己的追求。可当真正失去伊莎贝尔的时候，那种痛苦完全超出了他的预料。他也许跟我们多数人一样，苦于难以两全。

“你继续说。”我说。

“我把衣服和书装进两个旅行包里，寄存在‘美国运通’。之后穿上一套衣服，把几件衬衣装进手提袋里，就出发了。我怀里揣着我的希腊语老师的推荐信，他妹妹的丈夫是朗斯附近的一家煤矿的经理。你知道朗斯吗？”

“不知道。”

“在法国北部，在比利时边境附近。”

“我在车站的旅馆住了一个晚上，第二天就乘车去了煤矿。你去过煤村吗？”

“我只去过英国的。”

“哦，我想几乎都一样。有煤矿、经理室、一排排整齐的差不多一模一样的两层小屋，单调乏味得令人没有更多的想法。一座新建的丑陋教堂，几家酒店。我抵达的时候天气阴冷，下着细雨。我径直向经理室走去，把推荐信递给他。他是个红脸膛的矮胖子，看起来胃口很不错的样子。他们煤矿很缺人，很多矿工死在了战场上。有两三百号的波兰劳工。他问了我几个问题，他满不在乎我的美国身份，似乎觉得美国人有些不靠谱，但他的大舅子在信中对我极尽好言，因此他很愉悦地留下了我。他说给我安排一个地面上的工作，但我要求到井下去，他说如果我不适应的话会承受不住的，我说我已经做好了准备。他便同意我去井下给哪个矿工当助手。我知道他肯定是觉得我的能力很差，才给了我一个童工的工作，但童工也不充足。他是个很不错的人，他问我有没有地方住，我说还没有，他就在一张便签上写下一个地址，他说我要是愿意去的话，那个房东会给我一张床的。房东太太是个寡妇，她的男人原来是矿工，后来死了，两个儿子也是矿工。”

“我拿着手提袋就去了。到了那儿，为我开门的是一位长得瘦高的女人，眼睛大而幽深、一头灰白的头发。她的眉眼很耐看，年轻时应该是个漂亮的女人。她的嘴里因为掉了两颗门牙，让她显得苍老而憔悴。她告诉我没有单间住了，如果愿意的话，可以和一个波兰人合住。楼上有两间房，她自己住一间，两个儿子住一间。那间房在楼下，她领着我看了，我想原来应该是客厅。我原来打算自己住一间房的，又想别挑肥拣瘦的了。外面的蒙蒙细雨已成了小雨，我已经被雨淋透了，我不想再继续找下去了，便同意了。他们把厨房充当了客厅，里面有两把扶手椅。院子里的煤棚兼作冲澡房。她的两个儿子和那个波兰人的午餐带到矿场上吃，房东太太说午饭我可以和她一起吃。午餐后我坐在厨房里抽烟，房东太太一边收拾餐桌一边把她自己和她家里人的事告诉了我。收工的时候，几个人都回来了。那个波兰人先进屋，后进来的是那两个男孩。波兰人穿过厨房，听房东太太告诉他我与他合住时，没有说话，只冲我点点头，然后提着大水壶去外面的煤棚里冲澡去了。两个男孩子即便灰头土脸，但长得高大英俊，而且表现友善而和气。他们拿我当怪人看，因为我来自美国。大一点的男孩子十九岁，再有几个月就要去服兵役，小的十八岁。”

“波兰人洗完后，接着两个男孩子洗了一番。那个波兰人长相丑陋，他的波兰姓很难读，房东一家都叫他科斯提。他块头很大，高出我两三英寸，有很雄健的身材。他的脸肥胖而略显苍白，嘴巴很大，鼻子宽而短。他的眼睛是蓝色的，眉毛和眼睫毛的黑色粉尘没有洗掉，使得那双蓝眼睛给人一种恐惧之感，总之他的整体是个丑陋而粗俗的家伙。两个男孩子换过干净的衣服出去了。波兰人还坐在那个厨房里一边抽着烟斗，一边看报纸。我掏出口袋里的《克莱芙王妃》（法国小说家拉法耶特夫人著，小说以亨利二世时的宫廷为背景影射了十七世纪后期的王室生活）看了起来。我看见他不时瞥一眼我和我手里的书，只一会儿他就放下了报纸。”

“‘你看的什么书？’他问。”

“我把书递给他，让他自己看。是《克莱芙王妃》，我在巴黎火车站买的，因为它很小，能装进口袋里。他看了一眼书，又好奇地看了我一眼，然后把书递了回来。我看到他的嘴角上挂着一抹讥笑。”

“‘这书有意思吗？’”

“‘我觉得很有意思——甚至很吸引人。’”

“‘这是我在华沙上学的时候读过的书，无聊至极。’他的法语说得很地道，几乎听不出波兰口音，‘现在我感兴趣的只有报纸和侦探小说。’”

“勒克莱尔夫人，就是房东太太，坐在炉子边照看着炉子上炖的汤，手里补着袜子。她对科斯提说，我是煤矿经理介绍来的，又把我来时告诉她的一切跟他说了一遍。他边抽烟斗边听着，那双蓝眼睛射出严苛而犀利的光泽，盯在我的脸上。他询问了我几个问题。当我告诉他，我并没在矿井下干过的时候，那个嘲讽的笑容又出现在他的嘴上。”

“‘你根本不知道你在做什么。只要有别的出路，不会有人愿意当矿工。当然这是你的事，你这么干肯定有你的理由。你住在巴黎哪儿？’”

“我跟他说了。”

“‘前些年，我每年都要在巴黎待上一段时间，格兰大道是我唯一去的地方，那儿的“拉吕之家”，是我用餐的馆子。’”

“我颇感意外，你是知道的，那家餐馆可不便宜。”

“相当不便宜。”

“很显然他看出了我的惊讶，他又抛给我一个嘲弄的微笑，估计觉得没有解释的必要。我们继续东一句西一句地闲聊着，随后两个男孩子回来了，我们开始吃晚饭。晚饭后，科斯提问我可否愿意和他去酒吧喝一杯。他把我带到一个大屋子里，一端是个酒吧，几张大理石桌子，围着些木椅子。有一架自动钢琴，不时有人过去投币子，它就很卖力气地弹奏一支舞曲。除了我们这张桌子外，还有三个桌子上有人。科斯提问我会不会玩贝洛特纸牌。我是跟一些学生朋友学会的，故此我告诉他会玩。他提议玩啤酒的，我表示同意，他让侍者拿来一副纸牌。我输了一杯啤酒，接下来是第二杯。后来他又提议玩钱。他的运气极佳，好牌都到了他的手里。我的运气糟糕透了。我们玩的输赢不大，但我也输了好几法郎。喝了啤酒又赢了钱，他的心情好极了，他的话开始多了起来。从他的言谈举止中我很快便看出他是一个受过良好教育的人。当再次提及巴黎时，他问我可否认识这个，知道那个的，那几个女人就是路易莎阿姨和伊莎贝尔住在埃利奥特寓所里遇到过的。他对那些贵妇人的熟悉程度绝对超过我。我对他为何落到如此地步充满了好奇。还不是很晚，但我们明天天一亮就得起床。”

“‘走前我们再喝一杯吧。’科斯提说。”

“饮了一口啤酒，一双犀利的小眼睛打量着我。他让我想到了一头坏脾气的猪。”

“‘你为什么要来这种地方？’”

“‘只是想要这份经历。’”

“‘你简直疯了，我的小朋友。’他说。”

“‘你因为什么来这里干活？’”

“他耸了耸那笨拙的肩膀。”

“‘我父亲是沙皇手下的将军，我从小就被他送进贵族的士官学校。在最近的战争中我曾是一名骑兵指挥官。毕苏斯基（1867—1935，波兰国家元首和军事独裁者）的残暴你是知道的，他让我忍无可忍。我们密谋除掉他，却不知那个该死的蠢货出卖了我们。被抓住的统统做了他的刀下鬼。我所幸逃出了边境线。除了外籍军团和煤矿，我没得选择。我选择了煤矿，相对比外籍军团轻松一些。’”

“我曾跟他说过经理分配我的工作，他当时什么也没说。可现在，他把胳膊架在大理石台面上，说：‘来，试试掰我的手腕。’”

“我早就知道这种较劲的老把戏，我把自己的手掌贴紧他的手掌。他笑了起来，‘用不了几个礼拜，你的手就不会这样松软软的了。’我不遗余力地掰着，可是他的手臂纹丝不动，他缓慢地把我的手压在桌面上。”

“‘你还有几分力气，’他不无安慰地说道，‘跟我掰手腕的人没有几个坚持这么长时间的。喂，给我打下手的那个废物法国小个子，他的力气小得碾死个蚂蚁都费劲。以后你给我打下手吧。我叫工头把那小子换了。’”

“‘我倒是愿意，’我说，‘工头会同意吗？’”

“‘当然得疏通一下，你有五十法郎吗？’”

“他伸出手，我从皮夹里拿出一张钞票递给他。我们就回去睡觉了。我白天累了一天，很快就进入了梦乡。”

“你没有想过那活太辛苦吗？”我问拉里。

“开始的时候确实很累，”他嘿嘿一笑，“科斯提把工头搞定了，我给他打下手。科斯提的工作空间只有旅馆卫生间般大小，进去时要穿过一条低得只能爬行的隧道。里面热得要命，干活的时候只穿一条裤衩。科斯提白花花的肥硕身躯，活似一只大鼻涕虫，看着令人恶心。狭窄空间里气动切割机的嘶吼声震耳欲聋。我的工作是把科斯提切割下来的煤收集到一起，然后用篮子拖到隧道口，运煤火车每隔一段时间开过来，把煤装进货箱里，运到升降机口。我只对这个煤矿有所了解，也不清楚是不是所有的煤矿都是这样的操作程序。在我看来实在是太不够专业化了，把人累得要死。时间到一半时，我们会休息一会儿，吃午饭再抽袋烟。一天工作下来，我也没什么可抱怨的。对了，我的老天！能洗个澡，真是太舒服了。我想我的脚永远也不会洗干净，漆黑如墨。双手都起泡了，又疼又肿，不过后来就好了，我适应了那份工作。”

“这活你干了多久？”

“其实就干了几个星期。负责把货箱运到升降机口的是一台拖拉机，司机对机械全然不懂，发动机又总出故障。有一回，发动机又灭火了，那家伙束手无策。我可是精通机械修理的，我仔细查看，只用了半个小时就修好了。工头把这事上报了经理，经理把我找了去，问我会不会修汽车。就这样，我成了一名机修工；

这活挺无聊，也免不了乏味，但很轻松。从那以后，他们少了很多机器上的烦恼，自然对我是满意的。”

“科斯提对我的离开大为光火。我们干的那段时间配合默契，已经互相适应了。我们同吃同住同出入，我陪他去酒吧喝酒，陪他玩牌。他是个挺有趣的家伙。相处久了，觉得他挺可爱的。他不愿意跟波兰人交往，从不去波兰人开的饭店吃饭。总记得自己是贵族，做过骑兵指挥官，他视他的同胞形同草芥。那些波兰人也非常仇视他，却不敢招惹他，因为他力大如牛，那些人根本不是他的对手，就是五六个上来，不用刀子，他也能抵挡一阵子。我也结识了几个波兰人，知道他确实做过骑兵指挥官，属于精锐兵团的一支。只是关于逃离巴黎的原因是他杜撰的，他是因为在华沙的军官俱乐部玩牌出老千穿了帮，被开除了，军职自然也丢了。他们警告我，最好不要和他玩牌。还说他不愿意跟他们往来就是因为他们知道他的底细，也不愿意跟他玩。”

“跟他玩，我一直是输家，但输得并不多，一个晚上几法郎，最主要的是他很开心，赢了钱还坚持付酒水钱，就像请朋友喝酒一样，所以真是小事一桩。以前一直觉得自己是运气不佳，输得心服口服，可自从知道了他会出老千，我就注意了，瞪着眼睛监督他作弊，可是那是徒劳的，怎么都看不明白他是怎么耍弄的。天哪，他可够狡诈的，我明知他不能每次抓到好牌，我像一只猞猁一样目不转睛地盯住他，可他像一只狐狸一样狡猾，一点破绽不露。我猜想他已经看出来我知道了他作弊。有一天晚上玩了一会儿，他用那种惯用的冷酷而嘲讽的笑容（他只会这一种笑法）

看着我说：‘想不想学几招？’”

“他把那叠扑克牌拿起来，他让我在里面随便点一张，他把牌洗了之后，让我抽出一张，不可思议的是正好是我随便点的那张。他又玩了几个招式，之后问我会不会玩扑克，我回答说会玩。他发了一手牌给我，我展开一看，竟然是四张 A 和一张老 K。”

“‘有了手上的这副牌，你断定想押大注，对不对？’他问道。”

“‘我会倾其所有。’我答道。”

“‘那你可就傻了。’他摊开自己手里的牌，居然是同花顺。他究竟怎么做的，到现在我都没想明白。他嘲笑我的惊愕。‘我要是不老实，你恐怕连衬衫都输掉了。’”

“‘你还不至于那么狠毒。’”

“‘不足挂齿，吃一顿“拉吕之家”都不够。’”

“我们依旧不亦乐乎地玩着。我得出他这样花费心思地玩，并非为了赢钱，而是图个乐儿。我明明知道他在作弊，却不明就里，他在耍弄我的过程中获得莫名的满足感和快乐。”

“然而这只是他其中一面，他的另一面更让我感兴趣。而这两面是完全不能融洽的。他虽然自称只看报纸和侦探小说，却是个受过良好教育的人。他能说会道，又尖酸刻薄、玩世不恭。可是一旦与你聊起天来，又能让人感到愉悦。他是个虔诚的天主教徒，床头挂着十字架，每个礼拜天都会去教堂做弥撒。星期六的晚上他通常要喝得酩酊大醉。那个晚上，我们常去的那个大屋子酒吧已经涌满了人，闷热的空气中散发着呛人的烟味。有闷声不响地带着家人来的中年矿工，有一群不肯消停的年轻人，还有满脸流着汗水高声喊叫地围着桌子玩贝洛特的人。他们的女人则坐在附近看着。这种拥挤而吵闹的场面让科斯提产生了某种效应。他突然格外严肃起来，接下来的侃侃而谈——关于神秘主义的所有意想不到的话题。我除了在巴黎时读过的一篇梅特林克论斯布鲁克的文章外，其他的我一无所知。而科斯提谈的则是普罗提诺、高贵的丹尼斯、鞋匠雅各·波墨以及迈斯特·埃克哈特（均为欧洲历史上的神秘主义哲学家）。这个丑陋的被人赶出自己世界的粗壮汉子，这个喜欢冷嘲热讽又玩世不恭的破落户，居然能畅谈世事的终极现实，以信仰上帝的欣慰，实在让我感到难以置信、困惑与神奇。我感觉自己仿佛躺在一间黑屋子里，突然隔着窗帘射进来一道光，心里顿悟只需把窗帘拉开，拂晓的阳光会把外面的美丽天地展现给我。可在他酒醒又恢复了常态时，我在提及这个话题，他会大为恼火，眼神凶巴巴的。”

“‘在那种时候，我都不知道自己说了什么的时候，我怎么会知道谈些什么？’他吼道。”

“我很明白他在撒谎，其实他非常清楚自己都谈了些什么。得承认他是喝醉了，可是他的眼神，他痴迷的表情，不仅仅是醉酒的缘故，肯定有别的因素。他首次说这样的话，所以我记忆尤深，因为我感到恐怖。他说，世界不是无中生有的产物，是一种永恒的自然显现。这也就罢了，他还说，恶与善同样都是神性的赠予。这些怪论在那个肮脏与嘈杂的小酒馆里，在自动钢琴的舞曲中，显得格外稀奇怪异。”

2

我稍作一下停顿，因为下面我要新启一章，我也是为了他。读者朋友可以稍作休息。其实谈话并没有中断。我想借此机会说明一下，拉里说得慢条斯理，极尽字斟句酌，但我却难以做到一字不差，我想说的不仅是言谈本身，还有其神态。他的声音乐感很强。他说话时不带任何肢体动作，只抽烟斗，并时常停下来重新点燃。他用那双黑亮的眼睛看着你，常常带着一种异想天开的神情。

“已是春天的季节了。那个地方平坦而阴郁，春天来得很缓慢。天气仍然阴冷，雨也下着，但遇到晴朗温暖的日子，让人很留恋地面上的世界，乘着像风中摇晃的吊床一样的升降机，进入几百英尺深的地下，就像钻进大地的肠道，里面塞满了肮脏不堪的矿工。春天毕竟还是来了，尽管带着羞涩，带着怕被拒绝的犹豫。春天犹如一朵花儿，或是一株水仙或是一枝百合，生长在陋巷窗沿的一只罐子里，你禁不住对它的有所作为产生了疑惑。一个周日我们还没起床。每逢周日，我们都会起得很晚，我正在看书，科斯提突然对我说：‘我决定要离开这里了，你乐意跟我 起走吗？’他望着外面的蓝天。”

“我知道通常波兰人在夏季都要回国去夏收，可时间尚早，况且科斯提是回不去波兰的。”

“‘你打算去哪儿？’我问。”

“‘走一步看一步，穿过比利时进入德国，沿着莱茵河往南走，整个夏天我们可以到农场找到活干。’”

“我几乎没加考虑地做出了决定。”

“‘这确实是个好主意。’我说。”

“第二天我们就告诉工头我们不干了。我把我的手提袋换给了一个愿意用帆布背包兑换的人。我把不想带或背包里装不了的衣服给了与我体形相仿的房东的小儿子。科斯提跟我一样把想要的装进背包。第二天我们喝了房东太太给我们煮的最后一杯咖啡，便辞别这里踏上了征途。”

“我们并不着急赶时间，因为我们深知至少要到青草收割时节，才会有农庄主雇佣我们。如此我们走得很悠闲轻松，取道那慕尔和列日，穿过法国和比利时，然后由亚琛进入德国境内。我们一天只走十或十二英里。遇见喜欢的村子就停下歇脚。会有小旅店的空房间、饭菜酒水俱全的小饭馆接纳我们。天气很是不错，在煤矿干了几个月，走在敞亮的天地间，感觉很舒服。我觉得我以前从没意识到一片盈盈绿草这么养眼，树叶还没有长出来，树干却被一层浅绿色的雾气包裹着，那么可爱。科斯提要教我德语，我肯定他的德语会跟法语一样流利。随我们跋涉的脚步，所经过的事物他都用德语告诉我，比如奶牛、马、房屋、人等，时间就这样被打发掉了，等我们踏进德国的土地，所需要的东西至少我会用德语表达了。”

“去科隆有点儿绕路，但科斯提坚持要去，他的理由很有敬畏的意思，是‘为了那一万一千个少女（相传科隆的圣乌尔苏拉教堂藏有被匈奴杀戮的一万一千名修女的骨骸）。抵达以后，我们在一间打工屋里住了下来，他便一连三天不见了踪影。三天后再见到他，坏脾气简直糟透了。他跟人干了一架，眼圈又青又紫，嘴唇豁了一道口子，那模样真是不敢恭维。他回来倒下便睡，一连睡了一天一夜。接着我们继续沿着莱茵河向姆施塔特（德国一城市）走去，他对我说那里乡村状况好，我们找到活干的机遇很多。”

“这么美好的时光，我还是第一次享受到。天气一直很好，我们一路穿城镇过乡村，遇到好看的风景会停下脚步欣赏个够。在乡村到处都是落脚睡觉的地方，有一两次我们睡在了阁楼的干草堆上。路边有很多供我们吃饭的小馆子，到了葡萄酒产区，我们就把啤酒换成葡萄酒。在小酒馆里，我们结交朋友。科斯提性格粗犷幽默，很吸引人。他们和他玩‘斯开特’——一种德国纸牌。他的心直口快很得人心，他们听他讲粗俗的段子，输给他几个分尼也不在乎。我跟他们练习德语。我在科隆买了一部袖珍本英德会话语法，我的德语进步很快。晚上来临，他灌进去几升白葡萄酒以后，便如发神经一样大谈特谈，‘从孤独到孤独’的逃生，‘灵魂的暗黑之夜’，生命与‘挚爱之人’共栖的终极迷狂之类的话。但到了第二天的清晨，我们的脚步沾着草露穿行于那些乡间，我想再多讨教一些时，他便大发雷霆，简直想把我揍扁的架势。”

“‘闭嘴，你这个愚蠢的家伙，’他说，‘你听那些垃圾干什么？行了，我们接着学德语吧。’”

“我知道跟这样一个拥有汽锤一般的拳头，且使用拳头时是无法论理的。他的坏脾气我是见识过的。我相信他把我打晕后会把我扔进阴沟里，然后趁着我毫无知觉之时掏光我口袋里的钱溜之大吉。我无法给他下个确切的定义。几杯酒进到肚子里，就管不住自己的嘴巴，那些话就会冒出来，他说得振振有词，雄辩有力，却是常常带着些污言秽语从他嘴里漏出来，像他在煤矿穿的工装一样肮脏。我觉得他并非是不真诚。他去煤矿卖苦力，是为了抑制他身体上的欲望。我甚至想到一个词，自我摧残。他痛恨自己硕大粗壮的身体，他想折磨它，他玩牌出老千，他恶毒冷酷，这所有的都是他出于一种自身意识的挣扎——哦，我不知道该如何形容——是对一种根深蒂固的神性直觉的挣扎，是对一种既感到恐惧又让他沉迷的对上帝渴望的挣扎。”

“时间在我们的悠闲中走到了初夏，大地已是一片浓绿。葡萄已开始灌浆。我们尽可能地走着土路，路上的灰尘越来越多。科斯提说到了姆施塔特近郊就能找到活干了。再不找活我们没钱了。虽然我的口袋里还有一些钱，可那是留着以备不时之需。遇见中意的农庄我们会停下打探一下可否用雇工。我敢说是我们的形象不讨人喜欢。我俩弄得灰头土脸，科斯提像个亡命徒似的，我想我也好不到哪儿去。我们屡屡遭拒绝。只有一次，一个农场主可以要科斯提，但不要我。科斯提说我们是兄弟不分开的。我让他别管我，他却不肯。这句话让我深到意外。我看得出来他喜欢我，虽然我说不出原因，但我对他而言毕竟没有任何的利用价值，我从来没有想到他会这样在乎我。在上路时，我有了内疚与不安。说实话，我是不喜欢他的，甚至是讨厌的，当我想表达我的谢意时，却遭到他的一顿臭骂。”

“我们的运气终于有了转折。我们穿过一条小山谷的村子，看到一座农场，在那个凌乱不堪的门前，敲开一扇门后，来开门的是个妇人。我们同往常一样介绍了自己，说出了条件：不要工钱，管吃住就行。幸运的是她没有关上那扇门，而是让我们等一下。她招呼着屋子里的人。一个男人很快出来了。他打量我们几眼，然后问了一些我们的情况，并看了我们的证件。我美国人的身份让他多看了我一眼，并无其他的表示。他请我们进去喝一杯。他把我们领到厨房，我们坐下，那个妇人把酒壶和杯子端来了。他说他的一个雇工被公牛顶伤住进了医院，收割的季节也好不了。战争死了很多男人，莱茵河沿岸又建起好多工厂，一些闲杂人基本上都被工厂吸收走了，想找个人手很不容易。我们很清楚这些情况，也指望这个了。好了，长话短说，我们被他留下了。他有很多房子，却没有让我们住的意思。我们被他安排住在干草棚里的两张床上。”

“好在他的活不累，照看奶牛、喂喂猪，农机具的状况比较糟糕，需要修修弄弄，不过我还是有不少的悠闲时间，我很喜欢那些青草地散发出来的清香味，晚上我喜欢四处逛逛，像梦游一样。这样的生活很逍遥。”

“这家有主人老贝克尔、他的夫人、他守寡的儿媳妇和她的孩子们。老贝克尔年届五十，身体强壮，头发花白。他参加过战争，他的瘸腿是打仗负伤所留。这让他受了很多罪，只好用酒来麻痹疼痛。每到晚上几乎是醉醺醺的了。所以科斯提和他相处得很融洽，两人常在晚饭后一起去酒馆，玩着斯卡特纸牌痛饮着红葡萄酒。老贝克尔的太太，一个比他年轻许多的女人，她原来是这个家里的雇女，从孤儿院领来的。后来贝克尔的原配夫人去世了，贝克尔就娶了她。她有一头金色的头发和一张红扑扑的脸蛋儿，她很丰满，对男人常面露贪婪之色。科斯提很快看出了端倪，这里有机可乘。我告诫他，这份工作来之不易，千万不要因为他犯浑而丢掉。他嘲笑我说，老贝克尔满足不了她，是她主动的。我知道他不会听我的，只好让他小心点，她男人也许还好蒙骗，别忘了还有贝克尔的儿媳妇埃莉，她有一双法眼。"

"埃莉只有二十几岁，长得壮硕敦实，眼睛和头发均为黑色。脸色灰黄，面沉阴郁。她的丈夫在凡尔登阵亡，她一直为他戴着孝。她是个虔诚的教徒，每周日清晨都能看到她匆匆赶去村子里做弥撒，下午还要参加晚祷。她有三个孩子，最小的那个是遗腹子。吃饭的时候她很少说话，除了教育她的三个孩子。她几乎不干农活，只照顾三个孩子。晚上通常坐在客厅里独自读小说，同时敞开门方便照顾哭闹的孩子。两个女人互相敌视。埃莉很轻视贝克尔太太，因为她曾经是个弃婴，还是个女仆，尤其那个女人发号施令的时候，她恨不得撕烂了她。"

"埃莉生长于一个富有的农庄，嫁过来时，带来了丰厚的嫁妆。村子里的学校她没有就读，而是去了茨温根贝尔格城市的一所女子学校，她受到了良好的教育。贝克尔太太十四岁来到了农场，只会最起码的读读写写。两个女人相处得不融洽，还有另一个原因。埃莉会抓住机会炫耀一下自己的学识，而贝克尔太太被气得面颊通红，会问对于一个农民的妻子这些有何作用。然后埃莉会看一眼自己腕子上的亡夫的军人铭牌，阴郁的脸上流露出悲苦之色。她说：‘并不是农夫的妻子，而是农夫的遗孀，是一位为国捐躯的英雄的遗孀。’”

“可怜的老贝克尔就要不停地做和事佬。”

“可他们如何看待你呢？”

“哦，他们一致认为我是回不去的美国逃兵，否则会成为囚徒。我不出去喝酒都被他们当作怕被村治安官注意盘问的借口。当埃莉知道我在学德语时，把那些老课本都找了出来，还表示愿意教我。就这样我与埃莉度过了一段学德语的时光。我们坐在客厅里，把贝克尔太太一个人丢在厨房里。我对着埃莉大声朗读，她不断地纠正我的口音，同时尽力解释那些我不甚明白的单词。我猜她并不是出于真正的热心，而是为了气气贝克尔太太。”

“那些日子，科斯提则对贝克尔太太显出着迷的样子，守在家里与她调情说笑。她性格开朗，喜欢寻开心。而他很善于对付女人。她好像明白科斯提的意思，一定暗自得意。但是科斯提真动起手脚，她并没有顺从，而是掴了科斯提一巴掌。那一巴掌打得可够重的。”

拉里迟疑一会儿，带着羞涩笑了。

“我从来都没想过，会有女人喜欢我，我突然意识到——怎么说呢，贝克尔太太爱上我了。这让我感到很忐忑。一来她大我很多，二来老贝克尔待我们挺好的。在餐桌上分菜时，我留意到她对我格外关注，我还感到了她总在寻找与我独处的机会，她对我笑的样子，充满了挑逗的意味。她问我有没有女朋友，还说我这么年轻在这种地方，肯定会想那种事的。你是过来人，你懂的。我有三件衬衫，已经很破了。有一次她说这样穿出去很丢人的，她说如果我不介意，她会帮我补好。正巧这番话被埃莉听去了，下次我跟埃莉单独在一起的时候，她说那些针线活她可以帮我做。我婉拒了她们，可是过了一两天，我的袜子衬衫都被补好放在干草棚里我们存放衣物的长凳上，我不知道是她们谁补的。我觉得贝克尔太太不能来真的，她脾气柔和，我想有可能是母爱所致吧。后来有一天科斯提对我说：

"'我错了，原来她要的是你而不是我，我不可能了。'"

"'别胡说了，她是个大妈。'"

"'那又如何呢？那身段还是很迷人的，大胆去吧，年轻人，我不会吃你醋的。'"

"'哦，我请你闭嘴。'"

"'你犹豫，我倒是希望因为我的缘故。我是个哲学家，很懂抓住机会的重要性。我不会怪他，你年轻。我也年轻过。青春易逝啊！'"

"我不肯相信的事，科斯提却很确定，这让我有些不舒服，我对应付这种事实在是没有经验，我便想起以前的我并没在意的事。埃莉确实说过什么，但现在我明白了。她肯定知道了些什么，她总像在监视我和贝克尔太太似的，只要我俩在一起，她会突然现身，好像随时准备着抓我们的现行。我知道她讨厌贝克尔太太，总想抓住她的把柄，以便在老贝克尔面前煽风点火。我有些慌乱，只好装傻，佯作不解那小老太婆的风情。我很喜欢这里，干得也舒心愉快，我可不想这么短的时间就被逐出去。”

我禁不住笑了。我想象着拉里的样子，被莱茵河谷的骄阳晒得通红的脸膛和脖子，穿着打着补丁的衬衫和短裤，可是他的身躯还是那么颀长而柔韧，那双黑色的眸子仍旧散发着迷人的光芒，依然那么有魅力。我非常相信，那一头金发，风韵犹存的贝克尔太太看着他时的春情荡漾。

“后来还有故事吗？”我问拉里。

“哦，夏天就这样过去了。到了秋天我们很忙碌，割干草，再逐一打成捆。樱桃也熟了，我跟科斯提负责采摘，两个女人用筐装好，老贝克尔运到城里去买。然后是割黑麦，还有日常的照料牲口。一般拂晓就起床，一直到天黑才收工。我感到贝克尔太太对我失去了兴趣，因为她看到勾引无望，我对她是尽可能地敬而远之。跟埃莉学德语也因为劳动太累而停止了。到了晚间，科斯提和老贝克尔出去喝酒，而我回到我们的干草棚，累得躺下便睡。等科斯提回来时我早就睡过去了。干草棚里很热，我是赤身裸体睡觉的。”

“有一天晚上我睡得正香，却被一种意外惊醒了，一开始我还没明白发生了什么事，迷迷糊糊中感觉有一只火热的手捂住了我的嘴。我意识到有人上了我的床。我拿开那只手，一张热烘烘的嘴唇就压在我的嘴上，两只胳膊抱住了我光溜溜的身子，两只硕大的乳房摩擦着我的身子，那是贝克尔太太的。”

“‘不许出声。’她耳语道，‘不要说话。’”

“她压着我，用滚烫的嘴唇亲吻着我的脸，两条腿紧紧地盘在我的身上，两只手在我的身上游摸着。”

拉里停下来，我哧哧地笑着。

“你是如何做的？”

他冲我一笑，对我的提问，像是不敢苟同，甚至脸都红了。

“我还能如何？科斯提就在邻床，他的呼噜声此起彼伏。上面的房子里有那么多双眼睛，尤其埃莉的那双锐利的眼睛。我还能怎么办？我不能一脚把她踹下去，只好顺了她的心愿，和她一起做了。可怜我只有二十三岁，也会碰到约瑟遇到的事，可我不能把自己变成约瑟遭遇（典出《旧约·创世记》第三十九章，美少年约瑟遭别人妻子勾引不从，而反被诬陷入牢）的悲剧。”

“她得到了满足，悄无声息地离开了草棚。我长出一口气。知道吗，我很害怕。‘我的上帝。’我说，‘风险太大了。’我猜想这个时候老贝克尔一定在昏睡着，可他们毕竟是在同一张床上的，他万一醒了发现妻子不在身边。我更担心的是埃莉，她跟我说过她有失眠的毛病，假如她醒着，一定会听到贝克尔太太走出屋子的声音。我突然想起跟贝克尔太太同床时，我感到有个金属的东西一直压在我的身体上，当时在那种混乱的时候，我没在意，也没想过那是什么。现在想起来了。我坐在床上回想着，担心着，我惊得跳了起来。那金属物是埃莉手腕上的她亡夫的铭牌，我的上帝，跟我睡觉的是埃莉。”

我忍不住狂笑起来，

“你觉得很好笑，”拉里说，“我当时并不觉得。”

“可现在回想起来，你不觉得太幽默了吗？”

一抹牵强的笑浮现在他的嘴唇上。

“或者是吧。不过我除了尴尬就是担心后果。最主要的是我不喜欢埃莉。我觉得她是一个非常不讨人喜欢的女人。”

“她们总会有差别的，你怎么会认错了呢？”

“天黑，她只耳语一句，其他什么也没说。她们都是粗壮的女人。一直以来都是贝克尔太太向我示好，我做梦都没想到是埃莉。她一直对亡夫念念不忘。我点了一根烟，思量着该怎么办。越想心里越烦。我想唯一的办法就是走为上策。”

“以前我没少诅咒科斯提，因为他睡觉太死了。记得在煤矿的时候为了叫他起床，我得费很大的气力。可现在我是那么庆幸他有如此高质量的睡眠。我点上自己的灯，穿好衣服，把自己简单的东西捆绑好装进帆布包里——没有多少东西，所以很快就收拾好了——把胳膊伸进背包带，背在身上。我拎着鞋子悄悄地下了草棚，之后穿上。灯笼被我吹灭了。夜正深，没有月亮，好在我认识路，朝村外走去。我走得极快，我必须趁着人们还在睡梦中走出村子。村子离茨温堡镇只有十二英里，破晓时分我到了那里，那座城市才骚动起来。这次夜奔给我留下终生难忘的印记。此时万籁寂静，只有我的脚步声。我迎接了东方的第一缕微光，接下来是最初的曙光，随即是霞光万道的晨阳，鸟儿齐鸣，田野、草地和森林苍翠繁茂，田里的小麦在凉爽的晨曦中呈现出一片带亮银的金黄色。我坐在一个小酒馆里点了一份咖啡和面包卷，然后到邮局给‘美国运通’发电报，请他们把我的衣服和书籍寄到波恩。”

“怎么会是波恩？”我打断他的话。

“我和科斯提沿着莱茵河步行时曾在那儿落过脚。我喜欢它的日光照耀着房顶及河流的样子，我被它古老而狭窄的街道、别墅、花园，种着栗树的林荫道，以及大学里洛可可风格的楼宇所吸引。当时我心里一动，如果可能，在这儿待上一阵子是一件惬意之事。当时我的形象可是糟透了，像个流浪汉，住店恐怕很难有信任度。于是我坐火车去了法兰克福，买了提包和一些衣服。我在波恩总共待了一年。”

“你先后经历了煤矿和农场的生活，你的体验有收获吗？”

“有的。”拉里点头微笑着说。

他的收获是什么，他没说，我也没问。以我对拉里的了解，他不想说的，即使问了也是枉然，等他想说的时候，是无须问的。

值得提醒读者的是，拉里向我叙述这一切时，已经是十年后的事了。在此之前，我对他一无所知，任凭我有多么丰富的想象力，多大杜撰的本事，我也不清楚他都经历了什么，若凭臆想说他不在人世了也未尝不可。这中间起到关键作用的是埃利奥特，每一次见面，他会告知我伊莎贝尔的生活，拉里才不至于被我遗忘。

3

伊莎贝尔和拉里的婚约解除后，当年六月初就与格雷·马图林走进了婚姻殿堂。离开巴黎社交旺季，尽管埃利奥特颇有微词，此时离开巴黎就等于错过了很多场的盛会，但是，埃利奥特是个有亲情情感的人，他并把这桩家事视为一种社会责任。伊莎贝尔的哥哥们身在异地公务缠身，送外甥女出嫁的重任自然落在他的肩上。他记得法国贵族上断头台时都穿着华丽的衣裳，所以特地跑到伦敦给自己置办了一套新礼服：一件灰色双排扣马甲和黑色高顶礼帽。这套新礼服很有档次，唯一有缺憾的是那颗经常扣在领花上的灰珍珠，与那条他精心挑选的淡灰色领带显得不配，这让他有点纠结。我建议他用他祖母那枚绿钻石别针，很配这条领带。

“我可不是一般的客人，”他说，“以我特殊的身份，还是珍珠更好。”

他对这桩婚姻赞叹不已，他转达了一位公爵遗孀对这桩婚姻的恭维话，说罗什富科家的公子与蒙默朗西家的女儿的联姻，是绝对的门当户对。他的满意还体现在他送的礼物——一幅纳蒂埃为法国王室里一位公主画的肖像画，那是埃利奥特花重金购买的 。

亨利·马图林在阿斯特街给小两口置办了房子。房子的位置近于布拉德利夫人的住处，与亨利·马图林的湖岸路的豪宅也不远。他们购房时，那个室内装潢师格雷戈里·布拉巴宗正巧在芝加哥。我不知道是属于巧合，还是埃利奥特从中的设计。布拉巴宗就成了这座新房的装修人。而埃利奥特放弃一切应酬立刻奔赴伦敦，带回了装修的样板图。布拉巴宗用自己精湛的装修技术，在这座新房上大显神通。他把客厅装成乔治二世的风格，使之尽显奢华气派。在格雷的书房装饰中，慕尼黑阿玛利亚官一间屋子给了布拉巴宗启示，装出来的书房近乎完美，唯一令人缺憾的是没有放书的地方，但丝毫不影响这间书房的优雅与华丽。还有卧室，布拉巴宗设计得确实充满了唯美温馨的格调，即使是路易十五看过，也会有同感，只是室内设置了两张床，这算是唯美中的不足之处。而伊莎贝尔的盥洗室，会让你大开眼界，像走进了玻璃宫殿一般耀眼生辉。墙壁、鱼缸、天花板，均为玻璃构造。墙上的绘画生动有趣，用金色镶边的水草里，数条银色的鱼儿欢快地游动着。

“房子的确是小了点，”埃利奥特说，“可亨利说光是装修就花了十万美元，这可不是一笔小的数目。”

他们的婚礼是在圣公会教堂举行的，婚礼盛况空前。

“风格跟巴黎圣母院有所不同，但于清教徒而言，也相当风光了。”埃利奥特不无得意地对我说。

我在媒体剪报上见到了一些现场的照片。剪报是埃利奥特看似不经意地丢给我的。两个人的合影给人的感觉很般配，她身披婚纱丰满端庄，他身着礼服，虽然显得有点不够自然大方，但不失魁梧健美。新郎新娘被女傧相们紧紧地围绕着，还有布拉德利夫人与一些人的合照。身着华美服饰的布拉德利夫人微笑着，而最具魅力的当属埃利奥特，他手持新礼帽，姿态有些夸张的优雅。我询问了布拉德利夫人的身体状况。

“瘦了很多，气色有些差，但身体还不至于太糟糕。把伊莎贝尔的婚事操办完了，我想经过调整，她会好一些的。”

一年后伊莎贝尔做了母亲，他们给女儿取了一个具有时代感的名字：琼。隔了两年她又喜添千金，孩子的名字还是应时而取，名为普里希拉。

亨利·马图林的生意有了变更，他遂了多年的心愿成了唯一的股东。他的两个合作伙伴一个去世，另一个不负压力而退。儿子格雷自然而然地成了他的帮手。生意走进前所未有的兴旺季。

“他们的钱像流水一样，我的朋友。”埃利奥特说，“格雷才二十五岁，年薪已达到五万，这只是刚起步。美国的资源用之有余，这不算经济繁荣，只是一个伟大的国度的自然发展。”

他显得心潮激荡。这是我看到的他因谈论自己的祖国而少有的热忱。

“亨利·马图林早晚会老去，他有高血压，格雷接班是迟早的事，格雷四十岁的时候就会是个千万富翁，那可就是王公贵族啊，我的朋友。”

伊莎贝尔的情况是埃利奥特和姐姐定期通信所获得，他又会不时地把这些说与我听。他们生活得很幸福，两个孩子也很可爱。他们过着社会名流的生活，慷慨宴请宾客，也被别人盛情邀请。大有应接不暇之势，有着三个月不曾在家吃饭的记录。这种愉悦的生活因马图林夫人的去世而暂告结束。马图林夫人虽相貌平平，但身世显赫。当年亨利·马图林的父亲是个地地道道的农民，皆因为她高贵的社会地位，亨利·马图林才娶她为妻。马图林家境的兴盛，她功不可没。小两口守孝时间为一年，在这期间，他们遵循孝道，宴请宾客不得超过六人数。

而埃利奥特的社交理念让他对此存有异议：“聚会最少不得少于八个人，那样宴会的氛围才不至于冷清。”

格雷为了答谢爱妻的育儿之恩，她生两个孩子时都送了贵重的礼物。大女儿时他送她一只方形钻戒，二女儿时赠予一件黑貂皮大衣。他生意繁忙，固守在芝加哥，但只要有假期，就会携着妻儿到亨利·马图林马文的宅邸里享受天伦之乐。亨利极爱儿子，从不拒绝儿子的要求，有一年圣诞节，他送给儿子的礼物竟是一座南卡罗来纳州的庄园。到了猎野鸭时节，他们可以在那儿度过两个星期的快乐时光。

“当然我们的商业王子完全可以与那些意大利文艺复兴时期靠经商发财的艺术品大主顾们一般无二。例如法国两代国王都曾与显赫的美第奇（美第奇家族，佛罗伦萨十三世纪至十七世纪时期，在欧洲拥有强大势力的名门望族）家族的女儿联姻，而并未觉得身份受损。我的预感是欧洲王侯们将来以娶到我们美国公主而倍感荣幸。正如雪莱说的‘世界的伟大时代重又降临，黄金的岁月回来了。’”

布拉德利夫人和埃利奥特的投资生意一直由亨利·马图林打理着，他们相信他的能力，对他信任有加。他从不主张他们做投机，而是把他们的资金购买了可靠的优质证券，随着这些证券价值的提升，他们惊喜地发现他们为数不多的投资，有了相当可观的升值。埃利奥特曾兴奋地对我说，亨利让他的资产到了一九二六年比一九一八年整整翻了一倍。此时的他已经六十五岁了，脸上呈现出老态来，头发灰白，皱纹和眼袋不约而同地出现在那张脸上。

然而，他的精神气貌依然不减当年，一如过去的身子修长挺直、举止稳重、外表考究，他的服饰一直由伦敦高级的时尚裁缝师为其制作。他有自己的理发师、按摩师。他整洁的面容及其优雅的体形，均是他们所为。他已经完全是个社会上层的名流人士，一个过着优雅生活的绅士，他把自己过去那些买卖生活称为外交活动，那些卑微的过去，被他聪明地掩藏在今天的优雅生活中。我不得不佩服他的应变能力，如果要我描绘一个外交官的形象，我会不假思索地把他作为第一人选。

但时代的更新，总会给人带来世态炎凉之感。那些已故爵爷们的遗孀，不得已把自己的奢华宅邸让给儿媳，隐居于切尔滕纳姆的别墅，或住到摄政公园那些普通的房子里。斯达福德府变作了博物馆，寇松楼被一家机构所占用，德文郡馆则在挂牌出售。

那些贵妇人羽翼变得柔弱无力，那些提携他的历史已成为过去式。他暂住考兹时乘过的那艘游艇，也无情地成为别人的手中之物。那些新生的名流已视他为老矣无用，甚至把他归为无聊可笑之徒。他仍然会在克拉里奇设宴招待他们，而不再对来客有选择与挑剔。他会把宴会搞得依旧精美而温馨，他们也会应邀前来，但聪明的他今非昔比，来客的心思已不在他的身上。他甚至知道到了被人遗忘的地步，常常独自一人在自己的住处吃晚餐。那些注重自身身份的英国女士，因一些不齿之事被拒于社交圈后，华丽转身投入艺术圈，与那些艺术家们醉心于艺术。然而，自负的埃利奥特却不肯委屈自己。

“那些遗产税和战争贩子葬送了英国社交界，”他愤然地对我说，“当今的人交友已是鱼龙混杂。好在我在伦敦的裁缝、靴匠、帽商都在，我相信他们不会随着时代而消失。其他的都不复存在了。令人难以置信的是圣额斯餐厅居然有了女人当服务生。这个社会已经变得面目全非。”

他的这番话是在我们走出卡尔顿府邸的露台时说的，我们共同参加了一个小型的午餐会，发生了不愉快。尊贵主人有一套闻名遐迩的藏画。其间一位名叫保罗·巴顿的美国青年提出要一睹这些画的风采。

“据我所知您曾经拥有过一幅提香(1488—1576,意大利画家,文艺复兴盛期威尼斯派绘画大师)的作品,对吧？”保罗·巴顿问。

“的确有过一幅。那时候我们的日子正处于艰难时刻，出于无奈我们老爷子把它出手了。一个犹太老头出了笔小钱买走了它，现在画在美国。”

埃利奥特闻听此言的勃然大怒，是我不曾见识过的，很显然他受了极大的侮辱。他恼怒的目光投向那位快活的侯爵。他的不理性的表现，已经不言而喻地说明那个犹太老头正是他。埃利奥特自认为自己不仅是一个弗吉尼亚人，更是值得炫耀的《独立宣言》签署者的后代，竟然被当成犹太佬，这于他简直是奇耻大辱。而且这个保罗·巴顿是受过他恩惠的小辈。战后不久他带着自荐信来找埃利奥特，他二十三岁，金发碧眼，俊朗帅气，舞跳得优美，又出手阔绰。埃利奥特宅心仁厚，为他推荐了一些朋友，还暗示他很多社交场的秘诀。诸如，如何讨好贵妇，如何恭敬显贵等，这些是在社交界谋取地位的必要。然而保罗·巴顿这代人与埃利奥特那代人是截然不同的，他们进入了一个纵情自娱的天地里，他俊朗的外表、飞扬的神采与非凡的魅力，让他只用了几星期的时间，就达到了埃利奥特用多年苦心钻营才可达到的境界。

他理所当然地不再需要埃利奥特了，并且并不加以掩饰这些。他随意与轻松的谈话方式，令一些人愉悦，却让老先生恼羞成怒。埃利奥特宴请宾客的准则，始终以地位论高低，他尽管对保罗·巴顿心存不满，但他的座上宾依然少不了他这个当今的红人。而以保罗·巴顿现在的身份，显然不会照顾老先生的面子，如果有了更具诱惑力的宴请，他会不客气地推掉他的，有两次竟然在最后一刻爽约。埃利奥特很理解这些，这曾是他从前习惯的做法。

“我不是求你相信，”埃利奥特气愤地说，“现在好像是他在给我面子。提香，提香，不识货的蠢货，他认得提香吗？”

我知道埃利奥特的恼怒来自提香那幅画。保罗·巴顿一定是知道了埃利奥特是买下那幅画的人，而故意提及，目的是借那位爵爷之口来嘲笑他。

“他是一个卑鄙的势利小人，我一直鄙视的势利小人。你知道不？他出身卑微，父亲是个做办公家具的，是办公家具。”他将足够的蔑视倾注到最后的词语里，“他在美国毫无地位可言，可是这些人竟然毫不介意。记住我说的话，英国社交界就这样被他们毁了。”

而对法国的现状，埃利奥特同样感到失望。他曾经结识的那些贵妇们也不再钟情于社交，而是迷恋于打桥牌（他很厌恶这种游戏）、忠于信教，或是照顾孙辈。那些阿根廷人、智利人以及离异或分居的美国女人，进出于那些堂皇的贵族宅邸。他们也会举行酒会，但座上客参差不齐，说一口粗俗法语的政客、不懂礼仪的记者，甚至还有演员。联姻不再论门当户对，王公贵族的公子可以不知廉耻地娶店老板的女儿为妻。巴黎的华丽没有变，但一些俗气的新生事物让它变得俗不可耐。年轻人疯狂地痴迷于那些憋闷狭小的、乌烟瘴气的夜总会，喝一百法郎一瓶的香槟，与市井里乌七八糟的人混在一起跳舞直到早上五点。这样寻欢作乐的方式为埃利奥特所不齿。他感叹巴黎再也不是他心中那个神圣的殿堂，也不再是他这样的体面人终老一生的地方。

4

埃利奥特有很强的洞察力。内在的监测器让他预测维埃拉将再度成为社会名流的度假胜地。以前他经常去罗马(履行罗马教廷赋予他的职责)，返回时会在蒙特卡洛的巴黎饭店住上几天，或者到戛纳朋友家的别墅小住几日。那还是冬季之时，传言满天飞，那儿也将是夏日度假的场所。各大酒店在那期间照常营业。《巴黎先驱报》的社交专栏上那些住店客人的名字已显著在列，埃利奥特看着那些熟悉的名头，深深地点点头。

“这个世界我已无力应付，”他说，“看来我是到了该去享受自然之美的年龄了。”

其实不然。埃利奥特对自然风光有种抵触的情绪。他轻视那些眼前放着摄政王时期的梳洗台或华托的绘画不去欣赏，偏偏舍近求远地跋山涉水观赏那些自然风光的人。因此他认为自然界是社交界的一种障碍。

那时候他确实称得上是一个有钱人。当时股市正在风起云涌，亨利·马图林耳闻目睹了朋友们在股市上一夜成为富翁的事实。

他既羡慕又恼恨。这时儿子在一旁劝说鼓动，让他渐渐地放下了固守的经营理念，终于下了追赶潮流的决心。他致信给埃利奥特，他说，他从来都是反对赌博的人，今后他还会一如既往地反对。可这不是赌博，是对这个国家拥有取之不尽资源的信念的一种验证，根据他多年做生意的经验，他觉得它具有强大的发展前景，也是美国经济发展的一种必然。他还写到他为亲爱的路易莎·布拉德利以保证金购入了一大单优质证券，他无比兴奋地说，她赚了两万美元。最后他说如果埃利奥特相信他的判断，把部分投资交给他操作的话，他保证他不会失望。向来喜欢援用陈词滥调的埃利奥特回答说，他可以拒绝一切，唯独诱惑不行。如此他的阅读习惯由最热衷《先驱报》上的社交信息转为股市报道。亨利·马图林确实不负埃利奥特的众望，给他创收了五万美元的高利润。

埃利奥特打算用这笔钱在维埃拉购置房产。经过一番思考，他把购房地址选在昂蒂布（法国东南部港口城市），介于戛纳和蒙特卡洛之间，便利于两地往来。这是一个远离尘世与嘈杂的清静之地。不知是天意还是他的先见之明，这个地方不久就发展成了时尚的重心之地。埃利奥特的鉴赏力是非同寻常的，他觉得这样带着花园的别墅，有乡下的粗俗，缺少品位。于是他又在老城临海地段购买了两栋房子，将其合二为一，建造成一座宽敞的大宅院，安装了中央供暖设备、浴室及一系列卫生设施。在房屋设置上他虽然固守老旧的欧式风格，也不得不顺应潮流，改为美式风格。当时正流行一种漂洗工艺（指用酸性原料对木制产品进行漂洗、做旧的工艺）是一种不失旧风格，又能保留现代性的漂洗艺术，这自然很合乎他的品位，他把大宅内漂得恰如其分，连同有着同等风格的普罗旺斯家具。可是他仍然不肯接受毕加索及布拉克等画家的画派画作。他跟我大喊他们的画作——“太糟糕了，这样的画，我的朋友。”他把他们的画贬值为纯属于某些不懂艺术者追捧而来的东西。最后他终于接受了印象派的画作在他的墙壁安家落户。其中有莫奈的泛舟河上，毕加索的塞纳河桥码头，高更的塔希提风景系列中的一幅，最引人注目的是雷诺阿的一幅画作，画的是一位披着金黄长发的少女侧身像，美极了。房屋装修竣工后给人一种简约的清新亮丽之感，可明眼人一看便知，这是用巨资换得的不同凡响的效果。

于是，埃利奥特开始了他人生中最辉煌的一段里程。他把自己在巴黎时厨艺精湛的厨师带了过来，在很短的时间内他上乘的厨艺在维埃拉传为佳话。他给管家和男仆配穿带有金色肩带的白色制服。他的宴会豪华而有品位。地中海沿岸随地可见欧洲各王室家族的身影：有钟情此地怡人气候的，有被流放至此的，有因历史污点或逾矩的婚姻而客居异乡感到逍遥自在的。这里还有俄国的罗曼诺夫家族、奥地利的哈布斯堡、西班牙的波旁、两家西西里王族及帕尔马王室，有来自温莎王室和布拉干萨家族的王子，有瑞典和希腊的王室成员，埃利奥特不分伯仲地予以款待。还有非皇家血统的王子公主、男女伯爵侯爵，也从奥地利、意大利、西班牙、俄国及比利时纷至沓来，埃利奥特也不分轩轾地予以款待。到了冬季，瑞典、丹麦国王旅居滨海地带，西班牙国王阿方索也不时来小住几日，埃利奥特仍然盛情款待。令我敬佩的是埃利奥特的待客风度，他对这些贵客优雅而恭敬地鞠躬致意，也能保持美国人所持有的人人生而平等的国家的独立姿态。

漂泊了多年以后，我在费拉角（位于法国尼斯东南部一个风景优美、地价昂贵的半岛）安顿下来，我在那儿买了一幢房子。距离埃利奥特很近，如此我们经常见面。那时候我的地位已非比从前，显赫的名望足以达到让他青睐的程度，所以我们度过了一段交往甚密的日子，时常成为他宴请的嘉宾。

“来吧，我亲爱的朋友，就算帮我的忙吧，”他说，“当然我们都明白，那些王室成员总是把事情弄糟。他们是一群不懂得感恩的家伙，当你没有了利用价值的时候，他会一脚把你踢开。对你给他的各种好处，他来者不拒。可是他们连一件微不足道的小事都不愿意帮你去做。但是有人想结识他们，我也是勉为其难地去关照那些可怜虫，就算积德吧。”

埃利奥特费尽心思地与当地政要交好，于是地区行政长官、大主教及副主教都常常成为他宴会上的座上客。大主教进教会之前曾是骑兵的一个团长。他面色红润，身材粗壮，说话做派带着军人的气度与粗俗。他的副主教，苍白的脸色带着一副苦相，坐在那儿惶惶不安，生怕他的上司说出什么有失身份的话来。他的上司总是讲一些自己喜欢的段子，他貌似在微笑着聆听，却不难看出他的不以为然。但是大主教对教区的管理做得很到位，他在布道坛上的布道与餐桌上的幽默诙谐一样精彩。他对埃利奥特对教会的慷慨捐助及信仰的虔诚，他的友善及美食都颇为赏识，为此两人成了好朋友。埃利奥特在新旧两个世界玩得名利双收，那么请允许我换个说法，他在上帝与财神之间也同样四通八达。

埃利奥特特别看重自己的新房子和当下惬意的生活，他迫不及待地向姐姐展示这些，为的是得到姐姐的认可与赞许。他一直觉得姐姐并不是从心里认可他，他想要她见识一下自己现在的美好生活及那些高贵的朋友。他想姐姐总该直视他确实干得不错的事实了吧，他写信邀请姐姐同伊莎贝尔夫妻一起过来。因为他的房间不够用，他们来后并不能住在一起，而是作为他的客人下榻附近的海角饭店。布拉德利夫人回复说她这个年龄已经不再适合旅行了，身体也不好，还是待在家里为好。格雷在芝加哥的生意因兴隆而繁忙，无论如何是离不开的，很难成行。埃利奥特与姐姐感情深厚，她信中所言令他担忧，他便给伊莎贝尔写信询问其母身体状况。伊莎贝尔用电报回复舅舅说，妈妈的身体欠佳，每周都要卧床一天，但并无生命之忧，如能悉心照顾，还有待生存好多年。格雷还是能够脱开身的，毕竟有他父亲打理生意，可以有时间去度假。所以他们会去的，但不是今年夏天，明年一定前往。

一九二九年十月二十三日，纽约股市崩盘。

5

纽约股市崩盘时，我正在伦敦。当初并没有意识到它的严重性，也不知其结果有那么糟糕，令无数人为之痛苦不堪。我的损失多为账面上的，也有同样的懊恼，待尘埃落定后，我的现金损失只是皮毛之伤。我知道埃利奥特肯定要承受巨大的创伤，因为他的投资过大。但直到圣诞节时我们两人回到里维埃拉才见面。

他首先告诉我，亨利·马图林逝世，格雷破产了。

关于生意我近乎一无所知，当我根据埃利奥特的话进行这些描述时，仍然说不出个所以然来。我只知道马图林公司的灭顶之灾，父子俩各有其责，一部分归咎于亨利·马图林的自信与顽固，另一部分则是格雷的鲁莽与草率。当股市情况已非常不容乐观时，亨利·马图林做出了错误的判断。他自我安慰，这不过是纽约股票经纪人为搞垮外地同行而酝酿的一场阴谋而已，他的定论让他滑进了更深的旋涡。他倾其所有的资金来支撑市场，同时让他感到焦虑与愤怒的是芝加哥的股票经纪人完全被纽约风暴所控制，望风而退。一直让他引以为自豪的是这些年来自己为那些小客户（靠固定收入维生的寡妇、退伍军官等）光赚不赔的经历，如今他又一次自掏腰包为他们填补亏空。他说不怕自己破产，因为他还有机会东山再起，他怕那些小百姓们因此劫而血本无归，那么他将无颜再见他们。他的义举并没有抵挡住现实的残酷，转眼一切大浪淘沙东流去，他偌大的家产随着股市的彻底崩盘而荡然无存。一天夜晚他突发心梗，刚刚六十岁的他，这些年拼命地工作，无节制的饮食习惯，经过几个小说的痛苦挣扎后，带着遗憾离开了人世。留下格雷独自收拾残局，让他陷入绝境的不只是公司的崩溃，还有他自己背着父亲在别处做的大量投资，银行拒绝给他贷款，他再也没有了自救能力，交易所里的前辈告诉他，唯一的办法就是服输。之后的详情我不甚了解，只知他资不抵债，只好宣布破产。他曾把自己的房子做了抵押，现在他欣慰于房产掌握在承押人手里，还有变通的可能性。他们变卖了父亲湖岸路的豪宅、马文的房产以及伊莎贝尔的珠宝首饰。最后只剩下那座南卡罗来纳州庄园，那是伊莎贝尔名下的财产，无人问津。格雷由万贯家业变得一无所有。

“你的损失如何？”我问埃利奥特。

“噢，我没有怨言，”他轻快地说，“上帝是慈仁的，他会眷顾弱者。”

他人钱财上的事总不好刨根问底，但我敢肯定他的损失不会比其他人少。

当初这场经济大萧条并没有给里维埃拉造成多大的影响，据说只有两三个人损失过重。正值冬季，有些别墅仍然关闭着，能看到一些在挂牌出售。旅馆客人稀疏，赌场生意冷清，老板蒙特卡洛也在抱怨。直到两年后那场萧条留下的后遗症开始发作，人们才真正感受到经济危机的可怕。地产中介人士向我透露，从土伦一直延伸到意大利的沿海地带，共有四万八千处大大小小的房产挂牌出售。赌场的股价不尽如人意。各大宾馆以降价招徕游客，以求生意回升，但无济于事。能见到的基本上都是贫困潦倒的外国人，他们的口袋空空如也，他们无钱可消费。那些店主们已感到生意无望。让我佩服的是埃利奥特还如从前一般潇洒自由，他没有裁掉一个仆人，更没有削减他们一分工钱。他一如既往地款待那些达官贵人。他还新购置了一辆由美国进口的宽敞型轿车，那笔关税就不是小数目。他在大主教为失业家庭组织的免费提供饭食的慈善活动中，依然慷慨解囊。这些事实表明，他的日子一如从前，就像大半个世界的经济危机不复存在一般。

埃利奥特不去英国了，这是我偶然发现的，除去一年两个星期去伦敦购置服饰，其他时间几乎不在英国。但他每年会带上他的下人们到巴黎住三个月，五六月及秋季，那时段正是他的朋友们离开里维埃拉的时间。他喜欢巴黎的夏季，一方面他喜欢那儿夏无酷暑的气候，最主要的我觉得是他的服饰能在那里得到展示的机会，他会沉浸在那种快乐之中，尽管这种快乐为他正统的礼仪观所不容，但他乐此不疲。他露面之时，会穿上红的绿的蓝的黄的颜色醒目的裤子，并配以有强烈对比色的衬衣，诸如紫红、紫罗兰、紫褐或是更加鲜艳的，人前一过，立刻招来诸多的叫好声，他摆出优雅的姿态，脸上带着演员表演成功后的得意神情。

春天，我回费拉角途中路过巴黎待了一天，便邀约埃利奥特一起吃顿午餐，地点是丽兹酒店。酒店冷清萧条，门可罗雀。昔日美国大学生来此寻欢作乐的场面已然成为过去。那份萧索，如同一部新剧上演的第一个晚上就冷了场一样。午餐前我们先喝了鸡尾酒，这个被埃利奥特嗤之以鼻的美国人的习惯，他最终选择妥协。吃完后，他提议去古玩店逛逛。尽管我告诉他没钱买那些古玩了，但还是愿意陪他去转转。我们走到旺多姆广场时，他问我是否愿意陪他去夏尔凡时装店，他在那儿做了几件内衣和内裤，想看看是否已经做好。到了那儿，只有内裤做好了，店员问他是否看一下。

“好吧。”他说。趁着店员去拿时，他对我说，“是按照我自己设计的样式定做的，每件上都绣着我名字的首字母。”

内裤取来了，除了是丝质的，跟我在梅西百货买的几乎不相上下，不过我还是被交叉着的两个字母 E 和 T 的上面绣着的一枚伯爵桂冠所吸引，但是我只无声地笑了一下。

“非常好，非常好。”埃利奥特满意地说，“等内衣做好了一起送吧。”

我们走出时装店，埃利奥特冲我一笑。

“你一定看到那个桂冠了吧？我一直没有机会告诉你，我们来之前我也忘记了。仁慈的教宗大人已经为我恢复了古老家族的封号。”

“你的什么？”我惊乍地问。

埃利奥特有些不满地皱皱眉。

“哦，是这样的，从母系而言，我当属劳里亚伯爵的后代，他跟随菲利普二世来到英国后，娶了玛丽女王的一个使女。”

“我们的老朋友‘血腥玛丽’（玛丽一世，英国女王，亨利八世长女，西班牙国王腓力二世之妻，因残酷镇压新教徒而被称为‘血腥玛丽’。除玛丽女王外，现更多指一种通常用伏特加、番茄汁和调味料制成的鸡尾酒，故有上文‘老朋友’之说）？”

“那不过是异教徒对她的称呼，”埃利奥特傲慢地说，“我想我应该让你知道，关于股市的那场浩劫。一九二九年的十月，纽约股市崩盘时，我正在罗马。其实那时候的罗马空荡得很无聊，幸运的是，我强大的使命感战胜了追求世俗快乐的欲望。我在梵蒂冈的朋友告诉我，股市即将迎来一场灭顶之灾，他建议我把美国的证券全部抛空。天主教的智慧让我深信不疑，我马上致电亨利·马图林，让他清仓证券，买入黄金。我同时也电告了路易莎。

亨利回电说我肯定是疯了，并称一定等我确认指令后再实施行动。我立刻回电给他，立即照办，不得有误，并责令他把结果第一时间告知与我。可怜的路易莎没有理睬我的建议，结果损失惨重。”

“怪不得你毫发无损的样子。”

“美国人有一种说法，我的朋友，这种说法你可能在你的小说里没有用过。但形容我当时的状况却非常恰当。这么说吧，我非但没有遭受损失，事实上我还‘发了一笔横财’。那一切都结束后，我用原始价的零头就回购了股票。我想，这是上帝对我的眷顾，所以我唯一能做的是回报上帝。”

“你有行动吗？”

“当然。元首（指意大利当时的独裁者墨索里尼）正在大规模开发彭甸沼地（位于意大利中南部，现在已是意大利最富庶的地区之一），这你是知道的。我得知那里没有教堂，教宗大人特别关心此事。于是，我还是拣重要的说吧，我就构建了一座罗马式小教堂，它的样式完全是模仿普罗旺斯的那座教堂，每个细节都那么完美，堪称瑰宝，当然这些我只在心里对自己说的。这座教堂供奉的是圣马丁，我总是那么幸运，无意之中我发现了一扇古老的彩色玻璃窗，上面正是圣马丁撕斗篷赠予乞儿的善举画面，我觉得这是多么恰当的象征意义啊，于是我把它买了下来，供在神坛之上。”

我于埃利奥特而言，属于庸人，真的无法理解他口中的所谓什么象征意义。他在关键时刻抛出股票，毫发无损反而赚了一大笔，与圣人的善举，如何联系在一起呢？他把那笔横财用于建筑教堂，我真觉得他是捡便宜卖乖。但我实在没有兴趣追问他，任由他接着说下去。

“当教宗大人看到那幅照片时，对我大加赞许，他说我的品位及鉴赏力真是无可挑剔，还说在当今这个社会世风每况愈下之时，还能将这样的稀世艺术珍品敬献教会，让他颇为欣慰。我亲爱的朋友，那真是一次难忘的经历啊！让我更为意外惊喜的是，有人暗下告诉我，教宗大人想授予我一个封号。作为一个美国人，我觉得还是谦卑一些的好，不要弄得人人皆知，所以我不准我的约瑟夫称我为伯爵阁下，在梵蒂冈当然除外。你是我的朋友，我理所当然地相信你会为我保守这个秘密。之所以我在内衣上绣上那只桂冠，完全是出于对教宗大人的尊重及他对我的垂青，我不能让他感觉我对他赋予的不够重视。我谨将爵位隐在美国绅士的细条纹的内衣上，不瞒你说，还是有点骄傲呢。”

我们分手时，埃利奥特说他将在六月底去里维埃拉，结果由于接到伊莎贝尔的电报而改变了原计划。他已做好安排，他与他的那班人马分作两路，他们先行里维埃拉，而他自驾悠闲前往，等他抵达之时一切便已收拾停当。就在这时伊莎贝尔来电报说母亲病重。我曾说过埃利奥特是个很注重亲情的人，他当即取消回里维埃拉的计划，乘坐第一班从瑟堡出港的船，途径纽约直接去了芝加哥。他在信中告诉我，布拉德利夫人的情况很不乐观，消瘦得令他深感惊讶。他担心她或许只能维持很短的时间了，或者只是几个星期，或者几个月。无论时间长短，他觉得自己有义务陪她到生命最后的时刻。他说了那儿的天气，高温没有预想的难以接受，没有熟悉的社交圈子正合他意，因为此时他完全没有这个心思。他还说了他的同胞们对这次经济危机的反应令他感到失望，他觉得他们应该坦然地面对这场灾难。而我深知，因为他是幸运者，所以才能坦然自若地谈论别人的遭难。其实我觉得，作为那场劫难的幸运者，他是没有资格这样苛求他们的。最后他托付我，给他的几个朋友捎个信儿，并一再嘱咐我，无论遇见谁，都要说明一下他的房子在夏天紧闭房门的原因。

一个多月后，他又给我来了一封信，信中告知布拉德利夫人病逝了。他的信写得很感人，字里行间充满了真情实意。埃利奥特有势利且矫揉造作的一面，也有友善、温情和诚挚的一面，尤其他对亲情的重视，还是相当真诚的。他还说了布拉德利夫人的后事处理得并不尽如人意。她的长子是驻东京的外交官，因顶替大使之职而无法离岗回家奔丧。次子坦普尔顿自从我认识布拉德利一家时，他就在菲律宾工作，后来调回华盛顿，在国务院担任要职。母亲已病危他才携妻前来，等葬礼落下帷幕，便立即动身返回。处于这种情况，埃利奥特觉得作为亲娘舅他必须留下来，帮助孩子们把姐姐的善后事处理好。根据布拉德利夫人遗嘱，财产平均分成三份与三个孩子。那场股市之灾布拉德利夫人亏损很大，好在她在马文的农场找到了买主。埃利奥特在信中称之为亲爱的路易莎的乡间别墅。

“祖产对每个家族来说何其重要，一旦被迫舍弃，总是一件让人不痛快的事，”他写道，“但是，这几年这样的事已司空见惯，我的好多英国朋友都有过这样的无奈之举，我的外甥外甥女们也必须要勇敢来面对现实，这是他们应该具备的贵人气度。”

布拉德利夫人在芝加哥的房产城建早有拆掉计划，想在这儿建一个规模化的公寓楼，只因布拉德利夫人说自己死也要死在这座房子里的固执而搁浅，如今他们要处理掉这座房产时，就有代办找上门来，开出了合适的价钱，立即就成交了，也算是不幸中的幸事。然而，伊莎贝尔的日子依然顾此失彼，难以应付。

那场灭顶之灾之后，格雷几经找工作都没有成功，他已经无可挑剔，宁可到那些挺过这场金融风暴的经纪人公司当个办事员都可以，可是那里萧条得无事可做。他恳求那些老朋友给他点事做，他不怕工作卑微，不嫌薪水低贱，但都是枉然。他拼命想在这场灾难中站起来，但苦于没有机会，焦虑、悔恨、耻辱，终于拖垮了他的身体和精神，他患上了头疼病，有时候痛得会连续一天一夜瘫在床上，等疼痛过去后身体软如面条一般。伊莎贝尔认为目前最好的去处，是一家人去南卡罗来纳州庄园，她觉得那里比较适合格雷身体的恢复。原先这座庄园每年光是稻米的收成就有十万元之多，由于日久的撂荒，已成为一座沼泽地与桉木遍布的荒芜之地，只有那些喜欢猎野鸭的户外爱好者才愿意光顾的地方，所以很难销售出手。破产后，他们不时地在那儿居住，期待危机好转，格雷能找到工作，再回芝加哥。

“我怎么忍心，”埃利奥特写道，“我的朋友，怎么忍心让我的外甥女过着这样猪狗不如的日子。她没有女佣，凡事自己动手。孩子没有家庭教师，照看她们的是两个女黑人。所以我必须伸出援助之手拉他们一把。我要把他们接到巴黎我的那套公寓里，并告诉他们可以一直住到这个伟大的国度经济危机有所好转的那一天。我会给他们安排好一切，仆人、厨师及各种费用的开支。我会把我那个厨艺不错的女帮厨留给他们，我自己可以再找一个。省下的开销伊莎贝尔可以购置一些衣物，一家人可以不时安排一个小小的娱乐活动。我这样做以后在里维埃拉待的时间就会更多了，我可以经常见到你了，我亲爱的朋友。我更觉得住在里维埃拉要比住在变得面目全非的巴黎和伦敦更好，轻松自在，还有那些有共同语言的人。当然我还会时常去巴黎小住，我可以去丽兹酒店挤一挤，虽然我极其不愿意与那些肮脏轻贱的人住在一起。让我高兴的是，格雷和伊莎贝尔同意了我这样的安排。等把一些要事安排妥当后，我就接他们过来。那些家具和画作(不客气地说，品质差到令人怀疑是否是伪造品都难说）还有两周的时候要进行拍卖。我已经让他们撤出了那座房子，跟我一起住在了德雷克酒店。我实在不想让他们住在即将拆掉的房子里了，那对他们是一件痛苦的事。到巴黎后我把他们安顿好，就去里维埃拉。代我向你的那些王室的邻居问好。”

不可否认埃利奥特是个极其势利之人，但同时又不得不承认他还是一个心地善良、对亲人体贴入微而又慷慨之人。

第四章

1

埃利奥特于年底回到里维埃拉。他之所以把马图林夫妇安置在巴黎左岸的宽敞寓所里，而不是到里维埃拉与他同住，是因为里维埃拉的房子只够满足他一个人居住的，根本容不下他们一家四口。而我觉得于他而言这并不是什么憾事。他的独居状态不仅让他的朋友们感到自在，也更适合他不时举办的那些富有豪华韵味的小众宴会（这可是他煞费苦心而乐此不疲的事）。

“我先让他们在巴黎安定下来，然后逐渐适应那里的文明生活。另外，我在附近给两个孩子找好了学校，因为两个姑娘已经到了上学的年龄了。那儿的教育可是一流的，我敢说，不是一般人所能进得去的。”埃利奥特如是说。

这样在第二年的春天我才见到伊莎贝尔。那时我需要到巴黎处理一些事情，要在那儿住上几个星期。我在经常光顾的旺多姆广场附近的一家酒店要了两个房间。这是一座有庭院围绕着的古旧大楼，做旅馆已有两百年之久的历史了。这儿交通便利，还有我喜欢的格调。旅馆的卫生间谈不上豪华，水管设施也不算尽如人意，客房里是那种漆成白色的铁床，床上铺着过时的白色床罩，还有那种镜面衣柜，都透出一股寒酸之气。可是客厅的家具却古朴而雅致，沙发扶手椅等的风格可以与拿破仑三世统治时期相媲美，尽管并不感觉有多舒服，但给人外在的华丽之感。居于其间，仿佛住在法国小说家笔下的旧日时光里。我注视着玻璃匣子里的那座帝国时代的大钟，仿佛看见一位卷发垂肩，穿着荷叶边长裙的惊艳女子，一双美目盯着大钟上分针的移动，她在等待拉斯蒂——那位冒险家的造访。巴尔扎克在多部著作中写过这位冒险家的故事，从他的没落贵族出身写起，一直到他挤进上流社会。文中的碧昂首医生也许来过这里，为一场官司来巴黎见律师的一位外省的伯爵夫人看过病。碧昂首医生在巴尔扎克的心中不再是小说里的人物，已是真实存在的，以至于他在临终之时还在说“救我的只有碧昂首医生”；或许是一位穿着箍衬裙，面容凄苦的害了相思病的妇人端坐于那张书桌边，流着眼泪给那个负心汉写情书；还或许就是一位年迈的绅士，身着绿色双排扣长礼服，神情败坏地给自己的浪荡儿子写信。

我是急于想见见伊莎贝尔的，我们已分别十载的光阴。到了巴黎的第二天就打电话询问五点钟我过去喝杯茶可否方便。答案是肯定的。一位沉稳的管家把我领进客厅，我看见她正在读法国小说，见到我她极其热情地迎过来，微笑着握住我的双手。其实想起来我们只见过十来次，只有两次独处。但此时她的热情，她的真挚，她迷人的微笑，让我深深地感到，我们就似多年未见的老朋友。十年的漫长时光，她诸多的人生经历，仿佛填平了我们之间年龄上的鸿沟，拉平了我们的年龄之差。她已然是一个饱经世故的女人，见面的开场白，是精致而老道的恭维之词。五分钟之后，我们便坦诚而无拘束地聊了起来，那感觉就像是一对还能定期见面的发小。她的神情少了过去的活泼，而多了几分自信与安恬。而最让我吃惊的是她外在形象的改变。

年轻时的伊莎贝尔漂亮而有活力，但显得过于丰满。而此时的她有着人人羡慕的苗条身材。我不知道她是因为生孩子的缘故，还是经过了一场减肥之战才达到的效果。此刻她穿着一袭黑色衣服，比起过去的华服穿着既随意自然又很好地凸显了身材。我看出那是巴黎最好的裁缝之作。十年前她的穿着是倾向于艳丽风格的，给人一种显俗的感觉，即使埃利奥特给她提建议，她也不会轻易改变那种穿戴的。而如今，就是玛丽·路易斯·德·弗洛里蒙看到她，也不会说她缺少气质了。她的五官变得更加清秀，她有一个女性中最为漂亮的鼻子，它俏丽而挺直。她的额头光滑，眼角处也见不到一丝褶皱。虽然皮肤少了些青春年华的生气与红润，但依然细腻如初。这肯定有护肤液、面霜以及按摩的作用，也有来自她自在的高雅气质，使她精致得楚楚动人。她的妆画得很淡，纤瘦面颊上淡淡的胭脂，嘴唇上点到为止的口红，让她更显清丽。她褐色的秀发剪得很短且烫着当今最流行的波浪纹。记得埃利奥特说过，她的首饰已经变卖掉了，所以她的手指上空无一物。她的手保养得很好，虽然不是那种娇小，但也可称之为玲珑之美。她的黑裙是时下时尚的短裙，腿上套着香槟色长袜，露出匀称而颀长的双腿。腿是很多美丽女人的软肋。伊莎贝尔少女时代的两条丰满的腿，可以算是她的一大遗憾。而现在的她优雅得不禁令人眼前一亮。她已经从焕发着健康、热情和绚丽神采的漂亮姑娘，变成了一个具有高雅气质的美妇人。在某种程度上说，她的美要归于人为的艺术，以及自身的内在修行，或许这些都已经不重要，重要的是她的容貌已达到如此的完美。或许她优雅而得体的举止是故意而为，然而并不让人感到别扭，反而觉得极其自然真挚。我不禁遐想到，她仿佛是一件精心雕琢了多年的艺术品，而巴黎的四个月终于使之臻于完美。就算最爱吹毛求疵的埃利奥特对她都是赞不绝口。而一向不那么挑剔的我更觉得她魅力无穷。

伊莎贝尔告诉我，格雷去莫特方丹打高尔夫球了，她说他快回来了。

“我的两个小姑娘可爱极了，她们去杜伊勒里宫公园玩了，但很快会回来了，我想你得见见她们。”

我们聊得很随意，她告诉我她很喜欢巴黎，埃利奥特舅舅的公寓里宽敞而舒适。他们已经有了一个愉快的交际圈，那些都是埃利奥特走之前安排他们认识的。他想让他们和他一样款待贵宾。

“其实我们的生活说来挺可笑的，看着过得跟有钱人似的，实际上已经一无所有。”

“没有那么糟糕吧？”

她咯咯笑起来。

这笑声一下子让我想起十年前那么愉悦轻松的笑声。

“确实如此。现在格雷囊空如洗，我的收入与当初拉里想娶我时他的身家差不多一样多，当时我觉得那实在是不值得一提的小钱，是无法生活的。可如今，我还要养两个孩子。不是可笑是什么呢？”

“你能这样乐观，我真替你高兴。”

“你有拉里的消息吗？”

“我？我对他一无所知。自从与你们最后一次在巴黎分别后，我们便无再见。熟悉他的人中，也有我熟悉的，当真询问过他的情况，但没有人说出所以然来。已经是几年前的事了，似乎没人知道他的情况。他就这样消失殆尽了。”

“芝加哥开户行的经理，我们很熟悉，他曾经告诉我们，他不时地用汇票提现，地址变幻无常，中国、缅甸、印度。他好像在四处流浪。”

我想要知道什么，最好的方式是提出来。于是我便把想知道的问题说了出来。

“你对当初没嫁给他，后悔吗？”

她迷人的微笑立刻溢满了眼睛。

“格雷是个出色而称职的丈夫。市场崩盘之前我们在一起生活得很幸福很开心。我们的爱好与情趣是如此的相同，就连喜欢的人都是一样的。他很宠我，就是现在他还像我们新婚时那样爱着我。在他眼里心里我是世界上最美丽的女人，美到世上再贵重的东西都配不上我。你无法想象他有多么好，多么体贴。在他看来，对我再好都不够。你知道吗，我们结婚已经这么多年了，他一句尖刻难听的话都没对我说过。你不知道我是一个多么幸运的女人。”

我暗自问自己，这算是她对我的回答吧。我把话题转到她的两个孩子身上。

“说说你的两个小姑娘吧。”

恰巧门铃响了。

“她们回来了，你可以自己去看吧。”

很快她们就走了进来，后面跟着一个保育员。首先引见给我的是八岁的长女琼，接着是六岁的普里希拉，她们很懂礼貌，握住我的手时向我行了小小的屈膝礼。她们的个头长得比同龄人要高。这当然是她们的父母基因所致。伊莎贝尔固然属于高个儿，格雷更是魁梧高大。她们有着与别的漂亮孩子一样的漂亮，看着有些纤弱。她们长着和父亲一样的黑发，而眼睛却像母亲的淡褐色。她们并没有因为我这个陌生人在场而显出拘谨羞涩，而是迫不及待地跟母亲说着她们公园里玩的事。她们盯在伊莎贝尔厨师做的精美茶点上的目光充满了渴望。这些茶点，我和伊莎贝尔都没动过。而当母亲只许她们选择一样东西时，她们的眼光在那些茶点上流连着，却不知究竟挑哪样好，这让她们小小地纠结了一番。看着她们对妈妈的爱意浓浓的样子，真让人感到快慰。而母女三人情意缠绵地相拥在一起，简直就是一幅动人的画卷。她们把自己选的小糕饼吃完以后，母亲让她们回到自己的房间去玩，她们快乐地去了。她们听话而有教养的样子，让我感到伊莎贝尔教育孩子的得当。

她们走后，我对两个孩子极尽赞美之词，我知道这是每个母亲都喜欢听的，伊莎贝尔愉快地接受了，但表情里也不乏淡然。我问她格雷对巴黎的印象如何。

“他很喜欢巴黎。埃利奥特舅舅给我们留下一辆车，这样很方便他每天去打高尔夫，他还加入了旅行者俱乐部，经常去那儿打桥牌。”

“埃利奥特舅舅给了我们这样的生活，是我们的福分，我们感激不尽。那时候格雷的精神彻底垮了，头疼病到现在也没好，就是能找到工作，也做不了。这让他非常的焦虑。他想出去工作，他也觉得应该去工作，可是没人用他。这是他的耻辱，也是一个男人的耻辱，他甚至觉得一个男人不工作，就似一具行尸走肉。他无法忍受自己成为职场和家庭的负累。来巴黎前，我劝他说，环境的改变很利于他身体和内心的调节，能使他尽快地恢复常态，他才肯来的。我很懂他，只有重新出去工作，他才会真正地快乐起来。”

“过去的两年半时间，你肯定吃了不少苦吧？”

“确实如此。股票暴跌发生时，我不相信我们会破产。别人可以，而到了我自己这儿，我觉得绝不可能，总觉得会有奇迹发生，在最后的关键时刻有人会拉我们一把。没想到我们真的破产了。当那打击来临时，我感到了绝望，我无法面对未来，前景一片黑暗，我觉得我的生命失去了活着的价值。有两个星期的时间，我陷入极度的痛苦之中，上帝呀，我可怎么活？所有的快乐都不复存在了，所有我喜爱的东西都要离我远去——两个星期过去了，我对自己说，让一切都见鬼去吧，我不再想它了。我向你保证，我真的就放下了那一切，无怨无悔地过着那些苦日子。现在一切都结束了，我还快乐地生活着。”

“很显然这是上等人过的生活，住着时尚街区的豪华公寓，男管家能干，厨师手艺精湛，还无须付费用。一件香奈儿的裙子，能掩盖住皮包骨头的身体，这样的生活破产了也容易忍受，不是吗？”

“错了，是朗万（法国历史最悠久的高档时尚品牌），”她呵呵地笑道，“看来这十年你的变化也不大，极尽挖苦之能事。但我不知道你是否相信，我能接受埃利奥特舅舅的好意，我不知道我这样做未必就是为了孩子和格雷。我一年有两千八的收入，我们在庄园里也能生活得很好。我们可以种水稻、黑麦、玉米，还可以养猪。你知道的，我是在伊利诺伊的农场里出生并长大的。”

“当然可以这么说。”我笑着说。她出生在纽约一家收费不菲的诊所里，这于我不是秘密。

我们正聊着，格雷进来了。我们只是在十二年前见过两三次。但是我在埃利奥特那儿见过他们的婚纱照，照片被埃利奥特裱在精美的相框里，还有瑞典国王、西班牙王后以及吉斯公爵（法国的一个贵族封号，于 1528 年创立）的签名照一起放在钢琴上，也许因为伊莎贝尔的原因吧，我对他印象深刻。此时见他，他外貌的变化，令我非常惊讶。他两鬓的头发已经秃到太阳穴的下面，头顶也秃了一小块儿。脸色潮红，皮肤松弛。下巴是双的。那些年的优越生活及饮酒过量让他发胖了。因为身高的缘故，还不至于显出肥胖来。最吸引我的是他此刻的眼神，茫然、困惑、失落，与我当初见过的眼神形成了鲜明的对比。那时候他对未来充满了热情，他的生活优越美满，他那双爱尔兰人的蓝眼睛里，充满了自信与真诚，这场经济上的灾难摧毁了他所有的一切，重创了他的精神，还有他深深的自责而产生的愧疚感，无一不显现在他的脸上。他非常热情地和我打招呼，仿佛见了多年未见的老友一般，我觉得他这种热情完全是出于一种礼节性的习惯，而非他内心真实的感受，毕竟我们不是很熟。

酒端了上来，他为我们调了鸡尾酒。他蛮有兴致和我们聊着他的高尔夫，对几局的成绩沾沾自喜。他非常详细地陈述着其中一个球洞进球时如何克服遇到的困难而成功的经过，伊莎贝尔面露微笑地倾听着。几分钟过后，我邀请他们吃饭、看戏，并约好了时间，便起身告辞了。

2

结束一天的工作后，下午往往有空闲的时间，我便去伊莎贝尔那儿，每周至少有三四趟，逐渐成了习惯。没有特殊情况，那个时间段她是独自在家的，我们都愿意找个人闲聊。埃利奥特介绍给她的都比她年长许多，我发觉她几乎没有同龄的朋友。而我的朋友大多都要晚上才有时间。与其去俱乐部看那些臭脾气的法国人脸色打桥牌，还不如去跟伊莎贝尔聊天愉快。我喜欢她接待我时举止的可爱动人、聊天时的轻松自由，半天的时间就被我们愉快地打发掉了。我们可以打趣逗乐，还毫无芥蒂地相互揶揄。我们聊自己，聊共同的朋友，也聊书和画，我们已成为一对忘年交。我性格中有个特点，也算是个坏毛病：总是过于追求别人外在面貌的完美，而容不得半点瑕疵。无论多么好性情的，多么交情甚厚的朋友，他的一颗坏牙齿或是歪鼻梁都会让我始终纠结着。而完美姣好的却让我百看不厌，哪怕相识二十年，他光滑的额头，或精致的颧骨轮廓，都会给我欣赏的快感。伊莎贝尔正是如此，她漂亮的鹅蛋脸庞、奶油般的肌肤以及洋溢着明快与温馨的褐色眸子，都会满足我审美的愉悦。

接下来，发生了一件意想不到的事。

3

每座城市里都存在着一些独立的群体，他们没有大局观念，只活在自己的小世界里，他们互为依靠，彼此照顾，相依相伴。这些独立的群体就像海洋中的一个个孤岛一样，与其他群体各不相谋。以我的经历，这样的现象，巴黎尤其明显。巴黎的上流社会对外来者一直很排斥，那些政客倾情于自己的腐败圈子。大大小小的资产阶级来往的范围也仅限于自己的人。作家跟作家相聚(安德烈·纪德的日志写得很清楚：与之过从甚密者无不是他能够一呼百应的)，画家和画家亲近，而音乐家与音乐家情投意合。伦敦也是如此，但“物以类聚人以群分”的现象不那么明显。在同一个场所可以看到各类人等，在同一张桌子，公爵夫人、女演员、画家、下院议员、律师、裁缝还有作家，可以同坐。

我的社交经历使我经常能够短暂性地流连于巴黎的各个阶层，甚至（埃利奥特介绍的）圣日耳曼大街（巴黎著名的富人聚居区）那个封闭的圈子，我也混了进去。然而我钟情的并非如今称为福熙大街为中轴线活动的谨小慎微的圈子，也不是那些惠顾拉吕饭店及巴黎餐厅的见闻广博的人们，更不是肮脏污秽又欢闹无度的蒙马特高地，而是一个叫蒙帕纳斯大街的地方。年轻的时候，我曾在贝尔福的狮子雕像那儿一套很小的五楼公寓房住过一年，窗口视野开阔，不远处的公墓尽收眼底。蒙帕纳斯有着外省城的静谧安然。流连于幽暗狭窄的敖德萨街上，记忆里浮现出那家破旧的小酒馆，心里不免生出惆怅来。那时候我们常在那里聚餐，作画的、作插图的、搞雕塑的，唯独我一个写作的。阿诺德·贝内特（英国杰出的小说家、剧作家和批评家）偶尔算个例外。我们会坐到很晚，热烈、荒唐、愤怒地谈论文学与绘画。如今漫步在这条街上，看到如我当初一般年龄的年轻人，仿佛看到了当年的自己，心中充满了欢喜，发挥着我的想象力杜撰发生在他们身上的故事。无事可做的时候，我会叫上一辆车，跑到老字号的圣心教堂咖啡馆去坐坐。这里今非昔比，再不是那些放荡不羁人士的专用场所，那些曾经被拒之门外的邻近小商贩、塞纳河对岸的陌生客，都可以自由出入，寄希望于能看到一个不复存在的世界。这里仍旧有学生光顾，也有画家和作家，但外国人居多。坐在那儿，除了法语外，还有俄语、西班牙语、德语及英语。他们谈论的与四十年前我们谈论的是相同的话题。只不过马奈（1832—1883，十九世纪印象主义的奠基人之一）换成了毕加索，纪尧姆·阿波利奈尔（1880—1918，法国著名诗人）换成了安德烈·布勒东（1896—1966，法国超现实主义诗人）而已。让我觉得我与他们心灵相通。

我在巴黎待了两周的时间了，一天傍晚又去了圣心教堂咖啡馆。那天露台上挤满了人，我只好在最前排找了一张桌坐下来。那是个非常好的天气，晴朗温和，悬铃木刚刚长出新叶，空气中弥漫着巴黎独有的安逸、轻松、欢快的气息。我感到心境恬淡平和，但不倦怠，而是感到兴致盎然。忽然，有个人走过打量了我一眼，而后停在了我的身边，一张嘴露出洁白的牙齿，笑着跟我打招呼：“你好！”我迷茫地看看他。他高而瘦削，凌乱的深棕色头发上没戴帽子，上唇和下巴被浓重的棕色胡须掩盖得一丝不漏。他的额头和脖颈晒得很黑。他满身的行头都很破旧，衬衫的领口磨破了，并且没系领带，外套和灰色的裤子也破旧得不成样子，一副流浪汉的模样。我搜索着自己的记忆，坚信不曾见过他。我断定他就是巴黎那种无所事事、招摇撞骗之辈。我料想他很快就会杜撰出一个悲惨的故事来，骗取我的同情，而丢给他几个法郎吃一顿，再找个地方睡上一觉。他还站在我面前，双手插在衣袋里，露着白牙齿微笑着，浓黑的眸子里带着好笑的神情。

“你当真不记得我了？”他说。

“我们好像没见过吧？”我反问道。

我想好了，给他二十法郎。但我不想那么痛快地给他，我对他的套近乎很反感。

“拉里。”他说。

“我的上帝啊！快请坐。”

他呵呵地笑起来，坐在了我旁边的椅子上。

“喝点儿什么？”我边招呼服务生边说，“你这满脸的胡须，让我如何认得出来？”

服务生应声走过来，他点了一杯橙汁。我再度端详着他，便想起他那双很特别的眼睛，虹膜和瞳孔一般黑，使他的目光显得深沉而又难以捉摸。

“你来巴黎多长时间了？”我问。

“一个月了。”

“准备待多久？”

“要待一段时间。”

我一边问他，脑子在不停地运转着。我注意到他的长裤口已经破损，外套的肘部竟然破了洞。他贫困潦倒的样子，与我在东方某个港口遇到的流浪汉一般无二。难忘那场经济危机给人们带来的灾难，难不成那场股市风暴也把他洗劫一空了？但愿不是我想的那样。我说话不爱绕弯子，直截了当就问了。

“说实话，你穷困潦倒了？”

“不，我很好的。你怎么会这么想？”

“哦，你的样子让我感觉能吃顿饱饭就不错了，身上穿的东西该扔垃圾箱了。”

“没有你说得那么糟糕吧？我都没想过。其实我一直想给自己添置些什么，只是太忙了，没顾及这些。”

我想，想必是他的自尊与骄傲，让他难以启齿，但我不想再继续这样说废话，这简直是浪费时间。

“别说傻话了，拉里。虽然我算不得百万富翁，但我也不至于拿不出几千法郎，要是缺钱，就直接告诉我，放心我不会因此破产的。”

他哈哈大笑起来。

“谢谢，我不缺钱，真的，我的收入大于支出。”

“那场经济危机之后呢？”

“噢，它没有影响到我。我的积蓄全买了政府债券。具体我不知道究竟跌价了没有，一直没去过问。可我知道山姆大叔（指美国政府）非常守信，总能按息兑现。其实，这几年我的支出很小，手头应该有不少的盈余呢。”

“那你从哪儿来这儿的？”

“印度。”

“哦，我听伊莎贝尔说过你去过印度，你存钱的芝加哥银行经理，她显然认识。”

“伊莎贝尔？你最近见到她是什么时候？”

“昨天。”

“难道她在巴黎？”

“的确如此，你知道埃利奥特·坦普尔顿的公寓，她现在住在那儿。”

“真是太好了，我想见见她。”

我们聊这个话题时，我专注着他的眼睛，我看到了那种自然的惊喜，那里面并无其他的杂念。

“格雷也在，他们结婚了，你知道吗？”

“纳尔逊医生——我的监护人鲍勃叔叔，去世前写信告诉我了。他去世好几年了。”

纳尔逊医生应该是他和芝加哥唯一的联络纽带，断裂后，我想后来的一些变故他是不得而知的。我先告诉他伊莎贝尔有了两个女儿，然后说了亨利·马图林、路易莎·布拉德利相继去世，格雷破产之后的落魄，埃利奥特如何慷慨接济他们。

“这么说，埃利奥特也在巴黎？”

“他不在这儿。”

在巴黎度过春天，是埃利奥特四十年来的习惯，只有今年例外。他虽然显得比实际年龄要年轻，但年岁不饶人，毕竟是七十岁的老人了，总会有身体上的各种不适。除了散散步，他逐渐放弃了其他的运动。他非常在意自己的健康，他的医生每周两次在他的两边臀部给他注射当下最流行的一种保健药剂。无论在家里或者国外，每顿饭前他都会在一个金质的小盒子里取出一个药丸吞服下去，吞药的过程，像在履行一种宗教仪式似的既虔诚又夸张。他的医生说意大利的蒙特卡蒂尼温泉很适合他去疗养。他一直惦记着为他的罗马式教堂寻一款合适风格的洗礼盆，疗养完后他提出要去威尼斯寻找。他对巴黎的热爱越来越淡了，随着时间的推移，他觉得巴黎的社交越发地不尽如人意了。他素来对同龄人有着抵触情绪，年轻人又让他找不到原有的感觉了。他现在热心于装点自己修建的那座教堂，那已经成为他生活中主要的乐趣。他本来就热衷于艺术品的欣赏，现在可以尽情地放纵自己的购买欲。他付出得心安理得，因为他说这一切都是为了上帝的荣耀。一尊由蜜色石料打制的早期圣坛，他在罗马淘到了，为了一套锡耶纳画派的三联幅，他不惜半年的时间在佛罗伦萨讨价还价，终于心想事成。

似乎扯远了。我听到拉里问我格雷在巴黎待得如何。

“我想，他把失落感从芝加哥带到了巴黎。”

我试着向他解释我对格雷的印象。他专注地听着，若有所思地盯着我。我莫名地感到他内在像是长了一种更为灵敏的感知器官，我的这些话他是用那个器官在听，而不是耳朵。这怪异的感觉，令我很不畅快。

“我想你还是自己去看吧。”最后我说。

“好的，我很想见他们。我想他们的地址在电话簿上会查得到的。”

“如果你不想吓坏他们，不想让孩子们吓得乱叫，我想你最好把自己收拾得利索一些，理理发，把胡子剃干净。”

他又禁不住大笑起来。

“我也是这么想的。这确实有点招人瞩目了。”

“把行头换一换吧。”

“确实有点邋遢，”他笑笑，“离开印度时，我发现除了身上的衣服，再也没有什么了。”

他看着我身上的衣服，问是哪个裁缝的手艺。我说了裁缝的名字，但告诉他，那个裁缝在伦敦，所以与当下毫无意义。我们的话题又转到格雷和伊莎贝尔的身上。

“这段时间我常去拜访他们，”我说，“看得出来他们很恩爱。我没有机会和格雷单独聊过，我想他不会跟我谈伊莎贝尔的，但我能感觉到他特别爱她。平常时他的表情郁郁寡欢，眼神流露着疲倦之态，当他看着伊莎贝尔时，眼神里流露着满满的爱意柔情与感激，很动人。无论是那场风暴中，还是风暴后的落魄，她坚定不移地伴在他的身边，从没有动摇过。他始终铭记着他对她的亏欠。当然，你会发现伊莎贝尔变了。”我没有明确告诉他伊莎贝尔的变化，我不确定他是否也乐见于女人这种人为的美。或者他所中意的还是当初那个漂亮健壮的姑娘，而不是现在的仪态万方、优雅纤美的女人。“她对格雷很尽心。在想方设法帮他找回自信心。”

此时夜已深，我问拉里可否愿意跟我去吃个消夜。

“谢谢，改日吧。”他说，“我也该走了。”

他站起来友好地跟我点头告别，然后走向人行道。

4

第二天我去找格雷和伊莎贝尔，告诉他们我碰到了拉里。他们吃惊的程度一点不亚于我。

“能见到他，真是太高兴了，”伊莎贝尔说，“我这就给他打电话。”

她的话让我想起，昨天我忘记问他住址了。伊莎贝尔不满地看了我一眼。

“我想就算我没忘记问，他也不见得会告诉我，”我笑着给自己开脱，“兴许就是我的下意识想到这点呢，他有一个怪癖，不喜欢把自己的住址告诉别人，这你是知道的。说不准他马上就到了。”

“这是他一贯的做派，”格雷说，“即使过去也是如此，很难知道他的行踪，你明明看见他在屋子里，等你过去找他，他却不知去向。”

“这个恼人的家伙，”伊莎贝尔说，“我不否认这一点。我们只能等他自己上门来吧。”

那天他没来，接下来的两天都没来。伊莎贝尔甚至怀疑我是编个奇遇故事来逗她开心。我发誓说没有，并且绞尽脑汁为他没能前来找理由，可那些理由都经不起推敲。我反复思考，他会不会思量过，又不来见他俩了，或许已经离开巴黎去了别处？我已清楚，他不会在一个地方长住的，为了一个他自认为应该走的理由，或者一时头脑发热，转身又走了。

终于把他等来了。那天下着雨，格雷没出去打高尔夫。我们三个坐在那儿，伊莎贝尔和我喝着茶，格雷则品着加了碧雷矿泉水的威士忌。管家出去开门，进来的是拉里。伊莎贝尔惊叫一声，猛地站起来扑进他的怀里，在他的脸蛋上左右各亲了一口。格雷的胖脸显得更红了，他热情地向他挥手致意。

“老天哪，多么高兴见到你，拉里。”他的声音因为激动而哽咽了。

伊莎贝尔则紧咬着嘴唇，我看到她在努力克制自己的眼泪。

“喝点什么，我的老伙计？”格雷颤抖着声音问道。

他们重逢所表现出来的喜不自胜的样子，让我十分感动。拉里，一个流浪汉，在他们心中竟有如此重要的地位。拉里欣慰地笑着，我想他也是非常高兴的。然而我发现，他显得淡然镇定，他的目光停在那套茶具上。

“我喝杯茶吧。”他说。

“你不要喝茶，”格雷嚷道，“我们喝香槟吧。”

“我想喝茶。”拉里微笑道。

他的平静影响了这对夫妇，他们冷静下来，这或许就是他想要的结果。但他们的目光里依然充满了深情。其实我想表达的并非说他冷漠，或者说以不友好的态度来回应他们的热情，相反他是热情的，可爱的，只是我在他的举止中，感觉到一种无法把握的东西，是疏离？不不，应该是一种超脱世俗的情感，我无法说明白这情感意味着什么。

“你这个讨厌鬼，为什么才来看我们？”伊莎贝尔佯嗔薄怒道，“五天了我一直守着窗口，盼你来，每次门铃一响，我的心会跳到嗓子眼，我得拼力才能咽回去。”

拉里呵呵笑了起来。

“毛姆先生说我的样子会吓着你们，尤其是两个孩子。也怕你们的仆人会把我挡在门外，所以我急匆匆赶往伦敦置办衣服去了。”

“你大可不必这样做，”我笑道，“‘巴黎春天’或者‘百丽’有现成的成衣，你完全可以挑一件的。”

“我想既然要添置新装，还是买自己最为中意的。况且我已十年没有穿过欧式的衣服了。于是我直接去了你说的裁缝店，说做套衣服，三天要取。他说需要两周时间，于是我们各让一步，四天做好。我一小时之前还在从伦敦返回的路上。”

他穿着与修长的身材很协调的蓝色哔叽西装，软领白衬衣配着一条蓝色真丝领带，脚上是棕色皮鞋。他凌乱的头发剪短了，整洁利索。嘴唇和下巴刮得干净利落。整个人显得整洁而帅气，跟我那天所见判若两人。他比原来更瘦了，颧骨更加凸显，太阳穴下凹得更深一些，明亮的眸子陷进眼窝里，越发显得大了。尽管这样，他依旧精神焕发。他晒得很黑的脸上看不到皱纹，显得十分年轻。他只比格雷小一岁，刚好而立之年。两个人站在一起根本不像同龄人。格雷要比实际年龄老十岁，而拉里却要年轻十岁。身材高壮的格雷动作迟缓而笨重。而拉里则是轻捷而灵敏。他的举止里仍透着男孩子时的快乐与自信，我还感悟到了一种恬静安宁的气息，那是他青少年时期所不曾具有的。那种气息深深地感染着我。老朋友之间的聊天自然而舒畅，他们曾经拥有过相同的朋友和一起度过的青春岁月，外加上一些格雷和伊莎贝尔抛出的一些芝加哥的新闻，一件引出另一件，其间笑声不断。拉里坦荡地笑着，尤其伊莎贝尔兴奋地说话时，他专注地听着，脸上的表情畅快而愉悦。然而我却觉得他的神态中有一种来自内心深处的超脱之感。我觉得他并非真正进入当下的角色中，换句话说，虽然看得出他的真诚所在，但是他的心仿佛并没在他们重逢的喜悦里，而是在敷衍了事。他神情里透出来的宁静与恬淡，让我感觉到他正被一种超脱的东西主宰着，那是意识，感性，还是力量呢？我一时也说不清楚，总之那是一种无以名状的超脱。

两个小姑娘被领进来见拉里，她们对着他礼貌地行了小小的屈膝礼。他伸出手，眼睛充满柔情地看着她们，小姑娘们则抓起他的手，严肃认真地望着他。

伊莎贝尔骄傲地告诉他，她们的功课非常不错，然后分给她们每人一块甜饼，让她们走开了。

“晚上睡觉前，我会过去给你们读十分钟的书。”

此时她不想有人打扰自己与拉里相逢的欢愉。小姑娘们与父亲道晚安。格雷伸出笨拙的双臂抱起两个宝贝女儿，亲吻着她们，红脸上泛起的融融爱意令人动容，让人一看便知他是多么的爱她们。孩子走后，他转过身子嘴角带着甜蜜的微笑对着拉里："她们很可爱，是吗？"

伊莎贝尔深情地看着他。

"如果不是我阻拦，他会把她们宠坏的。这个大块头会狠心地让我忍饥挨饿，而天天给孩子们吃鱼子酱和鹅肝酱的。"

"你知道自己在说假话。你经过的每个地方，都是我顶礼膜拜的对象。"他充满爱意地嬉笑着对她说。

伊莎贝尔的眼里闪出回应的微笑。这一切她知道并以此而欣然。一对幸福的人。

伊莎贝尔坚持留我们吃晚饭。我考虑到他们或许更愿意品味这重逢之喜，便编个借口准备走人，可她不肯听。

"我让玛丽在汤里多放一个胡萝卜，足够我们四个人的。还有一只鸡，你和格雷吃鸡腿，拉里和我吃鸡翅。她做的蛋奶酥，我们所有人都够吃了。"

格雷也有挽留我之意，我再推辞，就显得却之不恭了。

我们等餐时，伊莎贝尔跟拉里说了我已经与他略谈的那些事。虽然她尽量把那些沉重的话题讲得轻松些，可格雷的表情还是郁闷下来。她又得想方设法让他高兴："好在一切都已经结束了，我们总会有机会的。形势一旦好转，格雷就可以找一份好工作，再赚百八十万的也不是问题。"

鸡尾酒上来，格雷喝了两杯后，这个可怜的家伙才有了些精神。拉里虽然也拿起一杯，但我看他没有喝。格雷并没在意这些，又与他敬酒，他谢绝了。我们洗了手，然后坐下来吃饭。格雷叫了瓶香槟，可是管家给拉里斟酒时他再次谢绝了。

“哦，无论如何你得喝点儿嘛，”伊莎贝尔叫道，“这可是埃利奥特舅舅招待贵宾的最好的酒。”

“说真的我更愿意喝水。在东方那么长时间，能有安全饮用水已经算是幸事了。”

“今天是个特殊的日子。”

“那好吧，我就喝一杯。”

晚餐精致而美味，可拉里吃得很少。伊莎贝尔发现后以为是自己的话太多了，迫使拉里只能当听众了。于是她开始问一些想知道的问题。自从巴黎一别他都做了些什么。他看似热情而坦诚地回答着她的问话，却模糊不清，没有多少实质性内容。

“你知道的，我就是到处闲逛。德国待了一年，又去西班牙和意大利待了一段时间，到东方又溜达一圈。”

“那你从哪儿来巴黎的？”

“印度。”

“在那儿待了多长时间？”

“五年。”

“有意思吗？”格雷问，“打到老虎没有？”

“没有。”拉里笑道。

“你一个人在印度待那么长时间，都干些什么？”伊莎贝尔说。

“随便转转。”他答话的语气中带着温和，也不乏带有嘲弄的意味。

“还有神仙锁（印度的一种魔术，魔术师拿出一根绳子，口中吹笛，绳子竖起，越吹绳子竖起越高，一个小孩子可以顺着绳子往上爬，非常之神奇）是怎么回事？”格雷问，“你见识过吗？”

“这个，没见过。”

“那你都见过什么？”

“很多的。”

这时我提出一个问题。

“据说修习瑜伽的人能获得在我们常人看来超自然的力量，这种说法是真的吗？”

“我不清楚。我只能对你说印度几乎人人都信这个。例外的是那些达到境界的睿智者并不注重那种力量，他们甚至认为它会阻碍精神的修行。他们中间曾有一个人跟我讲过一件事，他说一个瑜伽修行之人来到河边想到对岸去，因无钱付船费，艄公拒绝免费渡他，于是他踏河水而至对岸。说完这件事的那位瑜伽信徒蔑视地耸了耸肩，‘这样的奇迹，’他说，‘与那一便士的船费价值没有分毫区别。’”

“可你觉得那个练瑜伽的当真能踏水过河？”格雷问。

“告诉我这件事的那位是肯定的。”

听拉里聊天是件很愉快的事，因为他嗓音带着诱人的魅力，婉转、柔和而不失深沉。吃完晚餐，我们返回客厅喝咖啡。印度于我是陌生的，我想对它有更多的了解。

“那儿的作家或者思想家，你与他们有过接触吗？”我问。

“我发现你把这两者做了区分。”伊莎贝尔不无揶揄道。

“可以说是我此行的重要因素之一。”拉里答道。

“你用英语与他们交流吗？”

“一些有趣的人说英语，但说得不尽如人意，没有几个人能听懂。我学会了兴都斯坦语（通行于印度西北部的一种语言），去南方又学了泰米尔语，足够与人交流了。”

“你现在能说几种语言，拉里？”

“噢，不太清楚。五六种吧。”

“再说说瑜伽的事，”伊莎贝尔说道，“他们当中有与你关系密切的吗？”

“当然有，达到了你对那些将自己最好的岁月奉献给‘无限’的人的熟知程度，”他笑道，“我在其中一位修行者的‘阿萨拉姆’里待了两年。”

“两年？‘阿萨拉姆’是什么？”

“嗯，我想你可以称之为清修院。有些圣人独居于寺庙、森林或喜马拉雅山的坡地上。有的修士吸引了很多追随者而成为门徒。有慈善之人，为了积德，构建或大或小的屋子留给感人至深的修士及其门徒居住。那些门徒或睡在楼廊里，或树下，或厨房里。我在院子里有一间小茅屋，小得只能放得下我的行军床、一把椅子、一张桌子以及一个书架。”

“它的具体位置在哪？”我问。

“在特拉凡科（位于印度西南部），那地方很美，青山翠谷，溪河清澈悠然。山上有老虎、豹子、大象、野牛出没。不过我修行的清修院位于环礁湖畔，周围生长着椰子树和槟榔树，那儿与最近的镇子只有三四英里，人们时常从镇子或者更远的地方步行或坐着牛车赶来，听修行者讲道。如果他愿意讲，你可以亲密地围坐在他的身边，众人一同享受着那种宁静安详，那是从他身体里散发而出的，宛如晚香玉在习习晚风中散发出来的芳香一样令人陶醉。”

格雷在椅子上不自在地扭动着。我猜这是他不喜欢的话题。

“喝一杯吗？”他对我说。

“不了，谢谢。”

“噢，那我来一杯。你呢，伊莎贝尔？”

他沉重的身躯向摆着威士忌、矿泉水和杯盘的桌子走去。

“那里的白人多吗？”

“就我一个。”

“两年的时间，你是怎么坚持下来的？”伊莎贝尔叫道。

“比起从前一些艰难的日子，这两年仿佛弹指一挥间。”

“漫长的时间，你是怎么打发的？”

“阅读，远足，湖上泛舟，冥想。其实冥想最累人，两三个小时之后，那种筋疲力尽之感，就如驾车五百英里一样，只想歇息。”

伊莎贝尔秀眉微微蹙着，流露着一种困惑，或者还有些许的失落与惊醒。我想她是醒于拉里的变化。几小时前走进来的拉里，相貌依然，性情的开朗而友善似乎也没有改变，但她渐渐地明白，眼前这个拉里已不是过去那个率真、随和、快活，有点儿小任性的拉里了。她曾痛失过他，如今再度重逢，她以为无论世态如何变迁，他依然是她的拉里，而此时，他就像她手里的一缕阳光，当她想抓住的时候，却无情地从指缝中滑落而去。那个晚上，我无数次关注她眼神的变化，我一贯喜欢对人察言观色。我看见她的目光在他的修剪得齐整的头上，下凹的太阳穴和瘦削的脸颊上，修长瘦削却有力的手以及他漂亮饱满的嘴，他挺直的鼻梁，安详眉眼中一一走过，便有一份无以言状的深情深深地走进她的眼神里。新的服饰着在他身上，完全没有埃利奥特那种光鲜的气派感，也不因新鲜而呆板生硬，却像穿了一年之久的旧衣一般，给人一种休闲的随意感。我觉得他激发了伊莎贝尔的母性本能，可在她与孩子们的相处中我却不曾感受到的。她已是一个饱经世事的女人，而他仍像个懵懂的少年。我好似在她神态里品出了一位母亲的骄傲感觉。因为他谈吐优雅而睿智，被他人认同而肯定。但我敢说，他言谈的真正要义，并没有被她深刻地领会。

可我仍然没有尽兴，继续问道：

“你那位瑜伽修行者长得如何？”

“你是指他的相貌吗？哦，他个子不高，胖瘦匀称，皮肤是浅褐色的，胡子刮得干净利落，短短的白发。他总是裹着一块腰布，显得整洁利落，大可与布鲁克斯兄弟广告里风度翩翩的小伙子相媲美。”

“你感觉他身上最吸引你的是什么？”

拉里专注地盯着我足有一分钟，凹于眼窝中的漆黑眸子仿佛要洞穿我的灵魂。

"一颗圣洁的心。"

他的回答让我有些心神忐忑。在这间摆着华丽家具与精致画作的房间里，这几个字宛如楼上浴缸里溢出来的水，力透天花板带着一声让人惊颤的声响，落在地上。

"关于圣人的一切，我们都不陌生，比如，圣弗朗西斯和圣约翰，我们读他们的时候，已是几百年前的他们。我没想过还能遇见活着的圣人。从第一眼我就认定他是圣人。那是非常微妙的体验。"

"那你体验到了什么？"

"安宁。"他的神情和笑意都是淡淡的。随后突然站起来说，"我得走了。"

"哦，你还不能走，拉里，"伊莎贝尔急切地说，"还早着呢。"

"晚安。"他没有理睬她的挽留，面带微笑地道了晚安，然后吻了一下她的面颊，"过两天我再来看你们。"

"你住哪儿？我给你打电话。"

"哦，别费事了。在巴黎打个电话有多麻烦，你是知道的。我们那儿的电话又经常出故障。"

拉里就这样拒绝了她的请求，让我暗自发笑。他把自己的住处搞得讳莫如深，真是一大怪癖。我提议明天我们到布洛涅森林（巴黎一公园名字）共进晚餐，在这温馨的春季，到户外林子里野餐是一件让人惬意的事。让格雷开车载着我们。我与拉里一起告辞离开，我特别想与他一起走走，可是我们刚到街上，他便与我握手道别，迅速离开了。我只好独自钻进出租车。

5

按我们事先约定的在公寓会面，喝杯鸡尾酒然后再动身去吃饭。我到时拉里还没到。我计划带他们去一家高档的餐厅，我原以为伊莎贝尔会因此而精心打扮一番，去那儿就餐的女人都穿得漂亮而时尚，我想她也会如此。可我见她时，她只穿着一件平常的羊毛长裙。

“格雷头疼病犯了，”她说，“他非常难受。我不能丢下他一个人。我跟厨师说好了，她给孩子们做好晚饭后就可以走了，我得亲自给他做些吃的，并看着他吃下去。你和拉里去吧。”

“格雷在床上躺着吗？”

“没有。他头疼时从不上床。上帝知道，那才是他该待的地方，可他情愿待在书房里。”

书房很小，镶了木墙裙，棕金色的护壁是埃利奥特在一座古堡里淘到的。镀金格栅里面的书被一把锁锁着。谁也看不到，可是那个时代亮丽的摩洛哥革书皮上的书名显而易见，多为十八世纪插图版色情读物，这样的书，不看也罢。伊莎贝尔引我进来。格雷缩着身子坐在一张皮椅上，椅子旁边的地板上散落着一些画报。他闭着眼睛，脸色煞白，很显然他在承受着巨大的痛苦。他见到我想站起来，被我制止了。

“你给他吃阿司匹林了吗？”我问伊莎贝尔。

“不管用的。我有美国带来的药方，也没有效果。”

“哦，不用担心，亲爱的，”格雷说，“我明天就好了。”

他强挤出个笑容:“真是抱歉,我给你们添了麻烦,”他对我说，“你们去森林吧。”

“我怎么会去呢？”伊莎贝尔说，“你这样痛苦，我能玩得开心吗？”

“可怜的女人，这么爱我。”格雷仍然紧闭双目说道。

突然巨大的疼痛袭来，仿佛有什么东西刺进他的脑袋里，他的脸变得扭曲起来。这时门被轻轻推开，拉里走了进来。伊莎贝尔把情况跟他说了。

“哦，这让我很难过，”他非常同情地看着格雷说，“就没有办法缓解一下痛苦吗？”

“没有，”格雷仍没有睁开眼，“你们能为我做的只有一个，不用管我，去玩个痛快。”

我暗自想，这是最好的选择，可是我知道伊莎贝尔不会忍心这么做。

“也许我可以帮你，可以吗？”拉里问。

“谁都无法帮我，”格雷痛苦地说，“它想把我折磨死，疼痛难忍的时候，我真希望死了算了。”

“我刚才说也许我可以帮你，我纠正一下我的意思，也许我能帮你助自己一臂之力。”

格雷缓慢地睁开眼睛看着拉里。

“你要怎么帮我？”

拉里从衣袋拿出一枚银币似的东西，放在格雷手心里。

“紧紧握住，手心朝下。不要和我对抗。不用使劲儿，只要握紧硬币就可以。当我数不到二十时，你的手就会松开，银币就会掉了。”

格雷按照拉里说的做了。拉里坐在书桌旁开始数数。伊莎贝尔和我站在原地看着。一、二、三、四……数到十五时格雷的手没有动，随后仿佛微微地颤动了一下。我感觉到（我只能说我是感觉，而不是看到）格雷握紧的拳头开始松动了。大拇指从拳头里出来了。

我清楚地看见那手指在颤动。拉里继续数，数到十九时，银币从格雷手里掉了下来，滚到我脚边。我捡了起来。它很沉，造型奇特，一面刻着一个年轻男人的头像，我认出那是亚历山大大帝的头像。格雷困惑地瞅着自己的手。

“我并不想松开，”他说，“是它自己掉的。”

他坐在皮椅子上，右胳膊撑着扶手。

“坐在椅子上舒服吗？”拉里问。

“头痛发作时，坐着还算舒服。”

“好的，你现在尽量放松。别紧张，什么都别做，不要有任何抗拒。我数到二十之前，你的右胳膊会从扶手椅上抬起并举过头顶。一、二、三、四……”

他用那婉转动听的声音有节奏地数着，当数到九的时候，格雷的手果然慢慢地抬了起来，离开扶手的皮面约一寸的距离时，然后停顿了一秒钟。

“十、十一、十二……”

格雷整条手臂微微抽搐了一下，便开始向上移动，胳膊已完全脱离了椅子。伊莎贝尔有些惊恐地抓住我的手。我也感觉很奇怪，这绝非格雷自主的行为。我没有见过梦游者，但此时我一下子就想到他们的举止也是这般不能自控的古怪，如此看来并非是意识在起作用。其实，我应该想到，仅仅依靠意识的作用可将胳膊如此缓慢、均匀地提升并非易事。这让人感到是一种脱离思想控制的下意识力量主宰着的，这情形与活塞在汽缸中缓慢自主地往回运行极为相似。

“十五、十六、十七……”

拉里数数的声音给人的感觉就像破损的水龙头渗出的水滴，缓慢地落进水槽里。格雷的胳膊在平稳地上举，直至举过头顶，当拉里数到二十时，他的胳膊落回皮椅的扶手上。

“这胳膊不是我抬起来的，”格雷说，“它是自己举起来的，我觉得我无法控制它。”

拉里微微一笑。

“这并不重要，我只想通过这些让你对我有信心。那枚希腊硬币呢？”

我递给了他。

他放在格雷的手心里说道：“抓住。”格雷照办。拉里看了一眼腕上的表，“现在是八点十三分。再过六十秒，你的眼皮会变得格外沉重，迫使你闭上眼，而后你会睡去。八点二十你醒过来，六分钟的时间，你的头痛就会消失。”

伊莎贝尔和我无言地盯着拉里。他没再说话，专注地看着格雷，又好像并没有看他，而是穿越他看着更遥远的地方。我们被一种诡异的氛围笼罩着，犹如夜间花园里的静谧。突然伊莎贝尔抓紧了我的手。我看见格雷已经闭上了眼睛，他呼吸平稳，他真的睡着了。我们站立着，时间仿佛静止了一般。我特别想抽支烟，却又不能打扰这份宁静。拉里纹丝不动，专注的目光深不可测。给人的感觉虽然睁着眼睛，却已陷入昏睡之中。忽然他像放下了什么似的轻松下来，眼神恢复原态。他看了看表，正好格雷睁开眼睛。

“天哪，”他说，“我真的睡着了。”他愉悦着站起来。我看到他的脸色又恢复了红润。“我的头疼好了。”

“很不错，”拉里说，“抽支烟，而后我们出去吃饭。”

“太神奇太不可思议了。我感觉非常好，你是如何做到的？”

“我没做什么。是你自己做到的。”

伊莎贝尔去换衣服。格雷和我喝了杯鸡尾酒。很显然拉里不愿再提刚才之事。可格雷兴致未消，因为他无法理解那一切。

“开始时我并不相信你，”他说，“我愿意顺从你的意思，是因为我疼得实在没有办法了。”

接下来他陈述着患病之初的痛苦、发病时的煎熬、病后的疲惫感，可现在他像没患病时一样精力充沛，这让他相当费解。伊莎贝尔换完了衣服，她穿了一条我未曾见过的白色马罗坎平纹绉紧身长裙，黑色的薄纱裙摆长及拖地。她这身打扮，定会为我们添香增色。

马德里堡里面热闹非凡，欢声笑语不绝于耳。我们也兴致盎然。拉里讲着一些无厘头的笑话，把我们逗得合不拢嘴。这是他从来没有的举止，我觉得他试图用这种方式来分散我们对刚才之事的注意力。可是伊莎贝尔不可能就此罢休，她愿意跟拉里玩下去，但那种好奇心却依然挂在脸上，她只等合适的时机来满足自己。用餐结束了，我们喝着咖啡和甜酒，愉快地谈笑着，她可能觉得美食佳酿以及此时融洽的交谈氛围，已经淡化了他的防御心理，便用她明亮的眸光盯住拉里。

“现在你可以告诉我们给格雷治病的事了。”

“你亲眼看见的。”他笑答。

“你在印度学的吗？”

“是的。”

“他很受折磨，你有把握把他治愈吗？”

“我不敢说，也许能够吧。”

“这将改变他的整个生活。你知道如果整整四十八小时不能动弹，就别想能找到工作。无法重新工作，他就永远不会快乐。”

“我不能创造奇迹，你得清楚。”

“我亲眼见识了刚才的奇迹。”

“那不能算。我只是将某种潜意识的愿望植入格雷的大脑里，其余的均由他自己完成的。”他转向格雷，“你明天打算干什么？”

“打高尔夫。”

“我六点去你那儿，我们聊聊。”然后拉里冲着伊莎贝尔迷人地一笑，“我们十年没跳舞了，你愿意试试吗？”

6

从那天起，我们便可以经常见到拉里。有一周的时间，他每天都过来与格雷在书房里独自聊半个小时。他态度温和地劝说格雷——他笑眯眯地如此说道——摆脱掉头痛造成的颓丧。而格雷此时像个孩子一样对他信任有加。从格雷流露出的意思中我得知拉里在尽力帮助格雷恢复被击垮的自信心。大约十天后，格雷头痛病又发作了，虽然不算太严重，但格雷现在对拉里充满了信任与依赖，他觉得只要拉里在，几分钟就可以为他解除痛苦。可是拉里到了晚上才过来。伊莎贝尔打电话问过我拉里的地址，我无法提供，也无处去寻问。当拉里终于在我们翘首期盼中不请自到并解决了格雷的疼痛时，格雷向他讨要地址，以备不时之需。拉里笑着说。

“找‘美国运通’吧，留言即可。我每天上午都会和他们通电话。”而后伊莎贝尔不解地问我拉里究竟为何要隐瞒自己的地址，从前他也是这样，他有什么不可告人的秘密吗？后来发现他住在拉丁区的一个三等客栈里，根本无秘密可言。

“我也说不明白，”我答道，“这件事确实奇怪得让人费解，也有可能根本没有什么可奇怪的，是不是与他灵魂上的某个秘密有关呢，他把那个秘密带到了住址里。”

“看在上帝的份儿上，你究竟想说什么呀？”她焦躁地嚷道。

“你没有这样的感觉吗，他和我们在一起时，尽管显得随和而友好，也爱交谈，可他内心却有一种超脱的东西，这种超脱让他与我们好像隔着一层什么，使他的心始终处于有所保留的状态。我一时也不清楚那是什么，一种张力，一种秘密，一种热望，一种认知，将他与常人隔离开了。”

“我们从小就认识。”她烦躁地说。

“有时候他让我想起那些即使在无聊戏里也能极尽演技的演员，例如埃莉诺拉·杜丝（1858—1924，意大利著名女演员）在《女店主》中的表现。”

伊莎贝尔对我的话思忖了片刻。

“我想你的意思是，你玩得很尽兴，你以为他也能像你和其他人一样，结果他突然就逃走了，像一缕你想抓却抓不住的烟雾。那么是什么让他变得与我们不同？”

“也许只是一种不足为奇的品质。”

“打个比方吧。”

“唔，比如说慈悲心。”

伊莎贝尔把眉头皱了起来。

“你最好还是别这样说话，我听着胃里不舒服。”

“也许是灵魂深处的一种疼痛吧。”

伊莎贝尔端详我好久，仿佛要看透我的心似的。她在身边的桌子上拿起一支烟点燃，靠着椅子，凝视着袅袅升腾的烟雾。

“怎么，这是送客吗？”我问。

“当然不是的。”

我沉默地看着她，欣赏着她漂亮的鼻子和精巧的下巴。

“你还爱着拉里，对吗？”

“你这个木头人，我这辈子还会爱上别人吗？”

“可你为什么还要嫁给格雷？”

“我总得嫁人吧。他一直迷恋我，妈妈也是这个愿望。所有人都认为拉里废了，我没嫁给他都说是我的造化。我喜欢格雷，一直都喜欢。你不知道他对我有多好。恐怕这天底下也找不出第二个来。他看上去脾气很坏，可我们在一起的时候，再也找不到这么宽厚体贴的人了。我们富有的时候，他总是怂恿我买这买那，然后他尽享为我购物的快乐。有一次我说，如果我们能有一艘游艇，可以环游世界，肯定是个非常有趣的事。要是没有那场危机之灾，他早已满足我了。”

“听起来他好得简直让人无法相信。”我小声嘟囔道。

“我们度过了一段美好的时光，他给了我很多的快乐，为此我永远感谢他。”

我瞧着她，没有说话。

“我想也许我真的不爱他，可是没有爱也能活得很好。在我心里，我仍然热切地爱着拉里。这些年不见，还过得去。我记得你跟我说过，远隔重洋，割爱之痛会容易忍受，你没忘记吧？当时我还觉得挺好笑的，可现在想想果然如此。”

“如果你觉得见拉里让你痛苦，那么你可以选择不见他。”

“那种痛苦很美妙，我抛不开。再者说，他这个人神神秘秘的，随时都会人间蒸发，让我再也抓不着，又会像以前那样若干年不得相见。”

“那么，你想过和格雷离婚吗？”

“我没有任何理由。”

“美国女子如果想与丈夫离婚，完全有魄力横扫一切障碍。”

她禁不住大笑起来。

“你觉得她们有必要那么做吗？”

“你不知道吗？因为美国女人寄希望于丈夫身上的那种完美，在英国女人看来那是男管家才具备的。”

伊莎贝尔非常高傲地向后仰了一下头，我有点担心她把脖子扭伤了。

“你是觉得格雷不善言辞，我就可以肆无忌惮地和他离婚？”

“你想错了，”我立刻接过话说道，“格雷的身上有着让人非常感动的东西，那就是他对你和孩子的爱。只需一眼就能充分地感到他爱你的深度与纯洁度。还有他对孩子的爱可以说远远超过了你。”

“你的意思是说我是个不称职的妈妈？”

“不，作为母亲你很称职，你悉心呵护他们，注重她们的健康与快乐，细心关注她们的合理饮食以及有规律的消化吸收。你教她们礼数，给她们读书，让她们学会了祷词。她们病了，你立刻请医生并无微不至地看护她们。可是你的爱并不像格雷对她们那样沉醉。”

“那样做有害无益，首先我是人，我也要把她们当作人来对待。而不是把自己的整个身心都给她们，那样对她们的成长没有好处。”

“你这个观点我很赞成。”

“她们非常崇拜我。”

“我意识到了。你优雅、美丽、高贵，你是她们的偶像。可她们和你在一起时，不如和格雷那样随意和放松。她们对你是崇拜，对格雷是爱。”

“他的确可爱。”

她这样回答，我很欣慰。这也是她身上令人可亲近的原因之一，她总是很理性地面对赤裸裸的事实。

“那场危机造成破产后，格雷的精神随之崩溃了。连着几个星期，他每天半夜才从办公室回到家里。而我在家里，在恐惧的痛苦中无限沉沦，当时他羞愧难当，我真怕他想不开而寻短见。要知道，公司是他们父子的骄傲，诚信和准确的判断力是他们骄傲的本钱。自己倾家破产也就罢了，让那些对他信任有加的人遭受了损失，这是让他无法释怀并崩溃的原因。他断定这是自己缺乏预见能力所造成的无法原谅的错误。而让我感到无能为力的是让他明白这根本不是他一个人的错。”

伊莎贝尔从包里取出一支口红，抹了几下嘴唇。

“其实我想跟你说的并非只是这些。破产后我们只剩下那座庄园，当时我觉得唯一可以挽救格雷的就是离开芝加哥这个伤心之地，于是我让妈妈帮我照顾孩子，我和他去了那里。他一直很喜欢那儿，可是我们没有单独去过，每次都带着一帮人前往，玩得近乎疯狂。格雷枪法特别准，那是他的乐趣。可是他再也无心狩猎。他常常独自摇着小船去沼泽地看鸟，一看就是几个小时。他沿着河沿漫游，岸两旁长满了浅绿的灯芯草，头顶上的天空清澈蔚蓝，河道宛如地中海一般湛蓝美妙。回来后他只会说真是太美了，其他的话还是很少说。但我能感受到他的心已被大自然的美丽、空旷和静谧所打动了。日落前的片刻，夕阳映照在沼泽里，美得令人目不暇接。他站在那里，心里泛着欢喜。他常跋涉于那些人迹罕至、神秘莫测的丛林里，那儿有着梅特林克戏剧里的森林的艺术效果，灰暗、寂静，近乎透着一种神秘与诡异的气息。到了春天有两个星期的短暂时间，是山茱萸开放的日子，桉树也正在崭露新叶，那些新绿与灰色的铁兰形成鲜明的对比，犹如一首快乐的歌谣。而地上则铺满了白色的大朵的百合花和野杜鹃花。那里成了格雷的天地，他陶醉在这些美丽的景色中，却不知道这些对自己有何意义。哦，我知道自己没有表达好，我想告诉你的是，我目睹了一个高高大大的男人，被一种自然界里纯粹的美好的情感所感染所振奋，我简直要流泪了。若是天上真有上帝，那个时刻的格雷就与上帝触手可及了。”

伊莎贝尔说得动情，眼里有了泪花。她拿出一块小手绢仔细地擦了擦眼角。

“你把那些太诗意化了吧？”我笑着说，“我怎么感觉你把自己所期待的愿望与情感强加在他的身上了呢？”

“我没有。你是知道我的，让我真正开心的，是脚下的水泥人行道沿街的大玻璃橱窗里面的帽子和皮大衣，还要有钻石手链和镶金的化妆盒。”

我笑了起来。而后我们沉默了片刻。接下来她又捡起了先前聊的话题。

“我不可能与格雷离婚。我们经历了太多的磨难，他现在非常依赖我，这让我感到很自得，你懂得，他的依赖让我意识到了自己的责任，还有……”

“还有什么？”

她瞥了我一眼，眼神中有一份顽皮的顾虑。我感觉她是拿不准她说出来，我会怎样的看法。

“他在床上很出色。我们结婚十年了，他的激情一如当年。你不是在一个剧本里说过没有哪个男人的激情对同一个女人会超过五年吗？我想你是错了。格雷还如新婚宴尔时一样需要我。你可能不以为然，但我很享受那种感官上的快乐。”

“你错了，我深以为然。”

“我想，这算不上不光彩吧？”

“刚好相反。”我带着探索性的目光注视着她，“十年前没有嫁给拉里，你后悔吗？”

“不，除非我疯了，才能嫁给他。当然，如果我能预知十年后是这种情况，我会选择跟他私奔，然后，和他同居三个月，再然后用我的方法，永远得到他。”

“我可以明白地告诉你，你没有做这样的尝试，是一件幸事，不然你会发现自己顾此失彼，无法摆脱他。”

“我可不那样想，那只是一种肉体的吸引。你明白的，一般克服欲望的最好办法就是满足欲望。”

“你可否想过自己是个有着强烈占有欲的女人？你跟我说，格雷有着深沉的诗人情怀，你还说他是个充满活力的爱人；我相信这两点对你的确非常重要。可是你并没有告诉我，有一件比这二者加起来更具意义的东西——那就是你把他抓在你漂亮的不算小的手心里的感觉。试想一下，如果是拉里，你抓得住吗？记得济慈的颂诗吗：‘勇敢的情郎啊，就算你赢得了目标，也绝不要亲吻。’”

“你经常自以为是，”她一点不留情面地说，“女人如果想抓住男人，只有一条路，你懂的。还有，女人想永远抓住一个男人，不是第一次上床，关键是第二次，那才是重要的。”

“你算是把这些学透彻了。”

“那是当然，我是一个有心人。”

“我可以知道这个是在哪学来的吗？”

她调侃地对着我一笑。

“我在女装展示会上结识的一个女性朋友，她告诉我的。当时女店员告诉我，她是巴黎最聪明的情妇，于是我便决定认识她。艾德丽安·德·特罗耶，知道她吗？”

“不曾听说过。”

“你也太没有知识了。她四十五岁，不是特别漂亮的那种，但是她比埃利奥特舅舅知道的任何一位公爵夫人都要显得高贵。我装出一副莽撞的美国小丫头的样子，坐在了她的身边。我对她说，我得和她谈谈，因为她是我这辈子从没见过的魅力十足的女人。我说她就像希腊浮雕一样完美无瑕。”

“你的脸皮可真厚。”

“最初她比较冷淡，是我的天真烂漫让她的态度有了转变。之后我们愉快地聊了一小会儿。之后我邀请她共进午餐。她拒绝了我。她说在巴黎人言可畏，这对我没有好处。当她看见我因失望嘴角都在颤抖时，便问我可否愿意去她家与她一起吃午饭。她看见我因她的和蔼随和而受宠若惊时，她拍了几下我的手。”

“你去了？”

“当然啦。她在福熙大街附近有一座气派的小房子，她的管家与乔治·华盛顿的形象很有一拼。下午四点我才离开她的住处。我们披头散发，甚至松开了胸衣的衬扣，聊天的内容完全是女性之间的秘密。那天下午我学到的东西，足够写一本书那么多。”

“你怎么不写呢？《妇女家庭杂志》最喜欢这类东西。”

“你这个傻瓜。”她大笑道。

我沉思着。

“我不知道拉里可否真的爱过你。”过了一会儿我说道。

她把身子挺直，怡人的表情一扫而光，眼里有了恼怒。

“你怎么说话呢？他肯定是爱我的。你以为一个女孩子被爱都浑然不知吗？”

“噢，我相信你说的，但我敢肯定他对你的爱不够深刻。你们青梅竹马，两小无猜，从小玩到大，他没有跟别的女孩子亲密接触过，他期待自己会爱上你。他是个正常的男人，你们能结婚，也是水到渠成的事。假如你们真能成婚，你们的婚姻也不会有什么特别，不过是住在一处，睡在一起而已。”

伊莎贝尔的情绪缓和了一些，等着我继续说。我知道女人喜欢与人讨论爱情的话题，于是我接着说了下去。

“性本能与爱没有多大关系，这是道学家们的劝诫，他们常常把它说成一种副现象。”

“天啊，什么是副现象啊？”

“唔，有心理学家认为，意识伴随着大脑的活动，并受后者支配，但自身不能对后者产生任何影响。有点儿像树在水中的倒影，倒影不可能离开树单独存在，但也不能以任何方式对树产生影响。那种爱情可以没有激情的说法，是胡扯。那种激情消失后爱情还能持续的说法，其实是指另外的一些内容，比如爱好、兴趣，以及习惯。尤其是习惯。两个人出于习惯继续维持着情爱，就像到时候饿了要吃饭是一样的。当然性欲是可以脱离爱情而存在的。性欲与激情是有差别的。性欲是性本能的自然结果，它并不见得比人类的其他生理功能更重要。丈夫偶尔趁着机遇偏离一下正常轨道，女人就会小题大做，其实这是很愚蠢的。”

“我觉得你说的这些只适用于男人。”

我笑了。

“如果你坚持这种说法，我只得承认，男人女人都一样。有一点不同的是，对于男人他只是图一时之快，不会付诸真情，而女人则会付出。”

“这应该取决于是个怎样的女人。”

我不想被她打乱思路。

“没有激情的爱情，不是爱情，而是其他的情感。激情并非由得到满足而产生，而是因为受到了阻碍而强烈。济慈告知希腊古瓮上的那位情郎不必痛苦，知道是何意吗？‘你的爱若永存，她的美便将永存！’因为什么？因为得不到她。无论那个少年郎如何疯狂地穷追不舍，她总是不可企及。依我看来，他们是被禁锢在一件冷冰冰的艺术品之中。你与拉里的爱情，单纯自然得就像保罗与弗兰切斯卡（西方爱情悲剧主人公，尤以在但丁《神曲》中的叙述最为人知）或是罗密欧与朱丽叶。幸运的是，你们的爱情结局没有如他们一样以悲剧收场。你嫁入了豪门，拉里漫游世界去探寻塞壬（希腊神话中半人半鸟的女妖，用美妙的声音诱惑过往船只上的海员，使驶近的船只触礁沉没）之歌。我可以断言，你们的爱情中没有激情。”

“你是怎么知道的？”

“激情是不顾一切的。帕斯卡说过心灵自有他的逻辑性，那是理性所无法理解的。我是这样理解他的意思的，当激情占据了心灵，那么它所臆造的逻辑自认为是非常合理的，并且可以证明为了爱情可以在所不惜，即使为此丢了全世界也不足惜，荣誉可以不要，耻辱也无所谓。激情是具有毁灭性的。它毁掉了安东尼与克里奥佩特拉、特里斯坦与伊索尔德，还有巴奈尔与欧西亚（前两者分别为莎士比亚和瓦格纳同名剧本中的悲情爱侣；巴奈尔，英国著名政治家，因为和英国国会议员欧西亚的妻子偷情而断送了政治前程）。如果激情没有了毁灭性，它自己就灭亡了。或许到那时他才会领悟到，不仅自取其辱，忍受嫉妒的折磨，自食了苦果，耗尽了柔情，倾尽了精神财富和物质财富，到头来，不仅荒废了岁月，还发现自己魂萦梦绕地为之付出全部的只不过是一个不值得付出的荡妇或者一个傻小子，他会痛彻心扉，会后悔不已。”

我还在继续着我的长篇大论，可我发现，伊莎贝尔已经走神在她自己的世界里了，我的话她根本没注意听。她接下来一句话令我颇感意外。

“你觉得拉里还是处男吗？”

“亲爱的，他已经三十二岁了。”

“我敢肯定他还是。”

“你根据什么肯定？”

“根据女人的直觉。”

“我曾经认识一个小伙子，他总有办法让一个个漂亮姑娘相信他从未有过女朋友。为此好些年他在情场上都春风得意。”

“无论你怎么说。我还是相信自己的直觉。”

已是傍晚，格雷和伊莎贝尔还要出去与朋友共进晚餐。她还要打扮换衣服。我闲来无事，便在这宜人的春季傍晚，悠闲于拉斯帕伊大街上。

我一直不怎么相信女人的直觉，她们的直觉往往与自己寄予希望的东西完全符合，因此在我感觉那有些不靠谱。我的思维停在伊莎贝尔这场长谈最后的细节上，不由得笑起来。由此我想到了苏珊娜·鲁维耶，忽然意识到我有几天没见她了。如果她正巧无事可做，她也许愿意和我吃晚餐，然后看一场电影。我拦下一辆正游荡着的出租车，我把她的住址告诉了司机。

7

我想读者朋友不会忘记我在故事开始的时候提到过苏珊娜·鲁维耶。我们已经认识十年，或者十二年了，现在她应该四十岁左右吧。她的长相有点不敢恭维的意思。她的个头超过一般的法国女人，而且身体比例很不协调，上身短，四肢长，这样看起来她的动作显得笨拙，总是有种不知如何安放自己的长四肢的迷茫感。她的头发可以随心变换颜色，但偏红棕色居多。她方正的小脸上颧骨突出，上面搽着鲜亮的粉脂，嘴巴很大，涂着厚厚的唇膏。这样看来她好像毫无可人之处，实际上她却很有魅力，她皮肤姣好，有一口洁白健康的牙齿，她的大眼睛是蓝色的，很有神韵。眼睛是她五官中最引以为自豪的器官，所以她化妆的时候特别注意利用这点资源。她目光敏锐、富有洞察力却不失友善。她具有天生的厚道，又有后天磨炼出的韧劲。这应该归于她走过的人生之路。她的父亲是一位政府小职员，去世后，她母亲便回到昂儒出生的村子里，靠抚恤金过活。苏珊娜十五岁时，她把她送到邻近镇子里的裁缝店做学徒，每逢周日能回家。她十七岁时的假期中，被一个外来的画家诱奸了，那个画家是来这儿避暑并画一些风景画。十七岁的她知道自己因贫穷而无法谈婚论嫁，当画家在暑期结束后想带她去巴黎时，她高兴地答应了。她随他住进了蒙马特一间拥挤不堪的画室里，他们同居了一年的时间，那一年她过得很快乐。

一年后的一天，他终于对她说，画作无法卖出去，他供养不起情人了。她对此已有所察觉，所以他说起这个问题时她很平静。他问她可否愿意回家，她说不想。之后他说，同一街区还住着另外一位画家，他愿意接纳她。那个男人她见过，曾有几次对她有勾引之意，被她婉言拒绝了，为此那个男人并不恼。她觉得那个男人脾气还算温和，她不讨厌他，还省了搬运行李的麻烦与花费，所以很平静地接受了这个提议。这便是她的第二个情人，比第一个年长很多，但长相还令人悦目。她几乎成了他的模特，他画各种姿态的她，只要他能想到的姿势都成了他画作的内容，穿衣服的，裸体的，他因此获得了意义上的第一次成功，她跟他过了相当快乐的两年时间。那幅获奖画作是以她为模特儿的，为此她颇为自豪。她曾给我看过那张画作，是她在一本画报上剪下来的。原作被美国一家画廊买走了。那是一幅裸体画，尺寸犹如真人一般大小。她和马奈画的奥兰普一样的姿势躺着。画家敏锐的目光捕捉到她身体比例中有着现代意味的东西，于是画作上她瘦弱的身子、长的四肢、高的颧骨、大大的蓝眼睛都有了进一步的夸张效果。仅靠复制品，我无法看出原颜色，但我能感觉到艺术构思的巧妙。这幅作品使他名噪一时，一位仰慕他的有钱寡妇成了他的妻子。而苏珊娜理解男人得为自己的前途打算，她便毫无怨言地断绝了与他长达两年的同居关系。

与这个画家的经历，让她知道了自己此时的价值。她爱上了这种生活，喜欢摆出各种姿势供那些画家们描摹，一天工作结束后，到餐馆和那些画家及其妻子、情人坐在一起，听他们聊艺术，骂经销商，说荤段子，是一件很愉快的事。她早已料到会有这么一天，所以她提前就有了想法。她看中了一个年轻小伙子，她觉得他颇有才华。趁着他独自一个人在饭馆吃饭的机会，跟他说明了自己的情况，而且直言不讳地提出他俩应该在一起。

“我二十岁，很会持家。我会为你存钱，你还会节省请模特儿的费用。看看你的衬衫，真是糟糕透了，还有你的画室杂乱无章，你确实需要一个女人来帮你理家。”

他知道她人不错，并且觉得她的提议非常有趣。她从他的表情中看出他有接受的意向。

“我觉得试试也无所谓，”她说，“如果不行，我们俩谁也不会比现在更糟。”

他是抽象画的画风。他用方形和椭圆形为她画肖像，把她画成只有一只眼且没有嘴巴，用黑色、棕色和灰色将她勾勒成几何图形。他用纵横交错的线条来表现她，且几乎看不到她的脸。她和他只待了一年半，然后自动和他分开了。

“你不是喜欢他吗，为什么？”我问她。

“喜欢，很不错的小伙子。我是觉得他没有前途，他缺少创造力。”

她忠于绘画艺术，所以她很快就有了新的同居者。

“我与绘画有不解之缘，”她说，“我跟一个搞雕塑的待了半年，可我跟他总是找不到感觉。”

她从来没有与谁分手时闹过不愉快，这令她感到欣慰。她是个好模特儿，更是一个好主妇。如果她住在画室里，她会把画室打理得干净而整洁，这让她感到很自豪。她的烹饪技术很不错，即使花少的钱，饭桌上也是诱人的美餐。她还会给男人缝扣子、补袜子。

“我真是搞不懂一个搞艺术的干吗把自己弄得那么邋遢呢。”

她也找过一个有些钱的，那是个英国人，他还有一辆车。只是好景不长，那是她唯一的一次失败。

“维持的时间很短，”她说，“他经常喝得醉醺醺的，让人讨厌。他要是一个好画家，我就忍了，可是，我亲爱的，他的作品实在是太糟糕了。我说我们分手吧，他哭了，竟然说他爱我。”

“‘我可怜的人儿’，我对他说，‘你爱不爱我没有关系。关键是你天赋太差。回去做杂货买卖吧，那很适合你。’”

“他如何回答你的？”我问。

“他大发雷霆，叫我滚蛋。我给他提出的建议，真的适合他，我希望他能采纳。他人挺好，只是画技实在是不敢恭维。”

虽然她是个轻浮的女子，但她善良有能力，她的谋生并不是很难。然而苏珊娜选择的行业也如其他一样起落沉浮。比如，那个斯堪的纳维亚男人，她很轻率地就爱上了他。

“他就像天神，我亲爱的，”她告诉我，“他的个子极高，像埃菲尔铁塔似的，肩膀很宽，胸肌发达，腰细得仿佛双手可握，小腹平平如我的掌心一般，整个人就像职业运动员那样健美。一头波浪金发，衬着蜜色皮肤。我很喜欢他的画，与时俱进，色彩浓郁。”

她一定要给他生个孩子。他反对，可是她说，她自己承担抚养孩子的责任。

“孩子出生了，那是一个非常漂亮的小女孩，玫瑰色的小脸蛋，有着她父亲一样的金发和蓝色的眼睛。他也满心欢喜。”

他们一起生活了三年。

“他有些愚笨，有时候我也有厌烦，但是他很可爱，又那么帅气，所以我还是很快乐的。”

有一天他接到瑞典的一封电报，说他父亲病危，让他速回家中。走之前他把钱全留给了她并向她保证一定回来，但她有种不祥的预感，觉得她已经失去他了。果然，一个月后收到了他的来信，说他父亲已去世，留下个需要他料理的烂摊子，还要学习经营木材生意，主要的是他觉得他有义务和责任陪伴在母亲的身边。他在信里附了一张一万法郎的汇票。苏珊娜不是那种容易情绪失控的人。她很快想到，孩子是她生活的拖累，于是她果断把女儿送回母亲家，连同一万法郎一起交予母亲照管。

“与孩子分别是撕心裂肺的痛，我爱那孩子，可我必须面对现实。”

“后来如何？”我问。

“哦，我撑过来了，我又找到朋友了。”

紧接着她患了伤寒。她说起“我的伤寒”就像百万富翁在说“我在棕榈滩的寓所”或是“我的松鸡狩猎沼泽地”一样。她险些为此病而丧命，在医院躺了三个月，出院时已经瘦得皮包骨，虚弱无力，而且变得很神经质，终日眼泪不干。那时她虚弱的体力无法再做模特儿，几乎囊空如洗。

“哎呀，”她说，“我吃了很多苦。幸亏我有几个要好的朋友。可是你知道，画家的生活没有几个是宽裕的，能解决温饱问题就不错了。我虽然有自己的魅力，但我算不上漂亮女人，主要的是我不再是二十岁了。后来我遇到了曾同居过的那个立体派画家，他成家后又离婚了。他放弃了立体派画风，而改为超现实派。

他说他很孤单，需要我的陪伴。他说能够为我提供食宿，说真的，我没有任何犹豫地就答应了。”

苏珊娜和他同居了，直到遇见那个制造商。制造商是由朋友领来买画的。苏珊娜很想促成这桩买卖，便极尽献媚，她确实很在行做这些。可他没有当场定夺，只说还会再来。两周以后他没有食言，但她很快感觉到他不是冲着那些画来的而是为她而来。他再次两手空空地走了，走时过分热情地与她握手告辞。第二天她去买菜的路上，带制造商来的那位朋友把她拦住，告诉她制造商迷上她了，问问下次他来巴黎时可否愿意一起吃顿饭，他有话要对她说。

“他跟你说看中我什么了吗？”她问。

“他是现代艺术业余爱好者，他看过你的肖像画，被你所倾倒。他是个外省生意人。你于他而言就是巴黎的象征，你代表了巴黎的艺术与浪漫，那是他在里尔所缺少的东西。”

“他是个有钱人吗？”她很世故地问。

“当然，而且相当有钱。”

“那好吧，我答应他。听他说说也没什么坏处。”

他把她带到马克西姆餐厅，那里让她感触颇深。她穿得很朴素，与那些穿戴时尚的女人们相对比，充其量她可以扮演一位体面的已婚女士。他点了瓶香槟，这让她相信他是位绅士。喝咖啡时，他不加掩饰地说出了自己的想法，而她觉得这个想法相当有诱惑力。他告诉她，自己每两周来巴黎开一次董事会，晚间要孤身一人吃饭，尤其想女人的时候得去妓院解决问题。这让他感到厌倦，尤其对他的地位及已有两个孩子的已婚男人显得不太合适。他在那个他们共同的朋友那儿已经了解了她的情况，知道她是个懂事理的女人。他已不再年轻，无意再与那些轻浮女子纠缠。他是个现代派艺术的收藏家，而她与这绘画界的联系让他觉得他们会有共同语言。接下来他的话题转入实质性阶段。他准备为她租下一套公寓，并装修好，还有两千法郎的月钱。当然作为回报，每隔两周他要与她有一夜共度良宵。苏珊娜从来没有见过这么多钱，这些钱飞快地在脑袋里旋转着，她很快有了估算，这笔钱不仅足够她在高端圈子里的衣食起居，还能供养女儿，甚至可以存一些钱以备不时之需。可是她没有立即答应他。她从来都以“献身绘画艺术”为荣，给一个生意人做情妇，于她而言无疑是降低了身价。

“你愿意接受与否，都没有关系。”

他上衣扣眼里插着的法国军团勋章花饰表明他出身显赫，况且他并不招人讨厌。她微笑着答道：“我愿意。”

8

虽然苏珊娜一直住蒙马特区，但她决心要与过去的生活做个了断，便在蒙帕纳斯租了一套临大街的公寓。公寓在六楼，有两个房间、一间盥洗室、一间小厨房，还有电梯。盥洗室只能容纳两个人，电梯慢如蜗牛，为此下楼时只能步行。但于她而言，盥洗室和电梯代表的不仅是豪华，还是格调。

他们开始的前几个月时间里，阿希尔·戈万（那位制造商）两周一次巴黎之行，都要先订好旅馆，与苏珊娜激情过后再返回旅馆独自睡到赶火车的时间，然后重返生意场，回归原有的家庭生活。而苏珊娜觉得这简直就是浪费，她提出他住在寓所里待到早晨省钱还舒适。他觉得她说得很对，她如此体贴他又为他精打细算，这样的好女人令他快慰。在寒冷的冬夜走到街上叫车，实在是一件令人不快的事。

阿希尔先生很满足。通常他们会去蒙帕纳斯找一家上好的餐馆进餐，有时苏珊娜也会亲自下厨做饭，她的厨艺很讨他喜欢。

温热的晚上，吃饭时，他会把外套脱掉，只穿一件衬衫这让他感到闲适自在、恣意而放纵。他遇见自己喜欢的画，就有购买的冲动，可是苏珊娜会适时地阻止她不认可的作品，他很快就发现她很有判断能力。她不跟那些画商买画，而是直接找到画家的工作室，这样一来，就会为他节省一半的费用。她在攒钱，他是知道的，当他知道她每年都在自己住的村子里购买一点地产时，他颇感欣慰。他深知法国人对土地的欲望是很强烈的，他们时刻期待着拥有一片属于自己的土地。如今她也有了自己的地产，他更加地敬佩她，尊重她了。

苏珊娜这边也很满意。她对他谈不上忠诚与否。在间隔两周的一天中她尽心尽意地侍奉他，闲余时如果遇到自己中意的男人，也会跟他上床，但她很小心谨慎，不让别的男人在这儿留宿。一是出于名声，再有她始终怀有一颗感恩之心，这个男人以这样一种稳妥和体面的方式给了她一份安逸体面的生活。

我最初认识苏珊娜时，她正和一位画家同居，碰巧我和那位画家也是熟人。我经常去他的画室，便能看到她摆各种姿势，后来也曾碰到过，直到她搬到蒙帕纳斯以后，关系才密切起来。阿希尔先生（她这么称呼他）读过我的一两部书的译本，一天傍晚邀请我与他们共进晚餐。他个头矮小，苏珊娜要比他高出半个头，他的头发是铁灰色的，灰色八字胡很整洁。他有些胖，肚子微凸，这形象足以显示他的富足与气派来，而他对自己也存有自得之感。他的招待尽如人意，让我既品到了美食，也感受到了他的彬彬有礼。他尤其很高兴我是苏珊娜的朋友，因为他看出我是一个正派而又体面的人，而苏珊娜的身上又有令我所欣赏的地方，使他很欣慰。他被缠在那些生意事务里脱不开身，常常让可怜的姑娘孤身一人，而得知苏珊娜能与我这么一个有修养的人交往，这又让他有所宽慰。他说他虽然是个生意人，但他敬重艺术家。

“啊，我亲爱的先生，艺术与文学一直都是法国的荣耀。当然还有骁勇善战的战士。我一个搞毛线产品的，会不假思索地说，画家和作家与将军和政治家的位置同等重要。”

他说得可真漂亮，无人可比。

他让苏珊娜雇个女佣来操持家务，她始终不肯。她是为了省钱，也有其他的原因（她自己最清楚），她的私生活不想被别人所窥视。这套小公寓装潢风格时尚，她喜欢自己把它收拾得干净而整洁。她还会给自己缝制一些贴身衣物。然而即便这样，她这个闲不住的人，仍觉得日子过得很慢，她总想着找点事做来打发时间。很快她想起自己做模特儿的时候，她接触了那么多画家，她觉得自己完全可以动手作画。于是她买来绘画用的所有东西，立刻动手画了起来。有时候我去找她一起出去吃饭时，来得早些，便见她身着工服，正忙着绘画。她的画犹如腹中的胎儿已显现出物种进化的特点来。她陪伴过各种风格派的作家，她画风景就像那位风景画家，抽象起来又与那个立体派相像，而她在艺术明信片上画的驳船，又有几分像那位斯堪的纳维亚人。她不懂作画，但很有色彩感，其实画得好坏与否并不重要，重要的是她很开心。阿希尔先生本来就酷爱艺术，他的情人会作画，这让他很有满足感，他鼓励她，并坚持让她的画参加秋季画展。她送去的作品挂在那儿，他俩都倍感骄傲。他给她一条很好的建议。

“别像男人那样去画，亲爱的，”他说，“画画要像女人那样显出柔美与魅力。不择手段在生意场上有时候能侥幸成功，搞艺术来不得半点虚假，诚实是最好的，也是唯一的攻略。”

到此时，他们的关系已经走过五个春秋了。

“说真话，他并不是那种能让我怦然心动的男人，”苏珊娜说，“但他睿智而有地位。我已是这般年龄，有必要好好考虑一下处境。”

她通情达理，善解人意，而她的判断力是阿希尔先生所欣赏的。他常与她谈及生意上的及家里的事情，她是个真诚的倾听者。

他女儿考试失利她好言安慰；他儿子和一个有钱的姑娘订了婚，她为他高兴并衷心祝贺。他本人娶了本行业里的一个老板千金，当年的对手因联姻而互利互赢。他儿子很懂事，明白婚姻在经济利益上的重要性，儿子的理性令他感到满意。他向苏珊娜吐露了将来想把女儿嫁入贵族豪门的想法。

“她有资本那样做。”苏珊娜说。

阿希尔先生让苏珊娜把她女儿送到修道院开办的学校里接受

良好的教育，还允诺她到了合适的年龄，他会出资让她参加培训，以后做个打字员、速记员，从而能自谋生路。

“她是个非常漂亮的姑娘，”苏珊娜告诉我，“可是好好读书，学习敲敲打字机，也不是不可以的。她还小，不能给她的未来下过早的结论，她能在哪方面有特质，还说不准呢。”

苏珊娜的话意味深远，让我猜其深意，但我想以我的聪明才智，自然能猜得准确。

9

就在意外邂逅拉里一周后的一个晚上，我和苏珊娜一起吃了饭，并看了场电影，而后正坐在蒙帕纳斯大街的“精品吧”里喝啤酒，就见他踱步而来。我看她倒抽了一口气，并出乎我意料地叫出了他名字。他走到我们跟前，先吻了她，然后同我握手。她的神情是那么的难以置信。

“我可以坐下吗？”他说，“我还没吃饭，想弄点儿吃的。”

“哦，见到你真让人高兴，我的小可爱。”她两眼放射着光波，“你这是从哪儿冒出来的，这么多年无声无息的？我的上帝，你怎么瘦成这个样子呀！我还以为你死了呢。”

“噢，我还活着，”他挤眉弄眼地说，“奥黛特还好吗？”

那是苏珊娜女儿的名字。

“哦，她快成大姑娘了，长得好标致呢。她依然记得你。”

“你可从没说过你认识拉里。”我对她说。

“我为什么要提起他，我并不知道你也认识他。我们是老相识了。”

拉里点了咸肉和煎蛋。苏珊娜把女儿和她自己的情况一一说给他听。他带着特有的迷人的笑容，倾听着。她告诉他自己已经安顿下来了，还作画呢。她把头扭向我。

“我在进步，对吧？我想我不是装的，我的画作并不比我认识的那些画家差。”

“画卖过吗？”拉里问。

“不，我不卖的，”她有些自得地说，“我有收入。”

“好运的姑娘。”

“不，不是运气，是智慧。你一定要来看看我的画作。”

她把地址写在纸上，要他答应一定去看她的画。苏珊娜兴奋得说个不停。拉里要了自己的账单。

“你不会是要走吧？”她叫道。

“是的，我得走了。”他笑着回答。

他付完账挥了一下手，便离开了。我笑起来。他这样来无踪去无影，让人感到好笑，突然而至，现在又消失得像一缕空气一样。

“他为什么这样来去匆匆？”苏珊娜气恼而不解地问。“也许哪个姑娘在等他吧。”我不无调侃道。

“等于没说。”她从包里取出粉盒，给脸上补了补妆。“我同情每一个爱上他的姑娘。咳！”

“何以这么说？”

她严肃地足足盯着我看了一分钟，这在她可不多见。

“我曾经险些就爱上了他。那样还不如去爱水中的倒影，一缕阳光，或者一片云彩。我算是侥幸逃脱掉了。到现在想起来还打寒战呢，真是太冒险了。”

让慎小慎微见鬼去吧。如果不想问出是怎么回事，那就不是我了。好在苏珊娜是个爱说的女人。我暗自庆幸道。

“你们究竟是怎么认识的？”我问。

“哦，好多年前的事了。六年？七年？记不太清楚了。那时奥黛特才五岁。我跟马塞尔正住在一起，他们原来就熟悉。他经常到画室来，有时他会请我们吃饭。你向来无法知道他什么时候来，且来得相当没有规矩，有时候几个星期不见踪影，有时候来得又很频繁。马塞尔总希望他来，他说有他在画室里，他会发挥得更好。后来我得了伤寒，出院时的境况是非常糟糕的。”她耸了耸肩，“这些我都跟你讲过了。有一天我到各个画室去转悠，希望能找点活干，可没人用我。一整天我只吃了一只羊角面包和一杯牛奶，不知道用什么交房租。正巧我在克里希大街与他遇见了。他停下脚步问候我，我便告诉他我得了伤寒，他对我说：‘看来你得好好吃一顿。’他的声音和眼神里有一种让我无法控制情绪的东西。我哭了起来。”

“当时我们就在‘玛丽特妈妈’餐厅附近，他把我搀到餐厅里的一张桌子旁坐下。我饿得好像什么都能吃得下，可煎蛋饼端上来时，我却感到难以下咽。他强迫我吃了一些，他还为我叫了一杯勃艮第。我感到好受了一点儿，然后又吃了些芦笋。我把自己的遭遇一股脑地倒给了他。我再也没有力气摆姿势做模特了，我瘦得皮包骨头，看上去糟糕透顶，没有哪个男人会要我。我问他可否能够借些钱给我，我想回乡下去，我的女儿还在那儿。他问我：想回去了？我告诉他不想，妈妈自己靠年金活得很勉强，她是不想我回去的。我寄给奥黛特的钱也都花光了，但如果我回去，看在我病重的份儿上，她也不会将我拒于门外。他端详着我好一会儿，我以为他要拒绝借钱给我，而他却说：

“‘你们愿意跟我去我知道的一个小乡村吗？我正想到那儿度假呢。”

“我简直没法相信这话是他说的。认识这么多年，他可从来没献过殷勤。”

“‘就我现在这模样？’我不由得笑起来，‘我可怜的朋友，’我说，‘对于男人我已经是个废物了。’”

“他冲我笑着。你不知道那笑容有多迷人，甜得跟蜜似的。”

“‘别傻了，’他说，‘我不是那个意思。’”

“我就失声痛哭起来。我用他给的钱把孩子接了过来，然后我们一起去了乡下。哦，他带我们去的地方非常美。”

接着苏珊娜给我描述了那个地方。那里离一座她忘记了名字的小镇三英里。他们坐车去了客栈。那是一座旧得摇摇晃晃的临河小楼，四周的草坪延伸到水岸边，草地上有悬铃木，他们在树荫下吃饭。夏季时画家们会去那儿写生，但他们去的时候还早，故此客栈里只住着他们。那儿的美食名声很响，每逢周日人们从各地驱车前来尽享一顿美食，但平时，那儿非常宁静。通过一段时间的休养及可口的饭菜，苏珊娜恢复了体力，再加上与孩子朝夕相伴，她快乐而开心。

"他对奥黛特非常好，奥黛特也很喜欢他。我怕她缠着他会让他厌烦，可他并不在乎这些。他们就像两个孩子，让我非常开心。"

"你们在那儿都做些什么？"我问。

"哦，有很多事情可做。我们划船、钓鱼，有时候还借旅馆老板的雪铁龙去镇上闲逛。拉里特别喜欢那个有着古旧房屋和广场的小镇，那儿非常安静，走在路上唯一听到的是自己踩在卵石路上的声音。那儿的市政厅是路易十四那个时代的建筑物，还有一座古旧的教堂，小镇边上花园城堡是勒诺特设计的。坐在广场旁边的餐馆里，外面的景象让你好像回到了三百年前的时光里，而停放在路边的雪铁龙与这里是那么不协调。"

也就在那个地方，一次外出游玩之后，拉里向苏珊娜讲述了我在开头提到的那个年轻飞行员的故事。

"我非常好奇他为什么要告诉你这些。"我说。

"我不知道。镇上有座战时修建的医院，墓地里有一排排小十字架。我们去看过，那些可怜的年轻人长眠于此，令人有种毛骨悚然的感觉，我们很快就离开了。回去的路上拉里一直沉默着。那天晚上本来吃得就很少的他几乎没吃东西。我依稀记得，那天的星夜特别的美，我们坐在河边，夜色把白杨的剪影衬托得很美妙。他抽着烟斗，很突然地跟我说了那位战友如何为救他而牺牲的事。"苏珊娜端起酒杯喝了一大口啤酒，"他是个怪人。我永远都弄不明白他。他喜欢读书给我听，有时候是白天趁我给孩子做针线的时候，有时在晚上，我把孩子哄睡以后。"

"他给你读的什么书？"

“哦，很杂的。《塞维聂夫人书信集》（塞维聂夫人，1626—1696，法国女作家，《书信集》是其唯一的作品，具有较高的文学价值），圣西门（1760—1825，法国空想社会者，认为科学、道德和宗教的进步能够推动社会的发展，主张保留私有制。著有《论实业制度》《新基督教》等）的一些文章。你可以想象一下，我这样一个人，以前只读过报纸，偶尔在画室听谁说起一本什么小说，为了不让别人觉得我没有知识，也会看看。我从没想过读书原来是一件这么有趣味的事。过去那些作家并不是他们想象的那么无聊。”

“谁这样想象的？”我微笑着问道。

“接下来他让我一起参与阅读。我们读《费德尔》《贝蕾妮斯》（都是法国剧作家拉辛的作品）。我们分角色阅读，他读男的，我读女的。你很难想象这是多么有趣，”她天真地补充道，“我读到那些悲伤的情节时会流泪，他总会奇怪地看着我。那自然是因为那时我比较多愁善感。你知道吗，我依然不舍得扔掉那些书呢。即使是现在，每当我读《塞维聂夫人书信集》时，他那动听的声音仿佛还在耳边响着，那条河好像就在眼前静静地流淌，还有对岸的白杨树。这些让我的阅读会停下来，心中涌起一股疼痛感。此时我才知道，那是我一生中最快乐的短暂时光。那个男人，他就是可爱的天使。”

苏珊娜触动了自己的动情处，但怕我会讥笑她（其实她想错了），她耸耸肩，笑了笑。

“我告诉你，我早就想好了，等我到了教规准许的年纪，人老珠黄的我，再也不会激起哪个男人的兴趣，我就皈依教门，忏悔我的罪过。可是我和拉里犯下的罪过，永远不会得到忏悔，永远，永远都不会！”

“可是，你刚才所叙述的这些，并没有什么可忏悔的。”

“我只说了一半儿。我天生体质好，这样每天在户外运动，而且吃得好睡得香，又开心，三四周的时间我已经健壮如初。我气色颇佳，脸色红润，头发如原来一样有光泽，自我感觉犹如二十岁一样充满活力。拉里每天上午都到河里游泳，我常去看他。他的身材与我那位斯堪的纳维亚的运动健将体魄完全不同，他有着审美中所产生的愉悦感。”

“我想，在我身体虚弱时他无微不至地关照我，现在我已经体力充沛，我不能再让他等下去了，如此我暗示他一两次，我可以为他做任何事，可他似乎不懂得我的意思。不可否认你们盎格鲁－萨克逊人的与众不同，既粗野又多愁善感，但你们绝不是什么情圣。我暗自对自己说：‘也许这正是他的善良之处，他为我做的这些，并没有想向我索取回报之意。’于是，一天夜晚，我只好对他直言不讳了：‘今晚你想要我去你的房间睡吗？’”

我禁不住大笑起来。

“你说得太直接了，不是吗？”

“嗯，我能怎么办，我又不能让他来我房间，有奥黛特呢，”她坦率地说，“他独有的眼神看了我片刻，之后笑了。‘你想来吗？’他说。”

“‘你以为呢——你有这么健美的身体。’”

“‘那好吧。’”

“我到楼上脱掉衣服，穿过走廊溜进他的房间。他正躺在床上，他看见我放下抽着的烟斗和手里的书，给我腾出地方。”

苏珊娜有片刻的沉默，我不会那么无趣追问下去。只过了一会儿她又继续了。

“他是个很奇妙的情人，温柔而有热情，不粗野又不失阳刚之气，你懂我意思，就是动作丝毫不下流，整个过程像个纯情少年那样。觉得又有趣，又让人莫名的感动。我离开他时，我的感觉是心存感激的应该是我而不是他。我关门时，看见他捡起书又读了起来。”

我又大笑起来。

“我很高兴能把你逗得这么开心，”她面色有些严肃但仍不失幽默地说，并笑了起来，“接下来我发现，倘若等他邀我恐怕要等上一辈子，于是当我有需求时，我就去他房间里找他。他一直对我很好。简而言之吧，他有着人的自然本能，但对于生理需求他又像忙得忘了吃饭的人，你把可口的饭菜端给他，他也会吃得有滋有味。女人对爱是很敏感的，如果我以为拉里爱我，那我就是个十足的笨蛋，不过我以为他已经习惯了这些。每个人总要真实的生活，我心想我们回巴黎后如果他愿意这样过下去，有他有孩子在我身边，也是一件令人很快慰的事。我的本能告诉我，爱上他是非常愚蠢的。你知道，女人的不幸是她陷入爱之中，自己就会变得不可爱了，所以我告诫自己与他保持心之距离。”

苏珊娜吸了口烟，烟雾从鼻孔里喷出来。时辰已晚，人走得差不多了，吧台边上有人在晃悠。

“有天早饭过后，我正坐在河边做着针线，奥黛特玩着拉里买给她的积木，这时他向我走了过来。”

“‘我是来向你辞行的。’他说。”

“‘你要去什么地方吗？’我非常惊讶地问他。”

“‘是的。’”

“‘不会不回来了吧？’我说。”

“‘你的身体已经恢复得很好了。这些钱除了在这里过完夏天，也够你回巴黎找到工作之前的了。’”

“当是我心情很乱，不知道该说些什么。他站在我面前，一脸坦诚的笑容。”

“‘我做错了什么让你不高兴了吗？’我有些忐忑地问他。”

“‘没有的事，别多想，我是有事情要办。我们在这儿过得非常愉快。奥黛特，过来跟叔叔再见吧。’”

“她还年幼，不懂得这些。他抱起她吻她，然后吻了我，便回了客栈。过了一会儿我听见了汽车启动并开走的声音。我看着手里那叠钞票。一万二千法郎。这一切如一阵刮过的风，都没给我思想的时间，‘该死的’，我自语道。值得庆幸的是我很理智地没让自己爱上他。但这究竟是怎么一回事，我始终无法弄明白。”

我勉强笑了笑。

“你知道吗，我曾经对别人说起这段经历，却被人认为是我的幽默感，为此我还赚了一点名气。我的实话实说，让很多人都不能理解，以为我在开玩笑。”

“我无法明白这中间的关系。”

“嗯，拉里是我遇到的唯一一个完全不为情所动的男人，这使他很另类。我们不怎么习惯那些并非信仰上帝，而只是热爱上帝的人。”

苏珊娜瞪着一双有些醉意的眼看着我。

“我可爱的朋友，你喝多了。”

第五章

1

我在巴黎慢节奏地工作着。这儿的春天景色宜人，香榭丽舍大街上开满了栗子花，阳光明朗而温馨，空气中洋溢着一种轻快而祥和的气息，虽然短暂，但给人感官上的愉悦感，让人行至其中不仅充满了活力，思维也灵活。我乐于与各色人等为伍同行，他们让我忆起了过去的一些美好事情，好像从他们身上获得了青春活力一般。我不想让工作阻止我的因怀旧而生的快乐感，否则我会觉得自己很傻。

伊莎贝尔、格雷、拉里和我经常一起到附近的名胜观光游玩。尚蒂伊（位于法国北部）、凡尔赛及圣日耳曼和枫丹白露，都留下了我们的足迹。每到一处，我们都会尽情地享受一顿午餐。或许是格雷过于高大的身体需要那些能量来维持平衡吧，他的饭量惊人，而且还喜欢小酌畅饮。格雷的健康状况已经有了很大的改善，也许是拉里的调理所致，也许是时间的缘故，他的头不再剧烈地疼痛，我当初见到的困惑与失落的眼神也已远离了他。他是个少言寡语的人，除了不时讲个故事外，基本上是个快乐的倾听者。我和伊莎贝尔说着一些笑话时，他总能开怀大笑。他虽然有些无趣，但是性情温和却容易满足，所以同样叫人喜欢。可能与他度过一个晚上，你会觉得寂寞无聊，但如果能共处半年之久，你会觉得乐此不疲。

他爱伊莎贝尔的温度一直未减分毫，令人感动。他迷恋她的俊俏，把她视为世上最为美丽可爱的宝贝；而他对拉里的感情，渗透着一种爱犬与主人的忠诚情结，也让人为之所动。拉里似乎也玩得很开心，尽管我觉得他的心里依然有放不下的事情，但是他仍然能像度假一样与我们一起尽兴地快乐着。他的话也不多，而且从来不参与我们的插科打诨，他是从容而闲适的，我们能够这么快乐与他的陪伴有着很大的关联，如果没有他同行，那份愉悦肯定会大打折扣的。

正是在这样的一次短程旅行的归途中，我目睹了一个让我非常吃惊的情景。那天我们去了沙特尔（法国博斯省首府），在返回巴黎的途中，格雷开车，拉里坐在他旁边；伊莎贝尔和我坐后排。游玩了一天，我们都很疲劳。拉里将胳膊随意地放在前排座椅背上，衬衣领口因其坐姿而被拉起，露出了颀长而有力的腕部以及棕褐色的小臂。小臂的肌肤覆盖着不轻不重的汗毛，阳光洒在上面，仿佛被镀上一层金色的光晕。伊莎贝尔像被催眠一样的姿态，引起了我的注意，我瞥眼看她。她静默着，目光盯着拉里覆着金色细毛的结实的手腕以及修长而强壮的手，她呼吸短促，脸上呈现着如饥似渴的情欲，这是我从未见过的。那简直就是一张淫念的面具，如果不是我亲眼所见，我绝不会相信如此美丽的容颜里会有这般兽欲之色。过度的欲望让她漂亮的外表变得很丑陋，犹如一头发情的母兽一样狂热，让我感到厌恶。她已无视我的存在，她的眼里只有那只手，而体内因那只手而充满了欲望。突然她好像从一种惊恐中醒了过来，脸上一阵抽搐，她打了一个寒战，然后闭上眼，颓丧地蜷缩在座位的角落里。

“给我一支烟。”她沙哑的嗓音，让我感到陌生。我拿出烟盒取出一支递给她。她贪婪地吸着。余下的旅程里她一直看着窗外，再也没说一句话。

到了他们家后，格雷让拉里把我送回酒店，然后再把车放回车库。拉里坐上驾驶座，我坐在副驾驶的位置上。我看到伊莎贝尔挽住格雷的胳膊依偎着他走过人行道，她仰头看了他一眼，我想象着那眼神的意味深长，我如此猜测着他们两个晚间床笫之上的精彩内容，格雷肯定要度过一个挥洒激情的夜晚了。但他永远也不会知道她爱欲背后的那种良心的负罪感。

六月已近尾声，我要回里维埃拉了。埃利奥特的一个朋友要去美国，便把自己在迪纳尔（法国海滨旅游胜地）的别墅借给马图林夫妇，他们准备等孩子放假后就动身前往。拉里则待在巴黎继续他的工作，他打算买一辆二手的雪铁龙，并答应八月去找他们住几天。在巴黎的最后的那天晚上，我请他们三个一起共进晚餐。就在那天晚上，我们与索菲·麦克唐纳相遇了。

2

伊莎贝尔一直想去那种有着下流意识的酒吧去看看，源于我与那里有着或多或少的联系，便央求我带他们去逛逛。说实在的我是有所顾忌的，因为巴黎这样的场所，对于不是同类人，会产生极大的反感，但伊莎贝尔执意坚持，我只好告知那里并不是她想象的那么好玩，并让她穿得低调一些。吃完晚饭时间已经不早了，我们又在“女神游乐厅”（巴黎著名的高档娱乐场所）玩了一个小时，然后才向着她所期待的地方出发了。我先带他们去了巴黎圣母院附近的一家地下酒吧，那儿常有一些不三不四的男人及妓女们出入。我认识那儿的老板，他帮我们在一张长条桌上找了位置，同桌的还有几个流里流气的家伙。我为桌子上的每个人都点了酒，大家相互敬酒。店里闷热肮脏，烟雾缭绕，烟味刺鼻。接着我带他们去逛“斯芬克斯”，那儿的舞女身着性感的艳俗的晚礼服，裸露着乳房。她们在两张长条凳子上，面对面而坐，鼓乐响起时，便懒洋洋地舞动着，目光却锐利地扫着四周大理石台面桌子旁的男人们。我们要了瓶加温香槟。有几个舞女从我们身边经过时瞟了一眼伊莎贝尔，我不知道她可否懂得那眼神的含义。

下一站我们去了拉佩街。那是一条肮脏狭窄的街道，行至其中就能感受到一种淫秽的气息。我们进了一家酒吧，同别的酒吧一样，也有一位脸色苍白的浪荡青年弹着钢琴，另一位老者神色疲惫不堪地拉着小提琴，第三个人吹着刺耳的萨克斯，让人听着极为不舒服。里面人满为患，没有一张空桌子。但是老板不会放过来花钱消费的主顾，便毫不客气地把一对男女撵到另外一张已有了客人的桌子上。那两个人极为不满地冲着我们说些粗鲁的难听的话。里面跳舞的人多而杂，戴着红绒球帽子的水手也在其中。男人们大多都戴着帽子和围巾，而那些女人们无论是成熟而风韵犹存的，还是年轻的姑娘们，个个搽胭抹粉，穿着性感的超短裙及其鲜亮的外衣。男人们与化了眼妆的矮胖男孩跳着舞，而瘦弱、脸带阴毒的女人则和染了发的肥硕女人扭到了一块儿；当然也有男人和女人混搭在一起跳舞的。屋子里弥漫着汗臭味和烟酒味，空气混浊，气味难闻。音乐像不知疲惫似的没完没了地响着，那群人毫无节制地扭动着，脸上闪着油亮的汗珠，裹挟着一种令人生厌的气氛，不由得平添了一分乖戾。其中有几个面露粗野的大块头，但多数都是显现着营养不良的模样。那三个演奏师麻木得如同机器人一般，机械而呆板。我不禁暗自问自己，他们在刚学成之际，是否也胸怀大志，想成为万人瞩目的音乐家呢？即使小提琴拉得不尽如人意，也会多多修炼。而这位，肯定也是经过了刻苦学习的过程，不会就是为了到这种下流的场所来演奏四步舞曲直到深夜的吧？音乐终于停了下来，钢琴师用一条脏兮兮的手帕擦了擦脸。舞客们带着或疲惫或忸怩的姿态回到各自的桌子旁，我们忽然听了一个美国人的声音。

“我的上帝呀！”

一个女子离座摇摇晃晃地走了过来，一个男人，很显然他们是同伴，企图拦住她，却被她推开了，她醉得厉害。她走到我们桌前站住，摇晃着傻笑。她似乎觉得看见我们是一件值得发笑的事情。我扫了一眼我的同伴。伊莎贝尔看着她一脸的茫然，格雷恼怒地皱着眉，拉里则看着她，一副质疑的神情。

“你们好。”她嘴里喷着酒气跟我们打招呼。

“索菲。”伊莎贝尔叫出了她的名字。

“你以为谁呀？”她咯咯地笑了起来。一个服务生刚好经过，她抓住叫道，“文森特，给我搬张椅子来。”

“自己去搬。”他说完挣脱了她。

“该死的货！”她大声向他啐道。

“索菲，别这样。”邻座一位头发抹得油亮，穿着一件衬衣的大胖子说，“这儿有把椅子。”

“在这儿遇见你们，太让我意外了。”她仍在摇摇晃晃地说道，“你好拉里，你好格雷。”她坐在了胖男人搬来的椅子上。“我们一起喝一杯，老板。”她叫道。

我注意到那个店主刚才一直看着我们，这时他走了过来。

“他们是你的朋友，索菲？”他说话时用的是第二人称的单数（法语中第二人称复数表示尊敬和客气，相当于“您”；第二人称单数相当于你）。

“请闭上你的嘴。”她醉态十足地大笑道，“他们都是我从小玩到大的朋友。我要给他们买瓶香槟。别给我们端什么马尿来，要拿喝下去不会吐出来的。”

“你醉了，我可怜的索菲。”他说。

“滚你的蛋吧。”

他面带笑容地走开了，卖出一瓶香槟于他毕竟是一件值得高兴的事。为安全考虑，我们喝的是白兰地和苏打水。索菲愣怔地看着我。

“你这位朋友怎么称呼呀，伊莎贝尔？”

伊莎贝尔对她说了我的名字。

“哦，我想起来了，你来过芝加哥，有点儿道貌岸然，是吧？”

“可能是吧。”我笑道。

我已经完全不记得她了，这也不足为奇，那毕竟是十多年前的事了，那时遇见了很多人，后来也遇到不少。

她个子高而瘦，因而显得更高。她上着一件鲜艳的皱巴而肮脏的丝质绿色上衣，下穿一条黑短裙。她红褐色的头发很短，蓬松地卷曲着。她化了很浓的妆，两颊的胭脂一直搽到了眼睛那儿，上下的眼皮都涂了浓重的蓝色眼影膏，眉毛和睫毛抹得很重，嘴唇鲜红。她的手指虽然也涂了指甲油，却很脏的样子。看上去她比在场的所有的女人都邋遢。她的形象让我怀疑她不仅喝酒，还吸毒。但是不得不承认她的身上的确具有一种邪淫的魅惑；她把头高傲地抬起，浓妆之下碧绿的眸子更加地摄人心魄。她虽然醉得一塌糊涂，但赤裸裸的放荡举止，我完全可以想象对那些男人所具有的诱惑力。她似乎感觉到了我们的冷漠，嘴角带着尖刻的嘲讽的浅笑。

“我觉得你们见到我并不高兴。”她说。

“听说你在巴黎。”伊莎贝尔面带冷冷的笑很勉强地说。

“电话簿里有我的名字，你打电话就能找到我。”

“我们来巴黎的时间并不长。”

格雷来救场了。

“你在这儿过得快活吗，索菲？”

“我很好，格雷。你破产了，是吧？”

他的脸一下子涨得通红。

“我想是这样的。”

“你真够倒霉的。我想芝加哥现在一定萧条得可怕。幸运的是我走得及时。我的天哪，那个狗杂种怎么还不把我的酒拿来？”

“他过来了。”我瞧见那个服务生手托着盛着酒及酒杯的盘子，正在桌子中间穿梭着，便说道。

她把注意力转移到我的身上。

“我亲爱的婆家人说我败坏了他们高贵的名声，把我赶出了芝加哥，”她放荡地笑着，“我是靠家里的汇款混日子的。”香槟端上来了，她哆嗦着手端起一杯酒送到嘴边。

“让一本正经见鬼去吧，”她把手里的一杯酒都倒进嘴里，并用眼睛瞥着拉里，“你好像没说话嘛，拉里。”

自从她出现的那刻起，他面带冷漠，目光一直没离开过她。

听她如此说，他只好友善地笑了笑。

“我不怎么爱说话。”

音乐重新奏响，一个男子向我们走了过来。他身材高大健壮，显大的鹰钩鼻子，肉感十足的嘴巴，外加一头又黑又亮的头发，那形象活脱脱是个邪恶的萨佛纳罗拉（1452—1498，意大利道明会修士）。他像这里的大多数男人一样不着衣领，很瘦的外套紧绷在身上，而使他的身材线条完全凸显出来。

“来吧，索菲。我们跳舞去。”

“走开，你没看见我正和我的朋友们在一起吗？”

“你的朋友关我屁事，让他们见鬼去吧。你是来跳舞的。”他不加分说上前抓住她的胳膊，被她挣脱掉了。

“让我安静点儿，猪。”她凭一股子突如其来的蛮力喊道。

“狗屎。”

“你吃。”

他们所说的，格雷听不懂，可我从伊莎贝尔紧皱的眉头及脸上的厌恶表情，我知道她与多数良家妇女一样，听明白了这类污言秽语的含义。男人生气了，举起胳膊，张开长满老茧的手掌，那是一只干活儿人的粗手，正要往下落的时候，格雷从椅子上站了起来。

“滚开！”他用蹩脚的法语吼道。

男子停下了手，极其不满地瞪了格雷一眼。

“小心点，可可。”索菲恶狠狠地笑道，“他会把你揍趴下的。”

男子看着格雷的魁梧身材，他怒气冲冲地耸了耸肩，扔下一句脏话，溜走了。醉醺醺的索菲哈哈地笑着。其他人再也没有兴致说话。我又为她斟满酒杯。

“你住在巴黎，拉里？”

“目前是。”

清醒者与一个醉鬼交谈，很难明辨是非，而清醒者往往是处于劣势的那个。我们枯燥而尴尬地聊了一小会儿后，索菲推开椅子。

“我得回去了，不然我那个爱生气的浑蛋男友，肯定要发疯了。不过看在上帝的份儿上，这该死的还是不错的。”她晃晃悠悠地站起来。“再见，我的同胞们，我每晚都在这里，欢迎你们再来。”

她挤进跳舞的人群里，在我们视线里消失了。我们都沉默着。冰冷的鄙夷在伊莎贝尔那张古典美人的脸庞上显露无遗，我差点没笑出声来。

“简直是个龌龊的地方，”伊莎贝尔忽然说道，“我们走吧。”

我付了我们的酒水钱，又为索菲的香槟买了单。这里依然喧嚣无度，我们几个人默默地走了出去。已是凌晨两点，以我所想该去睡觉了，可格雷说他得吃点东西，因此我提议到蒙马特的“伯爵餐厅”去吃点儿东西。我坐在副驾驶那儿，除了我给格雷指路，路上我们仍然默不作声。到了那家极富华丽外表的餐厅，仍然有人坐在露台上。我们进店落座，要了培根煎蛋和啤酒。此时伊莎贝尔的外表才恢复到原来的样子。她带着调侃的口气对我表示祝贺，说我竟是这么熟悉巴黎这些肮脏之地。

“是你一定要去的。”我抗议道。

“这么美妙的地方，我很享受啊！”

“还是算了吧，”格雷说，“龌龊下流的地方，还有索菲。”

伊莎贝尔冷哼哼地耸耸肩。

“你还记得她吗？”她问我，“你第一个晚上来我家吃晚饭，坐你旁边的那个女孩。那会儿她的头发不是现在的红色，而是那种自然的暗黄色。”

我的思绪便移回那个很久的晚上，记忆里一个眼睛蓝得发绿的小女孩，算不得漂亮，但青春活现，天真坦诚，还夹杂着些许羞涩，尤其小脑袋上扬时显露出的骄傲，让我印象深刻。

“当然记得。记得当时我很喜欢她的名字。因为我的姨妈叫索菲。”

“她嫁给一个叫鲍勃·麦克唐纳的小伙子。”

“一个非常优秀的小伙儿。”格雷说。

“他是我见过的最帅气的男孩子之一。我一直都不明白他怎么会看上她。我结婚不久她就嫁了。她父母离异，母亲改嫁美孚石油在中国分部的一个职员。她和父亲住在马文的亲戚家。那时候我们经常在一起玩，可是结婚后她就退出了我们的圈子。鲍勃·麦克唐纳是律师，却挣钱不多，他们住在城北一套无电梯的公寓里。但这不是关键问题。他们婚后不想见任何人，一味沉浸在二人世界里。结婚两三年生了孩子以后，依然如故，甚至看电影时，两个人还会搂肩搭背，像热恋中人那样。他们成了芝加哥茶余饭后的谈资。”

拉里不动声色地听着伊莎贝尔的叙述。

“后来呢？”我感到了好奇。

“有一天晚上，他们带着宝宝驾驶着那辆小敞篷车回芝加哥。皆是因为无人帮助他们照看，也是他们极爱宝宝的缘故，所以无论到哪儿，他们都把宝宝带在身边，索菲更是亲力亲为地照顾着。就在途中发生了意外，一群醉鬼开着一辆大轿车以八十英里的时速迎头撞上了他们的车，鲍勃和宝宝当场毙命，只有索菲幸运，被撞成脑震荡和断了两根肋骨。他们尽量向她隐瞒鲍勃和孩子的悲惨下场，但最终还是告诉了她。据说当时的情景惨不忍睹，她悲痛欲绝，简直要疯了，凄厉的尖声呼唤声可以撕天裂地。他们不得不日夜看护她，可是有一次她还是差点儿从窗户跳了下去。当然我们也尽了心，可是她并不感谢我们，相反却好像特别憎恨我们。她出院后，被送进一家疗养院，在那儿待了几个月。”

“真是可怜啊！”

“从疗养院回来以后，她就开始酗酒，醉了以后，只要有男人想要她，她就会随便跟人上床。这于她的正派的婆家人来说，简直是一件非常难堪的事，他们痛恶那些流言蜚语。刚开始时，我们尽心尽力地帮助她，可发现她根本无可救药，比如，我们请她吃饭，来时她就是一副醉态，还没有结束，她已经烂醉如泥。后来她开始与一些不正经的人交往，我们只好撒手了。有一次她因醉驾而被抓了，与她同车的是她在地下酒吧认识的意大利人，结果是警方通缉的罪犯。”

“她靠什么生活呀？”我问。

“鲍勃有保险金；她还拿了肇事车的部分保险金。可是她有钱的日子只维持了两年，因为她花起钱来，就像一个酗酒的水手一样，不懂得节制，两年后她就是一个穷光蛋了。她的祖母让她彻底离开马文。她的婆家人说如果她愿意旅居海外，他们可以给她一份津贴。我估计她所说的靠汇款生活，指的就是这个吧。”

“这真是风水轮流转啊，”我说，“当年我的国家把那些害群之马赶到美洲，如今似乎又被送回欧洲了。”

“我不能不同情她。”格雷说。

“你不能？”伊莎贝尔冷漠地说，“我能。我承认那个打击过于沉重，我比任何人都同情她。我很了解她，但是一个心智正常的人总会恢复过来的，而不是让自己一味沉沦下去，那只能说明她的内心是肮脏的，无法在打击面前保持内心的纯洁，甚至她对鲍勃的爱也是夸大其词。如果她性格坚强，是完全可以让自己活出个人样来，而不是这样堕落。”

“假如锅碗瓢盆也能开口说话……你心肠太硬了吧，伊莎贝尔？”我迟缓地说。

“我可不这样认为。常识告诉我，对索菲不值得同情。上帝可以做证，没有人比我更爱格雷和孩子，假使他们在车祸中丧生，我也会痛苦得不能自已，但我迟早会振作起来。格雷，难道这不是你希望的吗，难不成你愿意我夜夜买醉，然后随便找个下三烂的巴黎男人上床？”

接下来格雷说的是我觉得他最为幽默的一席话。

“我很想要你穿一件崭新的‘梦妮诗（法国高档时装品牌）’跳到葬我的火堆里，不过现在这个已经过时了。我猜你消愁的方式不过是去玩桥牌，但是我要提醒你的是，抓不到确信赢的牌，别一上来就叫无将牌（桥牌术语）。”

伊莎贝尔尽管爱自己的丈夫和孩子，却不得不说爱得不够深刻。但我不便在这样的场合下，拆穿这件事。聪明的她或许已看出我内心的这个想法，因此她带着几分辩驳的口吻对我说：

“你想说什么呢？”

“我和格雷一样，为那个姑娘感到悲伤。”

“她已经三十岁了。”

“她过去生活在天堂里，当她的丈夫和孩子丧命之后，于她而言，是天塌的灾难，她用自暴自弃来报复这个残忍的世界。如此她便不再在乎自己的形象，酗酒、滥交，绝望地让自己扎进地狱里。我可以想象得出如果她不用酒精麻醉自己，她还不如去喝洗脚水呢。”

“这是扯淡，你自己清楚的。都是你小说里的素材。索菲是自甘堕落。世上失去丈夫孩子的大有人在，不是每个女人都如她一样变得如此邪恶。善永不生恶。车祸把她打回原形。我奉劝你们不要浪费你们的同情心了，她巴不得自己变成现在这个样子呢。”

我们说得如此之多，可拉里一直沉默着。他似乎陷入另外的沉思中，对我们的话充耳不闻的样子。伊莎贝尔说完之后，我们都沉静下来。这时候他开口了，但语气陌生而不附带任何的感情色彩，像在自言自语，而不是说与我们；他的目光迷离，仿佛是看向遥远的过去。

“我记得她十四岁时的模样，长发从前额梳到脑后，扎着黑色的蝴蝶结，脸上有雀斑，总是很认真的表情。她是个做事低调，心气高爱幻想的姑娘。她博览群书，我们曾经谈过很多。”

“这是什么时候的事？”伊莎贝尔微微蹙起眉头，问道。

“噢，就在你随母亲去社交的时候。我常常到她祖父家，我们坐在一棵大榆树下，相互读书给对方听。她喜欢诗，自己写了很多。”

“女孩子在那个年龄都喜欢写诗，可是写得都很烂。”

“当然那是很久以前的事了，我不懂诗，自然无法评判出好坏来。”

“那时你应该还不满十六岁。”

“那些诗自然是模仿之作。有很多罗伯特·弗罗斯特（1874—1963，美国诗人，擅长用传统的诗歌形式和口语表达新的内容和现代情感，作品主要描述新英格兰的风土人情，曾四次获得普利策文学奖。著名作品有《白杨树》《修墙》和诗集《山间》等）诗歌的痕迹。可我感觉她非常了不起，因为她还那么年轻。她的听觉和嗅觉相当敏捷，能准确地捕捉到乡间的声响和香气。她对空气里第一丝柔和的春意及干涸的泥土在雨后散发出来的气息，很有感觉。”

“我可不知道她会写诗。”伊莎贝尔说。

“她害羞，怕你们笑话她，没敢公开过。”

“现在她可不再害羞了。”

“战后我回芝加哥以后，她快长成大姑娘了。她读了很多关于劳工阶级状况的书，在芝加哥她自己也亲眼看见了他们的状况。她读到了桑德堡（1878—1967，诗人、传记作家，1916年出版《芝加哥诗集》，与韦彻尔林赛、埃德加·李·马斯特斯等形成芝加哥诗派，成为美国诗歌民主传统的继承者。此外，桑德堡还撰写过《林肯传》），并开始狂热地用自由诗体来描写穷人的悲惨生活和工人阶级所受的剥削。这些诗并不出类拔萃，但充满了真诚、同情与抱负。那时她想成为一名社会工作者，想奉献的渴望令人动容。我觉得她能做成很多事。她聪明高傲而不幼稚，给人纯洁高尚的感觉。”

伊莎贝尔越听越恼。而拉里一点都没察觉到自己已经伤了她的心。可是她开口说话时，依然面带微笑。

“她怎么会选择你做她的知己的呢？”

拉里用让人无法不信赖的目光看着她。

“或许我们都是穷人的缘故吧，在你们眼里她是穷人，而我也不富裕。我在马文是因为鲍勃叔叔在那里行医。我猜想她是觉得我们有共同之处。”

拉里在世上没有亲人。我们大多数人至少都有些亲戚，就算平时不太走动，但至少让我们知道还有那个大家族的存在。拉里的父母亲都是家中的独子。属贵格教的祖父尚在英年便丧命于海底，而外祖父也是无兄弟姐妹。恐怕这世间再也没有比拉里更孤单的人了。

“你想过那时候索菲会爱上你吗？”伊莎贝尔问。

“不，从来没有。”拉里微笑着。

“哦，可是，她一定爱上你了。”

“拉里从战场负伤荣归时，芝加哥至少有一半姑娘们迷上了他。”格雷直率地说。

“那可不单单是迷恋。她是崇拜，我可怜的拉里。你是说你根本不知道？”

“我当然不知道，现在我也不能相信。”

“我觉得你是把她看作女神了。”

“我的脑海里，一直是那个扎着蝴蝶结头发的瘦弱的女孩，眼含热泪用颤抖的声音朗读济慈的颂诗，诗是那么美，她也是那么美，可是我不知道她现在在哪里。”

伊莎贝尔略微一惊，用充满怀疑和探询的眼神看了他一眼。

“已经够晚了，我感觉累得厉害，我们走吧。”

3

第二天傍晚，我搭乘“蓝色特快”赶赴里维埃拉，两三天后到昂蒂看望埃利奥特，给他说了巴黎的见闻。他看上去气色很不好。在蒙特卡蒂尼的疗养，效果并不是他所期待的那样，接二连三的奔波反而让他力倦神疲。他在威尼斯淘到一只洗礼盆，又跑到佛罗伦萨购买那幅一直在讨价还价的三联画。他想让这些物件尽早安放到位，便又赶往彭甸沼地，在一家破客栈落下脚，那儿酷暑难当。他那些价值不菲的宝贝运过来还有一段漫长的路程，于是他选择坚持等待。等到一切终于就位时，他深感欣慰与满足。他骄傲地把他拍的照片给我看。教堂虽然不大，但不失高贵与华丽，内在的装修虽然显得有些矜持，仍给人一种豪华感，也充分地证明了埃利奥特高品位的审美观。

“我在罗马见到过一尊很中我意的早期基督教石棺，我有心买下来，可三思后，我改变了主意。”

“你要早期基督教石棺做什么呢，埃利奥特？”

“当然是装我自己，我的朋友。我设计得很好，放在入口处，与洗礼盆相对称，我觉得这非常的配。可是早年间那些基督徒个子都很矮，装我不太适合。我可不想像个胎儿似的蜷着身子，膝盖顶着下巴，直到响起审判日的号角声。那可太憋屈了。”

我禁不住大笑起来，可埃利奥特却很郑重其事。

“不过我想出了更有意义的主意，都安排妥当了，虽然费些周折，也是意料之中的事。我决定把自己埋在圣坛脚下的台阶下面，彭甸沼地的那些贫苦农民的沉重的鞋子就会踏着我的尸骨上台阶领取圣餐了，很时尚，对吧？只需要一条普通的石板，上面刻有我的名字与生卒年代就行了。如果你要找寻他的石碑，环顾即可（原文为拉丁语。埃利奥特引用了英国著名设计大师和建筑家克托弗·雷恩爵士的墓志铭，其墓碑位于他自己所设计的伦敦圣保罗大教堂），这个你知道的。”

“好在我还懂得一点拉丁语，知道这句陈词滥调，埃利奥特。”我不无嘲讽地说。

“哦，原谅我吧，我亲爱的朋友。我习惯了上层社会的那些愚昧无知了，都忘了现在我是跟一位作家说话。”

他总是不服输。

“其实我想告诉你的是下面的事，”他继续说道，“遗嘱我已经写好了，把我的后事交代得很清楚，我想委托你看着它们被执行。我不愿意葬在里维埃拉海岸，跟那些退役上校和法国中产阶级混在一起。”

“我固然会让你的愿望得以实现，埃利奥特，可是我觉得那是很久以后的事，没必要现在来讨论吧。”

“我已经老了，这你懂的。但说实话，我没有什么可遗憾的。兰多（英国诗人、散文家。小说中引述的是他的暮年之作《生与死》，译文采用杨绛的版本）的诗是怎么说的？我双手烤着生命之火……”

尽管我的文字记忆不是很好，但这首短诗，我还记得很清楚。

和谁争我都不屑
我爱大自然
其次是艺术
我双手烤着生命之火取暖
火熄灭了
我也准备走了。

“就是这首诗。”他说。

我禁不住思量，这需要怎样夸张的想象力，才可以把埃利奥特本人与这首隽永的小诗联系起来呢。

“这首诗与我的感情相当匹配，”而他又如是说，“唯一需要补充的是，在我的有生之年，一直都在欧洲上流社交界。”

“只是把这个塞进这首诗里，可有难度啊！”

“社交界已僵化。我曾把希望寄托于美国，能取代欧洲创建出一个万众景仰的贵族阶层，可是这场经济危机毁掉了所有的机会。我可怜的祖国快要沦落成为一个中产阶级国家了。我说出来你也许不会相信，我的朋友，上次我在美国，一个出租车司机竟然与我称兄道弟。”

虽然里维埃拉在一九二九年的危机冲击下，还没有缓过来，但埃利奥特的生活依旧如过去一样，举办酒会、出入酒会。从前他是不待见犹太人的，只有罗斯柴尔德家族算个例外，但当下最盛大的酒会都是由犹太人（特选民族）举办的，埃利奥特再也忍不住了，只要有酒会，他就会前往。他风度翩翩地游于其中，绅士般地握握这位的手，或者吻吻那位的面颊。但仍表现出与世隔绝的感觉，犹如一位被流放的王公贵族，置身于这些人中间，还是感到了些许的疏离感。而那些真正流亡的贵族们却没有这样愉悦过，能与影星有过一次交集，都是他们人生的一大幸事了。如今演艺界人士在社交界有了相应的位置，这对演艺圈从不待见的埃利奥特而言，还是不以为然的；可最近他却成了一位息影的女演员宴会上的常客。这位息影女演员紧邻他的住所建了一座豪宅，夜夜灯火不断，达官贵族、夫人小姐们在她的豪宅里一住就是几个星期。

“这里各色人等混杂，”他对我说，“要是和谁话不投机可以不搭理。我与她是同胞，我有必要帮帮她。在满堂宾客中能听到同种语言，是一件令人非常快慰的事。”

有时候我看他的气色很不好，里面透着疲惫，我就问他，为什么就不能放松自己呢。

“我的朋友，我已是这般年岁，不甘落伍啊。我在这些上流圈子里已经快五十年了，假如我不露面，我相信很快就会被遗忘的。”

或许他永远也不知道这番表白该是多么可悲。面对这样一个可怜虫似的老人，我无法再取笑他；他的一辈子，社交是他生活的主题，被人邀请参与是他的尊严与面子，如果有谁没有宴请他，那无疑是对他的轻慢与侮辱，孑然一身更是他无法接受的耻辱；如今他已老朽，他感到了前所未有的恐惧。

夏季在埃利奥特的忙忙碌碌中走过去了。他所有的时间几乎都在赶场子，在戛纳吃午餐，在蒙特卡罗吃晚餐，想方设法参加这里的午茶会，那里的鸡尾酒会；尽管已经疲惫不堪，还要尽量装出友善、健谈、风趣的样子。他满腹内幕八卦，那些最新丑闻的详情绝对可靠。倘若你的言语中流露出他活着已是徒劳无益之事，他会用惊愕的眼神怒视于你，并觉得你是不堪入目的俗人。

4

秋天到了，埃利奥特决定去巴黎住上一段时日，一则看看伊莎贝尔、格雷以及孩子们过得可好，再则也是为了自己所谓的在首都巴黎露露脸。然后他打算去伦敦一趟，置办几件衣服，并趁机去看望一些老友。我计划直取伦敦，可他几乎是求我与他自驾同行巴黎，这样的旅行确实很不错，我欣然答应了。但既然去了巴黎，就要多住些日子。我们旅途中从容而悠闲，每每遇到可享用的美食就会停下来尽享一番。埃利奥特的肾脏好像出了点问题，他滴酒不进，只喝维希矿泉水，却总是不厌其烦地为我挑选美酒；他虽然无法与我同饮，却不曾有半句怨言，看着我享用佳酿，好像是他在品味一样，呈现出十足的满足感。他的慷慨也让我很感动，我主张付自己消费的东西，他坚持不肯让我掏钱。路上他喋喋不休地唠叨那些他在上层社会中认识的大人物们的事，尽管我有些厌烦，但不能不说这趟旅行是非常愉快的。我们路过的很多刚刚染上初秋之色的乡村，是那么的美妙。由于我们在枫丹白露吃午饭耽误了一些时间，下午才到达巴黎。埃利奥特把我送到我常住的那家古旧的旅馆，然后转过街角径直去了丽兹饭店。

来巴黎之前，我们已经告诉了伊莎贝尔，于是当我发现她留了字条给我，并未感到意外，可令我大感意外的是字条的内容：

你到后立刻过来。出大事儿了。不要带埃利奥特舅舅。看在上帝的分上，请尽快来。

我的好奇心也想让自己尽快知道发生了什么大事，可我还是洗漱了一下，换了件干净的衬衫；而后叫了一辆车赶往他们家。我被引进客厅。伊莎贝尔几乎跳了起来。

“这么久你到哪儿去了？我已经等了你好几个小时。”

正是五点时分，我刚想回答，男管家托着茶具走了进来。伊莎贝尔双手攥得紧紧的，极其烦躁地盯着他。我实在想不出究竟发生了什么。

“我们在枫丹白露吃的午饭，耽误了一些时间，所以才到。”

“上帝啊，他这么慢腾腾的，快让我发疯了！”伊莎贝尔无比地激动。

男管家把托盘里的茶壶、糖罐、茶杯一一放在桌子上，然后又奉上一碟碟的黄油面包、蛋糕和小饼干，那个从容劲确实让人感到恼怒。好在他终于关门出去了。

“拉里要娶索菲·麦克唐纳了。”

“她是哪个？”

“别装了，”伊莎贝尔嚷道，目光里满是怨恨，“就是你带我们去的下流馆子里遇到的那个醉醺醺的荡妇。天知道你为何要带我们去那种地方。格雷反感得要吐。”

“噢，是你们那个芝加哥朋友吗？”我说，并没理会她近乎无理取闹的责备。“谁告诉你的？”

“谁告诉我的？他昨天下午跑过来亲口说的。我再也无法安宁。”

“你应该请我坐下来，给我倒一杯茶，然后把事情仔细地跟我说说。”

“自己倒。”

她坐在茶几的后面，满脸怒气地看着我给自己倒茶。我在壁炉旁的小沙发上坐下来，感觉很舒服。

“最近我们很少和他见面，我说的是从迪纳尔回来以后。虽然他在那儿也待了几天，但不愿与我们一起住，而是另外找了旅店。当然他会和孩子们到海滩上玩，她们对他很着迷。我们也去圣布里亚克打过高尔夫。有一天格雷问他，是不是又去看索菲了。”

“‘是的，我去看过她好几次了。’他说。”

“‘为什么要去看她？’我问。”

“‘我们是老朋友啊。’他说。”

“‘如果换作我，才不会在她身上浪费时间。’我说。”

“然后他就笑了。你懂他笑的样子，仿佛你说了什么值得好笑的话似的，其实一点都不好笑。”

“‘可你不是我。’他说。”

“我耸了耸肩，只好换个话题。当我知道他是来告诉我他们要结婚的时候，你能想象我当时的吃惊程度吧，简直是大惊失色。”

“‘你不可以这样做，拉里，’我说，‘你不可以。’”

“‘我已经准备好了娶她。’他说得像说再来一份土豆似的平静，‘我还要你友好地待她，伊莎贝尔。’”

“‘你的要求太高了，’我说，‘你简直是疯了。她非常非常非常地坏。’”

“你为什么会这样想呢？”我打断她。

伊莎贝尔目光敏锐地看着我。

“她整天醉醺醺的，随便跟那些男人上床。”

“这不是鉴别一个人好坏的标准，很多有声望的人也贪恋杯中物，也爱光顾夜店。这些只能说是一种不良嗜好，我觉得这跟一个人爱咬指甲没什么区别。撒谎、诈骗、卑劣残忍，我觉得才是坏人。”

“如果你站在她那边，我会杀了你。”

“拉里怎么又见到她的？”

“电话簿里有她的地址，他找到后去看她了。她生病了，她那样糜烂的生活，一点都不奇怪。他为她请医生，还为她请了看护。就这样开始了。他说她戒酒了，还以为她治愈了呢，这个该死的傻瓜。”

“拉里治愈了格雷，你忘了？”

“他们不一样，格雷心向健康，而她不是。”

“你为什么这样认为？”

“因为我是女人。女人一旦堕落，就无药可救。索菲变成现在这个样子，是她的本性所致。你觉得她会一心一意跟拉里吗？答案是否定的，迟早有一天她会背叛拉里。骨子里的德行怎么会改变呢。她要的是兽欲，与那些野兽一样的男人上床她才觉得够刺激。拉里会被她毁掉的。”

“我不否认你说的都有可能，即使是火坑，可是你没有办法阻止他往里跳，因为他做事一向清醒。”

“我确实阻止不了，但是你能。”

“为什么是我？”

“拉里喜欢你，你是唯一能给他产生影响的人，他会听从你的意见。况且你见过世面，懂得那些人情世故，你去找他谈，告诉他这种傻事做不得，这会毁了他。”

“他会说这是他自己的事，与我无关，也确实如此。”

“你也喜欢他，对他有兴趣，你不能任由他把自己的生活搞得乱七八糟。”

“格雷与他是亲密无间的朋友，我觉得他去比我去更合适。”

“哦，格雷，不提他也罢。”她烦躁地说。

“其实情况也未必像你想象的那么坏。我认识两三个人，一个在西班牙，两个在东方，他们都娶了妓女为妻，结果令人皆大欢喜，她们不仅成了贤妻，他们的生活也很融洽。丈夫给予她们的安全感，让她们感恩戴德，同时她们也懂得如何取悦男人。”

“你太令人讨厌了。你认为我当初牺牲我自己，就是为了今天让他落入一个疯癫下贱的女人手里吗？”

“你是如何牺牲自己的？”

“当年我放弃拉里，只有一个理由，就是放他自由。”

“快别说了，伊莎贝尔。为了一块方切钻戒和一件黑貂皮大衣，才是你放弃他的理由。”

我的话还没落地，一盘黄油面包冲着我的脑袋就飞了过来。我纯属运气地接住了盘子，但面包和黄油撒了一地。我起身把盘子放回桌子上。

“倘若你把埃利奥特舅舅的英国皇家德贝骨瓷盘打碎了，他可不会感激你的。那是为多塞特公爵三世订制的，简直可以说是稀世珍宝。”

“把黄油和面包捡起来！”她厉声道。

“你自己捡。”我说着重又坐到沙发上。

她站起来，气急败坏地捡着散落一地的碎块。

“还自称英国绅士呢。”她粗暴地叫道。

“我从来都不是绅士。”

“滚吧，讨厌的家伙，我再也不想见到你。”

“非常的抱歉，我却愿意看见你，因为你让我赏心悦目。是否有人跟你说过，你有着和那不勒斯博物馆里的普绪喀一模一样的鼻子，那可是自古以来处子之美最可人的标志。还有你的修长而匀称的玉腿，总能令我惊叹，与你少女时代的两条粗而笨的腿有着天壤之别，我不能想象你是如何把它们改变的。”

“这是意志和上帝的垂爱。”她不无气恼地说。

“其实你的手才是最迷人的，那么纤细、优美。”

“我好像记得你说它们有点大呢。”

“以你的身高和体形来讲，这双手很搭配。看见你用那双手时，无论是天生丽质，还是后天所学，我总是惊叹于它们的优雅。总之你的每个手之举止，都透着美感。有时如绽放的花朵，有时似展翅的鸟儿，而且优于那些语言的表达。它们就像埃尔格列柯（1541—1614，西班牙画家，原籍希腊）肖像画里的纤纤素手；说真的，当我看着你这双手时，埃利奥特说你有一位西班牙贵族先祖的那个令我十分怀疑的说法，我都禁不住地相信了。”

她恼怒地抬起头。

“你胡说什么呢？我可是第一次听你说。”

我对她讲起了劳里亚伯爵和玛丽女王的使女的那些事儿。这就是埃利奥特的母系先人的来历。伊莎贝尔终于面露得意之色，看着自己的手。

“人总有祖先。”她说，接着轻笑一声，“你这个大浑蛋。”同时用顽皮的眼神看了我一眼，目光里再无愤懑。

其实，实话实说，更能让女人明白事理。

“有时候我并不怎么讨厌你。”伊莎贝尔说。

她过来坐在我旁边，抱住了我的胳膊，想亲吻我。我忙躲开了。

“我可不想让你的口红弄花我干净的脸，”我说，“要亲就亲嘴唇吧，仁慈的主给我们制造了嘴唇，我想就是为了这个。”

她呵呵地笑着，把我脑袋扳过来与她相对，轻轻地压上我的唇，我的嘴唇上留下了一层薄薄的口红。很愉悦的感觉。

“好了，现在可以告诉我你想要什么了。”

“一个好主意。”

“我非常愿意给你出个好主意，可是我担心你不会接纳。我觉得目前你可以做的只有一件事，尽力做好善后工作。”

她又光火了，猛地抽回胳膊，站起来，一屁股坐到对面的一张椅子上。

“我不能眼看着拉里就这样毁了自己。我会不惜一切地阻止他娶那个下贱的女人。”

“你很难成功。你应该明白，他已经陷进一种人类的最高尚的情感之中了。”

“你该不会认为他爱上她了吧？”

“不，爱情于这种情感相比，是很渺小的。”

“呃？”

“你读过《新约》吗？”

“读过吧。”

“你还记得耶稣被引入荒野，在那儿禁食四十天吗？当他忍饥挨饿时，魔鬼找到他，说：倘若你是上帝之子，就让这些石头变作面包。耶稣抵住了诱惑。然后魔鬼把他带到神殿之顶，对他说：倘若你是上帝之子，就跳下去。会有天使保护他，托住他。耶稣仍然拒绝了诱惑。接着魔鬼又将他带上高山，让他俯瞰世间万国，并说，倘若他肯跪倒并膜拜他，他便把这世间所有的都给他。耶稣却说：滚开，撒旦。这是《马太福音》里善良朴实的马太所讲的故事结尾。但并非如此。狡猾的魔鬼再次找到耶稣，对他说，‘倘若你愿意承受耻辱、蹂躏，接受荆棘王冠以及在十字架上的死刑，你就拯救了全人类，只是还没有人有此大爱，为了他人情愿放弃自己生命的。’耶稣跪下了。魔鬼笑得五脏发疼，因为他知道，恶人总是以救赎者的名义做着恶事。”

伊莎贝尔气恼地看着我。

“你在哪儿看到这些？”

“是我随口编的。”

“简直是愚蠢透顶，又亵渎神明的说法。”

“我只是想让你知道，强烈的奉献精神，可以牺牲自我，可以让欲望和饥饿变得可有可无，也会把奉献者卷入毁灭的旋涡中。为之做出牺牲的对象无关紧要，或许值得，或许毫无价值。世间没有一种美酒能如此让人沉醉，没有任何爱情能如此让人感动，没有何等恶习能如此让人无法抗拒。当他牺牲自我时，他比上帝还要崇高，还要令人敬仰。因为无所不能的上帝，怎么会舍得牺牲自己？顶多也是牺牲自己的独子。”

“我的上帝，你可真讨厌。”伊莎贝尔说。

我没加理会。

“当拉里陷进这种激情里，你觉得常识，或者计策对他会起作用吗？他一直以来所追寻的东西，你根本就不懂。当然我也不清楚，只是猜想而已。他这么多年的辛劳，他所经历的，如今在这种奉献面前已经变得微不足道，他的欲望，也可以说是愿望，他迫切地想要拯救一个曾天真朴实的少女的灵魂。我认为你说得很对，他是在做着一件毫无希望的事情，他的牺牲将换来地狱之苦；他这些年所做的努力将前功尽弃。卑鄙的特洛伊帕里斯王子暗箭射中了阿喀琉斯的脚踵，从而杀死了刀枪不入的他。即使是圣人，为了得到头上的光环，也要硬下心肠去获取，而拉里缺少的正是这点冷酷。”

“我爱他，”伊莎贝尔说，“上帝可以做证，我对他的爱是多么的无私，我对他无所求，无所望。我不想他受苦受难。”

她哭了起来，我觉得她哭出来会更好些，便没有劝慰她。有一个念头突然在我的心里蹦了出来，我有些漫不经心地琢磨着玩味着。我不禁推测道，如果撒旦看到基督教世界的残酷征战、基督徒们的自相残害，以及种种的残暴无情、排斥异己，看到人类因罪恶感而背负的重荷，美丽的星空因此而黯淡时，他会不会窃笑道，这是让魔鬼讨回了公道呢。

伊莎贝尔从包里掏出手绢儿和一面小镜子，对着镜子仔细地擦拭着眼角。

“你这是在同情他们，是吗？”她没好气地说。

我静静地看着她，没有回她的话。她开始给自己补妆。

“你刚才说他这么多年来一直追求的东西，是什么意思？”

“我说了我只是猜测，你要知道，也许我猜得很不靠谱。我觉得他在找寻某种哲学，或者是某种宗教，是能够满足他行为和道德的一种生活方式。”

伊莎贝尔沉思了一会儿，叹了口气。

“一个出生在伊利诺伊州马文的乡下男孩子，竟然会有如此的想法，你不觉得离奇吗？”

“要说离奇，还能比卢瑟·伯班克和亨利·福特离奇吗？前者出生在马萨诸塞农庄，竟然种出了无核橘，后者出生在密歇根农庄，却制造出 T 型汽车。”

“可那些都是美国传统的真实存在的东西。”

我笑了起来。

“世上还有比学习怎样活得最好，更具实际意义吗？”伊莎贝尔做了个表示厌烦的手势。

“你就是不想失去拉里，对吗？”

她摇摇头。

“他是个忠诚的男人，这你是清楚的，要是你想远离他的妻子，他就会远离你。你要是不想彻底失去他，就应该懂得和索菲友好相处。你不要总是纠结过去，在你愿意的时候尽可能地向她示好。她马上要结婚了，她肯定要添置一些衣服。你何不主动陪她去逛店？她一定会喜欢并感谢你的。何乐而不为呢？”

伊莎贝尔眯着眼好像很专注地听我说话。她若有所思的样子，但我猜测不出她在想什么。她突然出口的一句话让我颇感意外。

“你可以请她吃个午饭吗？我昨天对拉里说了那些不该说的话，由我来请难免有些尴尬。”

“假如我来请，你愿意很好地表现吗？”

“我会如光明天使一样。”她露出迷人的笑容回答道。

“我这就安排。”

房间里就有电话。我很快查找到索菲的号码，在惯常的等待之后，电话接通了，我报上姓名。

“我刚到巴黎，”我说，“听说你和拉里要结婚了，祝贺你们，真心希望你们幸福。”站我旁边的伊莎贝尔在我胳膊最柔软的地方狠狠掐了一把，我忍着，才没有发出声音来，“我在巴黎逗留的时间很短，我想请你和拉里后天在丽兹和我共进午餐，不知你们可否愿意。我还会请格雷和伊莎贝尔还有埃利奥特·坦普尔顿。”

“我问问拉里吧，他正好在这儿。”话音停顿片刻。

“好的，我们愿意去。”

约好时间，我又象征性地客套两句，便放好听筒。我突然在伊莎贝尔的眉目间捕捉到让我忧虑的神情。

“想什么呢？”我问她，“你的眼神可有些不对劲。”

“真是抱歉，我还以为你喜欢我这样的眼神呢。”

“你不会在酝酿什么诡计吧，伊莎贝尔？”

她的眼睛瞪得溜圆。

“我保证，真的没有。我只是很好奇，想看看她被拉里改造后的样子而已。我希望她来吃饭的时候，脸上不要再涂得像个女鬼似的。”

5

我的小宴会搞得还挺成功。格雷和伊莎贝尔率先到来，随后拉里和索菲·麦克唐纳五分钟后也来了。伊莎贝尔和索菲彼此亲切地吻了对方，伊莎贝尔和格雷还向她表示祝贺。我看见伊莎贝尔用挑剔的目光扫了一眼索菲，而索菲的穿着打扮及其精神面貌确实让我非常惊讶。在拉佩巷那家三流酒馆里见到她时，她画着很浓的妆，把头发染成红褐色，鲜亮的绿色外衣。当时她虽然举止与醉态同样不堪，但却具有某种挑逗性，甚至有着淫邪的诱惑力；此时的她，除了嘴唇涂了口红外，几乎素面朝天，这样就裸露出她粗糙的皮肤及虚弱的苍白。我记得她的眼睛碧绿得活泼可爱，此时却灰暗无光。她可能想把头发恢复到原色，染的与新生的混在一起，蓬乱出邋遢的样子，她虽然比伊莎贝尔还要小两岁，但看上去却更显老些。她依旧喜欢仰着小脑袋，可不知为何此时她的这个姿态却有些可怜兮兮的感觉。她身着红裙，与之匹搭的鞋子、帽子及包包，显然都是新的。我不能妄言对女子穿着有多么内行，但她这身着装于今天这个场合而言，确实有些煞费苦心了。她胸前戴着一块艳丽的在沃利街上随地都能买到的人造宝石。与身着黑色丝质长裙、脖子上佩戴着一串珍珠项链、头戴一顶俏丽帽子的伊莎贝尔相比，她显得穷酸而落后。

我要了鸡尾酒，拉里和索菲婉拒了。埃利奥特随后也到了，不过他没有尽快地到我们身边来，在宽阔的大厅里，他不时停下来，跟这个握手，跟那个拥抱，仿佛这儿是他的私人宅邸一样，而这些宾客就像老朋友一样熟悉。确实，他们都会受到他的邀请，他也会乐此不疲地宴请他们。他对索菲的情况不甚了解，只知道一场车祸夺去了她的丈夫和孩子，而现在要和拉里结婚了。当他终于结束了一路上的应酬过来时，他用极其优雅的语言与姿态向他们道贺。我们到了餐厅，考虑到我们是四男二女，我让伊莎贝尔和索菲在圆桌上相对而坐，索菲坐在格雷和我中间；圆桌并不算太大，交谈会方便听到。我已经点好了午餐，酒保带着酒单走了过来。

“你对酒不在行，老弟，”埃利奥特说，“把单子给我，阿尔伯特。”他边翻看着边说：“我只喝维希矿泉水，可是我无法忍受别人喝得不好。”

他和酒保阿尔伯特是老朋友了，他们热烈讨论了一会儿，敲定了酒水品种。然后他转向索菲。

“你们打算去哪儿度蜜月，我亲爱的？”

他扫了一眼她的穿着，我从他几乎难以觉察的挑眉毛的表情里，感知到了他对她穿着的失望。

“我们打算去希腊。”

“我向往了十年，”拉里说，“可是不知为何却没能成行。”

“这个季节那儿一定美得迷人。”伊莎贝尔一副很有兴致的样子。

她应该没有忘记，如同我还记得一样，当初拉里让她嫁他时想去的地方就是希腊。于拉里而言度蜜月最好的去处便是希腊。

饭桌上的交谈氛围并不理想，时常险些陷入僵局，而今天的伊莎贝尔表现得很突出，如果没有她，我真的难以应付这个局面了。每当沉默下来，我费尽脑筋想找些话题来说时，总是她出来打破僵局，我非常感谢她。索菲几乎没说什么话，除非有人问她什么，也是勉强应答着。她的那股精气神不见了，甚至我觉得她生命里好像有种东西死亡了。我不禁在心里猜想，拉里是否给了她某种无法承担的重荷。倘若真如我所想的，对这个既酗酒又吸毒的女子而言，突然而至的禁戒必然会让她有萎靡不振之感，说不定会造成事与愿违的后果。我不时偷眼瞧瞧两人间的眼神。拉里的目光是温柔和鼓励，而她的眼里则饱含着可怜的祈求。宅心仁厚的格雷本能地感到了我自认为所看到的，他不厌其烦地向索菲诉说拉里是如何治愈他头痛病的事，并说出了自己对他的依赖和信任。

“现在我的身体非常地棒，”他继续说着，“等找到工作，我会从头干起。我有一大堆事想做呢。我希望很快就投入工作当中去。老天呀，重返家园的感觉是那么具有诱惑力。”

格雷是好意，但我料想，假如拉里也用治疗格雷的法子来治疗索菲的重度酒瘾，那么他的这番话在技巧上就有些欠妥了。

“你的头疼病好了，格雷？”埃利奥特问。

“三个月没疼了，一旦我发觉快要发作时，我就握住那枚护身符，就没事了。”他从衣袋里掏出拉里给他的那枚古钱，“给我一百万，我都不会卖的。”

午餐吃完后，咖啡端上来了。酒保过来问是否需要喝点甜酒。

我们都拒绝了，只有格雷想来一杯白兰地。酒端上来时，埃利奥特坚持要看一下。

“这酒真不错，喝了对你没坏处，我推荐的。”

“来一小杯吗，先生？”服务生说。

“咳，我喝不得。”

埃利奥特便费了很多口舌，把自己肾脏有问题，医生如何禁止他喝酒，唠叨了一遍。

“喝点朱波罗夫卡（波兰著名伏特加品牌）不会碍事，大家都知道这酒是养肾的。我们刚从波兰进了一批。”

“真的？如今这酒很难搞到了。拿来我看看。”

胖乎乎的酒保，脖子上不失尊贵地挂着一根很长的银链子。他去拿酒瓶时，埃利奥特解释说，那酒是波兰风格的伏特加，但优于伏特加。

“以前我和拉齐维尔一家人出去打猎，在他们府上常喝这种酒。你们真应该见识一下那些波兰王子是怎么喝酒的；毫不夸张地说，一大杯酒进肚，他们都面不改色。当然与高贵的血统有关系，浑身透着贵族范儿。索菲，你一定要尝尝，你也尝尝，伊莎贝尔。这是美妙的体验，错过了，会遗憾的。”

酒保把酒取了来。拉里、索菲和我都说不喝了，只有伊莎贝尔说想尝尝。这让我颇感意外，因为她平常极少沾酒。酒保将浅绿色的液体倒进酒杯里，伊莎贝尔闻了闻。

“哦，味道好香。”

“还真是呢，”埃利奥特喊着，“很柔美的清香，是因为里面加了药草的缘故。我也陪你喝一点。喝一次不会有什么问题的。"

"当真是好酒，"伊莎贝尔说，"像母乳的味道，我从来没品过这么美味的液体。"

埃利奥特将杯子举到嘴边。

"哦，仿佛又走回了旧时光里！你们没有和拉齐维尔家族交往过，难以知道住在那儿才叫生活。那种高格调、封建时代的气派，你们懂得的，就仿佛置身于中世纪时代。到了车站，配有六匹高头大马的四轮马车前来迎接你，还有牵马人。晚餐时，每个人的身后都有侍立的仆人。"

他一直兴致未消地讲述着那些王府建筑的奢华与气派，晚宴的丰盛与讲究，我甚至怀疑（当然是无稽之谈）这整个过程是埃利奥特和酒保串通好的，是为了给埃利奥特机会炫耀他在波兰王孙城堡里所见识的贵族派头。他无法停下来了。

"再喝一杯如何，伊莎贝尔？"

"噢，不能再喝了。的确是美酒啊，真高兴能品尝到。格雷，我们买一些吧。"

"等会儿我让人送一些过去。"

"哦，埃利奥特舅舅，是真的吗？"伊莎贝尔激动地喊道，"你真是太好了。你尝尝吧，格雷，这酒闻起来像春天刚割下来的花草的味道，又像百里香和薰衣草，口感绵恬柔和，感觉像在月光中倾听音乐那么舒服。"

这样极尽所能的表达方式，可不是伊莎贝尔的风格，我想她可能有点醉了。宴会散了。我和索菲握了握手。

“你们结婚的日子定下来了吗？”我问她。

“还有两周的时间，到时候希望你来参加我们的婚礼。”

“我恐怕不能参加了。我明天就要去伦敦了。”

我和其他人道别时，伊莎贝尔把索菲拉到一边，她俩聊了一会儿，然后她对格雷说：

“我还不打算回家，格雷，‘梦妮诗’有一场时装展，我带索菲去看看，那可都是新款式。”

“我特别想去。”索菲说。

我们道别。当晚我请苏珊娜·鲁维耶吃了晚餐，第二天上午便起身赶往伦敦。

6

两周后埃利奥特到了克拉里奇酒店，过了不久我便顺路去看望他。他告诉我定做了几套衣服，而且极其详细地跟我絮叨着挑选其面料及款式的原因和理由。我终于有了插话的机会，问他拉里和索菲的婚礼办得可好。

“没办。”他冷默地答道。

“什么意思啊，你？”

“婚礼前三天，索菲失踪了。拉里没有找到她。”

“这也太奇怪了！他们吵架了？”

“不，根本没吵架。一切安排妥当，还让我做他们的证婚人呢。他们打算婚礼一结束就登上‘东方快车’。要是问我，我倒觉得对拉里来说，未必不是一件好事。”

我想一定是伊莎贝尔把那些事告诉埃利奥特了。

"究竟发生了什么事？"我问。

"哦，我们在丽兹吃午饭那天，你没忘吧。吃完后伊莎贝尔带她去了'梦妮诗'。你记得索菲当天穿的那条裙子吗？太低劣了。你看肩膀那儿了吗？做工好与坏，那儿就是最好的明证。当然了，她是个穷丫头，昂贵的'梦妮诗'可不是她能消费得起的。伊莎贝尔的慷慨大度，你是清楚的，何况两个人还是从小玩到大的朋友。伊莎贝尔便买了一条裙子送给了她，这样至少她在婚礼上可以穿得体面些。索菲也欣然地接受了。我还是长话短说吧，有一天伊莎贝尔约她下午三点钟到公寓来，两人最后去试一下新礼服。"

"索菲没有爽约，可赶巧的是伊莎贝尔带着女儿去看牙医了，四点钟后才赶回来，索菲已经走了。伊莎贝尔以为她一定是等得不耐烦，自己先走了，于是立刻赶往'梦妮诗'找她。结果没有找到。伊莎贝尔等了一会儿没等到只好回家了，她们约好一起吃晚饭的，到了吃饭的时间，索菲没来，拉里来了，伊莎贝尔问他的第一句话是索菲呢。"

"他也不知道索菲去了哪里，他打她寓所的电话，无人接听，他就去找她了。他们在饭桌上等着他们，结果两个人都没有来，只好先吃了。你很清楚你们在拉佩巷和索菲意外碰到之前，她过着那种糜烂的生活；唉，拉里在那儿找了她一整夜，连她的影子都没见过。他去了无数次她的住所，但门房每次都告诉他她没在，他整整找了她三天，她就这样人间蒸发了。第四天他再次去了她的寓所，这回门房告诉他，她回来过，但是拿了一个包坐出租车走了。”

“拉里怎么样？”

“我没瞧见他。但伊莎贝尔说他很难过。”

“她什么也没给拉里留下，比如字条？”

“没有。”

我思量了一下。

“你如何看待这件事？”我说

“老弟，我们想的是一样的，她坚持不住，肯定又回归那种荒淫无度的生活了。”

应该是那样，可是让人不明白的是，她为什么要在这个时候逃离呢，我觉得事情很蹊跷。

“伊莎贝尔呢，她怎么想？”

“她感到很遗憾，可她是个明事理的姑娘，她跟我说过，拉里娶这样的女人会很晦气的。”

“那拉里呢？”

“伊莎贝尔一向待他很好。她说他闭口不谈这件事。我料想他不会有事，这你是知道的；伊莎贝尔说他不可能爱上索菲，他娶她完全是想拯救一个堕落的灵魂，充其量是一种侠义精神在作祟。”

我能想象出伊莎贝尔当时的心境，那绝对是她想要的结果。她的脸上会装出满不在乎的样子，我很明白，她的自得与满意。我能很清楚地预见，我们再见面时，她会机不可失地对我谈起其实她早就料到会是这样的结果。

而过了将近一年的时间，我才又见她，当初我是想跟她好好谈谈索菲的事，并尽可能地改变她的看法，但不合时宜的环境，让我选择对此事保持沉默。快到圣诞节了，我才离开伦敦，因为回家的念头很强烈，所以在巴黎逗留的时间很短，就回到了里维埃拉。之后我着手于一部小说的创作，过了几个月的隐居生活，其间只偶尔去看过埃利奥特。他的健康明显在走下坡路，让我感到难过的是他仍不肯放弃社交生活。他对我是不满意的，因为我不肯驱车三十英里去参加他举办的那些千篇一律的酒会。我宁可在家里写作也不愿去他那儿，在他看来是傲慢无礼的行为。

“今年的社交季非同往常，很精彩，我的老弟，”他说，“你把自己关在家里，对外面置若罔闻，这跟犯罪没什么区别。里维埃拉是个传统又落后的地方，我就是活到一百岁，也理解不了你为何选在那儿生活。”

我可爱又可怜的埃利奥特，显然他很难活到一百岁了。

六月，我完成了小说初稿，我觉得该休假去享受一下了，于是打点行李，登上了帆船。往常到了夏天，我们常乘着这艘独桅纵帆船去福斯海湾洗海水浴，沿着海湾向马赛航行。风时有时无，很多时候帆船得借助发动机才可以，发动机发出轰隆隆的声音，船慢慢地向前行进。我先在戛纳港住了一夜，第二天晚上住在圣马克西姆，第三天则借宿萨纳里。然后我去了土伦。土伦是我一直很热爱的港口城市。那些往来的法国船只为这个城市平添的既浪漫又友善的氛围很令人受用，漫步于那些古老的街巷，总是能让我乐此不疲。我常常在码头上数个小时地流连，看着岸边三三两两的水手们走着或带自己心爱的姑娘轻快地漫游，而那些闲逛的市民们，好像是专门来享受阳光的，别无他事可做。偌大的人流被汽船或者渡轮送上这座巨型港口的各个码头，而土伦因此成了终点站，感觉好像整个世界里的各色人等都汇集在这里似的；坐在咖啡馆里，眺望外面，海天一色的亮丽景色常令你炫目而幻想，你踏着那条金光之旅向着地球的远方奔去。你的帆船行至在太平洋上，你从帆船上放下一只艇来，来到椰树环抱的珊瑚滩；在仰光靠岸，你下了跳板就钻进一辆黄包车里；你的船在太子港（海地首都）码头抛锚拴牢之后，你站在甲板上凝视着一群群叫嚷着打着手势的黑人。

帆船驶进土伦港时，快中午了。下午走过去一半的时候我上了岸，沿着码头闲逛，那些店铺、身边来往的行人、坐在遮阳篷下的食客，尽收眼底。突然我看见了独坐在一张小桌子旁的索菲，她同时也看见了我。她笑着和我打招呼。我看见桌子上有只空酒杯。

“坐下喝一杯吧。”她说。

“你也陪我喝一杯。”我答着并在椅子上坐下。

她上穿法国水手的蓝白条纹衫下身鲜红色休闲裤，脚着凉鞋，露在外面的大脚趾涂了指甲油。她没戴帽子，头发短而卷曲，是那种几近银灰的淡淡金色。她如当初遇见时的浓妆艳抹。桌上的托盘已经显示出，她已经喝过一两杯了，但很清醒的样子，我们的意外相遇于她而言还算平静，没有显示出不快来。

“巴黎那些人还好吧？”她问。

“我想还不错吧。自那天我们在丽兹吃过饭告别后，我还没见过他们中任何的一个呢。”

一大股烟雾从她的鼻孔喷出，她大笑起来。

“我最终还是没嫁给拉里。”

“我已经知道了，可是为什么？”

“亲爱的，真到了那个关键时刻，我不能把他看作耶稣基督，也不能把自己看作他的抹大拿（典出《圣经》中的从良妓女）。真的不行，先生。”

“我想知道你怎么在最后时刻改变主意的？”

她眼露嘲弄之色。她胸部平平，臀窄腰细，再加上惯常的仰头的样子，活脱脱一个浪荡的坏小子形象；可还是得承认，她比穿红裙子那次显得魅力十足，那条裙子虽然很鲜亮，却透着一股俗不可耐之气。她的脸和脖颈晒得严重，棕色的皮肤使得两颊的胭脂和眉眼间的黛青显得突兀而粗俗，但粗俗中却不无吸引人的媚惑。

“想知道，是吗？”

我点头表示认可。我为自己点的啤酒，为她点的白兰地及赛尔脱兹苏打水，服务生端上来了。她用即将燃尽的卡波尔香烟点燃了另一支卡波尔香烟。

“那时，我三个月滴酒没沾，一口烟没抽，”她见我面露惊色，笑着解释说，“不是香烟。是鸦片。我快要难受死了。你知道吗，我一个人的时候，歇斯底里地尖叫，简直房子都要被震塌了；我对自己说：‘我挺不住了，我真挺不过去了。’拉里在我身边的时候，还好些，他一旦离开，我都不想活了。”

我专注地看着她，当她提到鸦片时，我更是盯着她看；我留意到她小小的瞳孔，已经表明她又开始吸鸦片了。她的眼睛绿得让人感到惊愕。

“伊莎贝尔送我的结婚礼服正在定做中。那套礼服真漂亮，不知现在它怎样了。我们约好我去找她，然后去‘梦妮诗’。我得夸夸伊莎贝尔，她太精通穿着打扮上的事了。我到她家的时候，管家告诉我她带琼去看牙了，她给我留了字条，说很快就会回来。我进了客厅去等待。那些咖啡的用具正巧在桌子上，于是我问管家，我可否能喝一杯。他说给我煮些来，端走了空杯子和咖啡壶。不可思议的是，他留下的托盘里却有一瓶酒，正是那天我们在丽兹你们说了半天的波兰酒。”

“朱波罗夫卡。我记得埃利奥特当时说要给伊莎贝尔送几瓶的。”

“你们竭力夸赞这酒的味道之美，那些赞词诱惑着我。我拔出瓶塞嗅了嗅。你们说得很对，味道太好闻了。我点了支烟，几分钟之后管家把咖啡端了来，咖啡的味道也挺好。他们总是说法国咖啡如何好，而我一直爱喝美国咖啡，它是我在这里唯一可想念的东西。不过伊莎贝尔的咖啡还真是不错，让我刚才的烦闷淡了很多。可我的眼睛还是不肯放过那酒瓶。它的诱惑力实在是太强了，不过我还是坚持着说：‘请滚开，我才不想呢。’我又点了支烟吸起来。我以为伊莎贝尔很快会回来的，可她没回。我开始焦躁不安。我讨厌被晾着的感觉。我站起来在客厅里走来走去，看着墙上那些画，但那只该死的瓶子终于不肯离开我的视线。后来我就想倒出来看看它可爱的色泽。”

“淡绿色。”

“是的。很奇怪它色如其味。就如同有时你会在白玫瑰的花蕊里看到那种绿一样，我想知道它的味道是不是也会这么美妙，我心想就尝一口也无妨的；我只想啜小一口，真的，可就在这时我听见了响动，我以为是伊莎贝尔回来了，于是一口喝了进去，因为我不愿意让她瞧见。可那并不是伊莎贝尔。我的老天，那感觉真是无法用语言来形容，我戒酒以来像被抽去了精气神一样的身体又复苏了，我感觉自己又活了回来。假如伊莎贝尔那个时候回来，我想我现在可能已经成了拉里的妻子了。我无法想象那会怎样。”

“她没有回来？”

“没有。我非常气恼。她这样晾着我，实在是太高估自己了。然后我看见酒杯又满了，我完全是浑然不知的，我想可能是因为自己心里的不平静，不知不觉倒上的。我不知道你是否相信我这个说法。倒上了岂有不喝的道理，喝吧。必须承认，那酒的确是美味。我感觉自己像换了个人似的，想放声大笑，三个月前的感觉又回到了体内。你还记得那个娘们声娘们气的老头儿说波兰人大杯下肚仍能面不改色的话吗？他们能，我也能。反正也这样了，不如做贼做到底，我干脆把咖啡残渣一股脑倒进壁炉里，又给自己倒满了一杯酒。说什么母乳才是琼浆玉液，只有鬼才会信。我似乎都不知道当时发生了什么，我只知道那瓶酒已经快被我喝光了。我想，我必须在伊莎贝尔回来之前溜掉。我差点就和她撞上，我刚想出门，就听见她女儿琼的说话声。我赶紧溜到楼上，等她们进屋后，才偷偷地溜了出来，下楼钻进一辆出租车。我催促司机快点开，司机问我去哪儿，我冲着他狂笑不止，那感觉实在是太爽了。”

“你回到自己家了吗？”我知道自己是明知故问。因为我已经知道结果了。

“你以为我会那么傻吗？我明知道拉里会到处找我。那些拉里熟悉的地方我都不能去，于是我就去了‘哈记’那儿。我清楚拉里不知道那个地方。再说，我还想抽几口呢。”

“‘哈记’是哪儿？”

“‘哈记’哈基姆是阿尔及利亚人。哈基姆神通广大，只要你有银子，他总能搞到鸦片。我们交情很不错。他能搞到你需要的东西，男孩儿、男人、女人或是黑人。有五六个阿尔及利亚人在他手下听他差遣。我在那儿待了三天。又和无数的男人上了床。”她没羞臊地哧哧笑着，“阅尽各种体形肤色的男人。我想我是在恶补那几个月的亏空。可你明白的，我心里很恐慌，在巴黎我没有了安全感，我时刻都害怕拉里会找到我，再者钱也花得差不多了，跟那些臭男人们上床是要付费的，于是我溜回了自己的寓所，贿赂了门房一百法郎，让他告诉来找我的人说我已经搬走了。我收拾好东西，乘坐当夜的火车来到土伦。直到这里我才松开绷紧的神经，有了安全感。”

“你一直待在这儿吗？”

“这儿是个好地方，我还打算继续待下去。这儿有你想要的各种鸦片，都是水手们从东方带来的上等好货，而不是巴黎卖的垃圾货。我在‘商船之家’客栈里租了房间。晚上一进去，走廊里都散发着鸦片味。”她做享受状吸了几下鼻子。“甜而辛辣的气味，你就知道他们在各自的房间里抽着，令你有种回家的自在感。这里没人在意你带谁进来。早晨五点钟会有人来敲你的门，提醒水手们该回去了，所以你不用担心会误事。”接着，她没做任何铺垫地转了话题，“我在码头一家店里见到了你的一本书，要是早知道我们会见着，我肯定要买一本请你签名了。”

那会儿路过那家书店时，透过玻璃窗我看到我最近面世的一本小说的译本，摆放在一堆新书之中。

“我以为你不会感兴趣。”我说。

“为什么不呢。我识字的，这你知道。”

“你还会写诗呢，我也知道。”

她快速地瞥了我一眼，随即大笑起来。

“我小时候，确实写过诗呢。但我敢肯定写得实在不怎么样，可当时自己觉得超级好。我猜是拉里跟你说的吧？”她踌躇了一下说道，“与其活着受罪，不如自己找个有乐趣的方式活着，否则那就是一个十足的傻瓜了。”她挑衅地把头往后一仰，“我把书买来，你会签名吗？”

“我明天就启程。如果你喜欢，那我送你一本，给你送客栈去。”

“那太好了。”

这时，一艘海军汽艇靠上码头，拥出一群水手。索菲把目光扫过去。

“那个是我男朋友。”她朝着那群人挥着手。

“你可以请他喝一杯，然后赶快走人。他是科西嘉人，跟我们的老朋友耶和华一样，有很强的嫉妒心。”

一位年轻人走了过来，看见我时迟疑了一下，但见索菲向他招手，还是走到我们面前。他个子很高，黝黑的皮肤，脸上刮得很干净，他有一双亮亮的黑眼睛，鹰钩鼻子，乌黑的卷发，看起来不到二十岁的样子。索菲跟他介绍我是美国来的朋友，是发小。

“不爱说话，但长得英俊。”她对我说。

“你喜欢硬汉子，是吧？”

“越硬越好。”

“说不定哪天你的喉管就被割断了。”

“那并不奇怪，”她笑逐颜开地说，“那就真正解脱了。”

“说法语，可以吗？”水手不高兴地问道。

索菲不无揶揄地冲他微微一笑。她的法语虽然说得流利，但带着很重的美国口音，而这恰恰让她的那些粗俗下流话有着一种滑稽的喜剧色彩，听后逗人发笑。

“我跟他夸你长得英俊，怕你难为情，才用英语说的。”她又对我说：“他强壮的肌肉像拳击运动员。你摸摸看。”

那个水手被这马屁拍得顿时春风满面，他得意地笑着，并勾起胳膊，肱二头肌马上突了出来。

“摸一下，”他说，“来啊，摸一下。”

我照办了，同时没忘记赞美几句。我们又聊了几分钟。我付了酒钱，起身告辞：“我得走了。”

“很高兴见到你。书的事不要忘了。”

“放心吧。”

我分别与他们握手，然后离开了。我到那家书店买了一本我那部小说，并签上了索菲和我自己的名字。我觉得还应该写上点什么，可一时又想不起，就把龙萨（1524—1585，法国著名的爱情诗人）一首隽永小诗的第一句写在了书上：心爱的人啊，让我们瞧瞧玫瑰如何……

我把书留在了客栈。客栈位于码头边上，我经常在那里逗留，因为拂晓时分，当你被唤归的号角声惊醒时，正是平静的海面上升起朝阳之际，迷蒙的日光透过茫茫海域给幽灵般的船只镀上一层瑰丽的曙光。

第二天我们启程去卡西斯，我打算在那儿买些酒带回去，然后赴马赛取预订的一块新帆。一周后我返回家中。

7

我发现埃利奥特的男仆约瑟夫写来的一封信，上面说埃利奥特卧病在床，他想见见我，所以第二天我便驱车去了昂蒂布。约瑟夫带我上楼看他主人之前告诉我，埃利奥特得的是尿毒症，医生对他的病情有些悲观。他撑了过来，并已有所好转，但肾病很重，已无彻底康复的可能性。约瑟夫已经跟随埃利奥特四十年，也算忠诚，虽然他面露哀愁与惋惜之色，我还是很轻易地捕捉到了隐藏在内心深处的幸灾乐祸，这是身居这个阶层之人惯有的心理特征。

“我可怜的先生，”他叹息着，“他虽然有他的癖好，其实他本质不坏。人啊都难免一死。”

听他说话的意思，埃利奥特仿佛马上就要断气似的。

“我敢说，他对你的去向已经安排好了，约瑟夫。”我冷淡地说。

“希望是这样。”他悲哀道。

我被他领进卧室，让我感到意外的是埃利奥特精神非常好。他脸色苍白，而显出老态，但情绪很不错。他的脸刮得很干净，头发也梳理得很整齐。他身着淡蓝色的丝质睡衣，衣袋边上绣着他名字的首字母，字母上是那顶伯爵桂冠，被单上也有同样的图案，但比起衣服上的要大许多。

我询问他感觉如何。

“相当不错，”他愉快地说，“只是暂时的不舒服而已。再有几天我就能下床走动了。我还邀请了迪米特里大公周六过来共进午餐呢，我已经告诉我的医生，到时候他要竭尽全力把我拾掇好了。”

我跟他待了半个小时，出去时我嘱咐约瑟夫，一旦埃利奥特病情复发要及时通告我。一周后我去一位邻居家参加宴会，惊讶地发现他也来了。他虽然穿着华丽，但面色难看得如同死人一般灰白。

“你不应该出来，埃利奥特。”我带着埋怨的口气对他说。

“哦，你在胡说，我的朋友。弗里达正在期盼着马法尔达公主大驾光临呢。自从可怜的路易莎随丈夫在罗马履任以来，我和意大利王室已结识多年了，我怎么能让可怜的弗里达失望啊！”

我不知是该钦佩他意志的坚强呢，还是该为他对社交死而不弃的热衷而悲哀。你别再想他是一个患了绝症的病人。他就像一个垂死的演员在做着最后的登台演出，忘了病痛，却没忘用他的自信演好他圆滑可笑的角色。他仍然和蔼可亲，对名门正派极尽殷勤，用他擅长的讽刺挖苦极尽取悦之能事。我还从没见过像他这般充分利用自己的社交天赋的人。当公主起驾离去时（埃利奥特风度翩翩地鞠躬行礼，既有对王族的景仰，又有对美女的欣赏，那情景的确很值得玩味），当女主人说他是整个宴会核心人物时，我一点都不感到惊讶。

没过几天，他再次躺倒在病榻之上，医生再不许他出门。埃利奥特很气恼。

“居然在这个时候发生此事，真是要命，多么精彩的社交季节。”

他一张嘴就能报出很多要来里维埃拉避暑的大人物的名字。

我隔三四天就去看望他一次。他有时卧床，有时穿着华丽的睡衣靠在躺椅上。这样的睡衣不知他有多少件，每次见到的都不相同。在八月初的一次探望中，我发现埃利奥特安静异常。约瑟夫引我进去时曾告诉我，他好了一些，但他的状态并不好，无精打采的样子令我很吃惊。我为了取悦他，跟他说着滨海地区的一些道听途说的绯闻，但看得出，他一点都不感兴趣。他微皱眉头，面色阴郁而消沉。

“埃德娜·诺维马利的宴会你打算去吗？”他忽然问我。

“当然不会去。”

“她没请你吗？”

“她请了所有的里维埃拉人。”

诺维马利公主曾是美国巨富家的千金，嫁给了一位罗马王子，但不是那种普通的王子，而是一位豪门的头面人物、雇佣兵团将门之后。他的先祖曾凭自身的能力在十六世纪就打拼出了一个公国。诺维马利公主已是花甲之年，且已守寡。法西斯当局严重搜刮她来自美国的收入，于是她离开了意大利，在戛纳腹地为自己建起一座佛罗伦萨风格的豪华宅邸。装饰客厅的大理石是从意大利运来的，那些天花板的绘画师是她在国外请来的。她收藏的画作和青铜器都是价值不菲的珍品，连不喜欢意式家具的埃利奥特也得承认那些东西绝对是上乘之品。花园雅致怡人，游泳池也显出富丽堂皇。她交友广泛，每次的宴会都没少过二十人。她准备在八月满月当晚举行一次化装舞会，虽然尚有三周的时间，这业已成为里维埃拉沿岸一带的佳话。据说届时还有烟火表演，她还准备从巴黎请一支黑人乐队来助兴。那些流亡在外的王室贵族们又羡慕又嫉恨地奔走相告，言说她这次舞会的花费比他们一年的开销还要多。

“魄力无限啊！”他们说。

“简直疯了。”他们说。

“品位太差。”他们说。

“你穿什么衣服去？”埃利奥特又问我。

“我已经说了，埃利奥特，我不会去的。我这个年纪不会把自己装扮成妖里妖气的去参加什么化装舞会的。”

“她没邀请我。”他嗓音嘶哑。

他颓唐的目光看着我。

“哦，她会请你的，”我淡然地说，“我敢说你的请帖还没发出来呢。”

“她不会请我了。”他放开嗓门嚷道，“她这是存心让我难堪。”

“哦，埃利奥特，我想肯定是她疏忽了。”

“我这样地位的人是不该被疏忽的。”

“你还没有康复，不去也罢。”

“我去是理所当然的事。这是本季最有意义的一场酒会。就算我尚存一口气，我也要爬起来。我要穿着我先人劳里亚伯爵的行头去赴宴。”

我无言以对，只好沉默了。

“保罗·巴顿来看过我，你来的时候他刚走。”埃利奥特忽然道。

我不奢望读者还能记住这个人，就连我自己也要回想一番，当初我是如何把他介绍给读者的。保罗·巴顿就是那个美国青年，是埃利奥特把他引介到伦敦社交圈的，他固定了自己的地位之后，把埃利奥特甩了，还曾经给过埃利奥特难堪，为此和老先生结下了仇怨。他近来的知名度颇有长进，一是他入了英国国籍，而后他娶了一位荣升贵族爵位的报业大亨的女儿为妻。有这样的背景靠山，再加上他自身的聪明睿智，他的前程无可估量。埃利奥特懊悔不已。

“每当夜间醒来，听见耗子在咔哧咔哧地挠着墙板，我心里说，‘那是保罗·巴顿在往上爬呢。’我敢保证，我的朋友，他有一天会爬到上议院的。感谢上帝，我看不到那一天了。”

“他来干什么？”我问，因为我清楚，这小子的每个动作都有其目的。

“我来告诉你来干什么，”埃利奥特怒吼道，“他来借我那件劳里亚伯爵的服装。”

“臭不要脸。”

“你能明白这里面的意思吧？这足以说明他知道埃德娜没有邀请我，她也不打算邀请我了。这个老娼妇。要不是有我，她屁都不是。我为她办过酒会。可以说她现在认识的人中几乎都是我引荐给她的。她和她的司机有染，这你肯定听说过吧。恶心死了！巴顿坐在那儿告诉我，她会让整个花园灯火辉煌，还要放烟火。我喜欢烟火。他还说很多人想得到邀请正缠着埃德娜，她厌烦地都推掉了，因为她要把舞会办得精彩无比。他说话的神态，好像我彻底失去了被邀请的资格似的。”

“那服装你打算借给他吗？”

“他去死，去下地狱吧。我还想穿着那套衣服下葬呢。”埃利奥特摇摇晃晃地坐在床上，像个怨妇似的。“哦，太没良心了，”他说，“我恨他们，恨他们所有人。当初我宴请他们的时候，他们对我嘘寒问暖，关心体贴，如今我老了病了，他们嫌我不中用了，就一脚把我踢开。自从我生病卧床，打电话询问的人寥寥无几，一个星期以来，才勉强收到一束干巴巴的花。我对他们可谓是仁至义尽了，他们吃我的喝我的。为了他们的事我跑断了腿。为了帮他们设宴，我费尽心思。我掏心掏肺地待他们。可我得到了什么？什么都没得到。没有。没有。他们没人关心我的死活。哦，这个世界太冷酷了。”

他终于无法控制自己的情绪哭了起来。大滴大滴的泪珠顺着苍老而憔悴的脸颊落下来。“我的上帝啊，我多么希望我从未离开过美国。”

这样一个已近朽木的老人，因为没有受到一个宴会的邀请而像个孩子似的哭泣，我心里既感到震惊又感到难过，还为他感到由衷的可悲，同时也生出无限的怜悯来。

“不重要的，埃利奥特，”我说，“重要的是老天爷会在舞会的当晚降雨呢。那样舞会就泡汤了。”

我的话，像一根稻草让濒临死亡的他抓在手里一样，他转悲为喜，笑了。

“我为什么没想到呢。我要祈求上帝降雨，这样的祷告还没有做过呢。你说得对，就让一场大雨让宴会泡汤吧。”

我设法把他那浮躁的心思引到了别的事情上去了，我离开之后虽然他还会不开心，但临别时他的情绪总算平稳下来了。可是我也不想就这样了事，于是一进家门我就给埃德娜·诺维马利打电话，说第二天我要去戛纳，问今天能否与她共进午餐。她说很愿意，只是因没有客人不开宴席。然而我到那儿发现除了她还有十个人。其实她这个人并不坏，又慷慨又好客，唯一的缺陷就是舌头太毒，说话太损，就是最亲密的朋友在她的嘴里也不会幸免。她这样做也不为别的，只因为她太蠢，实在没有别的办法让自己变得有趣一些，所以自以为用这种方式就会得到更多的关注。她总是不厌其烦地散布着流言蜚语，诋毁着别人，那些被她诋毁的人便不再理她，可过了一段时间，又因为她的酒宴实在有诱惑力而选择原谅她。我不想求她邀请埃利奥特，这样会让他感到受了侮辱，我想随机应变，让这件事自然而成。席间的话题全是关于这次舞会的，很显然她对此兴致蛮高的。

“埃利奥特会非常高兴有机会穿上他那套菲利普二世的装束了。”我尽量漫不经心地说。

“我没请他。”她说。

“怎么会没请呢？”我装作很意外地问道。

“我为什么要请他？他在社交圈里已经是个过时的人物了，况且他很无聊，势利眼，嘴上无德。”

尽管这些指控也同样适合她，但我还是觉得她有点过分了。她真是很愚蠢。

“另外，”她补充道，“我想让保罗穿埃利奥特的衣服。他要是穿上一定很帅。”

我无话可说，便不再开口。但我已决定无论用什么办法也要为可怜的埃利奥特弄到一张他梦寐以求的请柬。

吃过午餐，埃德娜带着她的朋友去了花园。机会来了。这座宅子我曾待过几天，很了解其设置布局。我猜测还会有剩下的请柬，并且知道应该在秘书房里。我快速向那儿溜了过去，想偷拿一张，然后写上埃利奥特的名字寄给他。他现在身染重病，不可能来参加宴会，但收到这张请柬对他却有着不同凡响的意义。当我打开门时，却惊呆了，原来埃德娜的秘书正在里面。我忽略了这个细节，以为她还在餐厅里。基思小姐是她的名字，她是苏格兰人，脸上长有雀斑，戴着夹鼻眼镜，她已是不惑之年，脸上透着老处女的那种保守节操的凛然气度。我镇静下来。

“公主带着她的客人逛花园了，我过来和你抽支烟。”

“非常愿意。”

基思小姐的口音里带有明显的苏格兰特有的嗓音，每当她对着可以谈得来的人兴致蛮高地讲一些笑话时，被放大的嗓音便极为滑稽可笑，当她看到你因此而忍不住发笑时，她会无比惊讶地看着你，那眼神让你感到她不仅受了伤害还蠢得要命，竟然会觉得她的话有那么好笑。

“我想这次舞会把你忙坏了吧，基思小姐？”我说。

“我恨不得再长出几只手来才够用。”

我觉得对于一个可以信赖的人，最好是实话实说。

“老太婆为什么没请坦普尔顿先生呢？”

基思小姐有些愁楚的脸上浮上一层笑意。

“她的为人你很清楚。她很反感坦普尔顿先生，她亲手把他的名字抹去了。”

“他患了绝症已卧床不起了，你知道的。他被无情地推出这个圈子，他很伤悲。”

“倘若他还想和公主保持友好往来，就应该学会闭嘴，别再提她与司机上床的事。那司机有妻室，是三个孩子的父亲。”

“她当真与司机有染？”

基思小姐的目光从夹鼻眼镜上方射到我的脸上。

“我做秘书已经二十一年了，亲爱的先生，我做事的原则是相信我所有的雇主都是操行之人。是的，我承认会有例外，比如我的某位女主人发现自己怀孕三个月时，我的那位老爷已经去非洲猎狮子整六个月了，只有那时候我的自信才被打破，后来她去巴黎进行一次小的但花费不小的旅行，回来后就相安无事了。夫人和我都长舒了一口气。”

我觉得不该再绕弯子了。

“基思小姐，我实话告诉你把，我不是来和你抽烟的，我想偷张请柬，然后自己寄给坦普尔顿先生。”

“这是不道德的做法。”

“我不否认。你就发善心给我一张吧，基思小姐。可怜的老人不会来的，但他会因为这张请柬而开心。你对他并无反感，对吧？”

“是这样的，他对我一直很客气，很有绅士风范，我说句公道话，他强于那些到这儿只知道沾公主光填饱肚子的人。”

那些大人物的身边都有可信任的部下，这些人对被轻视很在意。一个懂得社交的人不会怠慢他们，否则，他会在主子面前千方百计地给你使绊子，让他的主人反感并憎恨你。而埃利奥特对此非常精通，对那些穷亲戚、老女佣或是心腹秘书，总是恭敬有加。我敢说他不但与基思小姐常常愉悦地开开玩笑，还会在圣诞节时送一些小礼物给她，比如一盒巧克力、小化妆盒或是手袋。

“快点儿，我的基思小姐，发发慈悲吧。”

基思小姐将夹鼻眼镜往高鼻梁上推了一下。

“我敢肯定，你不会让我干不仁义的背叛之事，毛姆先生，要是让老太婆知道我不忠诚，后果你是知道的。书桌上的信封里装着请柬。我坐得太累了，想活动一下腿脚，顺便看看窗外的风景。

后面究竟发生了什么，我的后脑勺可没长眼睛，我就不用担责任了。”

等基思小姐重回座位时，请柬已经在我的口袋里了。

“今天见到你，我很开心，基思小姐，”我把手拿了出来，“你在化装舞会上穿什么衣服？”

“我是牧师的女儿，亲爱的先生，”她答道，“这样的蠢事留给那些上流人士吧。当我看到《先驱报》和《邮报》的代表们酒足饭饱后满意的笑脸时，我的任务就圆满结束了，我就可以回到自己的房间，去读我的侦探小说了。”

8

过了两天，我去看望埃利奥特，发现他神采飞扬。

“你看，”他说，“我的请柬来了。今天上午来的。”

他从枕头下掏出帖子给我看。

“我就说她会邀请你的，”我说，“看你的姓氏第一个字母是T。很显然秘书刚排到。”

“我得回复一下，明天回吧。”

他如是说，我感到一阵惊慌。

“要不我替你回信吧，我回去的时候顺路寄出去。”

“不，干吗要你？我自己完全可以的。”

我知道拆信封的肯定是基思小姐，她会把信扣压下来。这时埃利奥特摇了摇铃。

“我想让你看看我的那套装束。”

“你不会真的想去吧，埃利奥特？”

“我必须去呀。自上次博蒙特家参加过舞会后，我还一次没穿过它呢。”

约瑟夫应铃声过来，埃利奥特指派他把那套服装取来。衣服放在一只大扁盒子里，外用薄纸包着。这套服装包括：白色丝质长紧身裤、镶白缎带衬垫金丝短裤、相适配的紧身上衣、斗篷、白围领、平顶丝绒帽，以及一条用来系金羊毛勋章的长长的金链子。我看得出来这套衣装是参照了普拉多美术馆里提香为菲利普二世所作的肖像画仿造的。可埃利奥特偏偏说是劳里亚伯爵参加西班牙国王和英国女王的婚礼时穿的。这不得不让我佩服他异想天开的想象力。

第二天我正在吃早饭，就接到了约瑟夫打来的电话。他告诉我埃利奥特夜里又发病了，医生已赶了过来，并声称白天他怕挺不过去了。我匆匆赶往昂蒂布。我到后埃利奥特已经处于昏迷状态。生病后他坚持不用护士，但此时已有一位护士在场，她是医生找来的，她来自尼斯和博利厄之间那家英国人医院，我感到很宽慰。我出去给伊莎贝尔拍电报。她们一家四口正在拉柏勒一处并不算高贵的避暑之地度假。离这儿路途遥远，我担心他们难以及时赶到昂蒂布。伊莎贝尔的两个哥哥与埃利奥特已多年未见，埃利奥特现在唯一的亲人只有伊莎贝尔了。

或许是他强烈的求生欲望所致，也或许是医生的治疗有了效果，到了白天，他又奇迹般地缓了过来。虽然非常虚弱，他依旧能厚着脸皮跟护士说一些床上不雅之事以做娱乐。我差不多陪了他一个下午，第二天我再去看他时，他依然很虚脱，但精神头却很好。护士只许我与他待一小会儿。我一直在等待伊莎贝尔收到电报的回应。因我不清楚伊莎贝尔在拉柏勒的地址，故而把电报发到了巴黎，我担心看门人不能及时转发出去。直到两天后我才收到回复，说他们立马动身。原来赶巧他们驾车去布列塔尼游玩了，所以才收到我的电报。我查了火车时刻表，至少需要三十六小时他们才能赶到。

第二天的早晨约瑟夫就把电话打了过来，他说埃利奥特疼痛难忍，为此折腾了一整夜。我赶忙动身赶了过去。我刚进门，约瑟夫就把我拉向一侧。

“我想跟先生说一个敏感的话题，”他对我说，“我自己并不信教，我觉得宗教有很大的欺骗性和控制欲。但对于女人，先生您是了解的。我的太太和女仆们坚持要给可怜的老先生做最后的圣事，明显地看出已经迫在眉睫了。”他面露羞怯之色地看着我，“人将死之时，按照教规来做或许更好一些吧。”

我明白他的意思，也表示理解。法国人嘴里对教会极度轻视之能事，可到了临终，还是有相当一部分人选择皈依宗教，用与信仰的妥协，来换取灵魂的安宁，这已深入他们的骨子里了。

“你是想要我跟他提这件事吗？”

“如果先生肯费心的话。”

我是抵触这样的事的，好在埃利奥特是多年而又虔诚的天主教徒，在最后遵照教规履行他的信仰也并非有什么不妥。我走进他的房间。他仰面躺着，显得干瘪而苍白，但意识非常清醒。我请护士出去一下，让我们单独待一会儿。

“也许你病得很严重，埃利奥特，”我说，“我在想，我在想你是否想见见神父呢？”

他看着我足足有一分钟而不作答。

“我要死了，你是这个意思吗？”

“哦，不会的。可为了保险起见，也没有关系的。”

“我明白了。”

他沉默着。当一个人向埃利奥特被迫说出我刚才的那番话时，那是非常痛苦的。我咬着牙不敢正视他，我怕自己无法控制而哭出来。我坐在他的床沿上，用胳膊支撑着身体。

“别难过，我的老弟。贵人行为理应高贵，你懂的。”

我大笑起来。

“你这个可笑的家伙，埃利奥特。”

“这样才好。你打电话给主教吧，告诉他我要忏悔，并接受终傅（天主教和东正教圣事的一种，意为一个人临终时在全身擦傅‘圣油’）。倘若他能派查尔斯神父来，将不胜感激。查尔斯神父是我的朋友。”

查尔斯神父是主教代理，我曾在上书交代过。我下楼打电话，主教本人接的电话。

“非常紧急吗？”主教问。

“是的，非常紧急。”

“好，我马上关照下去。”

医生过来了，我把情况跟他说了。他和护士上去看埃利奥特，我则在楼下的客厅里等主教。尼斯到昂蒂布的路程驱车只需二十分钟，半个小时过后，一辆黑色轿车停在了门前。约瑟夫走到我跟前，他显得很激动。“主教本人来了，先生。”他说，“主教大人亲自来了。”

我起身去迎接他。今非往日，陪同他前来的不是他的代理，而是一位年轻的神父，他手提一只箱子，我想里面应该是举行圣礼所用的东西。司机拎着一只破旧的黑色旅行袋跟在后面。主教与我握手，并介绍了随行。

“我们可怜的朋友怎样了？”

“病得很重，大人。”

“劳驾领我们去找一间屋子，我们需要换上圣服。”

“餐厅在这儿，大人，客厅在楼上。”

“餐厅就可以。”

我将他领进餐厅。约瑟夫和我在大厅里候着。一会儿的工夫，门开了，主教走出来，紧随其后的年轻神父双手捧着圣杯，一只盛了圣餐饼的小托盘坐于圣杯之上，被一块细纱覆盖着，纱布薄可透明。我只在一两次宴会上见过大主教，他能食善饮，胃口好得很。他会热情高涨地讲一些故事，也会插科打诨，显出他粗俗的一面。他给我的印象是形体敦实，勉强够得上中等身高。此刻他白袍圣带加身，不仅高大许多，而且仪态庄严。平时那张挂着恶作剧的脸此时变得格外肃穆。曾经的骑兵军官的做派全部隐进那层肃穆之中；他俨然一副得道修士的模样，事实的确如此。约瑟夫画着十字，我感到并不吃惊。大主教头略略点了一下。

“带我去见病人。”他说。

我让开请他上楼，可他示意我在前面走。我们肃然而行。我进了埃利奥特的房间。

“大主教亲自看你来了，埃利奥特。”

埃利奥特挣扎着想坐起来。

“大人，这份荣耀是我不敢想的。”

“不要动，我的朋友。”主教转向护士和我，“让我们单独待一会儿。”他又对年轻的神父说：“准备好了我会叫你的。”

神父用眼睛四周环顾一下，我明白他是找放圣餐杯的地方，我上前把梳妆台上镶玳瑁的刷子挪开了。护士下楼去了，我把神父领进埃利奥特的书房。窗户敞开着，天很蓝，他走到一扇窗前。我坐了下来。帆艇赛正在如火如荼地进行着，风帆在碧蓝天空的衬托下闪动着耀眼的白光。一艘黑体红帆大船正乘风破浪驶进港口。我认识那是一只捕龙虾的渔船，从撒丁岛满载而归，那船上之物又将为卡西诺赌场增添一道海味。喃喃的低语声透过关着的门传过来，我知道是埃利奥特在忏悔。我非常想抽支烟，可又怕惊扰了神父。此时他站在窗前一动不动地看着外面。他还很年轻，身材修长，一头浓密的波浪黑发和一双漂亮的黑眼睛，橄榄色的皮肤表明他是意大利的裔人。他的相貌中透着南方人浓郁的热情。我不禁自问，是怎样的信念追求及火一样的热忱，让他抛却了生活中所有的乐趣、青春感官上的欢愉与享受，而把自己全身心地奉献给了上帝。

隔壁的说话声突然停了，门开了，是主教。

“来吧。”他对神父说。

屋子里只剩下我一个人了。我又听见了主教的声音，我知道他遵循教规为临终者做祈祷。接下来又是静默，应该到了埃利奥特享用圣餐的环节了。一种无以言明的感受，我想或许是来自远古的先祖吧，使得我这个非天主教的人，每次参加弥撒的时候，听到神父将举起圣饼的钟声时，我都会怀着敬畏而战栗不止，此刻，我仍然战栗着，如同有一股寒冷的阴气深入骨髓，让我又害怕又惊颤。门又开了。

“你可以进来了。”主教说。

我走到屋子里。神父正用那块薄纱盖住圣餐杯以及盛过圣餐饼的镀金小托盘。埃利奥特眼光明亮。

“送大人上车吧。”他说。

我们来到楼下。约瑟夫和女仆们正候在大厅里。三个女仆哭泣着相继拜倒亲吻主教的戒指。他伸出两指向她们施予祝福。约瑟夫的妻子用胳膊肘碰了碰他，他也上前一步跪拜，吻了吻主教的戒指。主教微微一笑。

“你不是教徒吧，我的孩子？”

约瑟夫在极力控制自己的情绪。

“是的，大人。”

“不要因此而惶恐不安。你对主人鞠躬尽瘁。上帝不会怪你认识上的偏差的。”

我陪他走到门口，为他打开车门。他向我躬身施礼，微笑道：“我们可怜的朋友已经行将就木。他的缺点只是表面上的；他内心慷慨，为人善良、仁慈。”

9

我想埃利奥特在这场仪式之后或许想单独安静一会儿，便没去打扰他，而去了客厅想看会儿书打发时光。可还没等我坐稳当，护士过来找我说他想见我。我来到他的屋里。不知是仪式前医生为他注射针剂还没有失效，还是仪式给他的兴奋未消的缘故，他两眼清亮有神，面露恬静愉快之色。

“我感到了莫大的荣幸，我的老弟，”他说，“我可以安心地去天国啦。红衣主教的介绍信会让我敲开所有天堂的大门的。”

“恐怕你会失望的，埃利奥特，因为你会发现那儿的人也是良莠不齐的。”我微笑道。

“你说得对，我的老弟。《圣经》告诉我们天堂人间一样有等级差别。天堂有六翼天使、智天使、天使长以及小天使。我在人间属于上流社会人士，死后我还会跻身于天堂上流社会的，这点不容置疑。主曾说：圣父的宅邸屋宇众多，让众生各得其所，方为适当。”

埃利奥特此时对天堂的想象，让我怀疑他是否把那儿想成了罗斯柴尔德男爵城堡的样子了，墙壁上是十八世纪的墙板，屋子里摆放着镶嵌木桌、镶花橱柜，以及缀满点绣真品的路易十五时代套房。

“请你相信我，我的老弟，”他停顿一下继续说道，“天堂绝不会有所谓的平等，那是骗人的把戏。”

接下来他突然打起了瞌睡。我坐那儿看书。他时醒时睡。一点钟护士进来说约瑟夫已把我的午饭准备好了。约瑟夫一副心事重重的神色。

“真没想到主教大人会亲自来。这对可怜的先生是莫大的荣幸。我亲吻他的戒指，您看见了吗？”

“看见了。”

“这并不是我的本意，我是为了让我那可怜的老婆高兴。”

整个下午我没离开埃利奥特的房间。伊莎贝尔在这期间发来了电报，说她和格雷乘坐“蓝色特快”明早赶到。对他们是否能及时赶来我已不抱有希望了。医生过来看过，摇摇头。夕阳西下时，埃利奥特醒了过来，他喝了些滋养汤。食物似乎给了他一点生命力。他点头示意我过去，我靠在他的床边。他声若游丝。

“埃德娜的请柬我还没回复呢。”

“哦，这事先不要管它了，埃利奥特。”

“怎么能不管？我一向是个明白事理的人，即使要离世了，也不能忘了我的风度。请柬呢？”

我把放在壁炉架上的请柬递给他，他是否还能看得清，我表示怀疑。

“我的书房里有信笺。你拿过来，我可以口授与你。”

我到邻屋取来纸笔，坐到他的床边。

“准备好了吗？”

“好了。”

他眼睛闭着，唇边挂着恶作剧的笑，我不知道这笑容意味着什么。

“埃利奥特·坦普尔顿先生鉴于与他神圣的主有约在先，所以无法接受诺维马利公主的热情邀请。”

他发出一声微弱而凄厉的笑，脸上呈现出瘆人的青白色，恐怖得吓人，接着他吐出一口令人作呕的恶臭物。可怜的埃利奥特，先前总在身上喷洒“香奈儿”和“梦妮诗”香水，把自己弄得香香的。那张偷来的请柬还在他的手心里，他是否在掂量着它给自己平添的那些烦扰呢。我有心把请柬在他手里拿走，可他攥得紧紧的。出口的一句响当当的话，把我吓了一大跳。

“老婊子。”他说。

这便是他留在世间的最后一句话。他陷入昏迷之中。昨天晚上看护他一夜的护士，面容疲惫，我便打发她去休息了，我来守着他，告诉她必要时我会叫她。其实无事可做。我在一盏有遮罩的灯下看起书来，两眼看得发痛了，才放下书把灯关了，在黑暗中静静地坐着。夜暖暖的，窗户敞开着。灯塔的微光，间隔一会儿便扫进屋子里来，月亮已经沉下去了，再度圆满的时候，便是埃德娜·诺维马利热闹而空洞无聊的化装舞会了。当月亮下去时，深蓝色的苍穹上，数不清的繁星闪耀着令人惶惑的辉光。我想自己可能进入了浅层睡眠，似醒似睡的状态，忽然我听到了一阵急促而愤怒的声音，我被惊得彻底清醒了，那声音是临终前的喉鸣。我来到床边，灯塔的微光扫过来，我摸了摸埃利奥特的脉搏。他死了。我把床头灯打开，看着他。他下巴松脱，眼睛没有合上，我足足盯着他看了一分钟，才把他的眼睛合上。我流泪了。为我的这位善良的老朋友而流泪了。他的一生是那么的愚蠢、徒劳和微不足道，他为那些宴会而忙碌，与那些王公贵族一起玩乐，而此刻意义何在，价值何在，怕是他们已经把他给忘了。想到此，我更加黯然泪下。

我没叫醒护士，我觉得没有那个必要。我坐回窗口的椅子上，不知何时已沉沉睡去。待护士七点进屋时，我在沉睡中醒过来。我让她料理后面的事，吃过早饭，到车站接格雷和伊莎贝尔。我把埃利奥特的死讯告诉了他们。埃利奥特的房子没有空屋，我邀请他们住到我那儿，最后他们还是找了家旅馆。我回到家里，洗澡，剃胡子，换衣服。

格雷打电话说约瑟夫给了他们一封信，是埃利奥特委托他的，收信人是我。他们考虑或许信中内容只许我看，我答应马上开车过去，一个小时后我又走进这栋房子里。信封上书“我死后立即转交”，信中内容是他对自己葬礼的遗嘱。他曾跟我说过要把自己葬在他修建的教堂里，信中也如是说。我把这个告诉了伊莎贝尔。他还指定了一个公司为他的身体做防腐处理。“我咨询过了，”他继续写道，“得知这一家做得很好。我托付给你了，监督他们千万不要草草了事。我希望穿先祖劳里亚伯爵的那套服装，他的剑佩在我的身侧，金羊毛勋章放在我胸口。棺材的选择，你看着办。要低调，但要与我的地位相符。为了不给任何人添不必要的麻烦，我希望‘托马斯·库克父子公司’全权安排我遗体的运送，其中须有一人将棺木护送到最后的安息地。”我记得埃利奥特曾跟我说过，要穿那套先祖的装束下葬，当时我并不信以为真，没想到这果真是他的一个愿望。遗体精心处理完后，我和约瑟夫为尸体穿那套荒唐可笑的服装。那活可真不轻松。我们给他的大长腿套上白色丝质紧身裤，再在外面套上金丝外短裤。费了很大的劲才把他的胳膊塞进紧身上衣的袖子里。把那个硕大的上浆围领套进他的脖腔里，再盖上那件绸缎斗篷直到肩部。最后，那顶平顶丝绒帽扣在他的头上，挂金羊毛勋章的领圈也套进了脖子。敛尸员给他的脸上抹了胭脂，嘴唇上点了口红。埃利奥特此时的身躯已干瘪下去，这套衣服显得过于肥大了，使他很像威尔第早期歌剧里的合唱队成员，或是一位令人扼腕的、为了无谓的目的而奔忙的一生的堂吉诃德。当殡葬公司的人将他放入棺材后，我将那把道具剑顺其身姿放在两腿之间，让其手握剑柄，我看见过十字军战士墓碑浮雕上就是这样雕刻的。

格雷和伊莎贝尔去意大利参加了葬礼。

第六章

1

我觉得有必要提醒一下亲爱的读者，如果想跳过此章不读，也不会对我所讲的故事的主线产生影响，因为此章大多是我与拉里的谈话记录，但我还是得多说一句，如果没有我和拉里的这些谈话，我会觉得这本书也许没有书写的价值了。

2

就在那年秋天，埃利奥特去世几个月后，我去英国的途中在巴黎待了一周的时间。伊莎贝尔和格雷去意大利奔丧后又回到了布列塔尼，但现在住在纪尧姆大街的公寓里。她把埃利奥特的财产遗嘱的细节告诉了我。他给自己修缮的教堂留了一笔钱，一部分为他做安魂弥撒用，另一部分用于维系教堂。他给尼斯大主教留下一笔数量可观的赠款，用于慈善。他也有财产赠予我，说起来有点暧昧，他把他收藏的那些十八世纪的色情书以及一幅弗拉戈纳尔美艳之作留给了我。画作是萨梯（希腊神话中森林之神，以好色著称）与仙女做着普通人在私下里才会做的那种美事。如果挂在我墙上未免太伤风雅了。我也没有在私下里自行欣赏春宫图的兴致。他对仆佣们的赠予也很慷慨。他的外甥和外甥女各有一万美元的馈赠，所剩房产全部归于伊莎贝尔名下，至于是多少，她没说，我也没问；但瞧她得意开心的样子，应该是一笔不小的财富。

格雷康复以后，他一心想回美国，重返职场，纵然伊莎贝尔如何在巴黎过得舒心快乐，他的归心似箭也影响到了她。最近一段时间他和芝加哥的朋友们始终没断联系，也有很好的职位空缺，但需要他投资，那资金是很可观的一笔钱，格雷一时难以筹全。这原本是他为难的一件事，但埃利奥特的去世成全了他。伊莎贝尔获得的遗产远远超过了格雷做投资的那笔钱；格雷在取得她同意后，开始介入洽谈，如果一切如愿，他准备离开巴黎回芝加哥进行实地考察。不过想回美国，还有很多事需要处理，他们要与法国财政部交涉遗产税的问题，还要对昂蒂布的房产以及纪尧姆大街的公寓进行放弃处理，还要到德鲁奥拍卖行把埃利奥特的家具和收藏的绘画进行拍卖。埃利奥特那些藏品都是珍品，拍卖那些珍品最好的季节是春季，到时候各路收藏家会云集巴黎，那时再出手会卖个好价钱，所以他们还要在巴黎待一个冬季，伊莎贝尔并不急，孩子们现在法语已经如英语一样流利，她们在法国学校再待上几个月，她是很乐意的。两个女孩三年的时间已经出落成长腿细高又活泼的小姑娘了，虽然她们目前还尚未显露其母的漂亮容貌，但很有教养，举止优雅，且好奇心永远无法满足的样子。

就交代这些了。

3

我遇见拉里纯属偶然。以前我曾向伊莎贝尔打听过拉里的情况，她说自从在拉柏勒回来后，他们就几乎见不到他了。她和格雷现在结交了很多同龄的朋友，他们的时间几乎都交给了与他们的往来之中了，比我们四个人相聚时的几个星期还要忙，还要快乐。一天晚上，我去法兰西剧院看《贝蕾妮丝》（法国剧作家拉辛写于 1670 年的作品）。我只读过剧本，而没看过演出，该作品很少搬上舞台，所以机不可失。它虽然算不上拉辛最好的剧本，其主题因单薄而难以支撑一个五幕剧，但剧情足以打动人心，其中有些段落非常优秀，被人传诵。故事取材于塔西佗史学著作里一段，简要描述一下：提图斯（约 39—81，古罗马皇帝）爱上了巴勒斯坦女王贝蕾妮丝，两人深深相爱，并且不出所料，炽烈的恋情使他答应要娶她。然而他登基后元老院和罗马民众激烈反对皇帝与异族女王联姻，尽管两人两情相悦，国家的重责与爱情，他选择了前者，不得已遣人将她送走。该剧表现了提图斯心中对于江山和美人的纠结与挣扎，当他踌躇不决时，贝蕾妮丝确信他对她是真爱后，最终她下定决心，永远离开了他。

我想恐怕只有法国人才能完全领会拉辛的那种典雅庄严及其诗句的乐感，可即便是一个外国人，一旦对那种戴着假发装腔作势的正经劲儿适应了，也很难不为其浓郁的优美及高贵的情感所动容。拉辛比别人更能理解人的声音里所蕴含着的戏剧因素。无论怎么说，在我看来，那些抑扬顿挫、流畅悦耳、亚历山大格律的婉转诗句，足以替代演员的行为。我认为那长篇台词能够以无尽的技巧，将场面推向观众所期待的高潮，其震撼程度，绝不亚于体验一场惊心动魄的电影。

第三幕结束后有一段休息时间，我到休息厅去抽烟，乌敦

（1741—1828，法国新古典主义雕塑家）的伏尔泰塑像咧着没牙的嘴巴，冷冷地嘲笑着。有人碰了下我的肩膀，我回转身，或许有这么一点不快，因为此时我想独自回味一下那些令我兴奋的铿锵有力的台词，这个时候不想被人打扰，可竟然是拉里。一如往常，见到他我非常地高兴。分别一年了，我提议演出结束后去喝啤酒。拉里说他还没吃晚饭，已经饿了，我们决定去蒙马特区。散场后我们碰面一块儿走出剧场。法兰西剧院有一种独有的霉湿气，夹杂着一股汗渍的体味，那是那些有着一副苦脸、蓬头垢面所谓的女引座身上的味道，她们把你领到座位上，然后不加掩饰地跟你讨要小费。当室外的新鲜空气迎面而来时，让人如此爽快。夜色明朗，我们决定步行去餐馆。剧院大街的弧光灯不管不顾地放射着自己的光芒，把天上那些星星逼进了深邃黑暗的苍穹里。我们边走边聊，话题自然是刚看过的演出。拉里很失望。他觉得自然一些才更好，比如台词可以像平常说话那样，动作也不必那么做作夸张。我则认为他的观点有失偏颇。剧作本身就是一种修辞艺术，美妙动听。我喜欢这样的带有押韵效果的修辞艺术，喜爱尾韵那些已经程序化的冲击效果；已经风格化的舞台特征，是经过了源远流长的传承，与此类正剧可谓相得益彰。这样的演出方式，也正是拉辛自己所希望的。我欣赏那些演员的演艺才华，他们能在很有限的范畴内，颇具匠心地演绎着人性、激情与真挚。当艺术的传统形式能使其目的达到圆满，那便是艺术的成功之际。

我们走到克里希大街，走进布拉瑟里·格拉夫餐馆。还没到午夜，屋子里已是人流涌动，还好我们找到了位子，点了培根煎蛋。

我告诉拉里我见到伊莎贝尔了。

“格雷一直想回美国，”他说，“在这里他始终安不下心来，重返职场才是他最大的快乐。我保证，他会东山再起的。”

“如果真能如此，那也是你的功劳。你不仅治愈了他的身体，还帮他重新找回了自信心。”

“一些雕虫小技罢了。我只是引导，应该说是他把自己治愈了。”

“就算是雕虫小技，你在哪儿学的？”

“算是一种机缘巧合吧。那时候我正在印度。有一天跟一位瑜伽师巧遇，那时我正经受着失眠的折磨，便向他诉苦，他说他能帮我解决这种苦恼。他就是我给格雷的那种治疗方法，当晚便有效地让我睡了个好觉，那可是几个月以来都没有的事。后来，应该是一年以后吧，当我和一位印度朋友在喜马拉雅山区时，他扭伤了脚踝。当时他疼痛难忍，又没法找到医生。我想我可以尝试一下那位老瑜伽师的方法，你还别说，效果极佳，他的痛感消失了。”拉里笑了起来，“我向你保证，最吃惊的人不是他而是我自己。其实真的没什么，只不过是将一个动机植入患者的头脑里。”

“听起来容易，但真正做到却很难。”

“倘若你的胳膊在没有任何指令的驱使下而抬离了桌子，你感到惊讶吗？”

“是的。”

“但的确能够做到。我们重回到文明世界后，我的那个印度朋友逢人便宣扬这件事，并把一些饱受病痛折磨的病人领来让我给他们治病。我是不愿意做的，因为我对此说不出所以然来，可他们执意不肯走，我也只好勉为其难了，神奇的是我竟然把他们都治好了。这时候我才发现自己不仅解除了他们身体上的痛苦，还能为他们除去精神上的苦恼，帮助他们除掉恐惧，树立自信心。令我感到惊奇的是世间竟然会有那么多饱受恐惧之苦的人。当然不是出于某种恐怖环境造成的恐惧，而是死亡的恐惧，还有更为糟糕的是对生的恐惧。患有这类恐惧症的，都是那些表象健康、事业兴旺之人，本该尽情享受人生，却要承受着恐惧而造成的痛苦折磨。有时我想，这似乎看起来很可笑的状态，其实是很难摆脱的，于是我问自己，它是否该归因于一种令人类感到震撼的极为原始的根深蒂固的动物本能？”

拉里这么长篇大论地交谈，是平常所没有的，所以我有种很期待的感觉，我还隐约地感到，他这次有一种述说的欲望。我不确定是不是刚才的那场戏剧，解开了他心里的某种束缚，会不会是那些悠扬的韵律与铿锵有力的节奏，赶走了他本能的矜持。忽然，我意识到自己的手出了某种状况。拉里刚才玩笑似的问题我并没有深想，但我的手确实不自觉地从桌子上抬高了一英寸。我非常吃惊。我看着自己的那只手，它微微颤抖着。我手臂上的神经有了寻常的刺痛感，轻微地抽搐一下，然后手和上臂在我没有任何的助力和抗拒下自行抬升，直至离开桌面几英寸。最后我感到整只胳膊举过了肩。

“太神奇了。”我说。

拉里大笑起来。我略动意念，手臂落回桌子上。

“真的没什么，”他说，“不要觉得很了不起。”

“这本事是你第一次从印度回来时跟我们谈起的那位瑜伽修行者教给你的？”

“哦，不是的。他不会去做这种事，他没有那个耐心。我也不确定，他是不是相信自己具备了一些瑜伽修行者所具备的那种力量，不过具备的话，这样的雕虫小技他也是不屑的。”

培根煎蛋端来了，我们饶有兴趣地吃着，还喝了啤酒，两人都沉默着。我无法猜测拉里想什么，但我在想着他。酒足饭饱，我抽香烟，他抽烟斗。

“当初你去印度，是出于什么原因？”我突然问他。

“应该属于偶然吧。至少当时是那样子。现在我更加倾向是我这些年在欧洲游历的一种必然。几乎所有对我产生重大影响的人，貌似都是与我偶然相遇的，但仔细思量又都是我命中该有的机缘。去印度是因为我想体整一下自己因工作很疲劳的身心。我在一艘环行世界的游轮上找到一份做甲板水手的工作。游船向东航行，途经巴拿马运河到达纽约。五年的时间我没有回美国了，因为想家，我的情绪很低落。我们初遇芝加哥的时候，我还是一个无知的少年。我在欧洲博览群书，也见过很多世面，可是距我出去求索时的起点相比较，我觉得还是那么遥远。”

我想问问他在求索什么，可我觉得他只会用笑声来敷衍我，不会给我一个实质性的答复的。

“你当甲板水手的意义是什么呢？”我换了话题，“你并不缺钱。”

“我需要体验各种各样的生活。每当我的精神达到一种充实的状态，每当我把获得的东西都吸收了以后，觉得做做体力劳动相当有益处。伊莎贝尔和我解除婚约的那年冬天，我到朗斯附近的一座煤矿里干了六个月。”

就是这次拉里向我述说了我前文所写的他在朗斯煤矿的那段经历。

“当时伊莎贝尔放弃你，你难过吗？”

没回答我之前，他用异常明亮的黑色眸子盯着我看，似乎要看进我的内心，而不是表象。

“是的，很难过。那时还年轻的我，是准备好了要和她结婚的，我把婚后的生活打算得很美好，”他轻声一笑，“但婚姻是两个人的事，就像吵架，不是一个人就能吵得起来的。最让我想不到的是，我想给伊莎贝尔的生活，竟是她最失望乃至绝望的。如果我能理性一些，就不该那么提了。她太年轻，太有激情了。我不怪她，但我也做不到让步。”

读者可能还没忘记，他在那家农场与守寡的儿媳有过一次荒唐的际遇之后，逃离农场去了波恩。我现在很想让他说到那一段，可我清楚我得有点忍耐性，还是迂回一些的好，别太直接了。

“我没去过波恩，”我开始往那个方向引入，“少年时代在海德堡求学一段时间。那是我此生最快乐的一段时光。”

“我非常喜欢波恩，在那儿待了一年。我租的房子是一位大学教授遗孀的，她家有两个房客，一个是我，另一个是法国人。她们母女三人负责做饭打扫卫生，她的两个女儿都已年届中年。一开始对那个法国人我挺失望的，因为我只想说德语。但他是阿尔萨斯人，德语说得虽然不如法语流利，可口音还算纯正。他把自己打扮成德国牧师的样子。没过几天我有了意外的发现，他居然是本笃会教士，修道院准予他到大学图书馆做学问。他非常博学，可看上去就像一个普通的修士。他身高体壮，头发成沙栗色，一张红红的圆脸，尤其那双蓝色的眼睛很吸引人，他腼腆话语少，似乎不愿意与我往来得过于亲密，可他相当懂得礼数，饭桌上聊聊天都是文质兼备的样子。我们每天只在餐桌上碰面，午餐后他便匆忙回图书馆，晚餐后也会马上回到他自己的房间。而我会在客厅里跟那姐妹俩其中不洗碗的那个练习德语。”

“那天下午，距我与他住在一起足有一个月的时间了，他问我可否愿意跟他一起到外面走走，这让我非常意外。他说带我到邻近的一些地方走走，他说那些地方我非常有可能找不到。我与他欣然前往。我是走路能手，但他让我甘拜下风。我跟他第一次出去，就走了足有十五英里。他询问我来波恩的目的，我告诉他来学德语，想熟悉德国的文学。他谈吐睿智且妙语连篇，他说会尽量帮助我。以后每周我们都要出去两三次，走步交谈。渐渐我知道他教过几年哲学。我在巴黎时读过一些哲学著作，斯宾诺莎、柏拉图、笛卡尔的，但没接触到德籍哲学家的传世名著，当他把那些说与我听的时候，我是那么求之不得。有一天，当我们远足莱茵河畔之后，坐在一家露天啤酒店喝啤酒时，他问我是不是新教徒。”

“‘我想是吧。’我说。”

“在他一扫而过的眼神里，我看到了他眼里闪过的笑意。他开始跟我讲埃斯库罗斯。你知道我一直在学希腊语，他对那些伟大悲剧家了若指掌，令我自愧不如。他的话令我受益匪浅，给我颇多启示。我没明白他突然问我的那个问题。我的监护人鲍勃·纳尔逊叔叔是不可知论者，但他也会定期去教堂，因为他的病人对他有这个期望。也是源于此他把我送进主日学校。我们的帮佣玛莎则笃信浸礼会，在我还小的时候，经常听到她讲地狱之火如何折磨那些有罪之人的事，她吓唬我说，那烈火让罪孽深重的人永世不得翻身。她还喜滋滋地说村子里那些与她结怨的人，将来下地狱如何遭受那些地狱之火的折磨。”

“到了冬天，我和恩斯海姆神父已经非常熟了。他很了不起，不仅知识渊博，而且与人和蔼友善，胸襟宽厚容人。他定会知我知识浅薄，与我交流时却从未有过高高在上之感，他对我的付出既有耐心又心甘情愿。有一天不知何故我的腰背肌肉痛得厉害，房东太太格拉鲍夫人让我上床，并用暖水袋敷在我的腰部。恩斯海姆神父听说我病了，晚饭后便来看望我。我除了腰疼，别无它恙，所以没耽误看书的习性。他进来后拿起我放下的书，看看书名，问我为何看这类书。那是一本迈斯特·埃克哈特的书，我在城里一家书店买的。我告诉他我一直在读神秘主义方面的著作，并给他讲科斯提，讲他是如何引起我在这方面的兴趣。他炯炯有神的蓝眼睛看着我，其中的神色，我只能解读为感到好笑而又不失温柔。让我感到我在他眼里是可笑而幼稚的，但他并没有因为那些而减少对我的喜爱。其实，我一点都不在意别人是否说我傻气。”

“‘你在这些书里寻求什么？’他问我。”

“‘我如果知道的话，’我答道，‘我至少该知道前行的方向了。’”

“‘你记得我曾问过你是不是新教徒的事吗？你说你想是吧。为什么？’”

“‘我是被当作新教徒养大的。’我说。”

“‘你信上帝吗？’他问。”

“我不喜欢别人问我私人问题，我冲动地想告诉他这不关他的事。可他友善亲切的模样，又让我无法冒犯他。是，或者不是，我又不想回答。我不知道是出于我正承受着病痛，还是他身上的某种东西，总之我开口了，说了我的经历。”

拉里迟疑了一会儿，当他继续下去的时候，我知道，他已经无视我的存在了，而那些话他是对着那位本笃会教士讲的。我难以说明是空间、时间还是地点的缘故，在我并没有怂恿督促的情况下，让他袒露了他沉默寡言天性中掩盖已久的心里话。

“鲍勃·纳尔逊叔叔很民主，他把我送进马文读高中。就因为路易莎·布拉德利一直都在责备他，所以我十四岁那年他把我送到圣保罗上中学，我哪方面都不突出，功课和体育都平平常常。我觉得自己就是一个普通而平凡的孩子。但我对飞行特别感兴趣，甚至痴迷。那是航空业的最初年代，鲍勃叔叔和我一样兴奋不已。他认识几个搞飞行的人。当我跟他说想学飞行时，他答应帮我去张罗。由于我的个子高，十六岁很容易被当成十八岁。鲍勃叔叔要我一定保守秘密，他把我放走，肯定要承担骂名的，会因而被别人轻视。其实是他帮我去了加拿大，同时给他一个熟人捎去一封信，结果就是十七岁的我，已经翱翔在法国的蓝天上了。”

“那个年代的飞机都是经不起推敲的产品，我们每次上天都有一定的危险性。以现在的标准，那时候我们所能达到的高度是非常可笑的，但我们感到骄傲与自豪。我热爱飞行。那种感觉妙不可言，我感到骄傲，感到快乐。在高高的苍穹之上，我觉得自己仿佛是某种伟大与美妙之物的一部分。我难以说清楚那究竟是什么，只感觉到我在这两千英尺的高空中虽然只是一个人，但有蓝天为伴，有那些像绵羊一样的云朵的陪伴，我不再孤寂，那一望无际的浩瀚世界才是自由自在的。”

拉里停了下来，他那深不可测的目光凝视着我，可我不敢确定他是否看到了我。

“我知道有很多人为那场战争丢掉了生命，而我并没有亲眼看见他们死去的样子，所以我并不觉得死亡是什么。直到一个与我亲密无间的人死在了我的面前，那情景让我充满了羞愧。”

“羞愧？”我不由得叫起来。

“是羞愧，因为他只比我大三四岁，浑身都是力气和胆量，与人友善，为人宽厚。前一刻还活蹦乱跳，后一刻就成了一堆模糊的血肉，好像生命从没有在他的身上停留过。生命何其脆弱不堪。”

我没说任何话。我在医学院学习时见过死人，战争期间更是多见不怪。但令我感到难过的是，他们显得那么渺小而无尊严。就像那些牵线木偶，随便被杂耍人弃之如敝屣。

“那天晚上我一夜没睡。我一直哭。不是害怕，而是愤懑，那种邪恶让我崩溃。战争结束后，我荣归故里。我一直热衷机械，要是不能在航空业干，我就去汽修厂。我是受伤回来的，需要休整一些日子。而后他们提出让我出去工作。我没有办法迁就那份与我而言毫无意义的工作。我用很多的时间思索人活着的意义。我是凭借运气才活下来的，我希望自己做出一番事业来，可我非常迷茫，不知道什么才是有意义的。我以前没想过上帝，现在我开始认真地思考起来。我不明白世上为什么会有善恶之分。无知的我，不知道找谁问个明白，谁又能帮助我找到答案，所以我拼命地看书学习。"

"当我向恩斯海姆神父毫不保留地说出这一切的时候，他问我，'你都读四年了？你找到答案了吗？'"

"'没有。'我回答。"

"他看着我，面露温情怡人之色，这神情令我困惑。我难以言明那充沛的情感是如何被激发而出的。他用手指温和地敲着桌面，仿佛是在反复推敲一个想法。他说话了：'我们智慧而古老的教会早就发现，如果你愿意相信信仰，你就会得到信念；如果你祈祷时仍有疑虑，但你很虔诚，疑虑就会消失；礼拜超越人类精神的力量已被千百年来的经验所证明，如果你愿意投身于礼拜之美，那么安宁就会降临于你。我就要回修道院了，何不来与我们一起待几个星期？你可以和我们的庶务修士一块儿在田间劳动，可以到我们的图书馆去读书。你所体会到的乐趣，不会比在煤矿或德国农场里少。"

"'你怎么会给我这样的建议呢？'我问道。"

"'我观察你三个月了，'他说，'或许我对你的了解胜过你自己。你与信仰之间，只不过是一张卷烟纸的厚度。'"

“他的话，让我保持了沉默，但我的心里有一种怪怪的感觉，像被人扯动了心弦。最后我说会考虑的。这个话题在波恩余下的日子，他没再提，关于与宗教相关的事情一概没有再提及。他临别时给了我地址，他说我若是想去，只需给他写封信即可，他会安排。他走后，我非常想念他，这完全超出了我的意料。时光一眨眼到了仲夏。在波恩的日子让我快乐。我读了歌德、席勒以及海涅的诗篇。我还拜读了荷尔德林和里尔克的作品。但我仍无所获。我常常思索着恩斯海姆神父的活，最终我决定去找他。”

“他到车站接我。阿尔萨斯，是修道院的所在地，那儿的乡野美景目不暇接。恩斯海姆神父引领我见过院长，之后带我到分配给我的小屋里。房间里摆设简洁，一张窄铁床，墙上有十字架，一些家具基本上是简陋的生活必需品。开饭的时候用钟声提示，我走到餐厅。餐厅是一间很大的拱顶屋子。门口站着院长和两名僧人，一个端水盆，另一个拿着毛巾。院长把几滴水洒在客人的手上以示洗手，并用僧人递过来的毛巾为他们擦干。除我之外另有三位客人，两个路过来吃饭的牧师和一个在此隐居而面露怨色的法国人。”

“院长与上长老和下长老坐在餐厅首位，每人独自一张桌子；神父们沿两侧的墙分坐，而见习教士、庶务修士以及客人则坐在中央的桌子。饭前做完祷告后，我们开始吃饭。靠门的地方站着一位见习修士，用单调的语气读着一本修行书。餐后我们又做了祷告。然后院长、恩斯海姆神父、客人及主事僧一同步入一个小房间，大家一起喝咖啡，聊聊天，一切结束后我回到自己的小屋里。”

“我在那里待了三个月。我过得很快乐。那种生活正是我想要的。我在那个图书馆里读了很多的书。我过得很轻松，不用担心哪位神父会对你施加影响，却都愿意与我交谈。我折服于他们的博学虔诚与超凡脱俗。他们并非游手好闲，他们是忙碌的，自己耕种土地，当我去帮忙时，他们显得很高兴。我特别喜欢那些壮观的礼拜仪式，尤其喜欢晨祷。晨祷凌晨四点举行，众僧端坐于教堂，四周只有浓重的夜色，他们头巾遮面，用浑厚的男声唱着素朴的祷歌，那场景每经历一次都要感动一次。这样的活动已是惯常，但总能让人感受到活力和思维的灵动，里面有一种可以慰藉你心灵的东西，让你获得一种安宁。”

拉里面色略带凄然，他微然一笑。

“生不逢时的我和罗拉（1290—1349，英国学者，苦行主义者）一样，我本该活在中世纪，那时信仰是自然之事；那样我就不会像现在这样迷茫了，我也会积极争取做一名牧师。我生在一个无法有信仰的时代，我相信宗教，但我无法相信上帝，因为他与一个好人没有太大的区别。僧侣们告诉我，上帝之所以创造了这个世界，是因为他的荣耀。这种动机于我看来并没有多少价值。贝多芬创作交响乐，是为了自己的荣耀吗？我不相信，我觉得那是流淌在他灵魂中的音乐，需要一种表达方式，而他极尽所能地把它们创作得更加完美无瑕。”

“我听着僧侣们每天不厌其烦地向主祈求着他们的一日三餐。在俗世中，孩子需要向父亲讨食吗？他们对父亲有期待，但他们不会感激，也不需要感激，而该得到谴责的是那些生而不养的人。

我觉得，造物主既然是全能的，那么他就该有为他所创造出来的子民提供生存必需品的能力，包括物质和精神生活，否则他还不如不把他们创造出来呢。”

“亲爱的拉里，”我说，“你没生在中世纪，我觉得是幸运的，否则毫无疑问你要上火刑柱的。”

他笑了。

“你已经有了很多收获，”他继续道，“你想得到当面的颂扬吗？”

“那只会让我更加不好意思。”

“我就是这样想的。我相信上帝也不希望别人当面夸奖他。在空军部队时，如果有谁为了一份美差而去拍长官的马屁，我们都会不齿于他。我不会相信上帝会欣赏那些靠恭维他人而骗取超度的人。我认为最敬神灵之举是尽量发挥自己的能量把事情做到最好。”

“困扰我的主要烦恼还不止这些，我无法接受那些僧人们的思想偏见，那就是人生出来是伴着罪恶而来的。我也不是完全否认，我在空军的部队里就有不少家伙，有机可乘时就会去酗酒买醉，醉了就去泡妞，他们满口肮脏下流。部队里出现过两个败类，一个因私开空头支票被监禁了六个月。这或许不完全是他的过错，以前他很穷，当他得到了梦寐以求的财富时，贪心的欲望就膨胀了。巴黎的坏人我见识过，芝加哥更多的坏人我也领教了，他们的坏大都来自他们无法左右的遗传因素，或是由于无法选择的环境因素，我很难知道社会应当为他们的罪恶承担责任吗？假如我是上帝，是不是该诅咒他们之中的一个，甚至不是最坏的那个，让他永世不得翻身。恩斯海姆神父的心胸宽广，他认为地狱是上帝无法抵达的地方，但倘如某种惩罚严酷到让人无法忍受如同下地狱一般的程度，那么一个善心的上帝怎么能对人施加这样的重罚呢。假如我训练一条狗，看到任何一个走进后院的陌生人，它都会直取其咽喉，那么我为此去揍它，显然是不公平的。”

“至善尽美而全能的上帝创造了世界，可他为何同时又创造了恶？僧侣们说，上帝是为了考验他的子民才如此的。人可以通过战胜心中的邪念，抵制诱惑，将悲哀和不幸视作上帝给予他净化心灵的机会，从而获得灵魂纯净及上帝的恩典。我觉得这好像差遣一个人到某地去送信，为了让他不能顺利地抵达目的地，故意给他设置一些障碍，设一座迷宫，让他钻出来，再挖一条河让他游，再砌一堵墙让他爬。我不愿意信奉一个尽管全知全能，且违背常识的上帝。我就不明白为什么不该信这样一个上帝：世界不是他创造的，但他善于改造这个世界，用他超出常人的智慧和能力与那些邪恶作斗争，并且能遂人愿让这个世界没有邪恶。另外，我总是纠结为什么大家都会去信那样一个上帝呢。”

“这些困扰我的问题，善良的神父们无法给我一个让我的头脑或者心灵满意的答案。我到底与他们不同。当我去和恩斯海姆辞行时，他并未问我可有收获，他原本对此很有把握。他用无以言表的慈爱凝视着我？”

“‘我恐怕让您失望了，神父。’我说。”

“‘不，’他答道，‘你虽然不信上帝，但你虔诚而有思想。

上帝不会对你放手的。你迟早会回来的。至于是回到这里，还是其他的地方，只有上帝知道。’”

4

“那年冬季，我在巴黎度过了余下的日子。对于科学，我一窍不通，我就想该对那个领域做以了解了。书，我没少读。直到那时我才知道自己并没有学到什么，而且还处于无知的状态。但我一直是有自知之明的。春天来临后，我跑到乡下去了，住在一座古镇的河边小客栈里，法国这样古朴而美丽的小镇很多，历经两百多年，那儿的生活依然如故。”

我猜想这就是苏珊娜·鲁维耶跟我说过她和拉里一起度过的那个夏天，但我没有打断他。

“然后从这儿我去了西班牙。我想去看看委拉斯凯兹（1599—1660，十七世纪巴洛克时期西班牙画家）和埃尔格列柯的著作，我想知道宗教没有为我指明的那条路，艺术可否能够帮到我。那段时间我四处游荡，后来去了塞维利亚，我因喜欢那里，就准备在那儿过冬天了。”

我二十三岁那年去过塞维利亚，那时候就很喜欢那座城市。我喜欢那些白墙素垣、蜿蜒的街巷、大教堂及瓜达拉哈拉开阔的平原；我更喜欢那些安达卢西亚姑娘，她们优雅而明畅，尤其那双黑眼睛在头上的康乃馨衬托下越发的明亮灵动，我钟情于她们深色的肌肤和性感的嘴唇。年轻真是好美的岁月。拉里去的时候比当年的我大一些，我不禁自问，在那些充满诱惑力的尤物面前，他可否还能处之泰然。他像看透了我的心思似的，解答了我没说出口的问题。

“很凑巧，我遇到了一位在巴黎结识的法国画家，他叫奥古斯特·科泰，他曾与苏珊娜·鲁维耶在一起住过一段时间。他是来塞维利亚作画的，并和当地一个中意的姑娘住在一起。有一天晚上他邀请我去埃雷坦尼亚听弗拉门戈歌手的演唱会，一同前往的还有那位姑娘的朋友。那时小姑娘只有十八岁，是我见过的最漂亮的姑娘。她和一个男孩未婚先孕，而男孩当时正在服役，她只好离开家乡。孩子出生后，她让别人帮她带着，自己到烟厂打工赚钱。我把她带到我的住所，她活泼可爱，性情柔和，待了几天后，我问她可否愿意搬过来和我一起住，她点头同意了。而后我们在一栋公寓楼租了一套两室间，一间卧室，一间客厅。我跟她说她可以不用出去工作了，而她不同意，这也正合我意，白天的时间我可以自由支配了。公用厨房很方便使用，她每天上班前为我做早点，中午也会回来做中饭，晚饭我们都去饭馆里解决，饭后或者去看场电影或者去跳舞。我有一只橡胶浴盆，每天早晨必得用海绵擦个冷水浴，为此她把我当疯子看待。她的小孩寄养在离塞维利亚几英里的一个村子里，到了周日我们便一同去看望他。她对与我同居的目的从不加掩饰，她想攒钱装修一套房子，等她的男友服完兵役后他们就把房子买下来。她是个讨人喜欢的小女子，我能肯定她是一个好妻子（其实她已经就是一个好妻子了）。她快乐，温柔，又有爱心。她把人们委婉称为的床笫之欢，等同为身体的一种自然功能，就像身体的其他功能一样。她享受其中的欢愉，也愿意给别人提供这种欢愉。当然她性欲强似一头小母兽，但却是一头漂亮甜美又温柔有魅力的母兽。”

“后来的一天晚上，她告诉我收到了帕科的信，信是从他所服役的西属摩洛哥寄来的，他告诉她自己马上就要复员了，几天后就能回到达卡迪斯。第二天早晨她就把自己的东西收拾好了，把钱藏在袜子里。我把她送到车站，并送进车厢里，她很热烈地吻了我，但一想到即将和男友重逢，就激动得把我忽略掉了。我敢确定，不等火车出站台，她就会把我忘得一干二净。”

“我还留在塞维利亚，秋天来临的时候，我又踏上了旅程，这一站我到了印度。”

5

天色渐行渐晚。饭馆里的顾客越来越少了，只有几张桌子上还有些人，估计都是一些来此消磨时光的人，还有就是一些看完戏或电影的又来小酌轻食之人。当然也有零星的迟来者。我看见一位高个子男人，看样子是英国人，带着一个看着不太文明的年轻人走了进来。男人狭长的脸上显露着疲倦之色，他卷发稀疏，俨然一副英国知识分子的仪表，很显然有着很多出国的人都会有的那种错觉：国内的熟人就不可能认出你了。那个年轻人贪婪地吃着一大块三明治，男人愉快而慈爱地看着他吃。真是好胃口！这时，有过一面之缘的一个人进入我的视线里。在尼斯时我们曾在同一个理发店里理过发。他身材矮胖，头发花白，脸膛圆而红润，眼袋很大，他原来是美国中西部的银行家，经过那场经济危机后，为了逃避应负的责任，离开故里躲在这里。我不知他有无犯罪，即使有罪，鉴于他卑微的地位，当局亦不会费力将他引渡。他一副半醒半醉的低级政客的浮夸嘴脸，身边不乏伴着一些风尘女子，而那些风尘之女从不加掩饰地搜刮于他。我见他时，他正与两个浓妆艳抹的中年女人调情说笑，那两个女人一边侍候他一边肆意地用他一知半解的法语嘲讽于他，而他却只是愚蠢地笑着。荒诞不经的日子啊！他总会有一天被那些女人榨干所有，他的结局会惨到去投河或者吞服过量的佛罗拿（一种安眠药），来了此一生。

到了凌晨两三点，顾客开始增多，应该是夜总会相继打烊了。进来一群带着醉态的美国年轻人，闹哄了一小会儿，离开了。在我们附近，坐着两个挨肩而坐的面沉似水的胖女人，衣式紧身的男性化衣服，她们闷头不响地喝着苏打威士忌。一群穿晚礼服的人涌了进来，这些人是法国人称的上流社会人士，从他们的谈吐中，已知是走过了数个夜总会，到此一站来用消夜作为一个夜晚的结束。他们也是来去匆匆。引起我好奇的是一位小个子男人，他衣着并不显眼，坐在那儿有一个小时或者更长一些，面前一杯啤酒，很专注地读着一张报纸。他嘴巴上的黑须很整洁，鼻梁上夹着一副眼镜。终于，进来一位女人坐在他的身边。他脸带愠色朝她点了点头，这愠色应该是他等得太久的缘故。女人看上去很年轻，面露疲态，穿着不体面，却浓妆艳抹。过了一会儿我看到她从包里掏出东西递给他。是钱。他看着那些钱脸色阴沉下去。他跟她说了什么，我没听清楚，但从她的神色猜测他在咒骂她，而且骂得相当难听。她回了一句什么。她的脸上立刻落下他突然而至的一记响亮的耳光。她一声尖叫便开始低声哭泣。老板闻声过来，好像涉足了他们的纠纷，警告他们注意举止的文明，否则他会逐客了。女人则把矛头对准老板，尖声爆着粗口，大家都听明白了，她让老板少管闲事。

“他抽我嘴巴，是因为我欠抽。”她嚷道。

女人啊！我一直以为靠女人卖淫过活的男人，该是那种魁梧雄壮的家伙，并随时喜欢要刀弄枪显示一下自己的实力；令我深感不解的是看着这么一个软弱无能的男人，其形象像律师所的一个小职员，居然也能在人满为患的烟花场里占有一席之地。

6

为我们服务的侍应生要下班了，为了小费，他把我们的账单拿了过来。我们把先前的账结了，又点了两杯咖啡。

“如何？”我问。

我感到拉里谈兴正浓，而我听兴未减。

“你听着厌烦吗？”

“当然没有。”

“那好吧，我们去了孟买。船在那儿停了三天，让游客们观光赏景。第三天下午我去了海边。我四处游逛了一会儿，往来的人群凝聚成一个偌大的人种混杂的人流，有华人、穆斯林人、印度教徒、黝黑的泰米尔人，还有那些拉车的健壮的长角大犍牛！然后我去象岛看石窟。在来孟买的途中，在亚历山大港上来一个印度人，游客们不怎么待见他。他个子矮小而胖，圆脸呈棕色，身着一件厚的黑绿格子外衣，脖子上围着教士硬白领。一天夜晚我到甲板上透气，他过来与我搭腔。那时我没有任何心情与人说话，只想安静地独处；他不管我的面色表情，自顾地问我很多问题。总之我告诉他，我是一个学生，准备回美国。”

“‘你应该在印度停留一下，’他说，‘东方有很多值得西方人学习的东西，那是西方人想都想不到的。’”

“‘哦，当真如此？’我问他。”

“‘象岛的岩洞，至少你应该去看看，’他继续说，‘肯定你不虚此行。’”拉里停住问我，“你到过印度吗？”

“还没有去过。”

“嗯，我专注于象岛石窟的奇观，那尊三头巨像，正在揣摩着它的象征意义。我听见有人在我背后说话：‘你采纳了我的好建议。’我转身用了一分钟才辨别出跟我说话的是那个深夜甲板上遇到的印度人，此时他穿着一件橘黄色的长袍，后来我才知道这是罗摩克利须那宗派弟子的穿着；他此时的仪表尊贵而庄重得光彩照人，与先前船上相识卑微可笑的形象判若两人。我们同时凝视着那座塑像。”

“‘婆罗贺摩，创世神，’他说，‘毗湿，守护神，还有湿婆，毁灭之神。神的三种显现。’”

“‘我大概很难理解。’我说。”

“‘我已经想到了，’他微笑着回答我，那微笑那目光似在嘲笑我，但里面却不乏亲切。‘能被人理解的神，那就不是神，神的无穷之大，是人的语言所不能描述的。’”

“他双掌扣在一起，略一弯腰施礼便向前走去了。我仍然站在那儿看着那座三神之像。或许在那时刻我的心是打开着的，突有一种莫名的感动像潮水一样在心里涌动着。你明白一种想忆起一个人的名字却说不出口的那种感觉，我当时的感觉正是如此。我走出石窟后，面对着大海久坐于台阶上。对于婆罗门教，我的了解没有超过爱默生的那首诗，我绞尽脑汁地想着那些诗句，却怎么也想不起来了，我很恼火。回到孟买，我第一时间去了一家书店，终于在《牛津英诗》里找到了它。你还记得吗？”

“想忘记我的人只是枉然 / 他们高飞时，我是他们的羽翼 / 我是怀疑者，也是被怀疑者 / 而我就是婆罗门徒吟唱的圣歌。”

“我在当地一家小餐馆吃了晚餐，上船的时间是十点钟，所以我沿着海边继续闲逛。天上繁星闪烁，我想我从未见过如此多的星星。白天的炎热被太阳带走了，夜晚清凉宜人。我看到一座公园，走进去在一条长凳子上坐了下来。四周一片漆黑，白色的身影悄然地来回走动着。多么奇妙而令我着迷的一天，有明媚的阳光，有肤色各异人群的喧嚣，有辛辣又清香的东方气息，而那三头巨像恰如点睛之笔，使得原有的一切都蒙上了一层有着深意的神秘面纱。我的心因突然意识到一种强烈的信念而狂跳不止，印度有着某种我一直苦苦求索的东西。我告诉自己一定要抓住，不可以失去这个机会，于是我决定留下来，不回到船上去了。船上只有我的一个旅行袋，里面没有要紧的东西。我慢慢走回当地人的居住区寻找客栈。很快我就找到一家并租下一间。零用钱、护照、银行信用证一样不少地在身上的衣服里。我感到是多么的自由，忍不住笑了出来。”

“航船十一点起航，为了避免不必要的麻烦，我一直在房间里待到十一点。而后我走到码头，目送着船离港而去。我转身去了罗摩克利须那传道会，我想找到那位在象岛跟我说话的大师。可我并不知道他的名字，只说是刚从亚历山大回来的大师。见到他后我告诉他，我已经留了下来。我向他请教，我该怎么开始。我们谈了很久，最后他告诉我当晚准备去贝拿勒斯（印度东北部城市瓦腊纳西的旧称），问我是否愿意跟他一起去。我高兴地接受了这一建议。我们坐的是三等车厢。里面无处不塞满了人，吃饭喝酒的，聊天抽烟的，乱哄哄闷热难忍。我几乎一夜未合眼，第二天早晨感到异常疲惫，而大师却精神饱满，无一丝倦意。我问他是如何做到的，他说：‘我冥想身边清净无一物，由此我在梵境里获得了安宁。’我无法想明白，但大师的饱满状态的确如此，恰如躺在一张舒适的床上甜美地睡了一夜。”

“我们抵达贝拿勒斯时，一个同我一般年龄的年轻人前来迎接与我同行的大师，大师告诉他为我找一间房子。马亨德拉是这个年轻人的名字，他在大学里教书。他聪明，待人和蔼可亲，我们相互喜欢对方。当天晚上，他就带我去恒河泛舟闲游；城市挨着恒河，美妙得让我痴迷；第二天早晨他带着我领略了更美的风景。拂晓时，他来到旅馆找我，他又把我带到恒河边，我被河里的景象惊呆了，我看见数以千计的人在河里沐浴净身祈祷。一个形销骨立的高个子男人，须发浓密而蓬乱，浑身一根护带遮住下体，再无其他衣物，他站在水中张开双臂，昂首面向初生的朝阳高声祷告着。我无法言喻那情形留给我的印象的深刻程度。我在贝拿勒斯待了六个月，我无数次地在拂晓时分去恒河观赏那奇特的场景，每一次都惊叹不已。那些人对于信仰没有犹豫不定，没有不安和疑虑，没有保留与困惑，他们是把自己毫无保留地全身心地投入其中。”

“那儿的每个人待我都很友好。当他们知道我不是来猎杀老虎也不是来做生意，而是来求知的，都全力以赴地帮助我。我想学习印度语，他们不仅感到欣慰，还热衷于给我找老师。他们把书借给我，诲人不倦，帮我解决了很多难题。你了解印度教吗？”

“知道得很少。”

“我觉得你应该感兴趣。印度教的理念是宇宙以循环而终止的，从生长到均衡，从均衡到衰落，从衰落到消亡，再从消亡到生长，轮回永不休止。还有什么思想比这更为了不起的呢？”

“那么印度教徒认为这种无休止的轮回目的是什么？”

“我想他们会说，这就是梵的本质。他们认为创生的目的，是为了对前世一个灵魂进行褒贬的奖惩。”

“那需要相信有灵魂轮回才可以。”

“据我所知有三分之二的人是选择相信的。”

“真理并不是多人相信就能成立的。”

“或许是对的，但至少值得去探索。基督教吸收了那么多新柏拉图主义，至于轮回思想它也可以轻而易举地吸收一些的，其实早期已有其中的一个基督教相信过灵魂轮回一说，后被判定异端邪说。否则的话，基督徒就会很坦然地相信轮回转世，就如他们笃信耶稣可以复活一样。”

“这是不是可以这样理解，一个或功或过的灵魂从前世被转移到今世的一个躯体内，再经久不息地传递下去，我理解得对吗？”

“我想是的。”

“那么你看，就我而言，我有我独立的思想和肉体，谁能决定我在多大程度上受制于肉体的偶然事件？拜伦如果没有长畸形足，那他还是拜伦吗？陀思妥耶夫斯基要是不发癫痫症，那他就不是陀思妥耶夫斯基了。”

“印度人从不谈什么偶然，他们会告诉你，你之所以今生有残缺，完全取决于你的前生所为。”拉里很随意地敲着桌面，凝视着前方，目光若有所思。他嘴角挂着淡然的微笑又继续说了下去，“你想过没有，对于轮回之说，既是对罪恶的一种解释，又是一种借口。如果我们今生的遭遇是前世行恶的后果，那么我们只能屈服与承受，并且希望通过今生的努力向善，下辈子就可以免遭痛苦折磨。忍受自身的痛苦是容易的，只需拿出些勇气来就行了，难以忍受的是别人受罪，而且时常觉得那些不幸有失公正公平。如果你能把自己劝服，这所有的都是前世带来的，你就会心生怜悯，你或许还会竭尽所能地帮助他们减轻痛苦，你也应该如此，但是你却没有理由为此而愤愤不平。”

“可上帝为什么不从最开始时就创造一个没有痛苦和悲惨的世界呢？那岂不少了很多世间恩怨。”

“印度教徒会说，本无起始之说。个体的灵魂与宇宙共存，自亘古开天便有，其性质要归于某种先前的存在。”

“这种灵魂轮回的信仰，对于信徒的生活有无实际影响？怎么说这也是一种考验啊！”

“我想是有的。我和你讲一个人，灵魂轮回之说对他现实生活有着多么实际的影响。我在印度的前两三年大多住在当地的客栈里，但有时也会受邀成为某王侯的座上宾，堂而皇之地去住几天。通过贝拿勒斯的朋友介绍，我曾在北方的一个较小的邦里做客。那是一座玫瑰红的古老城市。我被引荐给了财政大臣。他在欧洲受过教育，就读过牛津大学。你与他交流时会感到他睿智、开明而干练，且有进步的思想，是一个有着深谋远虑的政治家。他经常穿着欧式服装，仪表堂堂。他长得英俊潇洒，留着短发以及整洁的八字胡，他略略有些发胖，这也是印度人到了中年以后的明显特征；他常邀请我去他府上。他有一座大花园，我们坐在花园的树荫下聊天交谈。他有一个妻子和两个已成年的孩子。你轻易地就会把他当成一个普通的英国化的印度人。再有一年他年满五十，当我听到他届时将会辞掉待遇优厚的职务，把家产托付给妻儿照管，而去做个托钵僧，去云游世界，我对此事感到非常震惊。可是他的朋友以及邦王都把这等大事视为早有定论的必然之事，让我更加地震惊。”

“有一天我对他说：‘你是个思想开明而有智慧的人，你懂人情世故，你读过科学、哲学、文学等书籍——在你的内心深处真的相信生命会再生转世吗？’”

“我的话让他的脸变成一张幻想家的脸。”

“‘我亲爱的朋友，’他说，‘假如我有疑惑，那我活着将无任何意义。’”

“你相信吗，拉里？”我问道。

“这个问题回答起来有一定的难度。对于这个轮回转世一说，我们西方人与东方人的区别是，我们不是发自内心地去相信它的存在，只把它看成一种观点，而东方人是从骨子里认可的。我既不信，也不质疑。”

他停下来，手托着下巴，眼睛看着桌子，而后靠在椅背上。

“我有过一次异乎寻常的奇特经历，那是一天晚上，我正在我的小屋里遵循印度朋友教给我的方法修习冥思。我把蜡烛点燃，对着烛焰凝神，过了一会儿，我看见一长串人影，一个接着一个，非常的清晰。最前面的戴着藏帽的老妇人，满脸的皱纹，灰白的头发在帽檐边垂下来遮过了耳朵。她身着黑色紧身上衣，一条黑丝绉边裙。我觉得那应该是七十年代妇女的装扮。她面容羞涩，举止温雅，和蔼可亲地看着我，她的手臂垂直于身体两侧，手掌朝向我。跟在她身后的是一个侧身的犹太人，他个子很高且清瘦，因侧立着，我只能看到他的半边脸，高而大的鹰钩鼻子和肉感十足的厚嘴唇。他穿着一件黄袍，一顶黄色无边帽戴在他浓密的黑发上。他有着知识分子的气度，表情严谨，又不乏热忱。站在他身后那个人面对着我，是个面色红润而快乐的小伙子，我能非常清晰地看到他，好像我们之间没有任何阻隔。他两腿略微分开，稳稳当当地站着，脸上透出勇敢、鲁莽浪荡的神色。一个十六世纪的英国人模样。他红衣红裤，脚上穿一双圆头丝绒鞋，头戴平顶丝绒帽，穿的仿佛是有着华丽之感的宫廷服饰。他们三位的后面是一连串看不到尽头的人影，特像电影院外面排队等候的队伍，但影像模糊，看不清容颜。我只能感觉到他们不真切的身姿，犹如风吹麦浪一样的波动。过了一分钟，也许是五分钟、十分钟，他们缓缓地退尽，在黑夜里消失了，只有烛光在不动声色地燃着。”

拉里轻轻一笑。

“这也许是我打了瞌睡，做的一个梦。也许是那微弱的火苗在我冥想时给我催眠了，那三个人尽管真切得就像我现在看你一样，但应该保存在我的潜意识里。这很有可能就是我的前世。也许我的前世就是一位新英格兰的老太太，在她之前是地中海东部的犹太人，再往前，就在塞巴斯蒂安·卡伯特（1450—1498，英国航海家、探险家及制图学家）从布里斯托尔扬帆起航后没多久，我是当朝威尔士亲王亨利廷下的一位少侠。”

“你那座玫瑰城市里的朋友，后来怎样了？”

“两年后我南下在一个叫马都拉的地方落下脚。一天夜晚我正在寺庙里，我的胳膊突然被人碰了下。我回头只见一个长发长须的男人，缠着一块腰布，其余的什么也没穿，手拿着化缘钵等云游圣僧才有的物什。他开口说话了，我才认出他来。正是我那位朋友。我惊讶得不知说什么才好。他问我在做什么，我据实相告；他问我下一站去往何处，我说要去特拉凡科；他让我去见见格涅沙法师。他告诉我，我要寻找的东西，格涅沙法师会给我的。我想对格涅沙法师有更多的了解，便让他给我讲讲这个人，他含笑告诉我，说我见到后便会知道。我逐渐地平定了惊讶的心情，问他在马都拉做什么。他说正徒步去印度的圣地朝拜的途中。我问他如何解决食宿问题。他答，倘若有人收留，就睡在走廊里，若没人收留就睡在树下或者寺院里；至于吃饭的问题，有人肯施舍就吃，否则就饿着。‘你瘦了很多。’我端详着他说道。他大笑起来，说瘦的感觉比胖时要好很多。随后，他便与我道别，听着一个只裹了缠腰布的人说：‘好了，再见吧，我的老朋友’，很稀奇怪异的感觉。他踏进庙门深处，我被挡在那个区域外。”

“我在马都拉待了一段时间。我想那是印度唯一可以让白人自由出入的寺庙，只要不去涉足那些圣地就可以。黄昏时分，庙里便挤满男人、女人、孩子各色人等。男人们的身上除了那块腰布其他地方全都裸露着，他们的前额、胸口和胳膊均都涂着厚厚的白色牛粪灰。每个神殿里都能看到敬拜的他们，有时候还能看到他们匍匐在地上，那就是俯拜礼。他们祷告祈福，嘴里念念有词，那些都是祷告词。他们彼此怀着敬意打招呼，他们也争吵，有时候为了什么会发生激烈的辩论。在那些吵吵闹闹声中，似乎有亵渎神明之意，但不知为何，你却能感到神就在你的附近，以一种神秘的方式存在着。”

“在屋顶均由雕纹刻的柱子支撑的长长的门廊里穿行，会看到每根柱子下坐着的一位托钵僧；一只接受施舍的碗或者小席子放在他们的面前，不时有人施舍一个铜钱。托钵僧有穿衣服的，也有近乎赤身裸体的。有的用茫然的目光看着经过的你，有的则在默诵或出声地朗读着什么，对于那些来往吵闹的人们呈现出浑然不觉的状态。我在他们之中寻找着我的那位朋友，可惜没有找到，我估计他是在循着自己目标的路上了。”

“什么是他的目标？”

“挣脱轮回的羁绊。对于吠檀多信徒（印度教的主要哲学）而言，自我，即他们所谓的宇宙灵魂，也就是我们所谓的灵魂，与肉体及其感官是截然不同的，与思想及其智慧也不等同；它不属于梵的一部分，因为梵只有本身，并无其他部分之说。它也并非属于创造之类的，而是亘古开天就有的，当它摆脱了无知的七层面纱之后，就会回到它源发的无穷之中。就宛如大海里升腾的一滴水，随着风雨落入水坑，然后淌进小溪，汇入小河，辗转注入大江，再一路穿峡谷过平原克服礁岩和落木的重重阻碍蜿蜒前行，最终回到它的源头——浩瀚无边的大海。”

“只是那滴可怜的水，再次融入大海时，他的个性已不再是当初了。”

拉里笑了。

“你想品尝糖的甜味，却不必非得变成糖。个性充其量是一种个人主义的体现，灵魂达到完善就要抛却所有的个人主义，不留一丝痕迹，才能与梵合为一体。”

“你谈起梵来有条有理，拉里，可以至高无上，那么于你而言，它究竟意味着什么？”

“真实。无法给他一个确切的定义。印度人称之为婆罗门。它无所在，又无所不在。一切事物里都有它的存在，又都依赖于它。它既不具体到什么人、什么东西，更不是什么事业。它没有具体的性质。它超越了永久与变化，说它是一个整体，也可以说是一个部分，说它是有限，也可以说它无限。它是一种永恒，因为它的完整与完善跟时间无关。它就是真理和自由。”

“我的老天！”我心里惊呼，但对拉里说出的却是：“这是一种虚化的概念，如何让一个纯粹具体的概念成为人类痛苦的安慰物？挣扎在苦难中的人总是需要一个真实存在的神来慰藉和鼓舞。”

“也许在遥远的未来的某一天，人类有了更深的悟性之后，由此而懂得，慰藉和鼓舞只能在自身的灵魂里寻找。我本人觉得，崇拜的需要其实无异于对以前那些神的残存回忆，有些神在接受朝拜后才会收敛那些冷酷无情。我相信上帝，他就在我的身体里。果真如此，我又该去拜谁？拜什么呢？人类处在精神进化的发展阶段，所以印度人的想象空间已经进化到能够昭示梵的水平，并称其为婆罗门、毗瑟、湿婆以及上百个其他名字。梵存在于‘大自在天’之中，那是世界的创造者和统治者，梵存在于卑微的神像之中，农夫在烈日炙烤的田野里为其献上一束花作为祭品。印度不计其数的神只有一样让你明白，那就是自我与至尊同在。”

“我特别想知道，是什么将你引向了这样的信仰？”我问完用一种审视的眼光看着拉里。

“我可以跟你说说。我一直觉得宗教的创立者们是很可悲的，他们以拯救作为信教的先决条件，就好像他们的信仰需要众多人的信仰来支撑似的。这与过去那些异教神没什么两样，一旦失去了善男信女们献上的燔祭，他们就会愁楚不已。‘吠檀多不二论’则不计较你相信任何东西；它只求你有足够追求神的渴望去感受神；就像感受快乐或者痛苦一样，那么你就会感到神的真实存在。

如今印度就有一些人——据我所知有好几百人——对自己已体验到神的存在而深信不疑。在这种说法中让我颇感欣慰与满足的东西，就是印度人已经承认人类的某些弱点，而可以通过爱与行善拯救自己。但他们从未否认过，最高贵的，也是最艰辛的途径，是知识，而获取知识的工具正是一个人最为宝贵的能力，即为理性。”

7

写到此处，我需要打断一下，为自己做个声明类的澄清，其实我并没有想专门要写有关“吠檀多”的哲学体系。一来我对此并不十分了解，再者，即使真懂把它写进小说里也感觉有些不妥。我和拉里的谈话很长，所以我也删减了一些，删减的部分都是不符合小说书写的。我真正关心的是拉里。我甚至想也许我就不该打开这个盘根错节的话题，但如果不加以简单的交代，对于他今后所采取的行为准则，又缺乏相应的根据，有关这些，我很快就要揭示给读者了。令我苦恼的是，我居然无法用语言来形容他说这些时嗓音里所蕴含的愉悦，哪怕是他那些很随意的谈吐也充满了说服力；还有他奇遇的跌宕起伏，也令我的语言词穷语尽。他的从严肃庄重到温和轻快，从沉思到嬉闹顽皮，与他的思考一直相伴相随，宛如伴随着气势磅礴的小提琴协奏曲，还有叮咚的潺潺如流水的钢琴声。

关于那些严肃的话题，他讲起来也相当自然，有时还会夹杂着羞怯，不过很随意，仿佛坐在炉边闲聊，跟你谈着天气和地里的庄稼，没有任何拘束感。倘若我的文字留下了他故意说教的印记，那绝对是我的过错。他的谦逊和他的诚挚都是显而易见的。

餐馆里的人已所剩无几了，借助杯中之物享受人生的已经离去了，那些做性爱生意的可怜虫们也已回到自己阴暗的住地。偶尔也会来一个倦容满面的男子，就着一块三明治喝杯啤酒，或是个半睡半醒的人来此喝咖啡的。还有一些白领工作者。值夜班准备回去睡觉，一个上白班的被闹铃唤醒，极其不情愿地走向令人烦躁的工作岗位。而此时的拉里似乎没有了时间概念，对周围发生的事也浑然不觉。我的生命历程中，曾经历过很多次的险境而不能预测生死，也曾无数次的艳遇，酿造一些风流韵事。我曾纵马中亚，循着马可·波罗的足迹踏上中国的神奇土地；我曾在彼得格勒呆板的会客室里，一边品着俄罗斯茶，一边听一个穿黑衣和条纹裤的小个子男子温言软语地讲述他刺杀沙皇太子的经过；我还曾端坐于威斯敏斯特的一间客厅里，在外面的炮声隆隆中用心倾听海顿那恬静温暖的钢琴三重奏；而当我坐在这家有些俗丽的餐馆的大红毛绒的座椅上，连着数小时听着拉里谈论上帝与永恒、梵以及令人心生倦意的持之以恒的轮回时，我觉得没有什么可以比得上这情境的离奇古怪了。

8

拉里沉默着，我也无意催促他，等着他。过了几分钟，他对着我微然一笑，好像回到了现实中，感知到了我的存在。

“当我去了特拉凡科后，我原来想找人打听一下格涅沙大师的消息，可是没有必要的，因为所有人都知道他的住地及具体情况。他原来在一座山洞里住了数年，后来在人们的劝说下，他才同意移居到平原地带，有乐善好施之人给他一块地，并为他修建了一座很小的土坯房。从特里凡得琅到那儿有很远的路程，我用了一整天的时间赶路，先是坐火车，再搭乘牛车，才抵达格涅沙大师的修行之地。我按照当地的礼仪风俗，拎着一篮子水果站在大门口，我在那儿见到一个年轻人，我问他我可否能见见大师。几分钟以后，年轻人折回把我引进一间四周有窗户的长条形厅堂里。格涅沙大师正以冥想的姿态坐在屋角一张铺着虎皮的高台上。'我一直在等你呢。'他说。我吓了一跳，转念又想，可能是我的马都拉的朋友已经跟他提及过我。可是，我提及朋友的名字时，他摇摇头，表示否认。我把水果奉上，他递给年轻人并吩咐收好。房间里只有我们两个人，他默不作声地看着我。这样的沉默不知延续了多长时间，或许有半个小时之多吧。我已说过他的容貌，但我没说他所散发出来的那种安详、慈爱、平和与无私。经过长途劳顿之后，我感到很疲惫，可此时我的心开始安静下来，一种非常舒坦轻松的感觉遍布全身，等他再次开口之前我已确定，他就是我苦苦寻找的人。"

"他会说英语吗？"我插了一句。

"不会。可你知道我，学语言很快，那时我学的泰米尔语，已经能够与人交流了，尤其在南部。后来，他终于开口了。"

"'你为何来这儿？'他问。"

"我便把自己如何来印度，三年的经历，如何多次慕名求教及其失望的结果说与他听。他打断了我。"

“‘这些无须再说，我已知晓。你为何来这儿？’”

“‘我来此寻找我的古鲁（印度教等宗教的宗师或领袖）。您或许就是。’我答道。”

“‘婆罗门才是古鲁。’他说。”

“他仍然用那种奇特的专注的眼神看着我，他的身体突然僵直，眼睛朝向内里，我知道他是陷入一种被印度人称作‘三昧’的入定状态。人在这种时刻，主客体二元性已消失，成为‘知识之绝对’。我将腿盘起，端坐于他的面前，心跳如鼓声。也不知过了多长时间见他呼出一口气，我知道他已恢复通常的意识状态。他看着我，目光里满是慈爱。”

“‘留下吧，’他说，‘他们会领你去睡觉的地方。’”

“我住的小屋子正是格涅沙大师初下平原时所住的。他的门徒越来越多，有了这座大厅后，门徒们便与他朝夕相守于此，慕名而来拜访的人也不断增多。为了不惹人注目，我已穿上了印度袍子，由于已晒得很黑，除非特别留意者，不然很有可能与本地人混淆，这样我便不会引人耳目。我读了很多书，也有很多的思考。格涅沙大师开口说话时，我留心倾听；他言谈极少，但乐于解答一些疑惑问题，而听他说话犹如醍醐灌顶一般，受益匪浅，又舒适清凉。虽然年轻时他恪行苦修，但他并不强求他的门徒们也如他一般。他试图让他们从自我、强烈的贪图欲望和感官享受的桎梏中解放出来，并劝勉他们，可以通过宁静、克制、弃绝、顺从、坚定的信念及对自由的渴望，能完全获得自身的解放。有一个小镇，离这儿有三四英里远，镇上有一座很有名气的庙宇，每年都要举办一次盛会，而吸引很多人前来，盛会结束后人们会前来拜见大师；有特里凡得琅的，还有更远地方来的信徒，他们把自己的烦恼、困惑说与他听，求解决的办法，聆听他的教诲；他们离去的时候，都带着满足及精神上的力量与内心的宁静。其实他教诲的内容并不复杂，他教导说，我们本身都比自己所认识的要强大许多，而智慧是通向自由的必经之路。他说，对于拯救而言，必要的不是遁世，而是懂得弃我。他说，做事摈除私欲方可净化心灵；履行责任则能使人有机会丢开孤立的自我，而融入普天的大我。不过最让人感动的不是他的教诲，而是他的仁厚、慈爱、他灵魂的高贵与圣洁。他存在的本身就是一种恩赐。我和他在一起感到幸福而快乐。我感到我终于找寻到了要找的东西。一周又一周，一月又一月，时间飞一样过去了，快得让人难以置信。我想就这么一直待下去，直到他终老离开。他已告诉过我们，他会离开，因为他不愿意长久地羁留在自己终要腐朽的皮囊里；或者等到我获得启明，终能冲破无知的枷锁确信自身与梵已经无异议地融为一体。”

“以后呢？”

“倘若他们说的没错，就没有以后了。那个灵魂完成了人间的事业，一去不复返了。”

“格涅沙大师死了？”我问。

“据我所知，并没有。”

他已明白我言语间对某个问题的暗示，轻声一笑。犹豫片刻，之后他又继续说道，但其语态让我开始料想，他希望能回避第二个我几乎要说出口的问题，那就是他是否得道。

“我后来离开了静修处。一位当地的护林官员，他也是格涅沙大师虔诚的信徒，他住在山脚下一个村庄的边缘地带。他在工作之余，常来和我们住上三两天，我有幸认识了他。他人很好，我们很聊得来。我们用英语聊天，他喜欢和我练习英语。我认识他一段时间后，他对我说，山上有一座护林队的小屋，如果我想独处的时候，他会把钥匙给我。从那以后，我不时会过去住几天。去那儿要走两天的路，先乘坐公共汽车去护林官所在的村庄，然后步行上山，等你到了那个地方，你会发现那儿的风光寂静中透着壮丽。我把生活必需品放进背包里自己背着，另外雇个挑夫担运补给品，我会一直待到补给用完为止。那间小木屋，很小也很简陋。屋后带个小厨房，屋子里只有一张可以铺席子的高架床、一张桌子和两把椅子。屋子里非常凉爽，有时在夜晚我会点燃一堆篝火，那绝对是一件很惬意的事情。这里方圆二十英里内只有我一个人类，这让我感到很奇妙，也不乏微微的紧张成分。夜间，时常有虎啸传来，还有象群在丛林里横冲直撞的喧闹声。那儿有个我钟爱的去处，我常常坐在那里，纵览横亘于眼前的山峦和一汪湖泊，黄昏时分，鹿、猪、野牛还有豹子等走兽都会到湖边去饮水。”

“在静修处住满两年后，我再次走进那座幽静的树林小屋，还有个原因你听起来也许会发笑。我想在那里度过我的生日。在前一天我赶到那里。第二天拂晓前我醒了，第一个念头我想看日出，就在那个我钟爱的地方。那条路我已经熟悉到闭着眼也差不多能摸到。我坐在一棵树下安静地等着。夜色依旧浓郁，但满天的星辰已经慢慢地褪去了光泽，白天就要来了。我有一种古怪的悬疑感。曙色一点点将黑夜变淡，其变化迟缓得令我难以察觉到，感觉好像有一个神秘的身影潜藏在树丛里。我心跳加速，仿佛有一种危险在向我逼近。太阳升起来了。”

拉里挺了一下，一抹遗憾的微笑在唇间展开。

“我很遗憾没有语言描述的天赋，不知道该用怎样的词来形容当时的一切；我无法描绘出让你也有身临其境之感的破晓时分，展现在眼前的壮丽景象：布满丛林的群山、缠绕于树梢上的雾霭，还有远在山脚的深不可测的湖。阳光从高处的裂隙映射在湖面上，湖面泛起金属般耀眼的光线。惊艳过后，竟是没有过的欣喜兴奋与超然感。突然我的身体有了一种奇异的感觉，觉得有一股刺痛感从脚底升腾直贯头顶，我分明感觉到自己脱离了肉体的束缚，成为纯粹的精神体享受着从未有过的美好。我感到自己获得了一种超乎人类的知识，过去所有的纠葛都清晰了，一切的困惑都迎刃而解。我快乐着，继而是痛，并想在那种境态中挣脱出来，因为我感觉再多一刻我会死掉的；然而，那种感觉是那么令我欣喜与痴迷，痴迷到情愿死去也不愿就此罢休。我该用怎样的语言来告诉你我当时的感觉呢？那是无法形容的得意忘形的极乐之情。复归常态时，我筋疲力尽，浑身战栗不止。我睡着了。”

“我醒来时已是正午当头。我心情轻松愉悦地走回小屋，我感觉似乎足不着地。我做点吃的，老天，我饿极了，然后点燃一管烟抽了起来。”

此刻拉里也把烟点上了。

“我简直不敢想象，我，伊利诺伊州马文的拉里·达雷尔，在有些人苦苦追寻多年未果之时，居然得到了启明。”

“你怎么确定那不过是一种类似催眠的状态呢？你自身的心境，加上寂静无人的周边环境，黎明的神秘感，还有那闪着金属般光线的湖，这些都很容易诱发的。”

“我只知道那种真实我已经很强烈地感受到了。这样的体验毕竟全世界的神秘主义者都曾有过。印度的婆罗门、波斯的苏菲派、西班牙的天主教、新英格兰的新教神秘主义等，他们的体验同样难以名状，使用的词汇也大同小异，但不可否认的是那种现象确实存在着。唯一令人困惑的是难以解释这种现象。我也不清楚自己是一瞬间融入了梵，还是无意识中释放了潜藏在每个人灵魂里与宇宙精神的亲密关系。”

拉里停顿下来，似乎带着些许挖苦的意味看着我。

“对了，你的大小拇指能碰到一起吗？”他问。

“当然了。”我哈哈一笑，并以实际行动做了证明。

“你知道吗，只有人类和灵长类动物才会有这样的动作。大拇指与其他手指是相对的，这样手才能成为一个好工具。大拇指在远古时代也曾毫无疑问地处于原始形态，首先在人及大猩猩的某些个体身上发育而来，而过了无数代之后才成为所有人和灵长个体的特征，你觉得这种可能对吗？是不是至少也存在着这样的可能性：如此形形色色众多的人群所体验到的与‘真实’合一的感受，都指向人类意识中的第六感，在遥远的未来第六感将为一切人所拥有，于是对梵的直接感知，普遍得如同感觉器官对物体的感知。”

“如果真如此，人类会受到什么影响？”我问。

“第一个发现能用大拇指去触碰小拇指的人，并不知道这个无关痛痒的动作，会产生怎么样无穷无尽的后续影响，他是无所知的，我同样也无法预言什么。就我而言，我只能告诉你，在那迷狂的瞬间，所笼罩着我的是平和、喜悦及安定，至今仍影响着我，而对那神奇世界的惊鸿一瞥，依旧如初见一般鲜活生动。”

“但是，拉里，也不能否认是你对梵的认识，才导致你相信这世界及其美丽所产生的幻象——玛耶（印度教中的虚幻神）构造的那种。”

“把印度人将世界看成幻象的认识是错误的，其实并非如此。他们会告诉你，世间的真实与梵的真实并非有着相同的意义。玛耶仅仅是热忱的思想家们设想的一种思考结果，是用于解释无限如何创作有限之目的。商羯罗是其中最睿智的一位，他的结论认为世间乃是无解之谜。你看，难以理解的是智慧的梵为何要创造这个世界，要知道，梵是永恒的，永远处于静态，他自足而不缺，无欲无求，故此无争。既已如此完美，为何还要创造这个世界呢？一般情况下，你会得到一个这样的答案，梵是随手创造了这个世界，并没有其他的目的。可是当你想到洪水饥荒、地震飓风和人类的肉体所承受的各种疾病的折磨，你不禁会愤怒地思索道，如此触目惊心的灾难竟然是儿戏般创造出来了。然而，胸怀宽广仁厚的格涅沙大师则不这么认为，他把世间看成梵实在的表现，那些灾难性的东西则是梵完美无缺的流溢。他教导说，上苍不经意间的创世，而世界是其秉性的显现。如果世界真是一种完美秉性的显现，那怎么又会有那么多令人痛恨的羁绊，以至于人为之争取的唯一理性的目标，便是挣脱其桎梏而获得自由呢？对于我的问题，格涅沙大师答道，世间的乐事都是短暂的，只有‘无限’才能给你持久的快乐。然而无限的持久也不能好上加好，就如不能使白色更白一样。但正午的玫瑰失去了黎明时的美艳，那么它曾有的美就是真实存在过的。世上永无一物会长久存在，如果一味追求永久，那是一种愚蠢的行为，但如果不及时行乐，是更愚蠢。假设说变化是存在的本质，那么我们想到，将其作为哲学的前提才是明智之举。我们谁都无法两次踏进同一条河，我们原来踏进的那条河的河水在不断地流淌着，我们踏进的另一条河却同样清凉。”

“雅利安人最初南下印度时，就看到了我们所知的世界不过是我们未知世界的表象；然而他们很满意它的优雅与美丽，便欣然接受了；过了几个世纪之后，当征服了强弩之末，当气候把他们折磨得精疲力竭，当他们成为入侵的游牧民族的阶下囚时，他们才感觉到世间的罪恶之多，于是渴望挣脱掉那种生活，转身去追求轮回的自由。我们西方人，尤其是我们美国人，为何要如此惧怕衰朽死亡、饥饿干渴、生病衰老、忧伤惶惑呢？我们的生命力很强大无比的。当我坐在那间小木屋里抽烟斗时，我感到了前所未有的生命旺盛力，体内有一种能量呐喊着渴望被挥发。我深知自己不该远离世间隐居修行，而是要入世，爱世间万物，并不为其本身而爱，而是为蕴含其中的那种‘无限’去爱。如果在那些狂喜的瞬间里我真的与梵融合为一了，那么，如果他们所言为实，就没有什么再能够触动我，当我得道后就不能再回到人世间了，便意味着我与轮回无缘。想到这些我心里充满了惆怅，甚至是绝望。我愿意一次次地活回来。我甘心接受痛苦和哀伤；我觉得只有一次又一次的活着才能满足我的渴求、我的活力、我的好奇心。”

“第二天早上我就下山了，次日回到静修处。格涅沙大师看着我身着欧式装束，感到很意外。当初上山时在护林官的小屋子里换上这套衣服，因为山里比较冷，就没脱下来。”

“‘我是来与您告别的，大师，’我说，‘我要返回自己的族人中去。’”

“他沉默着，仍然盘腿坐在铺着虎皮的高台上。一炷香在面前的火盆里燃着，一股淡淡的清香在空气里飘荡着。他一如我们初见时的孤独。他看向我的目光炽烈而锐利，我感到他洞穿了我，明白了我的心之所想。”

“‘很好，’他说，‘你来得够久了。’”

“我跪了下去，他祝福我。当我站起时早已泪流满面。他高贵与圣洁的人格，永远值得我敬畏。与他的结识将永远是我最大的殊荣。我向信徒们一一作别，他们有的已修行数年，有的是在我之后。我把少得可怜的几件财物和书籍留下了，心想或许这些东西对谁有用。我背着来时的旧背包，穿着原先的旧长裤和棕色外套，头上依然是那顶破旧的遮阳帽，便踏上了回城之路。一个星期之后我在孟买登船，在马赛上岸。”

我们再次沉默，各自思索着；疲倦已经袭上来，但我还是想问他个问题，于是我开口了。

“拉里，我的老朋友，”我说，“因为世间的恶，才促使你走上这条漫长的求索之路，并勇往直前。那么说了如此之多，你并没有说明，已经找到了哪怕是尝试性的一个解决途径。”

“或者根本就什么办法可以解决，或者是我比较愚钝没有发现这条解决的途径。罗摩克利须那把世界看作神‘就像一场游戏’一样随意创造的。他说，其中有欢喜也有愁，德行与恶习共存，知识与蒙昧为伍，有好也有坏。如果把罪孽和痛苦从创造活动中除去，那游戏就无法玩下去了。’这个观点我极力不赞成。以我最多的解释是：当梵在世间显现自身时，恶便以善的自然对应而生。如果没有发生地壳的恐怖撼动，那么就没有喜马拉雅山那绝世的壮美。中国工匠用薄胎瓷做花瓶，他们赋予其漂亮的形态，美丽的图案，亮丽的色泽，釉面的光彩照人，可谓臻于完美，然而就其天然特质而言，匠人赋予它的必然是脆弱，如果失手跌地，必将粉身碎骨。同样之道理，我们在世上所珍视的价值观念是不是只能与邪恶共生才能够存在？”

“见地别样啊，拉里。但我认为还不尽如人意。”

“我也认为，”他微笑道，“只能说，当有些事情无法避免时，那么你能做的就只能是随遇而安了。”

“你下面的打算有什么？”

“我把这儿的工作做完，然后回美国。”

“回去做什么？”

“生活。”

“怎么生活？”

他回答得很冷静，但目光中却闪过一丝顽皮，因为他非常清楚我想要的答案。

“平静、克制、热情、无私无欲。”

“过于苛刻了，”我说，“况且为什么要无欲？你还年轻，去人为地压抑像饥饿一样的动物本能的性欲，这样做明智吗？”

“于我自身的经验而言，我很幸运，纵情于我只算快事，而不是需要。印度的智者认定禁欲可以极大地提升精神力量。我深以为是。”

“我认为，智慧存在于肉体需求与精神需求之间达到一种平衡。”

“这恰恰是印度人所肯定的我们西方人做不到的一点。他们认为我们发明无数，有工厂机器和大量的产品，我们是在物质中寻求快乐，然而快乐并非存在于物质中，而是存在于精神世界。他们认为我们选择的是一条毁灭之路。”

“可你觉得你的那套所谓的美德适合在美国推行吗？”

“为什么不能呢？你们欧洲人对美国一点都不了解。我们积累了丰厚的财富，于是你们就认为我们在乎的只是钱。其实，我们对钱并不在乎，钱挣到手就花掉了，有时物有所值，有时简直就是浪费，总之我们会花掉。对我们而言钱不算什么，只是一种成功的标记。世界最了不起的理想主义者恰恰是我们美国人；我刚好想到，我们的理想目标并非正确；我又想到，如果有哪个人能拟定一个真正的伟大理想，那他的自身就是最完善的。”

“这个理想太崇高了，拉里。”

“努力为这个理想去做，不是很值得吗？”

“可你想过没有，就凭你一个人的力量，对一个缺少安分、忙碌无度、目无法纪，有着极端个人主义的民族，会产生影响吗？就是徒手去挡密西西比河水，或许都要比这个容易呢。”

“我愿意试一下。当初是第一个人发明了轮子。又是第一个人发现了万有引力定律。世间所有之事只要做了就会产生效应。把一块石头扔进池塘里，都会改变宇宙原有的样子。对印度人的圣人生活方式的看法是错误的，他们是黑夜里的一盏明灯，他们是一种新理想的标志；可能一个凡人很难实现这个理想，但已经有了很好的效应，他们尊重它，它改变了他们，让他们变得善良。倘若一个人变得纯洁、尽善尽美时，就会产生一种人格魅力，而这种人格魅力就会吸引更多乐于独善其身的人，这样影响面就会扩大，就如往池塘里投石块，一块石激起一个浪花，那么两块石、三块石呢？我的不乏快乐和平和的生活方式慢慢地就会被一些人接受，而反过来他们也会言传身教。”

“我不知道你可否明白你将面临的是什么，拉里。你要知道，菲利士人用来镇压恐怖言论的拷问台和火刑架早已放弃了，因为他们发现了一种远比那种毁灭性更有杀伤力的武器——风凉话。”

“我是一个意志坚强的人。”拉里笑起来。

“那好吧，我只能说，你真是太幸运了，因为你有私有收益。”

“它确实派上了大用场，否则我将一事无成。可我的初级阶段已宣告结束。从今天起，它将会成为我的负累。我要把它卸掉。”

“那是非常不理智的做法。你即使打算过你想过的那种生活，也需要有经济作为支撑。”

“正好相反，优越的经济条件，会让我所过的生活变得没有任何意义。”

我不禁显露出一些不耐烦来。

“没有经济来源，对印度云游托钵僧来说不是问题。他可以露宿，可以靠乞讨生存，行善积德之人会心甘情愿地施舍于他们。但美国的气候是不适合露宿的，再者，虽然我不能说我了解美国，但有一点我是非常清楚的，那就是你的同胞们达成的共识：要想吃饭，就得工作赚钱。我可怜的拉里，还没等你实现你的梦想，就会被当作流浪汉遭收容喽。”

他大笑起来。

“我当然知道这些啦。我回去后就到汽修厂找份工作干。我机修干得不赖，找份工作应该不难。”

“我觉得你这是在浪费精力，把精力花在别的事情上，不是更有意义吗？”

“我喜欢体力劳动。每当我读书的时间久了，我就会去做一些体力，我觉得体力消耗后精力会更加充沛。斯宾诺莎的自传里，说他有时不得不去磨镜片以糊口，并觉得苦不堪言。依我看作者很愚蠢，那些劳动能让他从繁重的脑力劳动中分散一会儿注意力，那对他智力活动是有益而无害的。我在洗车或是修理汽车时，我的心是自由的，活儿干利索了，还会有成就感，那是值得高兴的事。当然我不会在一个修配厂无限期地待下去。多年前我就离开美国了，我要对它有个全新的认识。之后我就去做个卡车司机，那样我就可以跑遍美国了。”

“钱的重要性你大概不记得了吧，那就是钱可以节省时间。生命是短暂的，又有那么多的事情等着去做，荒废一分钟就是损失；打个比方，你想去一个地方，步行与坐公交要浪费多少时间，坐公交与坐出租车又能浪费多少时间。你还是好好想想吧。”

拉里还是微笑着。

“说得对极了，我还真没想到，不过这也不是问题，我可以拥有一辆自己的出租车。”

“你什么意思？”

“我终会定居在纽约，那儿的图书馆我很喜欢，当然也有其他原因；我不需要多少钱就能生活，我不在乎住的地方，每天有一顿饭吃就可以；等我把应该了解的美国看够了，我想我攒下的钱足够买辆出租车了，我就可以开出租了。”

“你简直是疯了，拉里，请闭嘴吧。”

“不，我没疯。我清醒得很，也很理智。当个体出租车司机，不仅可以保证自己的温饱，还很方便。跑完车我可以做些别的，假如我想去哪儿，开着自己的出租就可以去了。”

“可是，拉里，出租车如同政府债券一样，也是一种私有财产，”我不无揶揄他说，“拥有了自己的出租车，你也是资本家了。”

他大笑起来。

“不是的。我的出租车只是我的劳动工具而已，与那些云游的托钵僧手里的棍子和化缘碗的意义相同。”

这场谈话结束于拉里的这句玩笑话中。我看到进来吃饭的人越来越多了。一个穿晚礼服的男子神色疲惫且满足地坐下来，为自己要了一份丰盛的早点。他的得意感正是源于那一夜的风流。几位老先生则是一边不紧不慢地喝着奶咖，一边在厚厚的眼镜片下看着晨报，他们之所以这么早来餐馆就餐，纯属于年岁已高无须睡眠太多的缘故。年轻些的男人，有穿得整洁的，有穿得邋遢的，他们有的是公司职员，有的是工厂工人，都在赶往上班的路上进来匆匆吃下一个蛋卷饼，喝掉一杯咖啡。进来一个拿着一沓报纸的老太太，挨个桌子上兜售着，可是没见她卖出去一份。我透过宽大的玻璃窗看了看外面，天已大亮。一两分钟过后，除了里间，宽敞的餐厅内的电灯全部熄灭了。我看看手表。已过七点了。

“吃点儿早点吧。”我说。

我们吃了刚出炉的牛角面包，又热乎又脆香，还喝了加奶咖啡。我感到很疲倦，肯定一副无精打采的样子，而拉里却是眼眸晶亮，神采奕奕，脸面平滑得没有一丝皱纹，看上去不会超过二十五岁。咖啡让我有了精神。

“给你提一条建议可以吗，拉里？我可是从来不轻易给别人提建议的。”

“我也是从来不轻易采纳别人建议的。”他嬉笑着答道。

“你是否想清楚了要放弃那笔私有收入吗？你要想明白一旦放弃了，就意味着永远失去了。等到了急需用钱的时候，也许是你自己需要，也许是别人需要，到时候再后悔可晚了，你会觉得自己太不理性了。”

他回答我的时候，眼里有嘲讽之意闪过，但无恶意。

“你把钱看得比我重。”

“确实是这样，”我针尖对麦芒地答道，“你一直比我有钱。钱可以给我生命中最重要的东西——独立。只要我高兴，我可以让世界上任何一个人见鬼去，你不知道我有多么的惬意。”

“可我并不想让世界上哪个人去见鬼，而且我真想要的话，即使银行没有存款，我也可以做到让他见鬼。你懂了吧，钱于你而言意味着自由，对我来说则是束缚。”

“你真是执迷不悟，拉里。”

“我明白。我情非得已，就想这么去做。可无论如何，我还有足够的时间来考虑。我准备明年春季再回美国。我的朋友奥古斯特·柯泰特，就是那个画家，把萨纳里的小别墅借给了我，我准备去那儿过冬。”

萨纳里是里维埃拉沿岸一块消费平常的海滨疗养地，位于邦多尔和土伦之间，常有不看重圣特罗佩（法国著名度假胜地）那种浮华场面的画家和作家喜欢光顾此地。

“这个季节，那儿沉闷得像一潭死水，你不在乎就去好了。”

“我需要那样的环境做一件事。我收集了很多材料，准备写一本书。”

“写哪方面的呢？”

“到时候你就知道了。”他笑道。

“如果你不介意，写完之后你可以寄给我，我帮你找出版商。”

“谢谢费心。不过不用麻烦了，巴黎有家小出版社是我的几个美国朋友开办的，他们帮我印刷。”

“这样出版的书，没人会给你写书评，更别指望有销量。”

“那些我都不在乎，我只需要印刷的册数够送给印度朋友，还有感兴趣的法国朋友们就可以了。这本书没有什么大的意义，我只想把这些材料清理一下，而把它变成铅字，是觉得正式一些。”

“我都懂。”

我们吃完了早餐，我喊服务生把账单拿过来。单子到我手里我转交给了拉里。

“如果你打算把钱扔水里听响，那你给我买顿早饭不成问题吧。”

他哈哈大笑着把单买了。久坐于此，我全身僵硬，出了餐馆，身体侧面疼痛。秋日的早晨，天空湛蓝，空气清新，一经走进给人惬意的感觉。夜间显得黯然无色的克里希大街，此刻也有了几分轻快，犹如一层脂粉也难以掩住倦态的女人，此时却以年轻姑娘的轻捷走起路来，也算耐看。一辆路过的出租车被我叫住了。

“我捎你一程吧？”我问拉里。

“不需要了。我要去塞纳河走走，再找个地方洗洗澡，然后去图书馆做些研究工作。”

我们握手道别。我目送着他以轻快的步子甩着两条修长的腿穿过马路。

我可没有他那样的坚强个性，于是钻进出租车返回了酒店。走进起居室时，已过了八点钟。

“对于一个有了些年纪的绅士而言，这个钟点回家正为合适。”我看着玻璃罩下的裸女有些不满地说道，她从一八一三年开始就这样卧在自鸣钟的顶部，我早该想到这姿态其实是非常不舒服的。

她仍看着自己在青铜色镜子里的面孔，大钟只会“嗒嗒”地嘀咕着。我把自己泡在热乎乎的洗澡水里，一直泡到水温平常，才出来擦干身子，然后吞了一片安眠药。床头柜上正好有一本瓦雷里的《海滨墓园》，我便躺在床上读了起来，一直读到入睡。

第七章

1

时间过去半年后，已经是第二年的四月了。一天上午，我在费拉角寓所顶层的书房里正忙于写作，仆从上来告诉我圣让（邻近的乡镇）警署人员在下面说要见我。我气恼于工作被无端打断，更是难以想象他们找我干什么。我没做亏心事，且在慈善基金会上做了捐赠。他们用一张证明卡作为对我的回报，卡放在我的车里，假如我驾驶中出现超速或违停等违章现象，那张卡我会不经意地让他们看到，那些交警会因为我的善举而宽容我。我猜测很有可能是我的某个女仆的证件材料不够完善被人举报了，这是法式生活的一个亮点。我和当地警员关系处得很好，他们每次来，我都要以好酒相待，临别时还要祝他们一路顺风，所以感觉不会有太大的问题。但是这次还是与以往有所不同，他们是两个人来的，很显然是来办案的。

握手，寒暄过后，那位警衔较高的称为警队队长的——留着我从未见过的威风的八字胡——他从衣袋里掏出一个笔记簿，用很脏的拇指翻着。

“索菲·麦克唐纳这个名字熟悉吧？”他问道。

“我认识的人里面，有个叫这个名字的，有印象。”我谨慎地答道。

"土伦警察局刚来过电话，总警长让你马上过去，不得有误。"

"因为什么呢？"我问，"我跟麦克唐纳夫人只是认识而已。"

我料想她是惹上什么事了，应该与鸦片有关，但我不明白我为何要参与进去。

"这我管不着。不可置疑的是你跟那个女人肯定有过往来。好像有五天她没有回到住处，而警方在港口打捞出一具女尸，有理由相信是她。他们需要你去辨认一下。"

一股寒气顷刻涌遍了我的全身。可我并没有感到太意外。因为她随时都有可能被那种生活抛进绝望的旋涡之中，而丧失了生存下去的勇气，她做了了断，一点都不奇怪。

"凭借她的衣物和文件完全可以确认身份啊！"

"发现她的时候，她是裸体的，被割开了喉管。"

"我的上帝啊！"我惶恐地叫道。我暗自想了想。据我所知，警方完全可以强制我去的，还不如主动一些，免得麻烦。

"好的。我尽量坐第一班火车过去。"

我查了列车时刻表，最早的一班到土伦时五六点钟。队长说他会把情况跟署长在电话里汇报一下，并让我一到土伦马上去警局。整个上午我再没心写作，把几件必需品塞进行李箱里，吃过午饭就向火车站赶去。

2

我赶到土伦警局，身份被确定后，立即被带到总警长办公室。警长身材高而胖，黝黑的皮肤，正满脸阴郁地伏案而坐，我判断他是科西嘉人。他用一个怀疑的眼神看了我一眼，或许是出于惯例吧，当他的眼睛扫到我的先见之明的扣眼里系着的法国荣誉军团勋章的缎带时，他的脸上马上堆起圆滑的笑容，他请我坐下，并连忙致歉，说着烦劳我这样的贵人实属无奈的客套话。我也用同样的腔调回应他，说能为他效劳深感荣幸。之后我们进入正题，他又端出了无礼傲慢的架势来。他看了一眼面前的文档，说：

“这事肮脏透了。那个叫麦克唐纳的女人名声很臭，不但酗酒，抽鸦片，还滥交。和那些下船的水手睡，还招惹城里的小流氓们。您是个正派人，有着尊贵的身份，年岁也不轻了，怎么会和这种女人有往来呢？”

我很想对他说这不关他事，但在我读过几百部的侦探小说后，我知道此时最好是乖乖地跟他合作。

“我对她的了解并不多。她当年还是小姑娘时，我在芝加哥见过她。她在芝加哥嫁了一位有身份地位的丈夫。可能是一年前吧，我和我的几个朋友，当然也是她的朋友，我们在巴黎相遇了。”

到现在我还没想通，是什么让他把我和索菲扯到一块的呢？这时，他把一本书推了过来。

“在她的屋子里发现了这本书。如果您还没忘记您写在书上的赠词，您就再好好看看，这足以证明您和她的熟悉程度并非像您所说的泛泛之交。”

是我那部小说的译本。她当时在书店橱窗里看见过，想让我签名。我就在自己名字下面写了“心爱的人啊，让我们瞧瞧玫瑰如何……”因为当时就想到了这个，这句赠词让人觉得我俩有些暧昧，也不足为怪。

“如果你是在暗示我与她的关系非同一般，你就错了。”

“这不关我的事，”他说道，接着目光中闪过一道寒光，“我无意冒犯您，我还需要填补一句，据我所知的有关她的癖性传闻来讲，我感到你们不是一类人。可是，很明显您不可能把一个泛泛之交称为心上人吧？”

“我的警长大人。那是龙萨名诗的第一句，以您的文化修养，应该很熟悉吧。我把这首诗写在上面，是因为我确定她肯定还记得这首诗，通过这一句，能引起她想起后面的诗句，或许能让她明白她的生活方式最起码是不检点的。”

“我上学时读过龙萨的，可现在公务缠身，我得承认您说的，我早已忘记了。”

我当着他的面背诵了诗作的第一节，心里很清楚在我提及龙萨的名字之前，他根本不知道是谁，所以我只管放宽心，他不可能知道诗的最后一节，那可不是为节操歌功颂德的。

“看得出来，她是受过一些教育的。在她房间里我们找到很多侦探小说，还有两三部诗集。波德莱尔的，兰波的，还有一本英文诗，作者是个叫艾略特的。他有名气吗？”

“很有名气。”

“我可没时间读诗。英文诗我也看不懂。他的诗要是写得好，没用法语写，真是遗憾得很，那些有文化修养的人就读不到了。”

总警长大人读《荒原》的样子，在我的脑海里想想，我就觉得很好笑。突然他拿出来一张照片让我看。

"您认识这位吗？"

是拉里，我立马就认了出来。相片是近期照的，他穿着游泳裤，应该是和伊莎贝尔及格雷在迪纳尔度暑假的时候拍的。我第一个想法是说不认识，我不愿意拉里也卷入这起恼人的事情里来，可是又想到，如果警察一旦把他的身份查出来，反而容易让他们误解我是有意隐瞒了什么。

"他叫劳伦斯·达雷尔，是美国公民。"

"这张照片是这个女人财物里唯一的一张相片。他俩是什么关系？"

"儿时的朋友。他俩住在离芝加哥不远的一个村子里。"

"这相片很显然是近期拍的，我推测是在法国北部或西部的滨海度假区。要查清准确地点是件轻而易举的事。他是干什么的？"

"作家。"我大着胆子说。警长那浓密的眉毛微微耸起，我猜他并不看重作家这个职业。"属于自食其力的。"我补充了一句，意在让作家显得更可敬些。

"他现在何处？"

我又想说不清楚，但还是想到了先前的问题，这么做会适得其反，让事情变得复杂化。法国警察或许有很多不尽如人意的地方，但是要想找到一个人，他们的系统还是很有办法的。

"他住在萨纳里。"

警长显得很有兴趣地抬起了头。

"具体地址呢？"

那天拉里曾告诉我，奥古斯特·科泰曾把小别墅借给他了，圣诞节我回来时曾写信邀他过来小住，他回绝了我的邀请，正如我预测的那样。我把他的地址给警长了。

“我马上打电话，让萨纳里的人把带他过来。问问他有可能会有收获。”

我已经明白，警长可能以为拉里是嫌疑人，我心里暗自好笑；我敢肯定，拉里证明他与此事无关是很容易的。我特别想多知道一些索菲的情况，可是警长并不想多提供，只把我已经知道的说得详细一些而已。是两个渔夫把尸体捞上来的。尸体打捞上来时不是一丝不挂的，还穿着胸衣和乳罩，是那里的警察把情况说得过于夸张了。倘若索菲还穿着与我上次见面时穿的那套衣服，那么凶手只需剥掉她的休闲裤和线衫即可。她身上没有可以识别身份的任何东西，警方只能在报上刊登一则启事，以寻找知情人。结果一个女人前来报案。她有一套小公寓，在一处偏僻街道里，法国人把这种小公寓称为妓寨或者娼馆，男人把女人或是男孩子带过来寻欢作乐。这个女人是警方的线人，目的就是为警方提供这方面的信息。我和索菲偶遇那次后，她已经被码头那家客栈逐了出来，因为那个有很好忍耐性的老板也对索菲的放纵不羁忍无可忍了。所以她找到上述那位女子，要租一间带小客厅的房子。那个女人的房子多以短期出租，因为那样的赚头是长租的两三倍，但索菲出手阔绰，女人同意她月租了。女人看到了警方的启示，说她的房客好几天没回住处了；没看到启事前，她并没有多想。最近有英国军舰到了马赛、维尔弗朗什一带，她以为她的房客到那边去了，因为这一带的像索菲这样的女人，不管年轻年老的都被吸引了过去。她看见启事上的女人很像她的房客，结果通过她辨认以后果然是索菲·麦克唐纳。

“既然已经确定尸体身份，那么找我来的意义是什么？”

“贝列特夫人是位品行优良受人尊重的女士，”警长说，“她确实把女尸的身份弄清楚了，但女尸并不是我们所熟悉的人，有些事情我们无法知道；无论如何，我认为有必要请一个与她关系更为密切的人过来验证一下。”

“你觉得会抓住凶手吗？”

警长耸了耸宽厚的肩膀。

“这是当然的，我们的调查正在进行中。在她经常光顾的酒吧，我们问讯了很多人。也许是哪个水手吃醋杀了她，而那些水手已经离港了。据说她出手很大方，一副不差钱的样子，所以我们分析，也许是见财起了歹意。有些人已经遭到怀疑，可是她那个圈子里，对自己没有好处的事，是不会有人说的。她的德行太差，落个这样的下场不足为奇。”

他如是说，我无话可讲。他让我第二天上午九点到这儿，等他见到“照片上的先生”之后，会让一位警员带我们去殓房看尸体。

“打算怎样安葬她？”

“你们验明尸体身份以后，作为死者的朋友假如愿意承担丧葬费用，那么你们将得到必要的授权。”

“我确定，达雷尔先生和我愿意尽早操办。”

“我非常理解。这是令人伤心的事，既已如此，还是让那个可怜的女人及早入土为安吧。哦，你让我想起了我这儿有一家殡葬公司的名片，他们价格合理，办事利落。我会在名片上写几个字，他们会多加关照你的。”

他肯定会拿回扣的，这一点我不用想也能明白，但我还是真诚地表示了感谢，之后他非常恭敬地把我送出门，我没有片刻停留直奔名片上的地址而去。店老板一副干练的生意人样子。我挑了一口中档价格的棺材，他建议说在他熟人的花圈店里订几只花圈，我欣然接受了。“这样就能为先生省去很多讨厌的麻烦，也是出于对死者的尊重。”他这样说。并安排灵车于明天两点到太平间。我由衷地赞赏他的办事效率。下面的事他都想得很周到，看墓地的事也不用我操心，还说：“我想夫人大概是新教徒吧。”如果我愿意的话，他会请牧师到墓地主持葬礼。最后他说他会把一切安排妥当，请我放心，只是，鉴于和我不是熟人，我又是个外国人，假如他让我先预付一张支票，我也不会感到有什么不妥。他把花费报给我，超出了我的预期，很明显他料想我会讨价还价，当我没二话地开好支票，我在他脸上看到除了惊讶，甚至还有失望。

我在一家旅店住了下来，第二天准时去了警局。我等了一会儿他们才让我去了总警长办公室。我看见了拉里，他正坐在我前天坐的椅子上，脸色沉痛哀伤。警长愉快地与我打招呼，如同我俩是失散多年的兄弟一般。

“嗯，我亲爱的先生，我已经询问了您的朋友，这当然是出于我的职责需要，他也坦率地如实回答了。他说他有长达十八个月没见过这位可怜的女人了，对此我深信不疑。他把自己一个星期以来的行踪做了详细说明，以及那张照片的来历，他的表述真是无懈可击。照片是他在迪纳尔照的，有一天他们一起吃午饭，相片正好揣在口袋里。萨纳里调来了报告，这是一个好小伙儿。就是没有他们的报告，我也相信他是不会做出这样的罪孽之事。不是我自夸，我看人一向很准的。我已经真诚地对他表示了慰问，一位两小无猜的朋友，在健康的家庭里成长，居然如此堕落，落得这么悲惨的下场。然而这就是生活。那么现在，我亲爱的先生们，我派人陪你们去殓房，验明之后你们就可以自行安排以下的事情了。完事后好好吃顿午饭。我有土伦最好的一家餐馆的名片，我在上面写几个字，店主会多关照你们的。悲伤过后，喝杯好酒有益于你俩。”

这时候他的笑容里充满了善意。一位警员领着我们来到停尸间。这儿冷清安静，整个停尸间只有一具尸首，停放在平板上。我们走过去，管理员把蒙在头上的单子揭开，真是目不忍睹。染过的亮银色头发被海水纠缠在了一起，湿乎乎地贴在脑袋上。面部被泡得肿胀，样子狰狞可怕，但完全可以肯定她就是索菲。管理员将盖布往下拉，我们看到了不愿意看到的惨状：口子割得横贯整个脖子，延伸至两耳。我们返回警局。总警长正忙碌着，我们把应该交代的事跟助理说了；他离开一会儿把丧葬许可证拿给了我们。我们交给了殡葬公司的老板。

“去喝一杯吧。”我说。

我们从警局到殓房，这段时间拉里只说过一句关于验明索菲身份的一句“是索菲”再无说过一句话。我带他到了码头，我们在那家我曾和她坐过的馆子里坐了下来。一阵强风袭来，泛起了许多白色泡沫覆盖了往日的平静。渔船摇摇晃晃。阳光如往常一样明媚，只因强风的缘故，目及之处的每一处景物都显现出超乎寻常的闪亮的清晰感，好像是在用精确的望远镜，使得眼前的所有事物都鲜活得令人感到心烦。我喝了一杯加苏打水的白兰地，可是拉里对我为他点的那杯碰都没碰。他闷闷不乐地沉默着，我没去打搅他。

这时我看看表。

“我们还是去吃点东西吧。”我说，“两点钟我们还得去验房。”

“我饿了，早饭还没吃。”

从总警长的面貌来分析，他很懂美食，于是我带拉里去了他推荐的那家餐馆。拉里很少吃肉，这我是知道的，于是为他叫了煎蛋卷和一只烤龙虾，还遵从警长的倡议要了一瓶尚好的葡萄酒。酒上来后我为拉里斟上一杯。

“你该喝一杯，”我说，“然后你就有话说了。”

他顺从了我意。

“格涅沙大师常说，沉默亦是交流。”他喃喃道。

“这意思与剑桥大学知识分子联谊会很相似。”

“索菲的丧葬费恐怕得你一个人承担了，”他说，“我没钱了。”

“我愿意承当，”我答道，之后才悟出他话中之意。“你不会已经一贫如洗了吧？”

他没有立刻回答我。我看见他眼中又闪过古怪和调皮来。

“你已经散尽家财了？”

“只留下船到港费用。”

“什么船？”

“我在萨纳里居住的时候，我的邻居是马赛的一家往返近东和纽约的航运公司的业务员。公司负责人从亚历山大港给他拍来电报，有两个工人生病了，无奈只好让他们上岸，他们托他再找两个补缺。他是我的好朋友，答应让我去替补。我打算把我那辆老雪铁龙当作离别礼物送给他。等我登上船，我除了身上穿的和手里拎的，已经一文不名了。”

“好吧，那是你自己的钱。你是个年满二十一岁的拥有自由的白人（美国宪法规定十八岁是有选举权的年龄，即法定成人，但二十一岁在美国才是真正成年的年龄，此后才准许青年消费烟酒或出入娱乐场所）。”

“自由这个词汇你用得极其准确。长这么大我第一次感到轻松和独立。到纽约之后，我就能拿到工资，可以维持我找到工作。”

“你的书呢，进展到什么程度了？”

“噢，已经写完并印刷出来了。我已列好赠送的名单，过两天你就能拿到手了。”

“谢谢你。”

再无话，我们在沉默中，但不乏亲昵地用完了餐。我要了咖啡。拉里点燃烟斗，而我则吸雪茄。我心事重重地看着他。他觉察到了我的目光，瞥我一眼，目光中闪耀着调皮。

“我无所谓你说我是傻瓜，你直接说吧。”

“不，我是在想，倘如你和别人一样结婚生子，那你的生活会不会更为完美呢？”

他又那样迷人地笑了。我对他迷人的笑，可能不下二十次地评价过，温馨、甜蜜、美好、值得信赖，衬托着他率真坦荡的性格魅力；可我觉得他今天的笑除了有上述美好之外，还多了几分悲伤与温柔，让人不得不生出怜惜。

“一切都太迟了。我遇到过的女人当中，可以娶的就是可怜的索菲。”

我无比惊讶地看着他。

“发生了这么多事以后，你还这么想？”

“她心灵高贵美好而热情，有抱负，有气度。她有很高尚的理想追求。即使她选择了自寻毁灭之路，也不乏一种悲壮的高贵。”

我无话可说。因为我不知道该如何评论他的这种异乎寻常的论断。

“那你为什么没有娶她呢？”我问。

“她那时还是个孩子。说句实话给你吧，那时候我去她祖父家，我们坐在榆树下一起读诗时，我从没有想过，那么一个瘦瘦弱弱的小姑娘，身心里居然能种下精神之美的种子。”

我颇感意外，说起这样的话题他居然跳过了伊莎贝尔。他们订过婚，当初看起来很相爱，他不可能已经忘记了。我推测，他可能把那段年少时的情感当作无法确定结果的一场游戏罢了。至于分手后她对他深刻的想念，他已如最初的有所意识，到现在已是淡如游丝。

该走了。我们到了拉里停车的广场，拉里的车已经很破旧。我们开车前往殓房，殡葬公司的老板把承诺的稳妥高效地照办了。葬礼进行得很顺利，只是烈风浩荡，吹弯了墓园里的柏树，给葬礼增添了最后一分肃杀。待一切完毕后，殡葬公司老板过来诚恳地与我们握手。

“嗯，先生们，这样操办，希望你们能满意。”

“满意，很不错。”我说。

“先生们，如果有需要服务的时候尽管调遣，不要考虑距离问题，我随叫随到。”

我谢了他。走出墓园大门，拉里问我还有没有需要他做的事。

“没有了。”

“那我准备尽快回萨纳里。”

“送我到旅店，好吗？”

路上我们一直沉默不语。到了地方我下了车。我们握手道别，他走了。我把房钱付了，拿起包，然后打车去车站。我也想尽快离开这里。

3

我要去英国，几天之后就准备动身了。我原本打算直取，可是发生了这么多事，我尤其想去见见伊莎贝尔，便决定在巴黎逗留二十四小时。我给她拍了电报，询问可否傍晚登门并留在她那儿吃晚饭；到了旅馆时我收到了她的便条，她告诉我她和格雷晚上要去参加一个宴会，要是我能五点半之后来的话，她会很愿意见我，此前她还要去试衣服。

天气阴冷，大雨断断续续地下着，如此我推断这样的天气格雷不会去打高尔夫球。我的本意是想单独见见伊莎贝尔，他在场，令我有些不畅快，当我一到她说的第一句话便是格雷到“旅行者俱乐部”打桥牌去了。

“他走时我已经告诉过他，如果他想见你，就该早点回来。我们的晚宴要九点钟才开始，我们九点半赶到那儿就可以，所以我们有很充足的时间聊天。我有很多的事情要对你说。”

他们已把公寓转租了出去，埃利奥特的那些藏品即将在两周后开拍。他们要参加拍卖会，也是为了照管一下。之后他们要搬到丽兹去住。然后他们登船去旅行。埃利奥特所有东西除了昂蒂布寓所的几幅现代派画作除外，伊莎贝尔准备都抛售了。其实她对那些画也并不是很喜欢，只是考虑将来挂在他们的居室里也许会提升他们的身份档次。

“遗憾的是埃利奥特舅舅缺乏与时俱进的思想。他要是收藏一些毕加索、马蒂斯、鲁奥（1871—1958，法国画家和雕塑家）就更好了。他的藏画不能说不够档次，只是显得有些落伍了。”

“如果换作我，我就不操这个心。时代一直在向前走，再过几年毕加索和马蒂斯又会被新生的画家所取代，他们的画作也会过时的。”

格雷的事有了很好的进展，当然是因为有了伊莎贝尔这个后盾的缘故，雄厚的资产资源让他有幸以副总裁的身份入主一家生意兴旺的公司，这个公司是做与石油相关业务的，因此他们将搬迁到达拉斯。

“第一件事是要找到合适的房子。要有一座漂亮的花园，这是给格雷工作之余休闲用的，还要有一个宽敞的大客厅，我留着招待宾朋。”

“埃利奥特的家具你带走吗？”

“不太合适，我觉得。我要把家弄成具有现代风格的，如果想有些特色的话，最好带一些墨西哥风格。等我一回到纽约，就会去找最好的装潢师。”

男仆安托万把放着一系列饮酒用的盘子端了进来，已经深谙待人之道的伊莎贝尔知道对于调鸡尾酒，男人十之八九都深信自己比女人更胜一筹（他们的确调得比女人要好），便请我来调两杯。我倒出杜松子和“诺瓦丽·普拉（法国苦艾酒品牌，亦称“味美思”），又添了少量苦艾，于是原本平淡无奇的干马提尼便有了玉液琼浆的效果，即使是天国之神见了，定会舍弃他们自酿的甘露——那些东西在我看来和饮料没什么区别。我递酒给伊莎贝尔时我看到了桌上的一本书。

“哈！”我说，“拉里的书。”

“嗯，上午寄到的，我可是忙到现在，午饭前有一堆事要做，午饭后又要出门，下午则要跑‘梦妮诗’，不知道什么时候能有闲读上几页呢。”

拉里那本书有三百多页，封皮装帧简洁，里面印刷精美。

我甚至有些悲哀地想，作家写一部书要花费多少时间和精力啊，就这么被搁置着，等着读者真正闲下来才去问津。

“我料想你是知道拉里整个冬天都在萨纳里的，你们碰到过吗？”

“碰见过。前几天我们还一起在土伦呢。”

“是吗？你们怎么去那儿了？”

“去给索菲送葬。”

“她死了？”伊莎贝尔嚷道。

“倘如她还活着，我们有什么合适的理由把她埋了？”

“这看起来一点儿都不好笑。”她停了停，“我不想假意伤悲。我猜测是酗酒再加上吸毒死的吧。”

“不是的，她是被切开了喉咙，然后被一丝不挂地扔进了海里。”

我发现自己与圣让警署的队长一样，夸大其词了。

“好恐惧啦！可怜的人儿。她把自己的日子弄得那么糟糕，注定没有好下场。”

“土伦总警长也是这样说的。”

“他们知道是谁干的吗？”

“不知道。不过我知道，是你害死了她。”

她瞪着吃惊的眼睛看着我。

“你胡说什么呀？”随后她又轻笑道，“你真能猜，我有证明自己不在现场的铁证。”

“我与她去年暑假在土伦撞见了，我们谈了很多。”

“她那时没喝醉吗？”

“足以清醒。她跟我说了她为什么要在结婚前三天离开了拉里。”

我看到伊莎贝尔的脸色变得不自然起来。我把那天索菲跟我讲述的所有的话统统说了一遍。她警觉地听着。

“她跟我说完那些以后，我不止一次琢磨，越琢磨越觉得这是一个圈套。我在这儿吃饭无数次，你从来不喝酒。当天你是一个人吃午饭，桌子上怎么会有一瓶酒和咖啡杯呢？”

“埃利奥特舅舅刚把酒送来，我想品尝一下是否与丽兹时一样的味道。”

“是的，你当时对朱波罗夫卡赞不绝口，我一直记得你是有些夸张的。那时我就感到很纳闷，你为了体型是滴酒不沾的。我想到了你是在吊索菲的胃口。但我把那些仅仅当作你的恶作剧而已。”

“过奖了。”

“总之你是个绝少爽约的人。索菲的婚纱对于你和她一样在意和重视，你怎么会在这样的一件事情上爽约呢？”

“她不是已经告诉你了吗，我不放心琼的牙齿。我们的牙医忙得很，他指定的时间我无法更改。”

“通常看牙医，都是上一次预约下一次的。”

“这没错，可他早晨打电话来说不得不取消预约的时间，但可以换成下午三点，我理所当然地答应了。”

“女管家不能带琼去吗？”

“她是个胆子非常小的孩子，可怜的宝贝，她更希望我带她去。”

“当你回来那瓶朱波罗夫卡已经所剩无几了，索菲也不知去向，你没有感到哪儿不对劲吗？”

“我当时想，也许是她等得不耐烦自己先去了‘梦妮诗’呢。我去那儿找她，可他们说她根本没来。我也不知道是怎么一回事。”

“那瓶朱波罗夫卡你又做何解释？”

“嗯，我确实发现酒少了。可我以为是安托万喝的，我都想问他了。可转念一想，他是埃利奥特舅舅给我们雇的，工钱都是他付，再说他是约瑟夫的好朋友，故此我忍住没去问。他可是个好用人，那酒就算他喝了，又如何呢？”

“你真能撒谎，伊莎贝尔！”

“你不相信我？”

“当然不相信。”

伊莎贝尔起身走到壁炉架旁。柴火在炉膛里熊熊燃烧着，在这样阴冷的天气里显得特别温馨。她站在壁炉罩架前，一只臂搁在其上，体态优雅，不做作是她最迷人的本事之一。她与诸多的有些地位的法国女人着装相同，白天身着黑裙，衬托出容颜的红润。此刻她衣装简朴却不失奢华，苗条的身段凸显无遗。她吸了一分钟的烟，然后开口了。

“我没有理由再对你隐瞒。不幸的是我出门是情非得已，当然了，安托万也不应该把酒和咖啡用具留在客厅里。当我回来看见酒瓶差不多全空了，索菲又不见了时，我自然明白发生了什么，我猜她又去鬼混了。我保持沉默是因为怕拉里担心她，他已经够操心了。”

“你敢确定那瓶酒放在那儿不是你明确吩咐的？”

“我确定。”

“我一点都不相信。”

“那就不要信了。”她凶狠地把烟扔进炉火里，恼怒让她的眼神阴郁。“好吧，你想知道事情的真相，我就告诉你，听完以后你就给我滚蛋。我承认是我干的，如果需要我再干一次，我还会毫不犹豫的。我曾经说过，只要能阻止她嫁给拉里，我什么都干得出。你和格雷只会耸肩叹息说这是极其错误的，可你们什么都做不了。我知道你们根本不在乎，而我在乎。”

“如果你不那样做，她就不会死。”

“可是她嫁给拉里，拉里就会遭殃。他以为他会让她重生一回，男人不仅天真还愚蠢透顶！我料定早晚有一天她会不能自持。这是不容置疑的事情。你也看到了我们在丽兹吃饭时她的表现，一副紧张不安的样子。喝咖啡时手抖得厉害，需得用两只手拿着杯子，我见你当时是注意看她来的。服务生给我们满酒时她那直勾勾的眼神，跟着酒瓶子转悠，仿佛像蛇盯着一只刚长出羽毛的扑腾腾的小鸡一样充满了贪婪，我深知她为了喝一口，连灵魂都能出卖。”

伊莎贝尔面对着我，目光里闪着愤怒的光芒，声音尖锐刺耳，而她似乎还觉得语速不够快。

“埃利奥特舅舅把该死的朱波罗夫卡说得如此之好，我就有了想法。波兰那玩意儿一点都不好喝，可我却装作品尝到了琼浆玉液一般。我敢肯定她是禁不住诱惑的，有机会肯定得喝。于是我就演了一出好剧。我想带她去看时装展，然后送她婚纱，再然后跟她约定最后看婚纱的时间。我吩咐安托万，午饭后我要喝朱波罗夫卡，我出去后告诉他有一位女士要来，让她等着我回来，我让他给她上咖啡，酒也不要拿走，也许她也想喝一杯。当然我带琼去看牙医是假，躲开她是真，因为我们根本没约牙医，我只好带着琼去看了一部新闻片。我已经断定，如果索菲不碰那酒，那我也就认命，尽力与她为友。这是我的心里话，我敢发誓。可我回家看见差不多空了的酒瓶时，我知道我没有做错。她把酒喝了，然后她逃走了，而且我用倾尽所有的钱打赌，她不会回来了。”

伊莎贝尔喘着粗气把这番话讲完了。

“正是我猜想的样子，”我说，“我没说错，是你害死了她，这跟你亲手割开她的喉管没有什么区别。”

“她是坏人，坏，坏。我真高兴她死了。”她一下子跌坐进椅子里。“给我来杯鸡尾酒，你这该死的。”

我走过去调了一杯递给她。

“你这个卑鄙的浑蛋。”她接过酒杯说道，随即又挤出一个微笑，像个小孩子一般天真调皮的笑，她知道这笑足以魅惑你生气的心，哄你不再发脾气。“你不会告诉拉里，对吗？”

“我不会。”

“你敢画十字发誓吧？男人可是靠不住的。”

“我发誓我不会告诉拉里。可是即使我想，他也不会给我机会了，我估计这辈子很难再见到他了。”

她猛地把腰板挺直了。

“你什么意思？”

“这个时候，他正在一艘货船上，要么干零活，要么烧锅炉，他在回纽约的路上。”

“你在说笑吧？他这个怪人！前几个星期之前来这儿还说要去公立图书馆为他的书查找资料，只字未提回美国的事。我还高兴着，以为以后可以经常见到他了呢。”

“我对此非常怀疑。他的美国和你的美国就如同离戈壁大沙漠一样遥不可及。”接着我对她讲述了他所有的一切。她满脸惊愕地听着，不时惊呼“他疯了，他疯了”来打断我的述说。我说完后，她低垂下头，我看见两颗泪滴从她的脸颊上缓缓而落。

“我彻底地失去他了。”

她把身子背了过去，脸靠在椅背上，哭了起来。不加掩饰的悲伤让那个漂亮的脸蛋有些扭曲了。我束手无策。我不明白这些年来她到底怀着怎样的徒劳而矛盾的愿望，总之我带给她的消息，彻底毁灭了她心中的希望。我隐隐觉得，他们不时地遇见，都能给她心理上的安慰，让她觉得他还在她的世界里存在着，两人之间仍有纽带牵连着，哪怕多么脆弱。可现在，他的举动不亚于彻底割断了那条纽带，让她深深地懂得自己永远地失去了他。我弄不懂她在经受着怎样的无法弥补的遗憾的折磨，只能任她痛哭一场，也许她能好受一些。我打开拉里的书看了看目录。在我离开里维埃拉时我还没有收到。让我意外的是书的内容与我预期的大相径庭。这是一本文集，每篇的长度与里敦·斯特莱奇（1880—1932，英国著名的传记作家）的《维多利亚名人传》里的相差无几，也是写杰出人物的，只是他选择的对象令我大惑不解。有一篇写的是苏拉（罗马独裁者）在攫取绝对权力后功遂身退；有阿克巴（莫卧儿的征服者）他曾创建一个帝国；有鲁本斯（1577—1640，荷兰画家）；有歌德；还有约翰逊所致信的切斯菲尔德伯。显然，每篇都需要海量的阅读才能成篇，难怪拉里花费了那么多时间读书，让我不理解的是他的投入与付出是否有价值，再就是为什么要选择这些特定的人作为书写的对象。经过思考我明白了，他们每个人都是以其自身的不懈努力成了人生的大赢家，让拉里感兴趣的正是这个。他想知道终极程度的意义。

我浏览了一页，想见识一下拉里的笔法。其文风颇有学者风范，但又明晰易懂，并没有业余写手那种娇饰与做作。从中能充分体会到他学习那些伟大作家的勤勉程度，一点儿不亚于埃利奥特·坦普尔顿对贵族与士绅的精心研究。伊莎贝尔的一声叹息把我的翻阅打断了。她坐直了身子，然后闷闷不乐地喝完那杯已经温暾的鸡尾酒。

“我要是再哭下去，我的眼睛就糟透了，晚上还要去参加宴会呢。”她从包里掏出镜子，有些紧张地打量着自己。“我得用冰袋敷在眼睛上半个小时，这才是当前我要做的。”她给自己的漂亮脸蛋补了妆，然后她心事重重地看着我。“你会因为我做了那件事而觉得我是个很坏的女人吗？”

“你在乎吗？”

“是的，我在乎。你也许会感到奇怪。我要你觉得我好。”

我嬉笑起来。

“我亲爱的，我可不是正人君子，”我笑道，“如果我真正喜欢一个人，我会谴责他的错误，但不会减少对他的喜欢。你只是处事的方式不同，而不能给你定论好与坏，况且你优雅、魅力无穷。我仍会欣赏你的美丽，因为我知道那是上乘的审美趣味和无情的毅然决然的巧妙结合。倘若你再拥有一样东西，你的迷人就十全十美了。”

她笑盈盈地等待着。

“温柔。”

微笑僵硬在她的嘴唇上，她看着我的眼神里没有丝毫温度，幸运的是没等她做出反击，格雷晃动着笨重的身躯走了进来。巴黎的三年生活，让格雷又长了很多肉，脸膛更红了，头发更稀疏了，但他仍然健壮，且精神头十足。他见到我时的那份喜悦是真诚而由衷的。他的言谈虽然还是不乏那些泛泛套语，但无论如何的陈腐不堪，他说起来还是满有信心的，自以为那些话是自己第一个想到的。他把睡觉不说睡觉，而说就寝，并一觉到天明；下雨了，就说大雨滂沱；而始终叫巴黎是花都巴黎。可他是多么友好、无私、正直，又是多么值得信赖，平易近人，让人简直无法不喜欢他。我是由衷地喜爱他。他对即将的启程，充满了欢喜与激动。

“哦，我的天哪，马上又要投入工作了，感觉真好。”他说，“我已经急不可耐了。”

“看来都搞定了？”

“已经是板上钉钉的事了，只差我的一个签字。合伙人是我大学室友，是个好人，不会坑我的。等我们一回到纽约，我就飞往得克萨斯，去做个实地考察，你就放心吧，在伊莎贝尔的家当撒手前，我肯定要把眼睛睁得大大的盯着看好有没有什么圈套，我是不见兔子不撒鹰。”

“格雷很懂得做生意的那些套路，是吧。”她说。

“我又不是在庄稼院里长大的。”他微笑道。

他接下去滔滔不绝地和我说着他将做起的生意，我对此却一窍不通，唯一能肯定的就是他马上就要赚很多钱了。他此刻谈兴大发，扭转头对伊莎贝尔说：

“我说咱们干吗不推掉这讨厌的宴会呢，然后去‘银塔’（巴黎著名高档餐厅）好好地吃一顿，就我们三个。”

“哦，亲爱的，那可不行，人家是特意为我们设宴的。”

“不管怎样，我都去不了的，”我插话道，“我知道你们今晚有约，我就约了苏珊娜·鲁维耶，说好了一起出去吃饭。”

“苏珊娜·鲁维耶是谁？”伊莎贝尔问。

“哦，拉里的一个女朋友。”我存心逗她。

“我一直都怀疑拉里藏着女人呢。”格雷笑得浑身的肥肉都颤动起来。

“别胡说八道，”伊莎贝尔声色俱厉道，“我了解拉里，他根本就没有女人。”

“好了，分别之前我们再喝一杯吧。”格雷说。

于是我们饮酒话别。他俩和我一起来到门厅，我在戴帽子时瞥了他们一眼，伊莎贝尔用胳膊挽住格雷的手臂，依偎着他，含情脉脉地望着他，一副温柔小女人的样子，把我刚才所指的缺少的温柔，表达得淋漓尽致，像故意表演给我看似的。

“告诉我，格雷——你要坦率地说，你觉得我缺少温柔吗？”

“根本不是，亲爱的。怎么，有人这样说你吗？”

“哦，那倒没有。”

她扭过头来，在格雷看不到的角度，冲我吐了几下舌头，那姿态如果让埃利奥特来说，绝非贵妇风范。

“根本是两码事。”我嘟囔着走了出去，并把门带上。

4

当我又一次途经巴黎时，伊莎贝尔他们已经搬走了，埃利奥特的公寓也隶属他人。对伊莎贝尔我充满了想念。她不仅有赏心悦目的容颜，还善谈且聪明，也有与人为善的一面。那次分别成了我们的永别，以后再无相见。我想给她写信，可是我的信写得拖拖拉拉，内容也有些单调，最主要的伊莎贝尔根本不写信。她与人的联系方式除了电话就是电报，如果两种方式联系不上她就会放弃。有幸的是那年圣诞节她寄给我一张贺卡，卡片上是一幢殖民时期带柱廊的漂亮大宅，四周环绕的槲树充满了生机。这正是那座当年特殊时期没有出手的庄园，留到了现在，想必他们不会再卖了。邮戳的地址显示是达拉斯，我推测格雷的生意一定进展顺利，他们已经移居那里了。

达拉斯，我是陌生的，不过以我对美国的了解，应该存有大同小异，居住区域相对独立，附近有商业区、乡村俱乐部，车程很短的距离。有钱人也在附近拥有一座带着宽大花园的豪宅，山间或谷地的美丽景致站在客厅的大玻璃窗前能尽收眼底。我想伊莎贝尔肯定会在那个彰显豪华的区域里，住在一座宽敞的豪宅里，还会依她所愿有一座漂亮而宽敞的花园。室内的装潢定出自纽约最高级的装潢师之手，从上到下从里到外无不是最为奢华的。与这些对比而言，我更希望的是她的那些画：雷诺阿的画、马奈花卉系列、莫奈风景系列以及她的高更画等，与豪华的房子别落伍而显得别扭才好。我想餐厅的选择，也一定是按照伊莎贝尔的她要有足够的空间来招待她的闺蜜们一场场午餐会而选的，酒是顶级的，美食也是最好的。在巴黎这几年，伊莎贝尔长了很多见识。她选房子的标准，客厅也是当选之列，她要在宽敞的客厅里招待宾客，更主要容量要能够让姑娘们翩翩起舞，她的两个女儿已经长大成人，不久的将来就是可以试婚的年龄了，她会为她们举办进入社交的舞会，如果客厅不足以操办这些，她宁可放弃其他都称心的房子的。说到琼和普里希拉这两个姑娘，伊莎贝尔对她们的教育可谓煞费苦心，她让她们上最好的学校，传授她们社交知识。而在伊莎贝尔的精心调教下，两个姑娘的教养学识都是出类拔萃的，只有有资格的年轻人才配拥有她们。我又开始想格雷，他的脸膛应该更红润了，肉长得更多了，头发更稀了，但工作的劲头会有增无减。我最相信的是伊莎贝尔还一如既往的漂亮优雅，她的女儿们依然无法与她们的母亲相媲美。马图林一家依然是圈子里分量最重的，伊莎贝尔亲切好客，礼数周到圆通，格雷又是绝对的好人一个,我几乎不用怀疑他们当受到众多人的喜欢与欢迎。

5

我与苏珊娜·鲁维耶仍保持着往来，不时能见上一面，直到她的生活发生了出人意料的变故，她如此离开了巴黎，也就等同于彻底走出了我的生活。在我上述那些事的两年后的一天下午，我在奥德恩酒店的长廊里浏览书籍，一个小时愉悦的时光过后，便闲了下来，就想起去看看苏珊娜。我们已经有半年的时间没见面了。来给我开门的她，调色盘在手指间夹着，一支画笔在嘴里叼着，五颜六色的颜料沾满了工作服。

“噢，亲爱的朋友，是您啊。快请进。”

这种正式的问候，颇让我感到意外，我们以前可不是这样称呼的。可我还是走进了既是客厅又是工作室的那间小屋子里。画架上蒙着画布，她在作画。

“我最近忙得不可开交，你先坐下吧，我不能停下来陪你聊天。我不知道你是否相信，我要在迈尔海姆举办个人画展了，需要三十件画作，所以我连一刻钟也不敢浪费。”

“在迈尔海姆？好极了。你是如何做到的？”

迈尔海姆是纳河富人区坐拥的一家上乘的画廊，可不是塞纳河大街上的贩子开的那种不靠谱的随时都会因为交不起租金而关门的店面。享有很高国际声誉的迈尔海姆本人，哪个画家若是让他中意，那艺途便不可估量。

“阿希尔先生带他来看过我的画，他说我很有天赋。”

“还是别说这个了，我亲爱的。”我答道，其实我想说的意思是，“鬼才信这种话，我的老姑娘。”

她看了我一眼，然后愉快地笑起来。

“有人要娶我了。”

“谁，迈尔海姆吗？”

“你没有那么蠢。”调色盘和画笔被她放到一边，“一整天我都在干，现在该休息一会儿了。喝一小杯波尔图吧，我再把事情说给你听。”

这是不讨人喜欢的一个法式生活习惯，就是有人强迫你在不合时宜的时候喝酸葡萄酒，要命的是不管你多么不情愿，你还得从命。苏珊娜拿来一瓶酒和两只杯子，倒满后长舒一口气坐了下来。

“站了好几个小时，我的腿静脉胀乎乎的疼。嗯，是这么回事。阿希尔先生的妻子今年初去世了。她是虔诚的天主教徒，人很好的。但他们的婚姻有着生意买卖的背景，所以他娶她并非是因为喜爱。他敬重她，可要说对她的去世他会痛苦不堪，那是夸张的说法。他儿子与一个门当户对家庭的姑娘结婚了，在公司里干得很出色，女儿和一位伯爵也要喜结连理枝。伯爵是比利时人，正宗的贵族血统，一座非常漂亮的城堡坐落在那慕尔附近。阿希尔先生觉得，他可怜太太的在天之灵也不会看到小两口的喜事因她的离世而拖延，所以虽然她们在服丧期间，但等到婚礼费用到位，他们会如期举办婚礼。剩下阿希尔先生一个人在那座空落落的大房子里，就会显得过于孤单了。从他的生活起居、他生意需要有人帮他料理、他的地位等方面的考虑，他都需要一个女人。简单地说吧，就是他让我取代他那可怜太太的位置。他很明智地说：‘我不后悔我的第一次婚姻完全是为生意方面考虑，而第二次结婚，我没有理由不按照自己的心意而行之了。’”

“祝贺你。”我说。

“以前的自由生活，我自然会想念，我曾经很享受，可是人总得为将来打算。我不妨实话对你说，我的四十岁已经成了过去式。正处于危险年龄阶段的阿希尔先生，说不定什么时候会突发奇想去追一个二十岁的小姑娘，那我怎么办？再说我得多为我的女儿想想，她已经十六岁了，与他父亲一样有一张漂亮的脸。我虽然也给了她良好的教育，可是她的现实不容乐观，她既没有做演员的天赋，也没她母亲做婊子的德行；你说她能做什么？或许只能做个文秘，也或许到邮局找份差事。阿希尔先生豁达大度，他同意她与我们同住，还承诺她出嫁的时候给一笔优厚的嫁妆。这样她就能嫁个好人家了。请你相信我，我亲爱的朋友，说什么都是枉然，只有婚姻才是女人一辈子最好的职业。考虑到女儿的幸福，我毫不犹豫地接受了阿希尔先生的求婚，哪怕以牺牲快乐作为代价，我也在所不辞。随着年龄的增长，我发现那种乐趣越来越难了。所以我要告诉你，我结婚后，要严守妇道，因为长期的经验告诉我，要想婚姻美满长久，双方必须绝对忠诚。”

“非常值得赞赏的高尚情操，我的美人儿。”我说，“阿希尔先生会如过去的两周一次的巴黎差旅吗？”

“哦，哎呀，我是谁呀，我的宝贝儿？阿希尔先生向我求婚时，我首先想到的就是这个问题，我说：‘听好了，我亲爱的，以后的巴黎之行，我要陪你一起来。你一个人我不放心。’他说，‘我都这个年纪了，干那种荒唐事已经力不从心了。’‘亲爱的，听我说，你可是正处壮年，你热情似火，没有人比我更清楚你是个多情的种子。你风度翩翩，仪表堂堂，又有钱，女人喜欢的东西你样样俱全；总之，我最好别给你受诱惑的机会。’最终，他同意把在董事会的位置让给儿子，由他替代自己去巴黎开会。阿希尔先生在面子上说我不可理喻，其实心里可是受用得不得了。”苏珊娜满足地舒了口气，“要不是男人那么虚荣，我们这些可怜的女人的日子只会更难过。”

“算是尽如人意了,可是这些跟你在迈尔海姆开画展有关系吗?”

“你今天怎么有些迟钝呢,我可怜的朋友。我跟你说过的,阿希尔先生聪明过人,他得考虑到自己的身份地位,里尔那帮人很挑剔。阿希尔先生希望我作为像他这么一位重要人物的太太,必须得在社会上有相应的与他很匹配的社会地位。那些外省人的德行,就是喜欢打探别人的私事,他们首先得问:苏珊娜·鲁维耶是什么人?这样他们得到的答案就是:一位杰出的女画家,刚刚在迈尔海姆画廊的展出大获成功。‘苏珊娜·鲁维耶夫人,一位殖民地步兵团军官的遗孀,有着法国妇女的坚强和勇气,多年来凭借自己的才华养活了自己及一个过早失去父爱的可爱女儿,而我们欣然得知,公众将很快有幸在极富洞察力的迈尔海姆先生的画廊里,领略到她细腻的画风和精湛的绘画技巧。’”

“你简直是在胡扯啊?”我竖起耳朵问道。

“那是阿希尔先生准备发布的前期宣传,我亲爱的。这些都要在法国各大报纸上刊示。我对他佩服有加。面对迈尔海姆提出的苛刻条件,阿希尔先生眼睛都没眨一下就欣然接受了。预展时还要举行香槟酒会。艺术部长曾经欠阿希尔先生一个人情,故此启动开幕式的将是部长先生,他还将做精彩的讲演。他会把我颂扬得分外美好,什么有德行的女子啊,有才华的女画家啊,最后他宣布的消息将是巴黎万众瞩目的,那就是政府将购买我的一幅画作为国家收藏品,那是对我功德的奖赏。迈尔海姆先生还要亲自关照艺评人士,为我的画展做评论,而且要做得有正能量,篇幅要足够长。这帮可怜的穷鬼，碰到了一个肯让他们挣外快的大善人，都兴奋得不得了。”

“你向来都是优秀的，所得这些也是名副其实嘛。”

“快别说了。”她答道，“下面还有精彩的呢。阿希尔先生以我的名义在圣拉斐尔海岸买了一幢别墅，这样我将以一个杰出画家即一个贵妇的身份跻身里尔的社交圈，我可谓是身份地位家产齐全的女人了。再过两三年他准备退休，我们会和那些上流人士那样到里维埃拉居住。他可以海中泛舟捕鱼捉虾，而我可以全力绘画创作。来，我来给你看看我的画。”

苏珊娜已作画多年，她的画风是集她的那些情人的风格之后慢慢地形成了自己的风格。她依然不能按规范去画，但她获得了对色彩的超强感觉。她向我展示画作：和母亲住在昂儒省时作的风景画，有几幅凡尔赛花园和枫丹白露的森林，还有令她陶醉的巴黎市郊街景。她的绘画多于空想而缺乏坚实的质感，却有着花团锦簇般的鲜亮感觉，甚至还有某种不经意造就的典雅与高贵。

其中一幅画把我吸引了，我提出要买下来，因为我知道她会很高兴的。我忘记那幅画是叫《林间空地》还是《白围巾》了，后来看的画多了，就更无法确定那幅画的名字了，直到现在。我询问了价格，挺合理，就说买了。

“你真是我的天使，”她嚷道，“我的第一笔成交的生意。不过你要等到画展之后，当然我会以书面的形式确认你已经买下来了。我想小小地公开一下，对你也不会有什么影响的。你真有眼力，那是我最中意的一幅画。”她拿着手镜又在欣赏她的得意之作。“魅力无穷啊，”她眯缝着眼说，“不可否认这一点。这些绿色调——那么浓郁，可同时又那么柔和。中央的几笔白色，那是亮点，让画有了与众不同的质感。天才，不可置疑，天才之作。”

看得出来她取得了长足进步，正走向职业画家的队列。

“好了亲爱的，只好打住了，因为我得去干活了。”

“我也要走了。”我说。

“对了，想起一件事来，可怜的拉里还在跟那些‘红皮肤的印第安人’在一块儿混呢？”

对于上帝国度里居民的轻蔑，或许已经成为她的一种习惯。

“据我所知是这样。”

“这可难为他了。他那么和蔼友善，和那些家伙在一起肯定不好过。倘若电影里演的是真的，那儿有那么多匪徒、牛仔，还有印第安人，那日子岂不是太可怕了。也不是说那些牛仔有多么令人讨厌，他们还是有吸引人的地方的。只是，貌似走在纽约街头上，口袋里不揣把左轮手枪是极其没有安全感的。”

她把我送到门口，在我脸颊吻了吻。

“我们曾有过很快乐的时光。不要忘了那些美好的记忆。”

6

我的故事终于要画上一个句号了。关于后来拉里的情况，我一无所知，其实我也从未期待过得到他的消息。很有可能他已经按照自己计划的轨迹开始了新的生活。他可能回到美国后就找了一份汽修厂的工作，之后做了一名卡车司机，直到把自己阔别了多年的国度游个遍。再然后实施他的突发奇想，买一辆出租车。或者那只是当时在餐桌上的一句笑话，随便说说而已，但如果他真的那样做了，我也不会感到半点意外；由此导致我在纽约打车时总要有意无意地看一眼出租车司机，真希望能看到拉里那深陷的带着淡然笑意的眼睛。无疑我是没有收获的。战争爆发了。他的年纪已不适合开飞机了，但他很有可能驾驶着卡车，游荡在国内或者海外，要么他就是在工厂里做工。我更想见的，是在闲暇时分，看他在写书，写出生活赋予他的真谛，把他所得到的那种启示传递给他的同胞们；倘若真的如此，完稿的日期应该需要非常漫长的时间。不急，他有很充足的时间，因为岁月并未给他的身体留下过多的痕迹，他还很年轻。

他没有野心，没有贪念，对名利不感兴趣；他厌恶做社会名流；因此他满意的或许就是自己想要的生活。他谦逊、腼腆，只想做好自己，不愿做他人的榜样；也或许，有那些灵魂彷徨的人，像飞蛾扑火那样，受他的闪光的信仰所吸引：人生的极乐只存于精神之中，只要有一颗无私的心灵、弃绝欲望，走自我修行之路，其作用就像他著作或是游说众生一样。

这些不过是我的猜测而已。我毕竟是庸人，有着不可避免的俗气，面对这样一位奇人，我能做的只是领略其光辉，却无法洞悉他神奇的精神世界。要是面对一个普通人我还能对其说出一些内在的东西来，可对拉里，我却不能。拉里已遂心愿，将其身融入于大众之中。芸芸众生有如此之多的利益冲突的纷扰，如此之深地迷失在世界的混乱中，如此渴求善举，外表如此自信，内在如此空虚，如此仁义，如此冷漠，对他人如此信赖，又如此谨言慎行，如此豪爽，又如此鄙吝，这就是美国人。关于拉里，我对读者说的只有这么多了，我深知读者不会满意，却也只能如此了。就在封笔之时，我不安地意识到，因为本书结尾的留白让读者心绪难安，我又没有办法来避免这种结局，我只好又用心地回顾所有的漫长的叙述，以求把这个不尽如人意的结尾再修正一下。重温的结果令我愕然，我发现我笔下的所有人的故事，都以其成功圆满而告一段落。我关注的所有人物都以各得其所而善终：埃利奥特在社交界声名显赫；伊莎贝尔以自身的财富资源在高贵的社交圈里有了稳固的地位；格雷重返职场，享受着朝九晚六的职场生活，且前途及财富不可估量；苏珊娜·鲁维耶动荡的生活有了善终，归宿尽如人意；索菲用死亡找到了解脱；而拉里获得的是自己想要的生活快乐。不管那些自恃清高者如何倨傲地求全责备，于我们这些普通民众而言，其内心都喜欢那些皆大欢喜的故事。如此说来，我写的结局说到底不算尽善尽美，但也不至于太糟糕。

〔全书完〕

图书在版编目（CIP）数据

刀锋 /（英）威廉·萨默赛特·毛姆著；李海燕译．-- 北京：现代出版社，2020.1

ISBN 978-7-5143-7152-9

Ⅰ．①刀… Ⅱ．①威… ②李… Ⅲ．①长篇小说—英国—现代 Ⅳ．① I561.45

中国版本图书馆 CIP 数据核字 (2019) 第 239525 号

刀锋

著　　者：〔英〕威廉·萨默赛特·毛姆
译　　者：李海燕
责任编辑：王传丽　阎欣
装帧设计：吉冈雄太郎
出版发行：现代出版社
通信地址：北京市安定门外安华里 504 号
邮政编码：100011
电　　话：010-64267325　64245264（传真）
网　　址：www.1980xd.com
电子邮箱：xiandai@vip.sina.com
印　　刷：三河市南阳印刷有限公司
开　　本：880mm × 1230mm　1/32
字　　数：247 千字
印　　张：12
版　　次：2020 年 1 月第 1 版　　　印　　次：2020 年 1 月第 1 次印刷
书　　号：ISBN 978-7-5143-7152-9
定　　价：62.00 元